U0127463

誰殺了羅蘭巴特？

解碼關鍵字：語言的第七種功能

La Septième Fonction du Langage

Qui a Tué Roland Barthes?

Laurent Binet
勞倫・比內
著
許雅雯
譯

Story Box 63

誰殺了羅蘭巴特？ La Septième fonction du langage.

（解碼關鍵字：語言的第七種功能）

作　　者　勞倫・比內 Laurent Binet
譯　　者　許雅雯

總 編 輯　張瑩瑩
副總編輯　蔡麗真

責任編輯　徐子涵
校　　對　魏秋綢
封面設計　井十二設計研究室
美術設計　洪素貞（suzan1009@gmail.com）
行銷企畫　林麗紅

社　　長　郭重興
發行人兼出版總監　曾大福
出　　版　野人文化股份有限公司
發　　行　遠足文化事業股份有限公司
地址：231 新北市新店區民權路 108-2 號 9 樓
電話：（02）2218-1417　傳真：（02）8667-1065
電子信箱：service@bookrep.com.tw
網址：www.bookrep.com.tw
郵撥帳號：19504465 遠足文化事業股份有限公司
客服專線：0800-221-029
法律顧問　華洋法律事務所　蘇文生律師
印　　製　成陽印刷股份有限公司
初　　版　2017 年 7 月

歡迎團體訂購，另有優惠，請洽業務部（02）22181417 分機 1124、1126

本書獲選法國在台協會「胡品清翻譯補助計畫」

國家圖書館出版品預行編目（CIP）資料

誰殺了羅蘭巴特？(解碼關鍵字：語言的第七種功能）/ 勞倫 . 比內 (Laurent Binet) 著 ; 許雅雯譯 . -- 初版 . -- 新北市 : 野人文化出版 : 遠足文化發行 , 2017.07
面；　公分 . -- (Story box ; 63)
譯自 : La septième fonction du langage
ISBN 978-986-384-200-2(平裝)

876.57　　106006318

誰殺了羅蘭巴特？

線上讀者回函專用 QR CODE，您的寶貴意見，將是我們進步的最大動力。

目錄

導讀

Gwennaël Gaffric（法國里昂第三大學跨文化與跨文本研究所博士，中、法文譯者，譯作包含吳明益《睡眠的航線》、《複眼人》、《天橋上的魔術師》，紀大偉的《膜》和劉慈欣《三體》）

哪個哲學家、語言學家或語文學家不曾暗自幻想，將他的時代中最出色的知識份子與小說家們都聚攏到同一則故事裡？

勞倫·比內下了很大的賭注，最後成功了。在他的筆下，一九八〇年代法國知識份子與政治家們全部化身哲學驚悚小說的人物，共同編織出一場離奇的冒險。除此之外，讀者在閱讀的過程中，安伯托·艾可（Umberto Eco）的影子也會不斷浮現在腦海中。

故事發生在一九八〇年代，冷戰尚未結束，但東、西兩大集團的關係已逐漸解凍。同一時間，法國正值總統大選前夕，出身貴族且自恃甚高的右派總統季斯卡，對上了總是不受幸運之神眷顧的左派候選人密特朗（當時尚未把犬齒磨平）。這一時節，一九八〇年二月二十五日，符號學家羅蘭·巴特在與密特朗的午餐會晤後回辦公室的路上被一輛洗衣店的小卡車撞了。

好了，舞台背景完成了。至少歷史是這麼記載的。

然而，一篇精彩的懸疑小說必得包含一場完美的謀殺案。也許羅蘭．巴特之死根本就不是一場意外。

「作者已死」的創始者因為身上帶了一份致命文件，而被疑似操著斯拉夫口音的卡車司機撞了。這份神祕文件的內容寫的是雅各布森「語言的第七種功能」，一種能指使任何人做任何事的功能，想當然耳，該文件引來了各方覬覦。

這場命案的調查在偏左派的年輕符號學家西蒙．荷卓（擔任福爾摩斯的角色揭開事物表相）和對哲學毫無概念的愛國警探杰可．巴亞（作者選用這個名字向皮耶．巴亞[1]致敬）的合作下展開。隨著他們的調查，當時屬於精英階級的知識份子私底下可笑的生活全被公諸於世……這些人一一被點名：阿圖塞、拉岡、傅柯、德希達、德勒茲、西蘇、克莉絲蒂娃、索萊斯、ＢＨＬ……。

小說在法國引起廣大迴響，巴黎文藝界人士無不瞠目結舌。故事中某些角色已不

1 Pierre Bayard，法國巴黎第五大學分析心理學教授，《不用讀完一本書》（*Comment parler des livres que l, on n, a pas lus?*）作者。

2 巴黎精英份子集結區。

在人世（巴特、德希達、傅柯，還有艾可……），但大部分都還健在（這些人中包括被寫得極為荒謬可笑的索萊斯、克莉絲蒂娃、BHL和希爾勒）。作者可是冒著被逐出聖日耳曼德佩區[2]的危險寫作啊！

而在諷刺的本質之外，布赫迪厄（Bourdieu）式的內容也是亮點之一。這位重要的社會學家是唯一一位在故事裡缺席的法國八〇年代知識份子，但卻是作者的靈感來源。勞倫．比內將當代法國哲學思想巧妙地融入小說之中，並邀請讀者參與這場結構與後結構主義的瘋狂對戰。他相當了解這個時代和這些大師，將當時知識份子與政治人物帶著野蠻、對知識的渴求與過度熱忱、過度卑屈的情狀清楚地呈現在讀者面前。正如羅蘭．巴特所言「les intellectuels sont le déchet de la société, le déchet au sens strict, c'est-à-dire qu'il ne sert à rien, à moins qu'on ne les récupère（知識份子是社會的殘渣，意思就是除非被回收利用，否則便是毫無用處）」。作者筆下的人物好似義大利即興喜劇（Comedia dell'Arte）的角色，往返於酒吧暗房和神祕的邏各斯俱樂部賽事間的這些人，簡直就是一群隨時準備廝殺的小丑。

讀者們請勿驚慌卻步，要知道我們是**沒辦法完全讀懂《誰殺了羅蘭巴特？》**的。書中的每一頁都蘊藏了大量的訊息，唯有精通相關的思想才得略微撥開雲霧……作者在回應記者詢問是否擔憂一般讀者無法跟上他的步伐時說：「又有誰能自稱百分之百理解德勒茲和瓜達里呢？」這就跟故事中的巴亞警探一樣，時常不懂這些人高來高去的對話，但多少還是理解當下的情況的。

隨著故事的進展，作者也對現實與小說世界間的界線感到困惑，同時也質疑了語言的力量。《誰殺了羅蘭巴特？》談的的確是八〇年代法國的情況，但亦觸及當代社會樣貌。

你還在看嗎（交流功能）[3]？還沒把書放回書店的櫃子上嗎（指涉功能）？最後我還想說，因為從這本書中得到許多樂趣（情意功能），我在此強力推薦你購買（使動功能），懂我想表達的意思了嗎（元語言功能）？

買這本書真是太棒的主意了（表述功能），因為羅蘭巴特也說過：「La littérature ne permet pas de marcher, mais elle permet de respirer（文學不能保證派上用場，卻能讓人自由呼吸）。」（詩性功能）

3 事實上，同一個句子可以表現出不同的功能，比方這一句中包含了指涉與交流功能（更詳細的內容可以參見小說第32節）。在這裡為求各種功能分別呈現，我只標出其一，進一步分析語句的任務就交給讀者和語言學家們處理了。

推薦序——

如果你能獨家擁有語言的神祕功能

江文瑜（台灣大學語言學研究所教授）

一九八〇年二月二十五日，身兼文學理論家、哲學家、語言學家、評論家、符號學家等多元角色的法國知名學者羅蘭．巴特（Roland Barthes）在與當時為總統候選人的密特朗（François Mitterand）餐敘後，離開的路上被一輛卡車撞倒，之後昏迷，一個月後，一九八〇年三月二十六日，被宣布病逝於醫院。

三十五年後，法國小說家勞倫．比內（Laurent Binet），為這一歷史事件翻了案，創造了整本小說《誰殺了羅蘭巴特？解碼關鍵字：語言的第七種功能》，作者把這個意外歸之於並非單純的「車禍」，而是有計畫的「謀殺」，因為羅蘭．巴特身上有份文件，上面寫著語言學家羅曼．雅各布森（Roman Jakobson）擬出的「語言的第七種功能」，凡是能掌握這個功能的人士，將可透過語言得以成功掌握某種優勢。但小說鋪了一個梗：此功能越多人知道越失去效力，最好「獨家」擁有，才能發揮功能的最大效益。

為何選擇語言學家雅各布森為小說開出一條懸疑之路？原本雅各布森只向世人揭露了六個語言功能。小說家比內的想像力豐富，以「七」的神祕數字揭開序幕，他知道將雅各布森寫為小說人物，絕對能讓小說達到國際能見度。

雅各布森是俄國猶太人，在二次大戰期間輾轉於歐洲多個國家，最終逃到美國，他最後留在美國麻省理工學院的教授職位，進一步讓他成為擁有國際知名度的語言學家。語言學界的人都知道，美國的麻省理工學院語言學系因為聘進了「教父級」的喬姆斯基（Noam Chomsky），成了美國「形式語言學」的大本營，影響力一直持續到今日。

形式語言學的前身，即是結構主義，雅各布森在這方面貢獻卓著，他除了承接符號學之父索緒爾（Ferdinand de Saussure）的論點，又將聲音的結構與系統，化約為一些可以定義的所謂「區別特徵」（distinctive features），成了喬姆斯基與哈利（Morris Halle）發展《英語聲音模式》（The Sound Pattern of English）的重要依據。另外，雅各布森的結構學理論影響了包括羅蘭．巴特在內的學者，並擴展到語言學以外的領域。

從雅可布森輻射出去，小說的企圖心如此龐大，幾乎「網羅」了法國當代文化圈的「發光體」（Amazon 書店對於該書介紹的用語），他們都不知不覺涉入「語言的第七種功能」的懸疑之中，這些名人包括傅柯（Michel Foucault）、德勒茲（Gilles Deleuze）、阿圖塞（Louis Pierre Althusser）、德希達（Jacques Derrida），克莉絲蒂娃（Julia Kristiva）等，當然，義大利的符號學巨星——安伯托．艾可（Amberto Eco）在「什麼是語言的第七種功能」的詮釋上，也卡上了幾頁的篇幅。其他，族繁不及備載使用真名的政治家、媒體人、社學學家、哲學家、藝術家等充斥整本書。

比內當然不會忘記加入美國的場景為小說加料，故事從巴黎至義大利的波隆那，再拉到美國的康乃爾大學，於是美國的幾位語言哲學家，例如希爾勒（John Searle）與喬姆斯基，也加入這場懸疑之中，雖然喬姆斯基只是驚鴻一瞥，小說用了幾行字描述他，但他的短暫出場，已經足夠繼續加強語言功能爭奪戰的氣勢。

可以說，這是一本西方世界少數把龐大的語言學知識如此巨大呈現的一部小說，透過警探杰可．巴亞與符號學家西蒙．荷卓試圖找出羅蘭．巴特死因的過程和想解開「語言的第七種功能」的文件到底流落何方的辦案，符號學的知識從眾學者口中傾洩而出，還有西方傳統重視的修辭學也透過祕密組織「邏各斯俱樂部」（Logos Club），讓讀者一窺辯論所需的邏輯與修辭，幾場精心設計過的辯論題目透過抽籤隨機出現，提供了知識與娛樂的雙重效果，非常緊張刺激，因為輸家會經歷被剁去手指的酷刑。語言學的知識還包含場景設在康乃爾大學學術會議上發生的希爾勒與德希達對於語言觀念的大辯論等。小說作者比內對於一九八〇年代的語言學狀況了解甚詳，因此能將深奧的語言學學理藉由場景的交錯，一幕一幕猶如電影放映出來。

這些既深奧又有些難解的學術理論，不時穿插一些黑色幽默的後現代小說筆法，讓讀者較容易消化學術內容。首先，後現代文學的特徵之一是多種文類的組合，這本小說結合了偵探懸疑小說、成長小說、諷刺劇、歷史小說的元素，這些文類彼此交融穿透，流動於時間與空間。警探巴亞與符號學年輕教授西蒙的絕佳拍檔遙遙呼應大受歡迎的偵探小說雙人組——福爾摩斯加上華生醫師。巴亞善於辦案與推理，卻對文化與學術界所知甚少，熟知符號學的西蒙正好彌補了巴亞的缺口，隨時補充知識與增加樂趣。兩人的有趣互動是這本小說的特色之一，雙人組必定有合體時，也有分離時，在一次不小心的兩人分開當中，西蒙被在邏各斯俱樂部辯論輸的對方在水上巴士拉走後，被剁去了手掌，成了「獨臂人」。

成長小說的元素，隨故事推演逐漸浮現，兩人在辦案中，都蛻變得比原來更有深度，巴亞進一步認識了整個符號學與學術界，而西蒙的膽識日益精進，成了「邏各斯俱樂部裡高層級的成員」。諷刺劇的元素呈現於小說中看似高高在上的法國文化圈與學術界的歷史亮點人物，都被剝掉神聖的外衣，走下神壇，猶如凡人，例如傅柯到土耳其浴與男妓戲耍，克莉絲蒂娃為了替先生索萊斯（Philippe Sollers）取得「語言的第七種功能」神祕文件，看似失去女性主義的自主性，使她一貫的女性主義立場被巧妙反諷。還有多位「神聖人士」，也都為了取得「語言的第七種功能」文件的贗品或副本，因而發瘋或發狂，做出匪夷所思的行為，如殺掉妻子的阿圖塞、跳下峽谷的希爾勒與被狗咬死的德希達，或因挑戰辯論失敗，睪丸被割下的索萊斯。

至於歷史小說的元素，在於匯入許多真實人物，儘管這些真實人物的滑稽事件都是虛構。小說作者為了凸顯得不到文件正本的巨大悲劇，用了非常極端的手法，讓這些「高尚」學者都失去原來雄辯的理性，而變得可笑的滑稽人物，猶如金庸的武俠小說中，東方不敗在練葵花寶典後，不當的自宮，轉變了性別。這個極端滑稽的虛構，將歷史事件扭曲的手法，還加上後現代所謂的「歷史後設小說」（historiographic metafiction）的橋段。這本小說的後設意味甚為濃厚，故事發展到最後，因為太夢幻，太不真實，使得西蒙．荷卓經常懷疑自己是否是個小說人物，而非活在現實當中。在康乃爾的校園中，有幾個發生的場景，例如本書第76節，最後寫著：「一九八〇年，德希達於康乃爾演講，或西蒙．荷卓的夢。」

後現代小說中意圖打破所謂文類的高低，在找尋「語言的第七種功能」文件的緊張過程中，小說每每總在「高深」的語言學知識的流動中，穿插性愛的描寫、滑稽的插曲、媒體報導與運動賽事等，刻意讓敘述從緊張滑向放鬆，又從放鬆到緊張。還有，書中對於身體受傷的描寫，例如當辯論者挑戰語言層級比自己高的人後失敗，在邏各斯社團中會被剁去手指。小說作者沒花篇幅去過多「寫實」那些痛苦，彷彿發生得那麼自然，猶如空氣般，反而讓過程有種「卡通化」的效果，強化了人類為了追逐權力，可以忍受肉體痛苦的人性面向。而兩個日本人如影隨形地跟在西蒙後面，在小說中雖然篇幅不多，也增加小說的娛樂性與正面能量，當小說到後面真相大白時，我們知道這兩個日本人也捲入「語言的第七種功能」的案件中，當西蒙快得到案件的答案時，總會遇到困難，而日本人救了西蒙幾次，小說描述：「西蒙心想，假如真有一個小說家掌控了他的命運，為什麼會選兩個神祕的天使守護他。另一個日本人靠近他，微微行了鞠躬禮後回答了他沒說出口的問題：『羅蘭．巴特的朋友就是我們的朋友。』說罷，兩個男人像忍者般走進暗夜之中。」短短幾句的小說描述，再次將「忍者」的日本卡通化形象鑲入了西蒙的命運之中，也由這個小細節，道出小說作者在每個細節上的經營，因為他知道羅蘭．巴特與日本的深厚關係。

故事為了推動符號在辦案中的重要性，更是大量使用後現代小說的「互文性」（intertexuality）技巧，提到不少文學作品，例如羅蘭．巴特的《戀人絮語》和《神話學》與艾可的《玫瑰的名字》。如果說，本書是「向艾可的《玫瑰的名字》致敬之作」，裡面的元素更和艾可的小說有不少類似——同樣涉及謀殺懸疑、符號學、學術理論與互文性，同樣是「超級後現代」的後現代小說。

而羅蘭．巴特的面貌，到底有沒有因為這本小說變得更豐富？這時，這本小說又猶如號稱美國影史上最偉大的電影《大國民》。在電影《大國民》中，透過拼貼式的訪問，電影中的記者想要知道媒體大亨死前嘴裡吐出的「玫瑰花蕾」到底是所指為何？而訪談中，媒體大亨的一生逐一被呈現出來。這部《誰殺了羅蘭巴特？解碼關鍵字：語言的第七種功能》裡所有被訪談過的人，每人都說出部分的羅蘭．巴特印象，但羅蘭．巴特的死亡與生命全貌在小說的結尾，仍有疑團。雖然故事到了最後，因為密特朗在與季斯卡（Valéry Giscard d'Estaing）的總統選舉辯論中取得勝利，使得西蒙推論密特朗得知「語言的第七種功能」。巴亞與西蒙要密特朗的手下賈克．朗（Jack Mathieu Émile Lang，後來成為文化部長）說出真相，賈克．朗終於將他掉包羅蘭．巴特身上的文件的真相清楚說出，讀者終於知道，原來除了密特朗得到「正本」外，其他人得到的版本，都是希達修改過的「贗本」。至於羅蘭．巴特為何能擁有雅各布森的「語言的第七種功能」文件，賈克．朗不知道，小說也沒有清楚交代。

羅蘭．巴特提倡「作者之死」，亦即一個文學作品完成後，作者的創作意圖可與文本分離，讀者可扮演積極角色，透過自身的經驗閱讀文本，穿梭於文字的想像之間。那麼，透過《誰殺了羅蘭巴特？解碼關鍵字：語言的第七種功能》這本書，羅蘭．巴特的死亡事件將隨著讀者的各式流動解讀，漫遊於天地之間，一旦小說被創造出來，小說裡的主人翁，羅蘭．巴特，反而將永遠不死。

但或許，小說更想要傳達的訊息是，掌握語言的「神祕」功能，便能成為「人上人」，而且這個祕密只能讓少數人擁有。以此觀之，這部小說或許也可看成具有人性寓言的深意，各家在追逐文件時，猶如武俠小說中各方人馬追逐武功祕笈，得到的人必須有善念才能發揮得很好，否則容易走火入魔，拿來行惡。近年的語言學發展日新月異，更跨界結合其他學科，我們當然可以說，語言的功能可能已經不只七種：例如計算語言學以大數據分析語言的各種面向，神經語言學涉及人類語言與腦部結構的互動，而人工智慧的大突破也需仰賴大量的語言學知識。前陣子改編自短篇小說的電影《異星入境》，內容就涉及了語言學家與外星人溝通的故事。外星人的思維模式和語言使用顯然與地球人完全不同，語言的神祕力量仍有無窮的探討空間。語言的神祕功能為何，未來一定還會有許多的小說前仆後繼地進入這塊迷人的寶藏之地。宇宙與天地之大，一定還有許多語言科學尚未踏入的神祕之境。

讀著《誰殺了羅蘭巴特？解碼關鍵字：語言的第七種功能》時，你能想像，如果擁有語言的神祕功能，你會為這個地球做些什麼？

轉譯者無所不在，儘管了解彼此的語言，還是會使用自己的方式詮釋。可以施展伎倆的空間很大，但轉譯者從不忘記自身的利益。

——雅克・德希達（Jacques Derrida）

第一部

巴黎

Paris

1

人生不是一部小說，但人們卻從不願承認。羅蘭．巴特沿著比耶芙街向上走，這位二十世紀最偉大的文學評論家有充份的理由沉溺在極度的悲痛中。那個和他有著普魯斯特（Proust）式[1]親密關係的母親去世了。而且法蘭西學術院那堂名為「小說的準備」的課程最後的失敗他也無法視而不見。這一整年，他和學生們談論日本俳句、攝影、能指與所指[2]、帕斯卡[3]式的娛樂、咖啡店的服務員、睡袍或是階梯教室裡的位子，什麼都談，就是沒談到小說本身。第三年了，他很清楚這門課不過是一種手段，用以拖延提筆撰寫一部純文學作品的時間。換句話說，他利用這個手段還給沉睡在體內那個極為敏感的作家一個清白。正如眾人所言，他的小說成就自《戀人絮語》才開始萌芽，如今那本書成為小說界的聖經卻已超過二十五個年頭了。從聖伯夫[4]到普魯斯特，該是時候改頭換面，給自己在作家殿堂中覓得一席之地的時候了。母親死了，從《寫作的零度》起，心結已解，時候到了。

至於政治的事，好啦好啦，再說吧。他從中國回來以後，毛主義的傾向就沒那麼明顯了，反正這也不符合大眾對他的期待。

夏多布里昂[5]、拉侯什傅科[6]、布萊希特[7]、拉辛[8]、霍格里耶[9]、米什萊[10]、母親。一個男孩的愛。

我在想當時那一區是不是已經被「露營老爹」[11]給佔領了。

十五分鐘後，他將死去。

我確信他一定在白斗篷路（rue des Blancs-Manteaux）那裡吃了豐盛的一餐，那些人的餐點可馬虎不得。《神話學》一書中，羅蘭．巴特解讀了建立於布爾喬亞[12]階級榮耀之上的當代社會神話。他因此書成名，也就是說，就某種程度而言，是那些布爾喬亞們成就了他。然而，那些人也只是小布爾喬亞而已，真正被伺候得高高在上的那種

---

1 Proust，法國文學家、《追憶似水年華》的作者。普魯斯特對母親的依戀極為出名。

2 兩者皆為符號語言學家索緒爾提出的概念，能指（signifiants，也譯為符徵）指的是符號的表現形式，而所指（signifiés，也譯為符旨）是意義概念。比方「火」這個字的形和聲是能指，而「物體燃燒時產生的光和熱」就是所指。

3 Pascal，法國神學家、哲學家。

4 Charles-Augustin Sainte-Beuve，法國文學批評家。

5 François-René de Chateaubriand，法國浪漫主義文學家、政治家。

6 François de La Rochefoucauld，法國文學家。

7 Bertolt Brecht，德國劇作家、導演。

8 Jean Racine，法國劇作家。

9 Alain Robbe-Grillet，法國作家，新小說流派創始者。

10 Jules Michelet，法國作家、歷史學家。

11 「露營老爹（Au Vieux Campeur）」是一家法國登山露營裝備店，巴黎聖米歇爾至聖哲曼德佩區附近有許多分店。

12 bourgeois，指的是資產階級，也就是相對富有的人，經濟學當中以這個字的法語發音直接稱他們為布爾喬亞。

布爾喬亞又是另一類值得分析的案例了，得寫篇文章才能詳細討論。今晚動筆嗎？為何不現在就寫？當然不行，他得先整理完投影片。

羅蘭．巴特加快了腳步，對外界事物毫無感知。可他明明是個天生的觀察者，他的工作就是觀察與分析，窮盡了一生獵捕所有符號的意義。但此刻，在這條再熟悉不過的聖日耳曼大道上，他的眼裡容不下行道樹、容不下人行道、容不下櫥窗和車輛。他已離開日本，再也感覺不到那刺骨的寒冷了。街上的吵吵嚷嚷在耳邊若有似無地迴盪著。有點像洞穴寓言[13]的反面，他把自己封閉在理型世界中，感知世界被蒙蔽在後，使得他對一切渾然不覺，四周盡是一片昏暗。

剛才我所提的那些羅蘭．巴特之所以焦慮的理由都可以在史料中找到相關記載，但我現在要說的是事情的真相。這一天他魂不守舍的原因不只是母親的離世，也不只因為寫不出小說的無力感，或是在男孩間的身價每況愈下到連他自己都認為再無翻身之日。我的意思不是這些事沒有影響到他。我可從未懷疑過他那神經質的個性。但這一天，他還有別的事掛心。要是你瞧見這個沉思的男人，任何細心一點的人都能察覺得到他其實正處於一種他以為再也不可能感受到的狀態中，那是快感。不只是母親，不只是那些男孩，也不只是不存在的小說，更重要的是 libido sciendi —— 對知識的渴求，與再度被激發出的改革人類知識的壯志和也許能改變世界的雄心。穿越學院路（rue des Écoles）時，他難道正自比為愛因斯坦，思考著他的理論？我們唯一能確認的是他當時一定心不在焉。那輛小卡車撞上他時，他只離自己的辦公室十幾公尺了。那一瞬間，他的身體發出了沉悶的聲響，獨特的、駭人的，肉體貼上鐵皮的聲響。接著那團肉會像布娃娃一樣在路上滾個幾圈。路人都被嚇呆了。一九八〇年二月二十五日下午，沒有人想像得到眼前發生了什麼事，甚至到了今日也沒有人知道。

2

符號學是一門奇特的學問。這個概念最早由語言學之父費迪南·德·索緒爾[14]提出。在《普通語言學教程》（*Cours de linguistiaue générale*）中，他認為「可以設想有一門研究社會生活中符號生命的科學」，僅此而已。除此之外，他還為有心致力於這項研究的人指明方向：「它可以是社會心理學的一環，因而也是普通心理學的一部分；我

13《理想國》第七卷，514a-517a 裡提及的洞穴寓言，蘇格拉底對葛勞孔說人就像住在地底的洞穴，沿著洞穴有個寬廣的出口，洞穴背著日光延伸而下。人類自小被侷限在這個地方，雙腳頸項都被束縛了，只能停留在同一個位子，也只能向前看。人類的背後有一把火炬帶來光源，影子就投射在對面牆上。蘇格拉底對此提出的問題是人除了被火投射到牆面的影子外，看得到自己和身旁的人嗎？

14 Ferdinand de Saussure，瑞士語言學家，符號學、語言學之父。

15 Fabrice Luchini，法國演員。

們稱之為『符號學』；它將告訴我們符號是由什麼構成的、受什麼規律支配。因為這門學科尚未建立，我們無法描述它將會是什麼樣子；但它有存在的權利，它的地位是預先確立了的。語言學不過是這門普通科學的一部分，將來符號學發現的規律將會被運用於語言學中，而後者將成為全部人文事實中一個非常確切的領域。」要是能請法布萊斯．魯奇尼[15]念一遍這段話該有多好，還得用上他特有的抑揚頓挫，好讓全世界都能理解這段話的意義，或者至少感受到它的風韻。這一概括性的直覺在當時幾乎是不被理解的（那堂課開設的時間是一九〇六年），一個世紀後，情況始終如一，無論是力道或是隱晦程度都未曾改變。儘管諸多符號學家投入其中，嘗試給予這門學科更清晰、更具體的定義，結果總是眾說紛紜、互相矛盾（有時，他們甚至沒有意識到），使情況更加錯綜複雜，到頭來，也不過就是拉長了語言之外符號系統的列表，在軍銜、手語字母外，又補進了行路規則、國際海事信號、公車號碼、飯店房號……等符號，大概就是這麼回事。

比起原來的野心好像窄了很多。

這麼看來，符號學遠不及語言學延伸的範疇，甚至只是粗俗的原語言（protolangages）研究而已，複雜度之低使得它比任何一個語言都更受侷限。

當然不是這麼一回事。

安伯托．艾可[16]，波隆那的智者，世上僅存的幾位符號學家之一，經常援引輪胎、湯匙、書……這些人類史上幾項重大的發明。他這麼做並非偶然。據他所言，這些完美工具的效率是難以超越的。他的做法的確證實了符號學是人類史上重要的發明之一，也是最具力度的工具。然而，正如火與原子，在被發現之初，用途並不是那麼顯著。

3

其實，車禍發生後十五分鐘他並沒有死。羅蘭・巴特橫躺在排水道上，毫無動靜，他的肉體早已在無意識中飄流，只逸出一絲低啞的氣息。或許一堆紛亂的俳句、拉辛式亞歷山大雙行體[17]或帕斯卡式格言正在其中奔竄。就在失去意識前，他聽見（他想著，也許這將是他這一生聽見的最後一句話，是的，一定是）一個男人咆哮著：「是他自己沒長眼撞上來的！是他自己撞上的！」這是哪裡的口音？r的音發得那麼吃

16 Umberto Eco，義大利作家、符號學家，著有《玫瑰的名字》等著作。於二〇一六年二月十九日逝世，也就是這本書的法文原版出版後半年。

17 alexandrins，以十二個音節為一行的詩體，每二個音節為一重音，為法國新古典主義的悲劇作家所喜愛。

力。四周的路人朝他圍攏，一臉驚愕，彎下腰盯著那具準屍體看，他們討論、分析、評估著：

「叫救護車！」

「沒必要，他沒氣了。」

「是他自己撞上我的，你們都看到了！」

「看起來傷得很重。」

「好慘……」

「得找個電話亭，有人身上有硬幣嗎？」

「我連踩剎車都來不及！」

「別動他，等救護車。」

「讓開點！我是醫生。」

「別翻動他！」

「我是醫生。他還活著。」

「應該要通知他的家人。」

「好可憐……」

「我認識他！」

「是自殺嗎？」

「得確認他的血型。」

「他是我們的老主顧，每天早上都會來店裡喝一杯。」

「他不會再去了……」

「他醉了嗎？」

「聞起來有酒味。」

「好幾年來，他每天早上都坐在吧台上喝一小杯白葡萄酒。」

「這對確認他的血型沒有用……」

「他連看都沒看就過馬路了！」

「法律規定，無論任何情況，駕駛要對自己車輛的肇事負責。」

「沒事的，兄弟，如果你有一份好的保險的話就好處理了。」

「只是附加費用會很高。」

「別動他！」

「我是醫生！」

「我也是。」

「那你看好他。我去打電話叫救護車。」

「我得去送貨……」

世界上大部分的語言裡，r 都是上齒齦音，也就是捲舌音，但法語卻不是，法語裡的R約三百年來都是小舌顫音。德語、英語的 r 也都不捲舌，聽起來也不是義大利或西班牙語。也許是個葡萄牙人？是帶點喉音沒錯，但他說話時的鼻音和音調起伏又沒那麼明顯，甚至有點平板，平板到連慌張的情緒都不易察覺。

似乎是俄語。

4

符號學，一門源於語言學，卻差點淪為研究那些最貧瘠、最受限語言的殘花敗柳。這樣的一門學科，是否能在最後關頭翻身成為一枚中子彈的呢？

巴特對這項任務並不陌生。

最早，符號學研究的對象是非語言的溝通系統。索緒爾親口對學生說過：「語言是用以表達觀念的符號系統，因此可比之於文字、手語字母、象徵儀式、禮節形式或軍事信號……。只不過它是所有的系統中最重要的。」這話一點也沒錯，但前提是得把符號系統限定於訊息明確且意圖顯著的溝通範圍。布伊聖[18]曾定義符號學為「對溝通過程的研究，也就是說是一種用以影響他人，對方亦能認可的方法」。

巴特的過人之處在於他不把這門學問侷限於溝通系統，並將研究領域擴展至內涵意義。當我們嘗過語言的滋味後，其他的言語形式便顯得索然無味了。語言學家研究路標或軍事暗號，大概就跟一個專業棋手或撲克玩家玩馬賽塔羅（tarot）和拉密牌（rami）差不多感覺吧。就像對安伯托・艾可而言，語言是溝通方式的首選，沒有其他更好的方法。儘管如此，語言也不是唯一的表達方式。我們的肢體、生活中的物件、歷史、個人的命運、群體的命運、生者、死者都以千萬種方式無休止地傳達著概念。人是善於詮釋的機器，只需稍有想像力便能無處不見符號：老婆大衣的顏色、車門上的刮痕、公寓對門鄰居的飲食習慣、法國每月失業率、薄酒萊新酒裡的香蕉味（這種酒經常是香蕉或覆盆莓味，為什麼呢？沒有人知道，但其中必定有一套學問，一套屬於符號學的學問）、地鐵站裡前方黑人太太的昂首闊步、辦公室同事胸前兩顆扣子從不扣上的習慣、某位足球員進球後的歡慶儀式、伴侶在性高潮時的呻吟、北歐風格的家具、網球公開賽的logo、電影片尾字幕的背景音樂、建築、畫作、料理、時尚、酒吧、室內裝潢、西方國家對男女表現的想像、對愛與死亡的想像、對天與地的想像，凡此種種。因為巴特，符號不再需要實體，它們已然成為一種象徵，這是重要的轉變，符號因他的詮釋而變得無所不在，更將席捲這大千世界。

18 Eric Buyssens，比利時語言學家。

5

警探巴亞在巴黎硝石醫院的櫃台前說明來意，並取得了羅蘭．巴特的房號。他的檔案裡寫著：男性、六十四歲、星期一下午、學院路、穿越斑馬線時、乾洗店小卡車撞擊。小卡車駕駛名為伊凡．德拉霍夫，保加利亞人，血液裡略帶酒精，酒測值〇點六毫克，未達〇點八的上限，未違法，肇事時正趕著遞送襯衫，自稱當下未超過六十公里的速限。被害人當場陷入昏迷，救護車抵達現場時身上未尋獲任何文件，稍後由一位名為米歇爾．傅柯（Michel Foucault）的同事指認，這位先生於法蘭西學術院擔任教授，同時也是作家。他確認了被害人為羅蘭．巴特，兩人職業相同。

至此，檔案記載的內容看不出任何調查人員介入的必要，更不用說派出情報局警探了。杰可．巴亞現身此地主要為了一個小細節：一九八〇年二月二十五日，羅蘭．巴特被撞前曾在白斗篷路某處與弗朗索瓦．密特朗[19]共進午餐。

目前看來那頓午餐與意外之間沒有任何關聯，那位明年將參選的社會黨總統候選人和受雇於某家乾洗店的保加利亞小卡車司機之間也沒有。然而由於正值黨內初選，情報局自然得特別關照與密特朗有關的事件。當時米歇爾．羅卡[20]的民調支持度仍佔優勢（一九八〇年一月，法國民調中心「社會黨最佳候選人」數據指出密特朗支持率為百分之二十，羅卡是百分之五十五）。然而高層認為他沒有破釜沉舟的膽量，而且社會黨候選人一向都是正統派，當時二度當選黨魁的密特朗理所當然出線。除此之外，六年前的總統大選，季斯卡（Giscard）也僅以百分之五十點八一得票率險勝密特朗的百分之四十九點一九，自實施普選以來，沒有比兩者更小的差距了。也許這次人民將會選出第五共和的第一位左派總統，當局不敢掉以輕心，只得派出情報局人員介入調查。杰可・巴亞的首要任務是確認巴特在密特朗家沒有喝太多酒，或是，正巧參加了某個狗狗性愛派對。近年來，社會黨的形象端正，幾乎未見影響領導階層的醜聞。巴黎天文台[21]的事件早被遺忘，法蘭克戰斧勳章和維希政府[22]更是禁忌話題。得找些新鮮事才行。杰可・巴亞收到的正式指令為評估這場意外的影響力，但無需明講，他也知道上級的心事：翻查得以損害這位社會黨候選人公信力的事物，可以的話，玷汙他的名聲。

杰可・巴亞抵達病房時，門前的走廊上的訪客已排了幾尺，全等著探望裡頭的傷患。服儀端正的老人、穿著邋遢的小伙子，各色各樣的人都有，長髮的、短髮的、看

19 François Mitterrand，法國第五共和的第四位總統。
20 Michel Rocard，法國前總理，任期自一九八八至一九九一年。
21 一九五九年，密特朗於天文台附近遭人綁架，多數人認為該事件為密特朗自導自演的假案。
22 一九四〇年六月，納粹德國攻佔法國巴黎，時任法國總理的貝當（Philippe Pétain）元帥率法國政府投降，並被任命為「國家元首」，兼任總理。同年七月，法國政府遷往中部城市維希（Vichy），那段時期被稱為「維希法國」。法蘭克戰斧（francisque）為當時政府的標誌，密特朗因曾受領此勳章而被議論與納粹德國有染。

起來是北非來的，大致上男性多於女性。等待的時間裡，有的人竊竊私語，有的高談闊論，有的爭論著，有的低頭看書或抽著菸。還沒意識到巴特名氣的巴亞，應該正對這情況感到困惑。他行使了特權，只以「警察」二字便穿越隊伍直接進入房內。

杰可・巴亞一眼就注意到了某些細節：高得不太正常的床、直入喉嚨的插管、臉上的瘀青血腫、哀傷的眼神。除了他以外，房內還有四個人：巴特的弟弟、一位編輯、一個學生和一名儀容高雅看似阿拉伯王子的年輕人。阿拉伯王子尤瑟夫是大師與其門生的共同朋友。學生尚－路易被視為巴特最出色的弟子，也是他最鍾愛的一個。兩人在巴黎第八區合租一層公寓，經常辦晚會。那些晚會是巴特人生中的一大樂事，他在那裡認識了不少人，學生、女演員、各路牛鬼蛇神都有，安德烈・泰希內[23]是常客，伊莎貝・艾珍妮[24]偶爾會現身，更是許多年輕知識份子的聚集地。到目前為止，這些細節對警探巴亞來說沒什麼價值，他的來訪只為重建案發經過。他到醫院時，巴特正好清醒了，對急著了解狀況的親朋好友說：「愚蠢！愚蠢至極！」儘管有多重挫傷，肋骨也斷了幾根，但他當時的情況其實無需過於操心。只是根據巴特的弟弟所言，他的「阿基里斯腱」是肺。他年輕時患上了結核病，偏偏又是個大菸槍，因此有慢性呼吸衰竭的問題。此夜舊疾正好復發，眼見他喘不過氣，院方只好決定插管。因此巴亞抵達時，他雖然醒著卻無法開口。

巴亞緩緩接近巴特。他將提問，而巴特只需點頭或搖頭示意即可。巴特望著警探，眼神如可卡犬般憂鬱，有氣無力地擺晃著腦袋。

「您被車撞的時候正在回辦公室的路上，是嗎？」巴特點頭。

「車速快嗎？」他將頭擺到一邊，又晃到另一頭，巴亞理解他想表達的是不確定。

「您當時被別的事分心了嗎？」對。

「和那頓午餐有關嗎？」沒有。

「在想您要上的課？」想了片刻。對。

「用餐時和密特朗有接觸嗎？」有。

「用餐時有任何不太尋常的事嗎？」想了片刻。沒有。

「您喝酒了嗎？」對。

「很多嗎？」不。

「一杯？」對。「兩杯？」對。「三杯？」停頓片刻。對。「四杯？」不。

「出事時身上有證件嗎？」有。停頓了一下。

「您確定？」對。

23 André Téchiné，法國編劇、導演。
24 Isabelle Adjani，法國女演員，領過五次凱薩獎最佳女主角獎。

「我們沒在你身上找到任何證件，有沒有可能是您記錯了？也許放在家裡或別處？」沉默了一段時間。巴特的眼裡閃過一絲異樣，搖頭否認。

「救護車抵達現場前，躺在地上時，有沒有人動過您，您記得嗎？」巴特看來不太明白這個問題，或者根本沒聽進去。他搖了頭。

「您不記得了嗎？」又停頓了一段時間，這次，巴亞覺得自己看懂了那個表情，是疑惑。巴特搖頭。

「您的錢包裡有錢嗎？」巴特雙眼凝視著問話的人。

「巴特先生，您聽得見我說話嗎？您當時身上有錢嗎？」不。

「那有值錢的東西嗎？」沒回答。他的眼神呆滯，要不是眼底那朵火苗，旁人可能會以為他已經死了。

「巴特先生？您當時身上有值錢的東西嗎？有沒有可能被偷了？」

那個空間裡一片寂靜，只聽得見巴特進出呼吸管那一絲沙啞的氣息。好幾秒後，他才緩緩地否定，接著便把頭別了過去。

6

走出醫院時，巴亞便認定事有蹊蹺。也許這趟常規調查不如想像中無用。證件不翼而飛為這場看似平凡無奇的車禍意外增添了一抹隱晦、令人好奇的色彩，若想撥開層層迷霧，得尋訪更多本來不在名單上的人才行。他從學院路上的法蘭西學術院（這是一個到今天之前，他從未聽過，也不太明白其存在意義的研究單位）下手，得先會會這位「思想體系史教授」（根據他本人所言）傅柯先生，接著還有無數個長髮學生、目擊證人和被害者的朋友。儘管他為這些繁瑣的事感到困擾與厭倦，但他很清楚自己在醫院裡看到了什麼。巴特的眼裡發出的訊息是恐懼。

這位警探因為陷入思緒當中而未注意到路的另一頭停著一輛黑色的雪鐵龍DS。他坐進自己的公務車寶獅504，往法蘭西學術院開去。

7

一到大廳門口，學術院的課程表便映入眼簾：「核磁學」、「個體發展神經心理學」、「東南亞社會誌」、「前伊斯蘭時代的東方基督教與玄學」。他帶著困惑走進教師辦公室要求見米歇爾．傅柯。對方回答他正在上課。

階梯教室一位難求，巴亞甚至沒有任何立足之地。他正想闖出一條路時，卻被由聽課學生築成的牆往外推擠，推得他怒火中燒。一位好心的學生低聲對他說明規則如下：要想有位子坐，得在課程開始前兩個小時就來卡位。階梯教室的位子滿了後，還可以去搶對面那間教室的，那裡會同步播放課程。那間教室看不到傅柯本人，但至少聽得見他講課。巴亞於是走向另一間階梯教室，裡頭人數也不少，但還有幾個空位。聽課的人形形色色，老的、少的、嬉皮、雅痞、龐克、歌德、穿著蘇格蘭格紋毛呢背心的英國人、低領袒胸的義大利人、套著黑罩衫的伊朗女生和帶著小狗的老太太。他坐到兩個打扮成太空人（當然沒有帶頭罩）的雙胞胎旁。教室裡的氣氛嚴肅，聽眾或抄寫筆記或專注聽講。偶爾有人咳出聲，就像在劇場裡一般，只是舞台上沒有人影。喇叭裡傳來帶著鼻音的人聲，聽上去像四〇年代的感覺，聽來有點像夏邦－戴爾瑪[25]，但沒那麼嚴重，大概是尚．馬雷[26]和尚．波赫[27]混在一起，再把音調往上調一點吧。

「我想問的是，」那個聲音說，「在救贖的概念下，或者說在感召的概念，甚至是在第一次洗禮時獲得的救贖概念下，反覆懺悔的意義，又或一再重複罪孽的意義何在？」

接著又以教師的口吻（巴亞倒是聽出了這種口氣）繼續講課。正當他努力嘗試理解內容時，傅柯又接著說：「一個主體想得到真實，一個在博愛裡的真實。主體以自己的方式表達的真實正是那個真實存在、只說實話且永不蒙騙的真主在自己心裡的映照。」

如果傅柯說的是監獄、操縱、知識考古、生命權力或系譜學，天曉得巴亞也許比較能理解……但那個無止境的聲音持續傳來：「儘管對某些哲學家或宇宙學家而言，世界確實可以倒著轉，但對每個個體生命來說，時間只朝一個方向前進。」巴亞聽了但卻不甚理解，任由那時而有力、時而停頓，對他來說算是富有旋律與節拍，並且充滿抑揚頓挫的語調哄著自己入睡。

這傢伙賺的錢比他多嗎？

「我認為，立基於行為之上，且涉及個人意志的法律制度（因此意味錯誤將無止境重複），以及牽涉到個人救贖與完美與否的基模兩者（因此意味的時間節奏不可逆），沒有任何整合的可能……」

肯定是，無庸置疑。巴亞克制不住自己怨妒的本能，對這個聲音產生了反感。警察竟然得跟這種人計較繳納的稅金。一樣是公務員，可他認為自己的工作更值得拿納

25 Chaban-Delmas，法國前總理，任期為一九六九～一九七二年。
26 Jean Marais，法國演員。
27 Jean Poiret，法國導演、演員。

稅人的錢。這法蘭西學術院是什麼東西？是由弗朗索瓦一世設立的沒錯，門口的看板上寫了。所以呢？專開一些只有左派無業遊民、退休老人、宗教異端或是抽雪茄的教授才有興趣的公開課程，一些他從沒聽過的不可思議課題……沒有文憑、沒有考試。像巴特和傅柯這樣的人，都是被聘來講一些陽春白雪的。巴亞此刻明白了一件事：這裡不是學習一技之長的地方。知識論，屁話而已。

那個聲音和聽眾約定下個星期的見面時間時，巴亞便回到第一間階梯教室。他逆向穿過那群正往門口湧出的人潮向內走，直驅教室內部。講台上的禿頭男子戴著一副眼鏡，外套內穿了件高領衫，身材修長，看來很結實，略微突出的下巴引人注目，上身的直挺顯露出被整個世界認可的自信，頭髮剃得乾淨無可挑剔。巴亞走上講台，「傅柯先生？」那個高大的禿子正在收拾講台，一派講完了課特有的輕鬆。他一臉親切轉向巴亞，那種反應看來是早就習慣了偶爾會有學生上前攀談。巴亞亮出證件，他也是老手了，很清楚這張卡片會帶來的效果。傅柯停下手邊的事，瞄了證件一眼並打量了這位警官，隨即又回到剛才忙著的事上。他似乎刻意吸引正在散場的群眾的注意力，以極具戲劇效果的方式說：「我拒絕被威權識別身份。」巴亞裝作沒聽見，直接說明來意：「是跟那場意外有關的事。」

高大的禿子把資料塞進公事包後，一言不發走下講台。巴亞追上他：「傅柯先生，您要去哪裡？我有幾個問題要問！」傅柯大步爬上階梯，聽見這句話後並未回頭，以讓在場人都聽得見的方式又複述了一次：「我拒絕被威權識別身分！」全場都笑了。巴亞抓住了他的手臂：「我只想知道你對那件事的看法。」傅柯停下動作，一言不發。他全身僵直，盯著揪住他的那隻手，彷彿那是自紅色高棉大屠殺以來最嚴重的一次侵害人權事件。但巴亞仍緊握不放。周圍的學生交頭接耳。經過了漫長的一分鐘後，傅柯總算開口了：「我的看法就是他們殺死了他。」巴亞不確定自己是否聽懂了這句話，於是又追問：

「殺死？你指的是誰？」

「我的朋友羅蘭。」

「但他還沒死啊！」

「他早就死了。」

傅柯雙眼直視眼前這位警探，眼鏡下是一對精明銳利的眼神。他緩慢地，一字字清晰地，彷彿是在一長串的闡述後，說出只有他才明白箇中邏輯的結論：

「羅蘭．巴特已經死了。」

「那是誰殺死他的？」

「當然是這個體制！」

「體制」二字一出口，便證實了這位警探原本的擔憂：「他闖進了左派的地盤。」通常這些人的嘴裡只有幾件事：腐敗的社會、階級鬥爭、「體制」……，他很不耐煩地聽著接下來的內容。傅柯也繼續大唱高調：

「近年來，羅蘭遭受了許多惡意嘲弄，只因為他擁有很奇特的能力，能在看透事物本質的同時又為它們創造了另一種嶄新的意義。人們苛責他的語彙艱澀難懂，進而刻意模仿他、戲謔他、譏諷他、畫一些諷刺的漫畫嘲笑他……」

「您知道哪些人與他為敵嗎？」

「當然知道！自從他進到法蘭西學術院後，順道一說，是我引介他進來的，從那之後，人們就更加眼紅了。他的生命中只剩下仇家，舉凡反動份子、布爾喬亞、法西斯主義者、史達林主義支持者，特別是，特別是談著一堆老舊腐朽理論的人，這些人跟他結下的恩怨從來沒有解開過。」

「什麼恩怨？」

「因為他膽敢放縱思考！膽敢挑戰那些布爾喬亞從前提出的模組，把他們那腐敗的規範理論置於鎂光燈下供大眾檢視，並揭開它的原貌：一個被荒唐的行為和妥協的個性給糟蹋了的過氣妓女！」

「他們指的是某些特定的人嗎？」

「您是說名單嗎？您以為自己在跟誰說話啊！當然是像皮卡[28]、博米耶[29]、朗博[30]、比爾尼耶[31]這些人啊！要是可以的話，他們一定會往他頭上開槍，就在索邦的中庭，雨果的雕像下開個十二槍！」

忽然間，傅柯又邁開步伐，巴亞反應不及，他們已相距幾尺了。他走出了階梯教室，溜向樓梯的方向。巴亞緊追在後，兩人踏在石階上的腳步聲在廊道裡迴盪著，他大聲呼喊：「傅柯先生，您提到的這些人都是些什麼人啊？」傅柯沒有回頭：「他們都是狗、是豺狼、是無知的禿驢、蠢才、爛貨，但最重要、最重要、最重要的是，他們都是些舊秩序的賤婢、老時代的寫手，他們為氣數已盡的思想拉皮條，一心只想著靠猥褻的奸笑強迫所有人呼吸屍體發出的臭味。」巴亞抓住了樓梯欄杆又問：「什麼屍體？」傅柯三步併作兩步往上爬：「死去的思想！」接著便發出了一串諷刺的笑聲。巴亞在他的風衣口袋裡翻找著筆，並試著跟上傅柯的節奏：「請問朗博怎麼寫？」

28 Raymond Picard，法國索邦大學教授，研究拉辛劇作，以反對羅蘭巴特理論聞名。
29 René Pommier，法國索邦大學教授，文學、哲學研究。
30 Patrick Rambaud，法國作家。
31 Michel-Antoine Burnier，法國記者、作家。

8

警探巴亞走進書店想買幾本書，但因為平常沒有逛書店的習慣，一時間不知該從何找起。雷蒙・皮卡的書擺在哪裡呢？書店店員似乎看透了他的思想，順道提醒他雷蒙・皮卡早就死了（看來這件事對傅柯來說沒有重要到需要特別點明），並建議他訂購《新批評或新騙術》（*Nouvelle critique ou nouvelle imposture*），或者他們店裡也有雷內・博米耶的《解碼夠了》（*Assez décodé*），這位先生是皮卡的學生，繼承了他結構主義的批判路線（至少書店是這麼向他推銷的，只是對他的幫助不大）。重要的是他們還有朗博和比爾尼耶合著的《解讀羅蘭・巴特》（*Roland Barthes sans peine*），綠色的書皮，不厚，封面橘色的橢圓框裡印著羅蘭・巴特嚴肅的臉。一旁還有個克魯伯[32]畫風的小人物從框緣冒出來，摀著嘴露牙冷笑著，對話框裡寫著「嘻嘻！」。但巴亞從來沒聽說過《怪貓菲力茲》（*Fritz the Cat*）這部懷有六八[33]精神的動畫。動畫的背景是城市暴力與一堆著火的垃圾桶，故事中，黑人化身為吹薩克斯風的烏鴉，穿著高領毛衣的貓是英雄，牠抽大麻，並且以凱魯亞克[34]的風格，在凱迪拉克車子裡與所有活物翻雲覆雨。事實上，克魯伯的名氣不小，尤以筆下的女人著稱。她們無一不是擁有壯碩的大腿、伐木工人般的臂膀、飛彈般的雙峰、馬屁股般的肥美雙臀。和漫畫藝術不太熟的巴亞當然不會聯想到這些，但他還是買下那本書了，連同博米耶的也一起帶。最後他沒訂購皮卡的書，人死了還有什麼好調查的呢？

警探巴亞坐進一家咖啡館，要了杯啤酒，點了根吉普賽牌香菸，打開《解讀羅蘭．巴特》〔哪家咖啡館？小細節對還原事件現場總是很重要的不是嗎？他就坐在索邦大學區裡，咖啡店正對著學院路底的香堡（Le Champo），那家藝術實驗電影院。但說真的，我也不知道，隨你們想讓他坐在哪家都可以。〕他讀著：

「R. B.（在羅蘭巴特語裡，R. B. 指代的就是羅蘭．巴特）一詞的詞源最早來自二十五年前的《寫作的零度》一書。從那時起，這個詞就逐漸脫離法文的規範，形成一套擁有專屬語法和詞彙的獨立語言。」

巴亞抽著他的吉普賽，喝了口酒，翻了一頁，聽到服務生正向另一桌的客人說明為什麼要是密特朗當選了，法國就會陷入內戰。

第一課：會話基礎元素。

1. 你如何清楚表述自己？

32 Robert Crumb（1943- ）美國怪誕漫畫大師，作品充滿厭世與情欲色彩，曾創作首部限制級動畫片《怪貓菲力茲》。

33 指的是法國一九六八年五月學運的精神。

34 Jack Kerouac，美國作家、詩人。

白話：您叫什麼名字？

2. 向各位說明我是 L。

白話：我的名字是 William。

巴亞大致了解作者諷刺的意圖，也知道自己應該和作者同氣，但還是有些質疑。為什麼R. B.語裡L.指的是 Williaim？這裡並沒有很清楚的脈絡。果然還是雞歪的知識份子。

服務員對客人說：「社會黨一旦掌權，口袋裡有銀子的人就會把它們帶出國存到別處，存到一些不需繳稅也不會被抽取一分一毛的地方。」

朗博與比爾尼耶說：

3. 哪一項協議像刻意忽略和（或）剝削你存在的本質般控制、壟斷、支配、操縱著你的行為佈局？

白話：您是做什麼工作的？

4.（我）吐出符碼微粒。

白話：我是打字員。

他還是被逗笑了，但事實上這種被言語威脅的感覺令他作嘔。他很清楚自己不是這類書的潛在讀者，那是給知識份子看的，是那些寄生蟲茶餘飯後的笑話，或者用以自嘲（等級最高的做法）。頭腦不差的巴亞在不知不覺中做了一點布赫迪厄式（Bourdieu）[35]的分析。

吧台上，討論會還持續著：「一旦所有的資金都流向瑞士後，我們就再也付不出薪水了，內戰就是這樣開始的。那些社會黨、共產黨的人就會因此贏得最後的勝利。」講到這裡，服務員中止了談話，到一旁去為其他客人服務。巴亞繼續閱讀：

5.我的論述能透過R. B.以鏡像自述的方式找到／獲得自己的文本性。

白話：我的羅蘭巴特語說得不錯。

巴亞讀懂了這本書，它的目的在於說明羅蘭．巴特的語言是無法消化的。既然如此，為何還要浪費時間讀它？又為什麼要寫這種書呢？

6.將這個語言昇華（整合）為（我的）符碼，是本人透過第三者表達的強烈的

35 布赫迪厄曾提出在任何場域中，語言的使用總是受制於更廣大的階級社會與特定的場域邏輯所影響。

cupido，也就是強烈的欲望。

白話：我也想學這個語言。

7.繁複冗長如 R. B.難道不會自成一格，以鐵絲柵欄阻隔法語侵入？

白話：對法國人來說羅蘭巴特語不會太難嗎？

8.只要反覆且不厭其煩地進行，巴特式的圍巾就會圍繞在語碼的周圍。

白話：不會，滿容易的。但還是得花點心思。

警探巴亞越來越困惑。他不曉得在巴特和那兩個插科打諢的丑角間，自己比較討厭哪一方。他放下書、捻熄了菸。服務員又回到吧台後方。手持紅酒的客人反駁：「我同意，但密特朗會在那些人踏出國界前把他們攔下的。那些錢就會充公了。」服務員皺了皺眉頭，斥責對方：「您以為有錢人都是笨蛋嗎！他們會付錢請專業的偷渡客，也會組織集團專門洗錢。他們會跟漢尼拔一樣，越過阿爾卑斯山和庇里牛斯山！就像二次世界大戰，當時能放走猶太人，現在就能放走鈔票，您不覺得嗎？」那名客人不甚同意，但看來一時也反駁不了，只能點點頭，喝乾了杯裡的酒，然後又點了一杯。服務員拿出一瓶已經開了的紅酒，神氣活現地繼續說：「對啊！對啊！反正阿共仔贏了也沒關係，我就不幹了，到日內瓦工作去。他們不可能從我身上吸到任何一毛錢，不可能，只要我還活著就沒門。我打死不為共產黨工作。您沒看清我！我是不為任何人工作的！我是自由的！就跟戴高樂[36]一樣！……」

巴亞試著回想漢尼拔是誰時，下意識地注意到服務員的小指少了一節。他打斷了演說，跟服務員要了第二杯啤酒，翻開雷內・博米耶的書，算了前四頁一共提到十七次「胡言亂語」後便闔上了它。這時，服務員又開啟了新的話題：「文明社會就不該廢除死刑！……」巴亞付了錢，把銅板留在桌上後就離開了咖啡館。

他並沒有發現自己經過了蒙田雕像，直接穿過了學院路再次進入索邦。警探巴亞明白自己什麼都沒看懂（或是只懂了一點）。他需要一個能替他解惑的人，一個專家、一個翻譯、一個傳話員或培訓員，也就是個教授嘛。他到校園裡詢問符號學系的位置，但門口接待室的人一臉冷漠地說這個系不存在，於是又在中庭裡隨意抓了幾個穿著海軍藍短大衣和船型鞋的學生詢問哪裡可以旁聽符號學的課。大部分的學生都不曉得這門學科，知道的人也都只有模糊的概念。最後他才在路易・巴斯德雕像下問到一位抽著大麻菸、頭髮茂密的學生告訴他，想聽符號學的課得到文森市才行。巴亞不是特別熟悉學術界的事，但他知道文森市是左派的地盤，專門聚集一些煽動罷工的無業遊民。出於好奇，巴亞問了年輕人為什麼沒去上那門課。眼前的這個年輕人穿著一件寬鬆的高領毛衣，下半身的褲角捲起，看起來像是要去撈淡菜的模樣，還穿著一雙豆

36 Charles de Gaulle，法國第五共和的第一位總統，任期為一九五九～一九六九年。

沙色的馬汀大夫短筒靴。他拿掉嘴上叼著的大麻菸，回答：「直到重讀二年級前，我都會去聽。但我是托洛茨基派的。」年輕人本來想著這個回答夠清楚了，但看到巴亞疑惑的眼神，便知道自己錯了，又補充道：「發生了一些事。」

巴亞沒有再追問。他坐上了504，一路開到文森市去。停紅燈時，他注意到附近有一輛DS，心裡想著：「這才是一輛古董好車啊！」

9

504從貝西門（Porte de Bercy）開上外環道，直到文森門（Porte de Vincennes）下交流道後，沿著那條綿長的巴黎大道向上開去，經過三軍醫院，搶過一輛日本人開的嶄新發亮藍色Fuego路權，繞過城堡與花卉公園，進入林區後不久便停在幾棟看上去像是七〇年代郊區高中的龐大水泥建物前，這類建築大概是人類能力所及最慘不忍睹的作品吧。巴亞想起了自己那年代久遠的巴黎二大法律系求學時光，再對照面前的景象，感到十分新奇。行抵教室前，他得穿過一個擠滿非洲人的雜市，跨過倒在地上飄飄欲仙的毒蟲，再經過填滿垃圾的乾枯水池。沿著布滿海報與塗鴉的斑駁牆面向前行，牆上還能閱讀的標語寫著「教授、學生、校長、學校雇員——賤人們，去死吧！」、「拒絕關閉小吃街」、「拒絕校址遷至諾強市（Nogent）」、「拒絕校址遷至馬恩河谷（Marne-la-Vallée）」、「拒絕校址遷至奧爾日河畔薩維尼（Savigny-sur-Orge）」、「拒絕校址遷至聖丹尼（Saint-Denis）」、「無產階級革命萬歲」、「伊朗革命萬歲」、「毛主義＝法西斯」、「托洛茨基＝史達林」、「拉岡[37]＝條子」、「巴迪歐[38]＝納粹」、「阿圖塞[39]＝謀殺」、「德勒茲＝操你媽」、「西蘇＝幹我」、「傅柯＝霍梅尼[40]家妓」、「巴特＝親中國社會主義叛徒」、「克里克斯＝納粹親衛隊」、「嚴禁杜絕禁止」、「左翼聯盟＝吃大便」、「來我家一起讀《資本論》吧！巴里巴留」……幾個滿身大麻臭味的學生主動靠近，強塞給他一堆手冊：「同志，你知道在智利的現況嗎？還有薩爾瓦多呢？你有在關注阿根廷嗎？那莫三比克呢？莫三比克關你屁事？你知道這個國家在哪裡嗎？要不要我跟你說說帝汶的故事？再不然，我們正在為尼加拉瓜的掃除文盲計畫募款，請我喝杯咖啡怎麼樣？」他總算找到一點熟悉感了。當年還是青年國族黨[41]黨員時，他可打擊了不少這類邋遢的

37 Jacques Lacan，法國哲學家、心理學家，精神分析學的重要代表人物之一。
38 Alain Badiou，法國哲學家，自稱為堅定的毛主義者。
39 Louis Althusser，法國馬克思主義哲學家。
40 Rouhollah Khomeiny，一九七九年伊朗革命後的政治與精神領袖。
41 Jeune Nation，一九四九年成立的極右派政黨，以國族主義為宗旨，一九五八年因暴力攻擊左派而遭政府勒令解散。

左翼小屁蛋呢。想著這些往事時，他順手把冊子丟進早已變成垃圾場的水池裡。

巴亞不知怎麼晃到了文化與傳播學院的走廊，循著釘在軟木公告欄上的課程學分列表找到了那堂課：「符號圖像學」，一旁標著教室號碼、每週課程時間和教師名稱，一個名為西蒙·荷卓的人。

10

「今天我們談〇〇七電影裡的數字與字母。講到龐德，你們心裡會浮現哪個字母？」教室裡一片沉寂，學生們都陷入思考。坐在教室後方的杰可·巴亞至少還知道龐德是誰。「龐德的上司叫什麼名字？」巴亞知道！他對於自己竟然想大聲宣告答案感到萬分驚訝，但還未出口就被幾個學生同時搶先了：M。「M是誰？為什麼是M？M代表了什麼意思？」一片靜默。沒有人回答。「M本來是個老男人，但卻有女性的形象。M指的是Mother（母親），是乳母，是供食者與保護者。她是當龐德犯錯時總是會生氣但隨即又寬恕他的母親，而他也總是以完成一個又一個的任務來回報。他是個執行者但不是獨行俠，他不孤單，他不是孤兒（在血緣上是，但在象徵意義上卻不是：英國是他的母親；他跟祖國沒有姻親關係，是祖國的愛子）。他的背後有層層的支援與嚴密的組織，整個國家都派予不可能的任務，他則懷抱著祖國的榮耀完成（M則是英國的喻依、皇后的替身，時常提醒觀眾龐德是他的最佳打手，他最愛的孩子），而相對的，祖國也盡可能提供所有需要的裝備。龐德既是雞蛋也是雞，正因如此這則魔幻故事才能風靡全球，成為一則強而有力的當代神話：詹姆士．龐德是公家機關裡的冒險者。他進可攻退可守。他目無法紀、違章亂法甚至作奸犯科，但總是被赦免放行。沒有人會責怪他，正是所謂的『殺人執照』，他的編號代表了殺人通行證，也就是那三個神奇的數字：〇〇七。」

「雙零，是殺手的代號，這是數字符碼應用的經典案例。要怎麼用一個數字代表殺人執照呢？十？二十？一百？一百萬？死亡無法量化。死亡是虛無的，而虛無即是零。但是殺戮又比死亡更上一層，是加諸於他人身上的死亡。這個數字是雙倍的死亡，是他的死（遲早的事，這是職業風險，觀眾也常被提醒代號〇〇的特務生存率很低）也是另一個人的。〇〇象徵著殺人與被殺。至於七，當然非此數字不可了。傳統上，七是最優雅的數字之一，它是具有歷史與象徵意義的，具體而言，它有兩個特色，它是奇數（當然了，就跟送給女生的玫瑰數一樣）也是質數（質數指的是一個數字除了一和自己本身外沒有其他因數）。透過這個數字表達的是獨特、唯一、與眾不同，用以杜絕龐德可被替代的、普世的形象。還記得影集《囚徒末路》（The prisoner）裡的主角「六號」一再絕望且氣憤地重複：「我不是個號碼！」嗎？反觀龐德，他完全接受自己的號碼，而這個號碼同時也為他帶來超凡的特權和爵位（代價是為女王陛下服務）。〇〇七與六號相反，他樂於享受社會賦予的高度特權，再以維護穩定的秩序作為回報，絕不對敵人的本意與動機提出疑問。六號多有革命精神，〇〇七就有多保守。反動的〇〇七相對於改革派的六號，如同反動永遠發生於改革之後（保守派致力於反對改革派，強調回歸舊秩序，也就是回到舊有的制度），代表反動的數字也必然在改革者之後（換句話說，龐德不能是五號）。〇〇七存在的意義就是透過揭發擾亂世界秩序的各種威脅，以求回歸穩定。每一部〇〇七電影的結局都正好回歸到『正常』，換句話說就是『回到舊制序』。安伯托．艾可也曾表示龐德是法西斯主義者。事實上我們也很清楚，他是個反動者……」

一位學生舉起了手問：「但還有Q啊，專門管理那些神奇小工具的人。您覺得這個字母也有特殊涵義的嗎？」

巴亞被教授直接斷然的回答給嚇到了：

「Q是父親的形象，因為他是提供龐德武器並教他如何使用的人。他傳授知識。要是如此，他的代號應該是Father的F才對。但要是你們仔細觀察Q出現的場景，會發現什麼呢？一個漫不經心、毫無耐心、好玩又不聽話（或是裝作沒聽到）的龐德。Q在每次對話結束前都會問一句：『有問題嗎？』（用「你都聽懂了嗎？」的口氣）但龐德從來沒有問題。因為那異於常人的理解力，表面上放蕩不羈的他能聽懂所有人的話。所以呢，Q在這裡指的是question的Q，那些Q發自內心卻從來沒有得到回應的關心。就算龐德真的提問了，也只是一些玩笑，從來不是Q期待的問題。」

另一位學生接著說：「Q的英文念作『Kiou』，也就是『排隊』的意思。龐德是去購物的。人們在那裡排隊，等著服務員來詢問。這是兩場動作場景之間的休戰時間。」

年輕的教授熱情地揮舞雙臂，說：「沒錯！很棒的詮釋！非常好的想法！記得，符號意義的詮釋是永無止境的，同樣的，詞義也是個無底洞，有無止境的回音。我們不可能窮盡一個詞的涵義，甚至連一個字母都不行。」

教授看了一眼手錶：「感謝各位聆聽。下星期二我們會談龐德的服裝造型。男士們，別忘了穿燕尾服來（教室裡一片笑聲）。女士們則是烏蘇拉．安德絲龐德女郎式的比基尼（教室裡的女性或吹口哨或發出抗議聲）。下星期見！」

學生們逐漸散出教室時，巴亞小心翼翼地帶著一抹沒人能懂的奸笑向前靠近年輕的教授，彷彿說著：「嘿嘿，你這傢伙要為那個禿頭贖罪。」

11

「警探先生，我先把話說清楚了，我既不是羅蘭．巴特專家，也不是符號學專家，可能沒辦法幫到您。我有現代文學高等研究文憑，研究歷史小說，現在正在寫關於言語行為的博士論文，同時也在大學兼小組課程。這學期我教符號與圖像，去年教的是符號學概論，那是一堂開給一年級學生的初級課程。除此之外，我也教過幾堂語言學通論的課，因為那是符號學的基礎。我們談了索緒爾、雅各布森[42]，還有一點奧斯汀[43]和希爾勒[44]。課程圍繞著巴特的理論展開，因為那是最簡單的途徑，也因為他經常拿大眾文化的物件做為研究案例，談論這些研究比講授他對……比方說，拉辛和夏多布里昂的評論更能引起學生的好奇心。畢竟我的學生是傳播學系的而不是文學系的。談論巴特過去的研究，可以提到牛排薯條、雪鐵龍的新款車、龐德，從這些角度進行分析比較有趣。而且就某種程度而言這也正是符號學的定義，它是一門使用文學評論的手段研究非文學對象的學科。」

「他還沒死。」

「不好意思，您說什麼？」

「您使用了『過去』這個詞，代表過去的事，意思是現在不可能再做了。」

「哦，不，我不是這個意思……」

西蒙．荷卓和杰可．巴亞並肩走在校園的長廊上。年輕的老師一手拿著公事包，另一隻手抱了一疊影印的資料。一個學生遞上傳單時，他搖了頭示意；遇上那個法西斯主義走狗時，他也給了一個充滿歉意的笑容，接著又馬上端正表情對巴亞說：

「即使巴特死了，我們還是可以繼續使用他的方法論做研究……」

「為什麼您覺得他有死亡的可能？我沒跟您提過他的傷勢有多嚴重。」

「呃，是這樣的，我不認為每一起車禍都會有探員介入調查，所以才會推測事情的嚴重性，而且直覺告訴我目前案情可能不明。」

「案情很明朗，受害者的狀況也沒什麼好擔心的。」

「是嗎？呃，那太好了，警探先生。」

「我沒告訴你我是警探。」

「沒有嗎？我還以為以巴特的名氣是該派出警探調查的……」

「直到昨天以前，我都沒聽過這傢伙的名字。」

年輕的博士候選人閉上了嘴，看起來有點慌張，巴亞為此感到自豪。一個穿著襪

42 Roman Jakobson，俄羅斯語言學家，莫斯科語言學圈主導者。
43 John Langshaw Austin，美國哲學家、語言學家。
44 John Searle，美國語言哲學家。

子和拖鞋的學生遞給他一份傳單，上面寫著《等待高達，單場劇》[45]。他把傳單塞進口袋裡，問了西蒙．荷卓：

「您對符號學有什麼認識？」

「是一門研究社會生活中符號生命的學科？」

巴亞想起了那本《解讀羅蘭．巴特》，一時間又咬緊了牙根。

「請說人話……」

「這……這可是索緒爾的定義……」

「這位餿水兒，他認識巴特嗎？」

「呃，不認識，他早死了，他是符號學的始祖。」

「哦，了解。」

其實巴亞什麼都沒了解。兩人經過學校餐廳，老舊倉庫裡瀰漫著辣味羊肉腸、可麗餅和香草的味道。一個看來有點笨拙的傢伙穿著豆沙色的中筒靴站在一張桌子旁，嘴裡叼著菸，手拿著啤酒，眼神發亮，激動地對著一群年輕人演說。西蒙．荷卓沒有自己的辦公室，只能在這裡找個位子。出於習慣，他遞上了菸，但巴亞拒絕了，拿出了自己的吉普賽後，開口問：

「說真的，這門……科學，到底可以用來做什麼？」

「嗯……這個嘛……理解現實？」

巴亞皺了眉。

「意思是？」

年輕的博士候選人思考了幾秒，在估量了眼前這位先生對抽象概念的接受度與理解力顯然有限後，決定想個合適的答案避免對牛彈琴。

「其實沒那麼複雜，在我們生活周遭有很多事物具有功能性的用途，對吧？」

一陣滿是敵意的沉默。餐廳的另一端穿著豆沙色中筒靴的男人正面對少年們訴說六八年的傳奇史詩，雙唇的動作看來像是《瘋狂麥斯》和胡士托的綜合版。西蒙・荷卓盡力簡化說明：「椅子是用來坐的、桌子是用來吃飯的、書桌用來工作、衣服保暖等等的，這樣可以嗎？」

對方依舊靜默。他接著說：

「在約定俗成的用途之外，這些物件也帶有象徵性的價值……就像被賦予了表達能力一樣，你可以想成他們在對我們述說某些事。就拿您坐著的這把椅子來說好了，從它毫無設計感的外形和漆木的材質來看，我們可以知道自己身處於一個舒適度零分、美感零分而且口袋裡沒幾個錢的單位。除此之外，憑著這股混雜著低劣的食堂餐點和大麻的味道，也可以確定我們在大學裡。同樣的，您的穿著也透露了您的職

45原文為 En attendant Godard，以名劇《等待果陀》（En attendant Godot）之名為典故。

業：西裝，說明了您是體制內的人員，但不太高檔的材質意味著是收入微薄或不需要特意打扮的工作，也就是說您不需打卡上下班，或是偶爾出現在辦公室即可。您是開車來的，但鞋子卻嚴重磨損，表示您不坐辦公室，而是在現場工作的人。這種不坐辦公室的人最有可能是被派至各處調查事情的。」

「嗯，了解。」巴亞說。（又是一段不算短的沉默，這段時間內，西蒙・荷卓甚至聽到那個穿豆沙色中筒靴的男人對那群粉絲述說當年還是斯賓諾莎（Spinoza）軍團首領的他如何打擊青年黑格爾派成員））最後他總算開口了：「我知道自己在哪裡，門口寫著『文森大學－巴黎第八大學』。而且剛才下課的時候，我亮出的那張三色證件上也印著「警察」兩個大字。所以我還是不懂您的意思。」

西蒙・荷卓開始冒汗了，這段對話讓他想起了那場痛苦的學位答辯。別把焦點放在靜默中秒針跳動的聲音上；別在意那些外表和善，內心卻因優越感和將自己過去遭遇過的痛苦加諸在別人身上而感到愉悅的口試委員。年輕的博士候選人快速思考了一下，仔細觀察了這位坐在他眼前的先生，同時也將思緒理清，就像以前老師教的那樣，一步一步建立論點，直到認為自己準備好後再等個幾秒，開始：

「您曾參加過阿爾及利亞戰爭。您結過兩次婚，跟現任的老婆分居。您有一個不到二十歲的女兒，她跟您的關係不太好。上次總統大選時，您連續兩輪都投給季斯卡，明年也還是打算投給他。某次執勤時，您失去了一個隊友，也許是您的錯，至少您是這麼想的，您一直耿耿於懷，但上級並不認為是你的責任。而且您去看了最新的〇〇七，卻還是偏好打開電視看一集好看的梅格雷[46]，或是一部有利諾・凡杜拉[47]的電影。」

一段非常非常久的沉默。食堂的那端，轉世的斯賓諾莎還在人群的歡呼聲中訴說著當年和他的夥伴們如何把粉紅傅立葉的人逼到牆角。巴亞動了動嘴，小聲說了句：

「為什麼這麼說？」

「這個嘛，很容易啊！（又是一陣沉默，但這次輪到年輕教授主場了。巴亞一動也不動，只有右手的指頭微微輕顫，穿豆沙色中筒靴的男人清唱起「滾石樂團」（Rolling Stones）的歌）剛才下課時，您走到教室前方來找我，本能地不讓自己背對任何一扇窗戶和門。這可不是在警察學校學到的，是在戰場上訓練出來的。這種本能的反應意味著您的軍事經驗不是短期服役，而是足以鍛鍊出某些習慣動作的戰場。您一定看過真的戰場，但年紀又沒大到參加印度支那戰爭，所以我才推論是阿爾及利亞。您是警察，所以肯定是右派的，而且您對學生和知識份子的敵意也十分明顯（從我們開始談話起就是如此）。但做為參與阿爾及利亞戰爭的一員，您認為戴高樂決議讓他們獨立是一種背叛的行為，所

46 Jules Maigret，法國電視影集 Les Enquêtes du commissaire Maigret 的主角，巴黎警局的傳奇探長。

47 Lino Ventura，義大利演員，但大多演出法國電影。

以您拒絕把票投給戴高樂派的夏邦，只是，基於理性（職業基本特質），您又不想把票浪費在像樂龐那樣無足輕重又毫無機會進入第二輪投票的人身上，最後的選擇就是季斯卡了。接著，您今天是一個人來的，違反了法國警察至少兩人成組的規定，這肯定是特殊狀況，上級允許您這麼做肯定有重大原因，比方說您失去了夥伴。這件事帶來的打擊讓您短時間內無法接受另一個隊友，而您的上級也同意讓您單獨行動。這樣，您就可以假裝自己是梅格雷探長，也許您自己沒有察覺，但您的風衣款式會讓人有這種推論（穆朗探長的皮衣對您而言太年輕，而您也沒有打扮成龐德的本錢）。戒指雖然戴在右手，但左手的無名指上還留著另一個印記，由此可見您大概是不想重蹈覆轍，有點像是換風水轉運的概念。可世事不盡如人意，您的襯衫才一大早就皺成這樣，顯然說明了家裡沒別人替您燙衣服。像您這樣社會地位中等的小資產階級，要是夫人還跟您同住的話，怎麼可能讓您穿沒燙過的衣服出門。」

看來這次兩人間的靜默會持續個二十四小時。

「那關於我女兒的事呢？」

博士生揮了揮手，用一副謙遜的口氣說：

「這就說來話長了。」

其實他只是說得起勁，想著也許加個女兒會讓故事更精彩而已。

「好吧，跟我走。」

「什麼？去哪？您要扣留我嗎？」

「我要徵調你。你看起來沒有那些長毛傢伙那麼愚蠢，我需要一個翻譯員替我翻譯那些死驢的話。」

「這……不，對不起，門兒都沒有！我得準備明天的課，還有我的論文，還要去圖書館還書……」

「聽著，傻小子，你得跟我走，明白嗎？」

「這……去哪？」

「審訊所有的嫌疑犯。」

「嫌疑犯？我還以為那是意外！」

「我的意思是那些證人，走吧。」

那群圍著穿豆沙色中筒靴男人的小粉絲喊起了口號：「斯賓諾莎操爆黑格爾！斯賓諾莎操爆黑格爾！辯證法去死！」巴亞和他的新助理走出食堂時，正好與一群毛主義的支持者擦身而過，他們高喊著「巴迪歐，在一窩！」

12

羅蘭・巴特住在塞凡德尼路（rue Servandoni）上的聖敘爾比斯教堂（Saint-Sulpice）旁，走幾步路就能到盧森堡公園。我想我也把車停在十一號門口好了，巴亞也曾將他的504停在那個位置。我也不跟你們絮絮叨叨當代最常見的維基百科條目了。（像是「這座私人豪宅由某位義大利建築師設計，獻給某位布列塔尼神父」一類的介紹。）

這是一棟美麗的布爾喬亞住宅，白石砌築，有著氣派的鐵鍛門。門前一個萬喜（Vinci）集團的技工正在安裝電子門鎖。（萬喜當時還不叫這個名字，而是CGE，通用電力公司旗下的子公司，也就是阿爾卡特的前身。這件事西蒙・荷卓是不可能知道的。）他們得穿過中庭，走上門房值勤室後方右手邊的B棟樓梯。巴特和他的家人有兩層公寓，分別在三樓和六樓。七樓也有兩間相連的女傭房作為書房。巴亞向門房要了鑰匙。西蒙・荷卓詢問巴亞拜訪此處的目的，但巴亞沒有任何想法。因為沒有電梯，他們只能走上樓。

三樓的公寓擺飾老舊，有幾座木製時鐘。房子內的物品井然有序、一塵不染，就連書房也是。床邊放著一台廣播放送機和一份《墓畔回憶錄》（*Mémoires d'outre-tombe*）草稿。但巴亞真正感興趣的是七樓的女傭房。巴特的弟弟和弟媳在六樓的公寓裡等著他們，弟媳（巴亞注意到她是個阿拉伯人，西蒙則覺得她很美）請他們務必進門喝杯茶。巴特的弟弟說明了三樓和六樓的公寓佈局是相同的。曾經有段時間，巴特、他們的母親和他都住在六樓，後來母親病了，沒法再爬那麼多層樓，巴特就買下當時正好在出售的三樓給母親，自己也搬進去同住。羅蘭．巴特交友廣闊，經常外出，母親去世後更是如此。但弟弟坦言對哥哥的交友圈一無所知。

七樓的空間是兩個女傭房打通而成的，房裡一塊層板擺在支架上充當書桌，還有一張鐵床、一個烹煮用的小角落，冰箱上放著一些日本茶，書本四散，幾個半滿的菸灰缸旁放著咖啡杯。房間看來比三樓的公寓舊了點、髒了點也亂了點，但有一架鋼琴、一台黑膠唱機、幾張古典音樂（舒曼、舒伯特）、一些權當資料盒的鞋盒，裡頭放著鑰匙、手套、卡片和從別處剪下來的文章。

房內設有活動式的工作梯直通六樓。

西蒙．荷卓注意到了牆上那些收在《明室》（*La Chambre claire*）裡詭異的相片，那是巴特最新的作品，近期才剛出版。其中一張泛黃的相片是一個坐在冬日裡的花園的小女孩，那是他最愛的母親。巴亞要西蒙翻翻那些資料和書櫃。西蒙和其他從事文學相關工作的人一樣，一進到陌生的屋子裡便會不自主研究起書櫃上的書，即便有時並非拜訪的本意也一樣：普魯斯特、帕斯卡、薩德[48]和一些夏多布里昂。架上除了幾本

48 Marquis de Sade，法國作家，著有許多情色小說，如《索多瑪的一百二十天》。

索萊斯[49]、克莉絲蒂娃[50]和霍格里耶的著作外，當代的書籍不多。除此之外，還有幾本字典、評論和托多洛夫[51]、簡奈特[52]和其他語言學相關的書籍，像是索緒爾、奧斯汀、希爾勒……等。一旁書桌上的打字機裡夾著一張紙。西蒙念出了文章的題目：「我們擁有的詞彙永遠不足以談論所愛。」他快速瀏覽了內容，是關於斯湯達爾[53]的文章。他想像巴特就坐在這張書桌前，想著斯湯達爾，想著愛戀，想著義大利，沒有察覺到花在寫這篇文章的每分每秒都是往自己被乾洗店的卡車撞上的那一刻推進的事實，思緒至此，他感到一陣戚然。

打字機旁擺著雅各布森的《普通語言學論文集》（*Essais de linguistique générale*），書中的某頁夾著書籤，西蒙有種直覺，那是被害人手腕上停在案發時刻的錶，那是巴特被小卡車撞上的當下的心事，當時他正在重讀討論語言功能的章節。其實所謂的書籤是一張摺了四摺的紙條。西蒙打開了紙條，上面是密密麻麻的手寫筆記。西蒙並沒有打算讀懂紙條的內容，什麼也沒看就又摺了回去並謹慎地將它放回原位，這麼一來巴特回來時才能找到正在閱讀的頁數。

桌面一角放了些已拆封的和更多未拆封的信件，還有一些同樣密集潦草的筆記、幾期《新觀察家》週刊（*Nouvel Obs*）、報紙上的文章和雜誌上剪下來的相片。香菸整齊堆疊像是待燒的木柴。西蒙突然感到一陣淒涼，當巴亞翻找著小鐵床下的雜物時，他探出窗戶外看了四周環境。樓下那輛並排停著的黑色 DS 讓他不禁露出了會心一笑，因為DS正好是巴特《神話學》書中最常使用的符號，同時也是這本著名作品集的封面圖片。大門那頭傳來萬喜公司技術員為了安裝電子鎖按鍵而在石柱上鑽洞的聲音。天色明亮了些。盧森堡公園的林木依稀可見。

巴亞把床下搬出的雜誌放到書桌上的聲音將他拉回了現實。他發現那些雜誌並非舊的《新觀察家》，再看一眼後驚呼：「他喜歡小老二！」他眼下擺著的那疊雜誌封面全是年輕壯碩的裸男，一個個帶著挑釁的眼神擺著姿勢。我無從確認巴特的性向在當時是否已為人所知，當他撰寫最暢銷的那本作品《戀人絮語》時，對於指稱戀人的性別的用詞非常謹慎，想盡辦法使用「伴侶」、「對方」等中性詞彙（事實上，在法文的語法中，中性代名詞也是「他」，因此巴特可以安心使用代名詞指稱男性伴侶）。可以確定的是，相較於傅柯的坦率，巴特是低調的，也許是羞於公開，至少到母親去世前，他都避免表露出這種傾向。正因如此，傅柯似乎無法諒解，甚至是輕視他。我不清楚在公眾社會或學術圈內是否有相關的謠言，或其實這件事已是公開祕密了。無論如何，西

49 Philippe Sollers，法國作家、哲學家。
50 Julia Kristeva，法籍保加利亞裔作家、哲學家。
51 Tzvetan Todorov，法籍保加利亞裔文學批評家、哲學家、語言學家。
52 Gérard Genette，法國文學批評家。
53 Stendhal，法國小說家，重要著作為《紅與黑》。

蒙即使知道他的性向，也不覺得有必要在這個階段告知巴亞。正當巴亞奸笑著欣賞《性吟步履》[54]雜誌中間的摺頁時，電話鈴響了。他收起笑容，沒把摺頁收回就擺在桌子上，屏氣凝神與西蒙交換了一個眼神。雜誌上的美男子也一手抓著生殖器遠望著兩人，電話鈴持續不停。巴亞又等了幾聲後不發一語地接起電話，西蒙則站在一旁靜觀這持續了好幾秒的一幕。他聽見線路的另一端也是同樣的沉默，不自覺屏住了氣息。最後巴亞先開口了：「喂？」才剛出口，另一端便傳來喀的一聲，接著是嘟、嘟的聲音，意味著這通電話結束了。巴亞掛上了話筒，感到十分困惑。西蒙天真地問：「是撥錯號碼了嗎？」窗外的路邊傳來汽車引擎發動的聲音。巴亞帶上了那疊情色雜誌後兩人便離開了房間。西蒙突然想到：「我應該關上窗戶的，要下雨了。」巴亞回應：「操你媽的假掰死 gay 砲。」

他們按了門房值勤室的服務鈴想歸還鑰匙，但沒有人回應。門口被派來安裝電子鎖的技工提議保管鑰匙，等門房回來後轉交給她，但巴亞寧願上樓交給巴特的弟弟。

巴亞回到門口時，西蒙正和休息中的技工抽著菸。他走出門，但沒有坐進504。「你要去哪裡？」西蒙問。「花神咖啡。」巴亞回話。「你注意到那個安裝電子鎖的工人了嗎？不覺得他說話有斯拉夫口音嗎？」西蒙說。巴亞低聲抱怨：「關我屁事，只要他不是開那輛坦克的就好。」穿過聖敘爾比斯廣場時，一輛藍色的 Fuego 與他們插身而過，巴亞擺出專家的姿態告訴西蒙：「那是雷諾的新車，剛出廠而已。」西蒙直接聯想到製造那輛車的工人就算集合十個人的薪水也買不了它。他沉浸在自己的馬克思思維裡，沒注意到車子裡的兩個日本人。

13

花神咖啡館裡，巴亞注意到了那個坐在矮小金髮女人旁的男人。他厚重的眼鏡下是一對有點偏斜的雙眼，神情看來有點痛苦，與青蛙有幾分神似的長相讓巴亞覺得似曾相識，但這人不是巴亞來此的目的。巴亞鎖定了一群不到三十歲的男人，準備上前攀談。他們大多是這一區的牛郎。他們都認識巴特嗎？當然。巴亞一一盤問，西蒙則坐在一旁偷瞄著沙特[55]：他今天看起來精神不是很好，邊抽著菸還不停咳嗽。弗朗索娃．莎岡[56]一臉關切，拍了拍他的肩。其中一個人說最後一個見到巴特的是個摩洛哥來的年輕人。他看見那位大評論家跟一個新來的談價，後來他們就一起離開了，他不

54 Le Gai Pied，法國第一本同性戀雜誌，刊名來自傅柯的想法。Gai Pied 在法文中的發音與 guêpier 一詞相近，後者意為圈套或是難以擺脫的困境。
55 Jean-Paul Sartre，法國哲學家。
56 Françoise Sagan，法國小說家。

曉得對方的名字、不曉得他們做了什麼、去哪裡，也不曉得那個年輕人住哪。但他知道哪裡能找得到他，今晚他會去「迪德羅澡堂」，一間在巴黎里昂車站（Gare de Lyon）附近的三溫暖。「三溫暖？」西蒙一臉震驚。此時，一名激動的男子走進店裡，把身上的圍巾扯下扔向眾人，高聲說：「看看這些嘴臉！再活也沒多久了！讓我來揭穿事實吧，布爾喬亞是不統治毋寧死的！喝吧！喝乾你們的布蘭卡，敬我們的社會一杯！享受吧，活在當下！打獵吧！墮落吧！卜卡薩萬歲[57]！」店裡的交談聲被打斷了，熟客們面無表情地望著這名新進的男子，其他的觀光客則趁機觀賞一場餘興節目，實際上事情的來龍去脈對他們而言並不重要。店裡的服務員若無其事地繼續做份內的事。這位戴著圍巾的先知對著所有人像是演舞台劇般揮舞著雙手歡呼：「同志們，沒用的，別跑了，舊世界在你們面前！」

巴亞詢問這是哪號人物，一名男妓說是尚—艾登．阿里耶[58]，貴族作家，常來鬧場，還揚言明年密特朗當上總統後自己會有個部長的職位。他倒V的唇形、明亮的藍眼睛，還有那過重的貴族或富人口音，刻意至極反倒像是發音錯誤了，這些特色都讓巴亞印象深刻。接著他又回到男妓這頭：「這個新來的是什麼樣的人？」摩洛哥小伙子描述對方是個操著南方口音的阿拉伯人，戴著小耳環，長髮蓋在臉上。尚—艾登始終以激昂的嗓門左一個右一個誇讚環保、安樂死、地下廣播和奧維德（Ovide）的《變形記》（*Métamorphoses*）。西蒙的目光還停留在看著尚—艾登的沙特身上。尚—艾登發現沙特也在現場時微顫了一下，後者則持續以沉思的眼神盯著他。莎岡在沙特身邊耳語，看來像是個同步翻譯員。尚—艾登瞇起了眼，濃密捲髮下的那張臉更像隻雪貂了。他安靜了幾秒，似乎思考著什麼，然後又重新念起他的頌辭：「存在主義是肉毒桿菌！第三性萬歲！第四性萬歲！別讓穹頂咖啡館（La Coupole）陷入絕望！[59]」巴亞向西蒙說明他們必須一起去迪德羅澡堂找那位不知名的男妓。尚—艾登走到沙特面前，手臂高舉，手掌擺平，邊跺著皮鞋邊喊：「阿圖塞萬歲！」西蒙認為他沒必要一起去澡堂。沙特咳了幾聲後點了一根吉普賽。巴亞持相反意見，他認為帶著一個同性戀知識青年有助於查案。尚—艾登用一些下三濫的歌詞唱起了《國際歌》[60]。西蒙說來不及買泳衣了。沙特打開《世界報》玩起了填字遊戲（但他幾乎要全盲了，得靠莎岡念出格子的內容和提示）。街上有東西引起了尚—艾登的興趣，他衝了出去並大喊：「現

57 Bokassa，前中非共和國總統，與法國前總統季斯卡有相當好的私交，後者多次應邀前往非洲一起打獵。卜卡薩曾贈送當時為法國財政部長的季斯卡兩顆鑽石，演變為重大的政治醜聞，稱為「鑽石事件」。

58 Jean-Edern Hallier，法國作家，曾是密特朗總統的親信。

59 這裡的第三性、第四性是回應沙特的妻子西蒙波娃（Simone de Beauvoir）著作《第二性》；而穹頂咖啡館（La Coupole）則是一間位於巴黎蒙帕納斯大道（Boulevard du Montparnasse）上的咖啡館餐廳，開張於一九二七年，是當時政商名流與知識份子的聚集地，代表了知識階級。尚—艾登這句話是回應沙特的名句「別讓比揚古的人陷入絕望」（il ne faut pas désespérer Billancourt），比揚古是巴黎近郊一個工廠林立的小鎮，沙特這番話原意是別跟工人們坦白俄羅斯、東歐的情況，否則他們會對共產主義失去信心。

60 L'internationale，共產國際的主題曲。

代性！我呸！」[61]七點了，夜色降臨。警探巴亞與西蒙回到巴特的住處找504，巴亞清掉了擋風板上三、四張罰單後他們便上了車朝共和廣場的方向駛去，與他們同行的還有一輛黑色的DS和藍色的Fuego。

14

杰可．巴亞與西蒙．荷卓在三溫暖漫天的蒸氣裡閒逛，一條白色的浴巾以腰間的結固定著，不時有流著汗的人影不經意磨蹭。因為不希望找到戴耳環的男妓時就把對方嚇跑，警探把他的證件留在更衣室裡，暫時以普通人的身份微服私訪。

說實話，他們兩人還算匹配：一個是有點年紀的壯漢，胸前毛髮濃密，用審判者的眼神掃著每個角落；另一個則是年輕的瘦皮猴，光滑白淨，偷偷摸摸地瞟著三溫暖裡的人，像個受到驚嚇的人類學家，那模樣挑起了不少欲望，經過他身邊的人無不細細打量一番，又或回頭看他幾眼。巴亞也不遑多讓，兩三個年輕人拋來媚眼，遠一點還有個一手緊抓著老二的胖子死盯著他不放，看來利諾．凡杜拉的類型合他的胃口。儘管巴亞對於這些人把他視為同類感到憤怒，但還是靠著專業素養把情緒隱藏了起來，只在臉上顯示出輕微的敵意用以屏退企圖靠近他的人。

這家店裡有幾個不同的空間：當然有三溫暖，還有土耳其浴、游泳池，除此之外，出入的人很雜，各年齡層、各種身高、身材都有。警探和他的小助手遇到了難題，這些人一半以上都戴著耳環，且幾乎都是三十歲以下的馬格里布[62]人。更糟的是，頭髮根本不能作為辨認的線索，那些可能把頭髮蓋在臉上的年輕男子在這種地方都把溼淋淋頭髮向後梳攏了。

只剩最後一個線索了：南方口音。但口音這回事無論如何都得在雙方有口頭接觸的前提下才有可能知道。

角落裡，兩個年輕小伙子坐在陶瓷長凳上親嘴，同時也替對方打手槍。巴亞偷偷探頭確認他們是否戴了耳環。兩個都有。但要是他們都是男妓，為什麼要浪費時間在彼此身上？好吧，巴亞從來沒待過風化組，不了解這些人的習性。他拖著西蒙在澡堂裡走了一圈。視線很差，燈光昏暗，蒸氣瀰漫，室內一片霧濛濛。另一些人躲在蒸氣室裡，只能透過架著欄杆的小窗察看。一個一臉痴呆且到處亂伸鹹豬手的阿拉伯人、

61 原文為 Modernité ! Je chie ton nom ! 原為法國詩人保羅・艾呂雅（Paul Eluard）的名詩〈自由〉（Liberté）中的一句 Liberté, J'écrie ton nom（自由，我寫下你的名字），這首詩是法國被德國納粹佔領時，詩人發出的抵抗之聲。此處尚—艾登將 écrie（寫）改成 chie，即拉屎，意為不屑。

62 古代原指阿特拉斯山脈至地中海海岸之間的地區，有時也包括穆斯林統治下的西班牙部分地區，後逐漸成為摩洛哥、阿爾及利亞和突尼西亞三國的代稱。

兩個日本人、兩個小鬍子油頭、幾個滿身刺青的男子、幾個老色鬼和幾個亂放電的年輕人。大家的浴巾或繫在腰間或掛在肩上。游泳池裡的人都裸著身，有的勃起，有的沒，一樣也是各色各樣。巴亞試著過濾戴耳環的人，直到剩下四、五個可疑人物時，便派出西蒙上前攀談。

西蒙心裡雖然清楚由巴亞出馬跟男妓們問話比較合理，但看著眼前的條子一臉堅定的模樣，他知道多說無益。他尷尬地走向一名男妓，以顫抖的聲音開口打了聲招呼。對方回以一抹微笑，但一句話也沒說。教室外的西蒙很害羞，其實從來就不是個善於搭訕的男人。他緊急挑了個大眾話題，一說出口又馬上覺得不恰當且可笑。對方始終沒有開口，牽了他的手往蒸氣室的方向走，而他也只能任由擺佈。他覺得自己應該做點什麼，只好用乾巴巴的聲音問：「你叫什麼名字？」對方回答：「派堤克。」沒有 o 也沒有 eu 可以用來分辨南方口音。他隨著男子進到一個小房間裡，對方抓住了他的腰，在他面前跪了下來。

他支支吾吾想說點什麼，好讓對方開口說出完整的句子：「不需要我先開始嗎？」對方拒絕後便把手伸進他顫抖的浴巾裡。這時浴巾突然滑落，他發現被握在年輕男子手中的老二竟然起了點反應。他決定使出殺手鐧：

「等等！你知道我需要什麼服務嗎？」

「什麼？」句子長度還是不足以判斷口音。

「我想在你身上拉屎。」男子用驚訝的眼神看著他。

「可以嗎？」

派堤克總算用沒有任何南方口音的法文回答：「可以，但比較貴。」

西蒙撿起他的浴巾，丟下一句：「那算了！下次再說。」說完便逃離了現場。他心想，要是得對十幾個可疑的男妓做同樣的事，今晚肯定難過了。他再次從一臉痴呆的阿拉伯人身邊走過，下體竟在擦身而過的那一剎那被鹹豬手襲擊了。接著他又穿過那兩個小鬍子油頭、兩個日本人、滿身刺青的男子和幾個美少男，就在巴亞的附近，他聽見一個帶著鼻音與威嚴的聲音說：「權力的走狗在生命權利（biopouvoir）的場所展示鎮壓用的肌肉？新鮮事可真多！」

巴亞的正後方有個身形乾瘦、下巴寬大的禿子裸著身、雙臂交叉搭在木凳的椅背上。他的雙腿大開，有個年輕男子正在服待他。男子戴著耳環但頭髮是短的。「警探先生，您發現什麼有趣的事了嗎？」米歇爾．傅柯問話的同時眼神在西蒙．荷卓全身上下掃了一遍。

巴亞抑制了他的驚訝，卻想不出該如何回應，西蒙則瞪大了雙眼。蒸氣室裡傳來的叫喊聲與呻吟在空氣中迴盪，沖淡了沉默。兩個小鬍子在暗處牽著手偷偷觀察巴亞、西蒙和傅柯。阿拉伯鹹豬手還在亂晃。頭上頂著浴巾的日本人看來是要進泳池。滿身刺青的男子上前搭訕那幾個美男子（也有可能相反）。

傅柯開口問巴亞：「警探先生，您覺得這個地方如何？」

巴亞沒回答，只聽見蒸氣室裡淫聲浪語的回音：「嗯嗯……啊……啊……」

傅柯又說：「看來您是找到要找的人了。」他笑了一下，指向西蒙：「您的亞西比德[63]。」

蒸氣室又傳來呻吟聲：「嗯嗯……啊啊……」

巴亞回話：「我在找羅蘭・巴特發生意外前不久接觸過的人。」

傅柯撫摸著那個服侍他的男子的頭：「羅蘭有個小祕密，您知道……」

巴亞問是什麼祕密。蒸氣室裡的聲音越來越起勁。

傅柯說明巴特的性觀念偏向西方主義，意思是，性對他而言是很個人且不得窺探的祕密，但同時也是用來揭祕的東西。「羅蘭・巴特是隻想當牧羊人的羊。他是！而且沒人能比他優秀！但只能在其他領域如此，談到性，他始終只能是隻羊。」蒸氣室裡的聲音突然狂放起來：「啊！啊！啊！哦！」阿拉伯鹹豬手試著把手伸進西蒙的浴巾裡，被後者婉拒後又轉身走向鬍子大叔。

「其實，」傅柯接著說，「他骨子裡是個基督教徒。這裡對他而言就像基督教徒第一次參加彌撒一樣，什麼都聽不懂，卻滿腔熱血、不求甚解、全盤接收。（「別停！別停！別停！」蒸氣室裡的聲音一刻不停。）「同性戀讓您作嘔是嗎？警探先生。」（「用力點！用力點！」）「然而，我們正是你們這樣的人創造的。古希臘社會沒有男同性戀的概念，蘇格拉底可以和亞西比德有一腿也沒有人會指控他是戀童癖。你們今日所謂年輕人的墮落在希臘人的眼裡有較高的評價。」

傅柯閉上了眼向後仰，巴亞與西蒙都無法辨認他是沉浸在快感之中還是在思考。蒸氣室裡的人還在高聲歡唱：「哦！啊！啊！」

傅柯似乎想起了什麼又張開雙眼：「可是希臘人也是有底線的。他們不認為年輕男孩有享樂的權利，卻又無法禁止他們，只好視而不見，最後也和我們一樣，將這種現象排除在社會規範之外。（「不！不！不要！」）畢竟，社會規範永遠是最有效的鎮壓手段……」他指著雙腿間說：「就像馬格利特[64]說的一樣，這不是一根『菸斗』。哈哈！」接著把頭轉向底下努力不懈替他吹簫的男孩說：「可是哈邁德，你喜歡『抽我的煙』，對嗎？」男孩輕輕地點了點頭。傅柯用溫柔的眼神看著他，一手輕撫他的臉頰說：「這一頭短髮很適合你。」男孩帶著笑容，以一口南方腔說：「多謝。」

巴亞和荷卓拉長了耳朵，一開始還不太確定，但男孩又補充了一句：「米歇爾，你人真好，而且你的小尾巴也很『漂釀』。」

63 Alcibiade，出生於雅典的將軍，擔任了幾場戰爭的戰略顧問，但於伯羅奔尼撒戰爭期間曾叛投敵方，後世認為他不夠忠誠。傅柯在此指西蒙為亞西比德便有此一層意義。

64 René Magritte，比利時畫家，喜歡在作品上創造突兀和荒謬感。

15

沒錯，他幾天前見過羅蘭．巴特。沒有，他們沒有真的發生性關係。以巴特的話來說，只有「划船」。他那天精神不太好，有點憂鬱。他請了一客穹頂咖啡館的歐姆蛋，然後堅持帶男孩回女傭房。他們喝了茶，沒聊什麼特別的事，巴特那天話不多，似乎有些心事。男孩離開前，他問了一個問題：「要是能成為主宰世界的王，你想做什麼？」他回答想要廢除所有的規範。巴特回問：「連語法規範也要嗎？」

16

相較於前些日子，今天的硝石醫院顯得平靜。巴特的朋友、仰慕者、熟人，甚至是對他感到好奇的人都在這位偉人的床邊日以繼夜輪班守候著。人群在走廊上小聲交談，手上拿著菸、三明治、報紙，或是紀．德波[65]或昆德拉[66]的小說。突然間一個嬌小、短髮、活力十足的女人在另外兩個男人的夾護下現身，其中一個身穿白襯衫黑大衣、胸前鈕扣大開、黑髮四散，而另一個人髮色米白、嘴裡叼著菸，看上去像隻鳥。三人浩浩蕩蕩從人群中穿越，直接進入加護病房，在場的人都感受到風雨欲來的氣勢，彷彿是另一場大君主作戰[67]。為了巴特而來的訪客都以疑惑的眼神對看了一眼，探望其他病人的也是。不到五分鐘的時間，第一句叫囂便從病房裡傳出：「根本就是草菅人命！根本就是草菅人命！」

三個從地獄歸來的復仇天使怒氣正盛：「他在這個地方根本就是等死吧！太丟臉了！開什麼玩笑，為什麼沒人通知我們？要是我們在的話就不是這樣了。」可惜現場沒有任何攝影師，沒能把法國知識份子圈歷史性的一刻記錄下來：克莉絲蒂娃、索萊斯、BHL[68]正怒斥醫護人員竟提供如此低劣的設備環境給他們這位極具聲望的好友。

你們可能很驚訝BHL竟然也在場，沒錯，當時他就是個無所不在的角色了。巴特以一種晦澀但還算得上正式的方式稱之為「新哲學家」，還因此被德勒茲撻伐了一番。他的個性不太強硬，根據朋友的說法，他是不懂得拒絕的人。一九七七年《人情面孔的野蠻》（*La Barbarie à visage humain*）一書出版時，BHL還寄了一本給他，當

65 Guy Debord，法國哲學家、電影導演。
66 Milan Kundera，法籍捷克裔作家。
67 Operation Overlord，第二次世界大戰期間，同盟國決定以英倫三島為基地進攻德國，代號為「大君主作戰」，同年六月二十八日於諾曼第登陸，開闢了第二戰場。
68 Bernard-Henri Lévy，貝納－亨利．李維，法國知識份子、哲學家、自媒體，平時大多以姓名縮寫BHL在媒體上曝光。

時他禮貌性地回應了此書，但也僅止於對風格的讚賞，沒有深入觸及內容。無論如何，BHL後來在《新文學》（*Les Nouvelles littéraires*）雜誌上刊載此信，並和索萊斯結交為友，結果就是三年後的今日，我們聽見他在醫院裡高聲關懷他的大評論家友人。

就在他和兩位夥伴持續對可憐的醫護人員嚷嚷時（「馬上幫他轉院，去美國醫院！現在就打去納伊（Neuilly）！」），兩個穿著廉價西裝的身影溜進了走廊，沒有人擋下他們。杰可．巴亞也在場，他有點困惑也有點吃驚地觀賞那位穿著黑色大衣的黑髮高個子比手畫腳和另外兩人一起叫囂。西蒙在一旁盡責地執行他被指派的任務，靠在巴亞耳邊即時翻譯似的向巴亞說明這些人的身份。三位復仇者的叫罵聲停不下來，他們在大廳內以看似隨機的方式來回走動，但如果要說其中隱含某種策略性的舞步，我也不會太驚訝。

叫罵聲還持續著（「你們知道床上躺的是誰嗎？你們覺得可以把羅蘭．巴特比作其他病人嗎？」這些人總是如此，老是要求特權，用以顯示身份），那兩個衣著不整的身影再次現身大廳，隨即又在神不知鬼不覺中溜走了。三位還沒結束，一個金髮美腿的女護士慌忙湊到醫生耳邊竊竊私語。突然間所有人都動了起來，一堆人湧入走廊又擠進巴特房裡。大評論家倒在地上，插管被抽了，管線也全數拔除，身上那件薄如紙片的醫院長袍被翻了開來，露出他癱軟的雙臂。醫護人員替他轉身時他不停咒罵，眼珠也慌張地轉動著，但在發現警探巴亞也隨醫生入房後，隨即以超乎想像的力氣坐正並伸手抓了他的外套，這個動作使得巴亞不得不蹲下身。巴特以他那著名的低沉嗓音微弱但清晰地發了幾個音，聽來就像菲利浦．挪赫[69]，但有點零碎，像在打嗝：

「蘇菲亞！Elle sait（她知道）……」

他看見克莉絲蒂娃站在門口，一旁還有個金髮護士，雙眼停留在她身上好幾秒，房裡的所有人，醫生、護士、朋友、警察都愣住了，驚恐地看著他慌亂的眼神，接著他便失去了意識。

醫院外有輛黑色DS發動了，輪胎發出刺耳的聲音。但連留在大廳裡的西蒙也沒注意到這一幕。

巴亞詢問克莉絲蒂娃：「您是蘇菲亞嗎？」克莉絲蒂娃否認，然而見巴亞似乎不滿足，於是又補充道：「我的名字是茱麗亞。」她說法文時，j和u是上顎音。巴亞不是很確定這個口音來自哪裡，可能是義大利，也可能是德國、希臘、巴西或俄羅斯。他覺得她的臉過於嚴肅，更不喜歡她銳利的目光，那對黑色的小眼珠對著他展示自己的智慧，強調自己的頭腦更勝一籌，而且在她眼裡巴亞只是個低賤的胖條子。巴亞按程序提問：「職業？」看見克莉絲蒂娃以高傲的姿態回答「精神分析」時，他發自內心想賞她耳光，但還是忍下了，一旁還有兩個要問呢。

69 Philippe Noiret，法國演員。

金髮護士把仍處於昏迷狀態的巴特放回床上。巴亞調了兩個警察到房門口站哨，沒有命令不得讓任何訪客進房，接著便轉向另外兩個丑角。

姓名、年齡、職業。

菲利普・樂尤，又稱索萊斯，四十四歲，作家，配偶是茱麗亞・樂尤，本名克莉絲蒂娃。

貝納—亨利・李維，三十二歲，哲學家，畢業於高等師範學院。

案發當時，兩人都不在巴黎。巴特和索萊斯關係密切……據索萊斯所說，巴特曾參與《原樣》[70]雜誌的編輯，兩人和克莉絲蒂娃幾年前也曾一起去過中國……做什麼？「學術研究……」社會主義畜生，巴亞心裡這麼想。

「巴特曾寫過好幾篇公開推崇索萊斯的文章……對索萊斯而言，巴特就像父親一樣，儘管有時巴特給人的感覺像個小男孩……」

那克莉絲蒂娃呢？「巴特曾說過哪天他要是轉性愛上女人，那個人肯定是克莉絲蒂娃……他愛死她了……」

樂尤先生，您難道不吃醋嗎？「哈哈哈……我們和茱麗亞的關係不是您想的那樣，再說可憐的巴特跟男人的關係已經讓他很不開心了……」

怎麼說？「他不太知道怎麼處理……他常被騙！」

了解。那李維先生，您呢？「我十分敬仰他，他是個值得尊敬的人。」

您也曾和他一起旅行嗎？「我有很多計畫想跟他討論。」

什麼計畫？「一部關於波特萊爾[71]的電影，我想提議他當主角；一場和索忍尼辛[72]的對談；向北大西洋公約組織請願出軍解放古巴。」

您有證據證明這些計畫存在嗎？「當然有，我跟安德烈．格魯克思曼[73]提過，他可以做證。」

巴特有任何宿敵嗎？「有，多得很，」索萊斯回應，「全世界都知道他是我們的朋友，而我們正好樹立了不少敵人！」

誰？「那些支持史達林主義和法西斯主義的人！阿蘭．巴迪歐！吉爾．德勒茲！皮耶．布赫迪厄！柯奈留斯．卡斯托里亞迪[74]！皮耶．維達那克[75]！呃，還有海倫．西蘇[76]！」（BHL：「哦？她也是？是針對茱麗亞嗎？」索萊斯：「對……呃也不是……大概因為瑪格麗特的關係嫉妒她吧……」）

---

70 Tel Quel，七〇年代文學雜誌，匯集了當時結構主義與後結構主義作家的作品與論述，由索萊斯主編。
71 Charles Baudelaire，法國詩人。
72 Alexandre Soljenitsyne，俄羅斯作家。
73 André Glucksmann，法國哲學家。
74 Cornelius Castoriadis，法籍希臘裔哲學家。
75 Pierre Vidal-Naquet，法國歷史學家。
76 Hélène Cixous，法國作家、劇作家、文學批評家哪個瑪格麗特？「莒哈絲[77]」。巴亞寫下所有他聽見的名字。樂尤先生認識那個米歇爾．傅柯嗎？索萊斯繞著圈，像蘇菲旋轉舞[78]的舞者，香菸始終牢牢掛在嘴邊，菸頭的小火光在走廊裡畫出一道橘色的線條：「警探先生，您要聽實話嗎？萬物皆真……一切都是真實的……傅柯嫉妒巴特的名望……特別是我對巴特的偏愛……警探先生，傅柯是他那小圈子裡的暴君……您作為公共秩序的代表，能想像，咳咳，傅柯還給我下了最後通牒，要我在他和巴特之間做出選擇！這種二選一就像蒙田和拉波埃西、或是拉辛和莎士比亞、雨果和巴爾札克、歌德和席勒、馬克思和恩格斯、墨克斯和普利多爾、毛澤東和列寧、布列東和阿拉貢、勞萊和哈台、沙特和卡繆（呃，這兩個不算）、戴高樂和狄西爾、馬歇爾計畫和歐洲共同市場、羅卡和密特朗、季斯卡和席哈克……」索萊斯的轉速慢了下來，在他自己製造的煙霧中咳了幾聲，又繼續：「在帕斯卡和笛卡兒，咳咳，特雷索和普拉蒂尼、雷諾和寶獅、馬薩林和黎胥留，呼……」大家以為他說完了，但他只是喘了口氣，「左岸和右岸、巴黎和北京、威尼斯和羅馬、墨索里尼和希特勒、豬血腸和馬鈴薯泥……」

突然間，房裡傳來了聲音。巴亞打開房門，看到巴特正抽搐，睡夢中的他嘴裡念念有詞，一旁的護士試著幫他拉好被子。他念的是「星形散裂的文體」[79]（texte étoilé），和「意指的集合」（blocs de signification），也就是閱讀能理解的範圍只包含三個部分，首先是由接連不斷的句子精密黏合成的光滑表面，還有敘述過程中流動的語言，以及日常語言的本質。

巴亞一聽，馬上請西蒙進房翻譯。巴特的痙攣越來越嚴重，巴亞彎下腰靠近他耳邊輕問：「巴特先生，您有沒有看到襲擊您的人？」巴特睜開失去理智的雙眼，一把抓住了巴亞的後頸，喘著氣，一臉猙獰地說：「文本的能指將被切割成一連串細小且連綿的碎片，我們稱之為『詞彙層』（lexies），也就是閱讀的單位。必須說明的是，切割文本的方式是任意的，意即不存在任何方法論。原因在於，這個過程將直接作用在能指之上，但分析卻只能針對所指……」巴亞一臉困惑望著西蒙，後者只能聳聳肩。巴特的齒間發出嘶嘶的聲音，臉上帶著威嚇的表情。巴亞又問：「巴特先生，誰是蘇菲亞？她知道什麼？」巴特望著他，似乎沒聽懂，但突然間又好像明白了什麼而大聲咆哮起來：「內容浩瀚的文本猶如蒼穹，看似淺平卻又精深，光滑如鏡、無邊無涯、難以定位；正因如此，預言者僅能以權杖之端繪出一方想像的空間，並以某種鳥類飛翔的法則推測；而評論者也順著閱讀範圍內文本的軌跡，觀察意義的遷徙、符碼的形影與引用的痕跡。」巴亞怒視西蒙，但西蒙也只能一臉茫然表明無法替他翻譯

77 Marguerite Duras，法國作家、編劇。
78 伊斯蘭教蘇菲教派的靈修方式。
79 接下來的內容截取自羅蘭．巴特著作《S/Z》。這長達兩百一十五頁的著作是他對巴爾札克僅三十頁的短篇小說《薩哈辛納》（Sarrasine）的研究。

這一連串文言文。巴特幾乎是歇斯底里地大喊，彷彿用盡了最後一口氣：「全都在那篇文章裡！你們聽懂了嗎？找到那篇文章！那個功能！天啊，太蠢了！」說完這句話後，他倒進了枕頭裡，嘴上仍是喃喃自語，像是朗誦著什麼似的：「詞彙層位於一列潛在意義之上、話流之下，是語義的堆疊，是複數文體的頂層（但受到系統性閱讀的控制，且需由它證實意義）：詞彙層、構成的單位和某種多面體浸潤於詞、詞群、句子、段落，也可以說是語言，都有自然型塑的能力。」語畢，他又再次陷入昏迷。巴亞搖了搖他想喚醒他，但仍在護士的要求下放開了手。護士再次將所有人請出病房。

巴亞請西蒙替他釐清剛才發生的事，西蒙要他別太在意索萊斯和BHL，但這位博士生又不想放過這大好機會，於是貪心地建議：「我們應該先從德勒茲下手。」

正要走出醫院時，西蒙不經意撞上了那位照顧巴特的金髮護士，開口道了歉。護士露出了迷人的笑容回答：「沒關係，先生。」她的r也是明顯的上齒齦音。

17

哈邁德起得很早。留在他體內的煙霧和某種物質讓他無法安眠。頭昏腦脹的他需要一點時間回想為什麼會在這個陌生的房間裡，以及昨晚到底做了什麼。他盡量不吵醒身旁熟睡的男人，躡手躡腳地溜下床。他套上無袖上衣，踩進 Lee Cooper 的牛仔褲裡，到廚房給自己泡了杯咖啡，再把昨晚留在按摩浴缸旁造型菸灰缸裡的大麻吸完，最後抓起了他的短夾克（那是一件黑白相間，心上還繡了個紅色F的 Teddy Smith），喀啦一聲關了門後便離去了。

天氣很好，一輛黑色的DS停在汽車出入口，路上一片寂靜。哈邁德呼吸著新鮮空氣，隨身聽裡播著金髮美女合唱團（Blondie）的歌，一點也沒注意到黑色的DS發動了引擎並緊隨在他身後。他走過塞納河上的橋，沿著植物園外牆往花神咖啡走去，同時算計著，運氣夠好的話，也許會有人請他喝杯真的咖啡。可是當他抵達時，裡頭只有他的同行和兩三個沒消費的老頭。沙特已經在場了，坐在一小群穿著毛衣的學生對面邊抽菸邊咳嗽，於是他向一個穿著風衣手牽米格魯的行人要了根菸後，便轉往還沒開始營業的聖日耳曼酒吧前和其他年輕的男妓們一起抽菸。這些男孩前一晚都和他一樣沒怎麼睡，而且都喝了不少也抽了不少，大概也都忘了吃東西吧。薩伊德問他昨晚有沒有去「藍鯨」，何洛說自己差點就和亞曼達．李在大皇宮裡搞上了，蘇利曼則對於自己為什麼被揍一點印象也沒有。四人都覺得有點百無聊賴。何洛想去蒙帕拿斯或奧德翁看《好戲上場》（*Le Guignolo*），可惜兩家劇院都沒有下午兩點前的場次。對街的人行道上兩個留著小鬍子的男人把DS停在一旁，喝著利普酒館（Brasserie Lipp）買來的咖啡，手上仍拿著傘。從兩人皺得像抹布的西裝可以判斷他們昨晚應該睡在車裡。哈邁德心想應該回家補個眠，但又懶得爬上七樓，只好又跟剛走出地鐵的黑人討了根菸，同時思忖著是否該去醫院一趟。薩伊德告訴他「巴巴」還在昏迷中，但也許會想聽見他的聲音；聽說昏迷中的人聽得見外界的聲音，就像植物聽得見我們放古典音樂一樣。何洛向他們展示了身上的黑、橘雙面飛行員夾克。蘇利曼又說昨天看到一個他們認識的俄羅斯詩人臉上多了道疤，看起來又更帥了，說到這裡自己都笑了。哈邁德決定到穹頂咖啡晃晃，於是逕自走向雷恩路（rue de Rennes）。兩個小鬍子立即追上，卻把傘忘了。服務員大喊「先生！先生！」一面追出酒館，揮舞著的傘就像把劍，沒人注意到其實今日的天氣預報是晴天。拿了傘後，兩人又跟上哈邁德的腳步。他們停在科斯莫斯影院門口，播映的電影是塔可夫斯基[80]的《潛行者》（Stalker）和另一部談蘇聯戰爭的電影。雖然他們離哈邁德有點距離，但因為他也在服飾店櫥窗前流連，所以不至於跟丟。

儘管如此，其中一個小鬍子還是回頭把 DS 開來了。

18

比塞大路（rue de Bizerte）上的十字路口地鐵站和克利希廣場間的某間公寓裡，吉爾．德勒茲迎接兩位調查員的到來。西蒙對於能夠與偉大的哲學家談話感到十分興奮，特別是還進到了他的公寓，身處在他的藏書之中，並被他的氣味和冷菸味環繞。電視上正在播放網球賽，他注意到這位哲學家的屋子裡有大量萊布尼茲[81]的作品散落四處。啵、啵，電視裡傳來網球清脆的聲音，是康諾斯[82]對上納斯塔塞[83]。

根據官方說法，這兩個男人來這裡的原因是ＢＨＬ指控了他，所以兩人也就直搗虎穴了。

「德勒茲先生，有人指控您和羅蘭．巴特間有些心結，可以告訴我們實際上是怎麼一回事嗎？」啵、啵。德勒茲的嘴邊叼著一根抽了一半但已經熄了的菸。巴亞注意到了他的指甲異常地長。「哦，是嗎？沒這回事。除了他竟然支持那個高大無用穿白襯衫的蠢貨外，我跟羅蘭之間沒有什麼爭執。」

西蒙發現有頂帽子掛在帽架上，再加上掛在門口大衣架上的和放在櫃子上的那頂，好像有點多，而且顏色和風格都不同，就像《午後七點〇七分》（Le Samouraï）裡的亞蘭．德倫[84]。啵、啵。

---

80 Tarkovski，俄國電影導演。
81 Gottfried Wilhelm Leibniz，德國理性主義哲學大師。
82 Jimmy Connors，美國網球名將。
83 Ilie N stase，羅馬尼亞網球名將。

德勒茲調整了坐姿：「你們看這個美國人，他跟博格[85]的風格完全相反。呃也不是，真正相反的是馬克安諾[86]，埃及式的發球、俄羅斯的靈魂，咳，嗯，嗯。但是康諾斯（他的發音是「康諾茲」），他的平擊球，總是冒險的打法和壓在線上的球……這種打法也非常優雅。至於博格，他喜歡從底線抽球，回擊的球因為削球的關係常常貼著網子飛過。任何一個鄉巴佬都看得懂。博格打的是全民網球，但馬克安諾和康諾斯打起球來就像個王子。」

巴亞在沙發上坐了下來，他的直覺告訴自己又要聽一些沒什麼營養的話了。

西蒙提出反對意見：「但康諾斯的形象就是平凡的百姓不是嗎？他是壞孩子、欠揍的小鬼、街頭痞子；他愛做弊、意見很多、愛抱怨，是個沒品的球員、流氓、好鬥、好辯而且頑固到了極點……」

德勒茲做了個不耐煩的手勢制止他繼續，然後說道：「哦？嗯嗯，還真是有趣的論點。」

巴亞問道：「巴特先生手上有什麼東西是別人想偷走的嗎？比如說一份文件。德勒茲先生，您有什麼看法？」

德勒茲轉向西蒙說：「『是什麼？』不是個好問題。應該要問的是『誰』、『多少』、『怎麼』、『哪裡』、『什麼時候』。」

巴亞點了根菸，忍住脾氣，幾乎低聲下氣地問：「您這是什麼意思？」

「事件都過了一星期了，您才因為一個低級哲學家提出的低級理由找上我，是因為羅蘭的意外其實很有可能不是意外吧。所以您在找一個犯人、一個犯案動機。只是到提出『為什麼』這個問題前，你還有很長的路要走，不是嗎？我想司機那條線索沒什麼幫助吧？聽說巴特醒來過，他什麼都不想說嗎？要是這樣的話，我們得先問另一個『為什麼』了。」

電視裡傳來康諾斯擊球的吼叫。西蒙朝窗外看了一眼，一輛藍色的 Fuego 停在樓下。

巴亞問德勒茲為什麼認為巴特刻意隱藏了一些事。德勒茲表明自己也不知道原因，但有件事是可以確定的：「不管發生了什麼事，誰獲得了什麼，一定有人有意見。換句話說，無論什麼主題一定有人自認最有資格談論。」

巴亞將矮桌上的貓頭鷹菸灰缸拉近：「那您呢？德勒茲先生，您有什麼企圖？」

德勒茲發出了一個介於嗤笑與咳嗽之間的聲音：「警探先生，我們總是企圖成為一個自己無法成為的人，或者一個曾經做過但卻再也回不去的角色。不過這應該不是

84 Alain Delon，法裔瑞士籍演員。
85 Björn Borg，瑞典網球名將。
86 John McEnroe，美國網球名將。

您的問題吧？」

巴亞反問問題是什麼？

「如何挑出有心人。」德勒茲點燃一根菸。

大樓裡傳來女人的叫聲，無法分辨是興奮還是生氣。德勒茲指向門口接著說：「警探先生，女人啊，既非天生也不是後天的，她們是生成女性（devenir-femme）。」

他有點費勁地站起身給自己倒了杯紅酒：「我們都是一樣的。」

巴亞質疑：「您認為我們是一樣的？您和我，我們一樣？」

德勒茲露出笑容：「是的……就某種程度而言。」

巴亞盡力釋出善意，但仍掩飾不了內心的遲疑：「您也在尋求真相嗎？」

「真相?!從哪裡開始？最後又將至何處……您知道我們常常處在兩者之間嗎？」

康諾斯以六比二拿下第一局。

「如何找出真正的『意圖』？釐清了『怎麼做』，就能知道『為什麼』。以詭辯家為例，若以柏拉圖的定義來看，他們企圖得到某個沒有權利擁有的東西。沒錯，這些小壞蛋做弊!!」他摩擦了雙手。「過程就是意圖……」

他一口喝乾了杯裡的酒，轉向西蒙，又補充說道：「這件事和小說一樣有意思。」

西蒙對上了他的目光。

19

「不，想都別想，門兒都沒有！我不去！夠了！別想拉我去那種地方！那個垃圾說的話不需要翻譯！而且我也不想聽！讓我幫你整理一下這個人的資料：資本主義的賤婢，工人階級的仇敵。手中握有各種資源，不在非洲獵象的時候，就獵殺地下廣播電台。封鎖言論自由，四處興建核電廠。是煽動人心的皮條客，最愛不請自來。專門盜挖鑽石，而且喜歡搭地鐵假裝是無產小民。他愛黑人，但必須是黑人國王或黑人清潔工。聽到人道主義這個詞，就派出傘兵空降。他有一整隊專門用來處理雜事的極右派傭兵。去你的國民議會。這個人啊，他是……他是……法西斯！」

西蒙用顫抖的雙手點了根菸，巴亞靜待他發洩完畢。他已經把到目前為止調查到的資料上呈了，也對這個案件的規模有了一定的心理準備，但實在沒想到需要走到這一步，還得把這個年輕人也拉下水。

「不管怎樣，我不去不去不去。」年輕人這麼說。

20

「總統可以接見你們了。」

杰可．巴亞和西蒙．荷卓走進建築物角落一間以綠色絲綢裝飾牆面的辦公室。西蒙臉色慘白，但還是注意到辦公桌前擺著兩張座椅，季斯卡就站在桌子後方，辦公室另一頭的角落還有一張矮桌，幾張椅子和一張沙發圍繞著矮桌擺放。也就是說有兩個選項，端看總統想和來訪者保持距離還是想製造和樂的氣氛，他可以把辦公桌當成城牆接見訪客，或是邀請大家坐到矮桌旁享用小點心。西蒙還注意到一旁的文具箱上擺著一本關於甘迺迪的書，表示季斯卡也想表現自己和這位年輕先進的國家領袖一樣。除此之外，掀蓋式書桌上放了一紅一藍兩個小盒子，另有幾個青銅物件也零星擺放著。桌上文件堆疊的高度十分準確，要是太低，總統看來就像無所事事，太高則又顯得效率不彰。牆面由幾幅名家畫作裝點。季斯卡站在極具份量的實木辦公桌後，指向其中一幅，那是個美麗卻嚴肅的女人，雙手外攤，一襲白色開胸禮服，開衩至腹部的布料勉強蓋住了乳白色豐滿的雙峰。「德拉克洛瓦[87]的《邁索隆其翁廢墟上的希臘》（La Grèce expirant à Missolonghi），波爾多博物館館藏中最好的法國畫作之一，很幸運能借來這裡。非常出色的畫作，對嗎？你們知道邁索隆其翁吧，拜倫辭世的地方，一八二四年死在對土耳其帝國的獨立戰爭期間，應該是吧（西蒙覺得他這句「應該是吧」聽來有點賣弄的意味）。一場可怕的戰爭，鄂圖曼人兇殘無度。」

季斯卡沒有走出辦公桌，也沒有和他們握手的意圖，只是請兩人坐下。看來他們與沙發和小點心無緣了。總統先生仍然維持站姿：「你們知道馬爾羅[88]怎麼說我嗎？他說我對歷史沒有悲劇意識。」西蒙以眼角餘光觀察到巴亞穿著他的風衣靜靜等待。

季斯卡又再次回到畫作上，兩位訪客只好跟著轉向以示敬意，他又接著說：「也許我對歷史沒有悲劇意識，但我能感受到這個受了傷的年輕女性散發出的悲劇美，她帶著人民邁向解放的希望！」因為不知道怎麼打斷總統，兩人只好保持靜默，而季斯卡似乎也很習慣別人禮貌且無聲的贊同。當這位說話帶著嘶嘶聲的男人轉頭望向窗外時，西蒙抓住了空檔轉入正題。

總統沒有回頭，以光禿的後腦回應問話者：「我和羅蘭・巴特見過面，就一次。我請他到艾麗榭來。他是個有魅力的男人，花了十五分鐘分析當天的菜單，還以符號學的方式對每道菜做了精彩的詮釋，引人入勝。我聽說母親辭世對他的打擊很大，是嗎？可憐的男人。」

在總算決定坐下後，季斯卡對巴亞說：「探長，巴特先生發生意外的那天有份屬

87 Eugène Delacroix，法國浪漫主義畫家。
88 André Malraux，法國小說家，戴高樂時期文化部長。

於他的文件被偷了。文件內容攸關國家安全，希望您能找到它。」

巴亞回問：「總統先生，請問是什麼文件？」

季斯卡向前傾，雙手握拳擺在桌面，以嚴肅低沉的聲音說：「是一份涉及國家安全的重要文件，要是使用不當，可能導致無法估量的損失，甚至威脅民主根基。只是我不能再透露更多了。請盡你所能調查此事，我授予你們一切權利。」

說完這番話，他才轉向西蒙：「年輕人，聽說你是警探先生的……嚮導？你對巴特的語言學流派很有研究嗎？」

西蒙毫不掩飾：「不，不是特別了解。」

季斯卡以疑惑的眼神望向巴亞，後者說明：「荷卓先生的專業對調查很有幫助。他了解這幫人的行事作風，知道他們在幹些什麼。而且他也能看到警察看不到的細節。」

季斯卡露出笑容：「所以，你是個預言家囉，就像韓波[89]一樣？」

西蒙害羞地嘀咕：「不，沒這回事。」

季斯卡指向他們後方在《邁索隆其翁廢墟上的希臘》正下方掀蓋式書桌上的紅、藍兩個盒子：「你覺得裡面放了什麼？」

西蒙沒意識到這是個考題，在思考是否應該盡力通過這個考驗前，他就單憑直覺回答了這個問題：「是騎士榮譽勳章吧？」

季斯卡笑開了，起身將一個盒子打開並拿出裡面的勳章：「能請問你是怎麼知道的嗎？」

「這個嘛，咳咳。這個房間裡充滿了各種象徵符碼：畫作、掛毯、天花板邊飾……等，每個物件、每個細節都表現出富麗堂皇之感與共和國權力的莊嚴。此外，選擇德拉克洛瓦作品和在文具箱上擺放甘迺迪相片也都有明顯的象徵意義。象徵意義只有在被展示時才有價值，一個被藏在盒底的象徵物是毫無作用的，甚至可以說是不存在的。

但是我想這個房間應該也不是用來放燈泡或螺絲起子的，所以這兩個小盒子被拿來當作工具箱的機率很小。然而，要是裝的是迴紋針或釘書機的話，應該擺在你辦公桌上觸手可及之處才對。這麼看來，盒子裡的東西既沒有象徵意義也不實用。但肯定是這兩者之一。您可以用來放鑰匙，但艾麗榭宮的門應該不需要總統親自開關；也不可能是車子鑰匙，您有專屬司機。所以就只剩下一個可能了——隱藏的象徵。一個在這裡沒有用處但在其他地方又是必需的物品，一個體積不大、能隨身攜帶且能代表這個房間與偉大的共和國的物品。最有可能的就是勳章了，再比對擺放位置，嗯，是騎士榮譽勳章。」

[89] Arthur Rimbaud，法國詩人。

季斯卡和巴亞交換了眼神後說：「警探，我想我明白您的意思了。」

21

哈邁德一邊啜著椰林風情（Malibu-oragne）一邊細述他在馬賽的生活，但他的聽眾似乎心不在焉。哈邁德很清楚這種可卡犬般的眼神代表的意義：他主宰眼前這個男人，他挑起了這個男人強烈的佔有欲。他可能給對方帶來快感也可能不會，或許自己也將陶醉在其中，但這種快感還是比不上挑起他人欲望進而感到權力在握的優越。年輕、帥氣、身無分文的好處就在於可以隨心所欲輕視這些準備好付錢以任何形式擁有他的人。

晚會來到了高潮，一如往常，他感到自己不屬於這個位於市中心的布爾喬亞大公寓，冬日將盡，他讓自己陶醉在這種不太真實的歡愉中。辛苦賺血汗錢還不如在這裡騙吃騙喝，他心裡這麼想著，於是又穿過隨著巴頌（Bashung）的〈蓋比噢蓋比〉（Gaby oh Gaby）搖擺的人群回到吧台上拿了幾片小麵包並塗上橄欖抹醬。他瞧見蘇利曼吃著蝸牛酥，一邊勉力擠出笑聲附和某位大肚腩出版社編輯的笑話。編輯的手有意無意滑過他的雙臀。不遠處，一個年輕女性開懷大笑，頭向後仰的角度大得有點誇張：「他就停了下來……然後往回走！」薩伊德站在窗邊和另一個看起來像外交官的黑人一起抽著大麻。喇叭吐出〈一步超越〉（One Step Beyond）的節奏，一陣虛假的歇斯底里震動了整個空間。音樂激發情緒，尖叫聲四起，興奮的電流穿透軀體，瘋狂就像隻忠實的狗在走失後又搖著尾巴回到懷中，大家似乎覺得自己可以在節奏感強烈的薩克斯風顫音中暫停思考或拋開思緒。接下來還會有幾首迪斯可用來維持高昂的情緒。哈邁德給自己盛了一盤小米松露沙拉，同時試著尋找是否有客人可以給他一些古柯鹼，或者一些安非他命也行。這兩者都能引發性欲，只是吃了安非他命會不夠硬，但其實也不那麼要緊，只要撐得夠久讓他不必回家就好。哈邁德走到窗邊加入薩伊德。亨利四世大道上的一個角落，一盞路燈照亮了廣告招牌，招牌上的塞吉．甘斯柏[90]穿西裝打領帶，身旁一行字寫著：「巴亞，讓男人瞬間變身。甘斯柏先生，你說是嗎？」哈邁德想不起來為什麼這個名字如此眼熟，神經質使然，他拿了杯酒後便開始回想過去一年來做了哪些事。蘇利曼凝視牆上一系列如彩虹般顏色漸進的版畫，畫中一隻狗吃著食盆裡的一元紙鈔。他看得出神，毫不在乎身旁那位雙手在他腰間遊移且不停衝著他脖子呼氣的大肚腩編輯。克莉希．海德[91]的嗓音自喇叭中衝出，提醒在場

90 Serge Gainsbourg，法國歌手、樂壇教父。
91 Chrissie Hynde，美國歌手、吉他手。

的賓客別再唉聲嘆氣（說得好像真有人難過一樣）。另外兩個頭髮茂密的男人正討論邦・斯科特[92]死後由一個戴鴨舌帽的卡車司機接手AC／DC主唱的可能性。一旁身著西裝、頭髮旁分、領帶鬆開的年輕人沒有特定對象，興奮地表示根據可靠消息指出梅蘭妮・喬柏特[93]在《警察之戰》（La Guerre des polices）裡有露胸鏡頭。還有人在討論藍儂要和麥卡尼[94]一起出一張單曲。一個哈邁德忘了叫什麼名字的男妓走來問他有沒有菸草，還順便吐槽這個晚會太「左岸」，接著又指向巴士底廣場上的自由女神像說：「你知道問題出在哪裡嗎？有的時候我們希望自己是雅各賓[95]，但有時候希望就只能是希望。」某個人把藍柑橘香甜酒灑在地毯上。哈邁德猶豫是否要回聖日耳曼大道，就在此時，薩伊德對他使了個眼神，兩人便朝浴室方向望去：兩名女子和一個老頭同時走進裡頭。他們很清楚這三人不是去打炮而是去吸粉的（老頭裝著糊塗，因為至少一起進去，他還能擁有這兩頭獵物的影子五分鐘），他們興起一陣念頭，也許靠他們老練的手段還能要來一口，甚至兩口。有人問一位小鬍子光頭佬是不是派翠克・德威爾本人。蘇利曼為了擺脫大肚腩編輯，隨意挑了個穿彈性牛仔褲的金髮女郎，隨著險峻海峽合唱團（Dire Straits）〈搖擺樂之王〉（Sultans of Swing）的樂音跳了一支熱舞。大肚腩編輯吃驚地看著這對男女搖擺，嘗試裝出既嘲諷又和善的眼神，但沒有人買他的帳。他是寂寞的，在場的每一個人都是，差別在於他隱藏不了，再說除了察覺到這個人對孤單的不自在外，也沒有人真正對他感興趣。蘇利曼和他的舞伴又跳了一首黛安娜・羅絲[96]

的〈上下顛倒〉（Upside Down）。怪人合唱團（The Cure）〈殺死一個阿拉伯人〉（Killing an Arab）的前奏剛下，傅柯就和艾維．吉伯[97]一起現身了，他的皮質短外套上掛了好幾條鏈子，剃頭時似乎將自己劃傷了。吉伯年輕貌美，帥到令人無法相信（至少巴黎人無法相信）他是個作家。薩伊德和哈邁德敲了敲浴室的門，試圖以一些謊言和荒謬的藉口誘拐裡面的人開門，但大門始終深鎖。門後傳來金屬與瓷磚敲擊和深呼吸的聲音。

Standing on a beach, with a gun in my hand（站在沙灘上，手裡抓著一把槍）……除了面對那些已經沉迷在安非他命的幻覺和隨著自以為是海灘音樂左右搖擺的人以外，傅柯的老習慣是每到一個地方就會提出腦力激盪。

Staring at the sea, staring at the sand（望著海，望著沙）……浴室的門開了，兩名女子

92 Bon Scott，英裔澳大利亞籍歌手，曾為AC／DC樂團主唱。
93 Marlène Jobert，阿爾及利亞法籍女演員，退休後轉為童書作家，女兒是第五任龐德女郎伊娃．葛林（Eva Grenn）。
94 John Lennon 和 Paul McCartney，兩人為英國搖滾樂團披頭四（Beatles）成員。
95 jacobin，十九世紀極左派人士的稱呼，通常也是 Bobo 族（Bourgeois bohème 波西米亞布爾喬亞，即知識經濟下產生的精英階級，注重生活品質與品味）。
96 Diana Ross，美國歌手、演員。
97 Hervé Guibert，法國作家、記者、攝影師。

和老人一起走出門，他們上下打量了薩伊德與哈邁德後發出輕蔑的鼻音，神色傲慢，這是上流社會毒蟲還沒受到毒品侵害的模樣，但其實血清素早已化成輕煙溜進他們的大腦，將會需要經年累月的清洗才能恢復正常運作。

I'm alive, I'm dead（我活著，我死了）……被人群包圍的傅柯沒注意到他的到來為場內帶來高潮，他和年輕的吉伯繼續談著進門前正在談論的話題。他說了個小故事：「小時候我想當金魚。我媽總說：『可是啊，親愛的小兔子，這是不可能的，因為你怕冷水啊！』這句話讓我陷入兩難，我只好說：『那只要幾秒就好了，我好想知道金魚在想什麼……』」

Killing an Arab（殺死一個阿拉伯人）！……薩伊德和哈邁德決定去別的地方碰碰運氣，也許去 La Noche 酒吧。蘇利曼回到大肚腩編輯身邊，畢竟還是得填飽肚子才行。

Staring myself, reflected in the eyes（望著我自己，倒映在雙眼裡）……傅柯：「得有人先承認才行。最後總是有個人會承認……」

……Of the dead man on the beach（沙灘上的死人）……吉伯：「他光著身子躺在沙發上，找不到任何一個可用的公用電話……」

The dead man on the beach（沙灘上的死人）……「最後總算找到了才發現自己沒有硬幣……」

哈邁德再次望向窗外，透過窗簾，他看見一輛黑色DS停在不遠處：「我想在這裡多待一下。」薩伊德點燃一根菸，晚會的霓虹透過玻璃窗撒在他們身上，兩人的剪影成了一幅完美的作品。

22

「喬治．馬歇[98]，他算什麼東西啊！」

丹尼爾．巴拉瓦納[99]總算逮到開口的機會了，他知道不管願不願意，幾分鐘內這個機會就會被搶走，因此他以連珠砲的模式把心裡的不快全吐出來，主旨是表達檯面上的政客個個既老派又腐敗，而且都是半隻腳踏進棺材了的人。

「密特朗先生，我說的不是您……」

雖然他這麼說，但……

「我想知道的、有興趣知道的是移工們的房租都是付給誰……我想要……誰做得

98 Georges Marchais，法國共產黨領袖。
99 Daniel Balavoine，八〇年代法國流行歌手，於一九八六年逝世。

出這種事，讓移工每個月付七百法郎住在垃圾堆裡？」他的話很零碎，句子雜亂，很多語法上的錯誤，語速很快，但正好振奮人心。

記者們一如往常什麼都沒搞懂，巴拉瓦納指控他們從來不邀請年輕人時嘴裡還念念有詞。（無可避免地引來記者們的冷嘲熱諷：當然邀請了，不然你怎麼會在這裡呢，小呆瓜。）

現場只有密特朗明白他的意思。這個自以為是的年輕人想讓大家看清自己，包括他和圍坐在桌子旁的所有記者，還有他們的同類，都從內在腐爛了，而且早就都是行屍走肉，只是缺乏自覺而已。密特朗試著表現出自己和憤怒的青年們站在同一戰線，但每次他試圖表達些什麼時，發出的聲音都帶著不恰當的父權主義。

「讓我看一下我的筆記……無論如何，我想說的是，這是一則警訊……」密特朗不時用手觸碰眼鏡，雙唇緊抿。這一幕被拍下來，現場直播，他完了。「我想說的是，絕望是一股反動的力量，當這股力量被觸發時就危險了。」

一名記者以殘忍且諷刺口吻說：「密特朗先生，您先前表示想和年輕人對話，您也很認真地聽了……」老弟，你自己看著辦吧。

密特朗盡力挽救情勢：「真正讓我感興趣的，是他思考、反應……和表達的方式！丹尼爾．巴拉瓦納也以文字和音樂表達思想……他有表達的權利，有發聲的權利，有被理解的權利。」（咳，咳）「他用自己的方式發聲！他為自己的言論負責。他行使自己的權利，和其他公民一樣。」

一九八〇年三月十九日，法國電視二台，下午一點三十分，密特朗老態畢露，高齡一千，垂垂老矣。

23

瀕死的巴特心裡想些什麼呢？他們認為是想著母親。他的母親殺死了他。是啊，是啊，永遠都是因為一些小事，一些不可告人的祕密。如德勒茲所言，每個人都有一個祖母，而且他們身上都會發生一些難以置信的事情，所以呢？「悲傷」，是的，沒錯，他的生命將被悲傷侵噬。可憐的法國思想家們，你們的眼光都被囚禁在那個最褊狹、最符合社會期待和自我中心的私密空間裡了。毫無疑問，不帶神祕色彩，母親，所有答案之母。二十世紀不再以神為萬物之源，取而代之的是母親。這種交易真不錯。只可惜巴特心裡想的不是母親。

要是你們能在他棉絮般的思緒抓出一條主線，就會知道，這個即將死去的男人心裡想的是自己過去的模樣，特別是他原本可以成為的模樣，還有呢？他眼前出現的景象不只是他的一生，還有那場車禍。誰是幕後主使？他覺得自己當時受到了操控，恢復意識時，文件已經消失了。不管幕後之人是誰，可以確定的是，我們將面臨一個前所未有的災難。而這個男人，媽媽心愛的羅蘭，其實是可以善加運用這份文件的。他可以稍微用在自己身上，但主要還是造福世人。他最終克服了畏縮，可惜太遲了，現在儘管找回那份文件也來不及了。

羅蘭心裡想的不是母親。不是在演《驚魂記》[100]。

他想著什麼？也許是一些特定的回憶，一些私密的、片段的或只有他自己知道的事。那是一個夜晚（或許天還亮著？）他和正好拜訪巴黎的美國譯者一起搭乘計程車，同行的還有傅柯。三人都坐在後座，譯者坐在兩人中間。一如往常，傅柯壟斷了所有的話語權，情緒高昂地發表言論，帶著鼻音的腔調聽起來像古代人。他掌控了全場，即興發表了一場演說，內容是他討厭畢卡索到什麼程度，以及畢卡索有多麼爛。說著說著自己就笑了，一旁的年輕譯者當然安份聽著他高談闊論。譯者在自己的國家是個作家，也是個詩人，但在這輛車裡，面對兩位出色的法國知識份子，他選擇表達敬意。巴特明白自己在名嘴傅柯面前根本無足輕重，但還是想說點什麼以免顯得多餘，於是他也跟著笑了，好給自己爭取一點思考的時間。他因為自己看來有點不自在而感到不自在，最後成了惡性循環，他的一生都是如此，所以才那麼想要得到傅柯那樣的自信。就連在課堂上，學生們專注聽他授課時，他專業的口吻之下也會帶著一絲靦腆，只有寫作時的他才是充滿信心的，只有躲在一張張白紙、他的書、他的普魯斯特和他的夏多布里昂後面，他才能重拾自信。傅柯還在滔滔不絕畢卡索的事，巴特為了避免顯得多餘只好同意他的看法，表示自己也對畢卡索沒有好感。說出這些話時，巴特也厭惡起自己了，他很清楚現在的情況，畢竟分析情況是他的專長，他在傅柯面前卑躬屈膝。年輕帥氣的譯者大概也看明白了，他含蓄地唾棄了畢卡索，就在傅柯開懷大笑時，他也表達了小小的不滿，認為畢卡索是被過份吹捧了，他從來也沒弄懂大家對他的評價。我不是很確定這番話是否真心，無論如何巴特畢竟還是個具代表性的人物，他的內心深處終究對現代性沒有好感，但說到底其實也無所謂，他知道自己不是真的打從心底厭惡畢卡索，這麼做只是不想在傅柯面前顯得多餘而已。反正傅柯提出這個反傳統的觀點時，要是他表示驚訝也會看起來像個蠢老頭，所以儘管他不是特別喜歡畢卡索，在那個當下，在那輛天曉得要去哪裡的計程車裡，他也會因為一些不真切的理由唾棄並嘲笑畢卡索。

這大概是巴特在死去的那一刻還想著這趟計程車之旅的原因，也是因為這事，他才會帶著這份縈繞在心頭的苦澀悲傷地閉上雙眼睡去。也許還有那麼一點思緒分給了哈邁德。他以後會怎麼樣？他手中保管的祕密呢？他緩緩地、輕輕地進入最後一個夢鄉，過程看來不太難受，只是身體機能一個接一個停止運轉時，他的思維還繼續飄蕩著，將在最後的這一片夢土中漂至何處？

100 希區考克的電影《驚魂記》（Psycho），故事主角有戀母情結。

他當時應該表明自己不喜歡拉辛才對，「法國人一直以擁有拉辛為榮（一個只有兩千個詞彙的男人），卻從不為了沒有莎士比亞感到遺憾。」如果當時這麼說了，就能在年輕譯者的心裡留下深刻的印象。但巴特在很久以後才說了這句話。唉，要是當時他擁有那個「功能」就好了……

房門緩緩地開了，但仍在昏迷中的巴特沒有聽見。

其實，他也不是那麼古典派，深究到底，他並不喜歡十七世紀的枯燥乏味，比如是銳利的雙行體、精確的格言和精英化的激情。

他沒聽見走近床邊的腳步聲。

那些作品的文字都是舉世無雙的，但他就是對偏於平淡且缺乏血肉的作品沒興趣。拉辛的情感描述，嗯……是不錯沒錯。《費德爾》（*Phèdre*）[101]還可以，那一場用虛擬過去式表現條件過去式的場景，好吧，真的很精彩。費德爾重寫了故事，將自己比做阿麗安，並以繼子伊波利特代替德賽……

他沒看到有個人正貼近他的心電儀。

那貝蕾妮絲[102]呢？提圖斯[103]不愛她，這是顯著的事實。看來就是高乃依[104]的風格……

他沒察覺有人在翻他的私人物品。

拉布呂耶爾[105]是學院派作風。帕斯卡至少還能跟蒙田對話，拉辛和伏爾泰[106]也是，還有拉封丹[107]和梵樂希[108]……但有誰會願意跟拉布呂耶爾對話呢？

他沒感覺到有隻手悄悄轉動了呼吸器。

拉侯什傅科還可以接受。巴特還得好好感謝他那部透過人類行為舉止解析內在靈魂的《人性箴言》（*Reflexions ou sentences et maximes morales*），那可是符號學的濫觴。說他是法國文學的最高指標一點也不為過……巴特看到這位馬爾希亞克王子[109]神氣活現地在大孔德[110]身邊騎著馬，他們在聖安東尼區的戰壕中穿越蒂雷納[111]的砲火。他心裡應該想著：這是個適合死去的好日子……

101 法國劇作家拉辛的愛情悲劇，後文的費德爾（Phèdre）、阿麗安（Ariane）、伊波利特（Hippolyte）及德賽（Thésée）為劇中角色。
102 Bérénice，拉辛筆下悲劇《貝蕾妮絲》中的人物。
103 Titus，羅馬皇帝，拉辛以其為悲劇《貝蕾妮絲》的主角。
104 Corneille，法國古典主義悲劇奠基人。
105 Jean de La Bruyère，法國評論家、小說家。
106 Voltaire，法國啟蒙時期哲學家。
107 Jean de La Fontaine，法國寓言詩人，《拉封丹寓言》作者。
108 Paul Valéry，法國哲學家、詩人、作家。
109 prince de Marcillac，拉侯什傅科公爵的頭銜。
110 Grand Condé，法國政治家，十七世紀最傑出的統帥之一。
111 Turenne，法國名將，原名為 Henri de La Tour d'Auvergne。

發生了什麼事？他無法呼吸，喉嚨突然緊縮。

沒想到大郡主下令開啟城門讓大孔德的軍隊入城，拉侯什傅科的眼睛受了傷，他將暫時失去光明，但這場戰役並不會奪走他的性命。。

他睜開雙眼，看見了那個人，在那刺眼的光暈之下，看來就像聖母瑪麗亞。他嚇得說不出話，想大聲喊救命卻發不出聲。

他會復原的吧？是吧？

她露出了溫柔的微笑，同時將他的頭壓在枕頭上，以免他起身，但說實話他根本也沒有任何力氣起身了。這一次是真的了，他很清楚，他想放棄掙扎但身體卻不住地抽搐。看來他的身體還想繼續活著，他的大腦瘋狂尋找著無法進入血液裡的氧氣，心臟因為最後一點腎上腺素還跳動著，逐漸減弱。

「愛矣，愁矣，亡矣。」到頭來，最後進入思緒的是高乃依的雙行體。

24

一九八〇年三月二十六日晚間八點的電視新聞，PPDA[112]出現在螢幕上：「各位晚安，今天的新聞……（PPDA猶豫了一下）與您的生活息息相關，有些是繽紛的，有些不是，就讓各位自行分類。（克利希廣場旁的公寓裡，從未錯過新聞的德勒茲調整了坐姿，高聲回應：「謝謝！」）

晚間八點〇一分：「首先來看本月物價上漲百分之一點一，財政部長勒內・穆諾里[113]表示：『這不是好兆頭。』儘管如此，比起今年一月百分之一點九的數值還是好多了（PPDA認為很難更差了，同一時間，坐在比耶芙路家中電視前的密特朗也想著同一件事），比美國和英國好……並且與西德持平。」（聽到勁敵西德二字時，正在艾麗榭宮的辦公室裡批閱簽呈的季斯卡沒有停下工作，只是不自主地嚥了一口口水。城市的另一頭，哈邁德準備要出門，但少了一隻襪子。）

晚間八點〇九分：「教師明天將持續罷工，這次行動由全國教師工會發起，聯合巴黎與埃松省（Essonne）教師共同抗議新學期課程刪減。」（索萊斯一手拿中國啤酒，另一手是空的菸管，坐在沙發上發怒：「官僚王國！……」廚房裡的克莉絲蒂娃則回應：「我炒了小牛肉。」）

晚間八點十分：「請容我說句話，接下來的新聞總算可以讓大家喘口氣了（西蒙

112 Patrick Poivre d'Arvor，法國新聞主播，在二〇〇八年離開主播台之前，他是全球播報新聞最久的主播。法國觀眾以他的姓名縮寫暱稱他為PPDA。

113 René Monory，法國政治家，曾任司法部長、教育部長、財政部長。

不以為然），七年來空氣汙染值首度驟降，降幅為百分之三十。根據環境部部長米歇爾．多拿諾[114]的說明，一氧化碳的排放量亦減少了百分之四十六。」（密特朗試著擠出厭惡的嘴臉，但其實跟平常的樣子沒什麼兩樣。）

晚間八點十一分：「國際新聞，在查德、阿富汗、哥倫比亞……」（一大串國名，除了傅柯以外沒有任何人聽進去。哈邁德找到了他的襪子。）

晚間八點十二分：「紐約市長首輪選舉，愛德華．甘迺迪[115]意外出線……」（德勒茲拿起電話播給瓜達里[116]；巴亞在家裡開著的電視機前燙衣服）

晚間八點十三分：「去年度交通事故統計數據提高，根據國家憲兵隊公開統計數據，一九七九年交通事故共計二十五萬起、死亡人數一萬兩千四百八十人，等同於一個如普羅旺斯薩隆（Salon-de-Provence）村莊的人口。（哈邁德心想為什麼偏偏是這個村莊？）以上數據提供復活節假日準備出遊的人提前思考……」（索萊斯伸出食指說：「思考！……思考，茱麗亞，妳聽見了嗎？……這也太有意思了，供人思考的數據，哈哈哈！……」克莉絲蒂娃回話：「吃飯了！」）

晚間八點十五分：「一起交通事故險些造成重大傷亡：昨日一輛載有放射性物質的卡車與另一輛卡車對撞，並於排水溝中翻覆。幸好車輛防護措施完善，才不致釀成大禍。」（密特朗、傅柯、德勒茲、阿圖塞、西蒙與拉岡各自在電視機前放聲大笑。巴亞點了根菸後又繼續燙衣服。）

晚間八點二十三分：「弗朗索瓦．密特朗接受《十字報》（*La Croix*）專訪，提出了幾個劃時代的觀點（密特朗露出了滿意的笑容）：『季斯卡始終是一個小團體、某一階級的領導者而已。他的政策就是花六年的時間在原地打轉，在金牛犢[117]面前跳肚皮舞。貓的，烏布王[118]這麼說。』（PPDA特別說明：「這句話弗朗索瓦．密特朗親口說的。」季斯卡對此不以為然。）送給總統先生，送給喬治．馬歇和他的三人幫。『只要馬歇自己願意，』這也是出自密特朗『他可以當個充滿魅力的丑角。』（阿圖塞在他位於烏爾姆路（rue d'Ulm）上的家中聳了聳肩，對著廚房裡的太太大叫：「海倫，妳聽到了嗎？」另一頭沒有任何回應。）最後，密特朗就社會黨是否會提出密特朗—羅卡兩人搭檔參選的問題做出回應，他只難說（PPDA口誤，但仍面不改色地修正）……只能說這個美國的概念在法國不適用[119]。」

114 Michel d'Ornano，法國政治家，時任文化暨環境部部長

115 Edward Kennedy，美國政治家，前總統約翰．甘迺迪之弟。

116 Félix Guattari，法國哲學家、精神科醫師。

117 典故取自出埃及記三二：一～六，金牛犢是人們等不到摩西下山時造出的神。意指對領袖的認知錯誤，無知敬拜仿造的上帝。

118 雅里的劇作《烏布王》（Ubu roi）裡第一句台詞用 Merdre 代替原本的髒話 Merde（媽的）。這個用法 自此就流傳下來了。

119 原文裡使用了 ticket 一詞，意指總統與副總統聯合參選，就像台灣的情況。但法國的總統選舉沒有這種制度。

晚間八點二十四分：「羅蘭・巴特今天下午……（PPDA又猶豫了）於巴黎硝石醫院辭世。」（季斯卡暫停批閱、密特朗不再擠眉弄眼、索萊斯抽出原本在褲襠裡磨蹭的菸管、克莉絲蒂娃停止攪拌鍋裡的小牛肉並跑出廚房、哈邁德穿了一半的襪子卡住了、阿圖塞中斷自己和妻子吵架的意圖、巴亞放下了熨斗、德勒茲對瓜達里說：『等一下再打給你！』、傅柯中止思考生命權利，拉岡繼續抽他的菸。）這位作家與哲學家，是一個月前一起車禍的受害者。（PPDA停了一會兒）六十四歲的他以現代文學與溝通為主題的作品出名。貝爾納・畢佛[120]曾在「猛浪譚」（Apostrophes）節目[121]上訪問羅蘭・巴特。當時他介紹了那本獲得廣大迴響的書籍《戀人絮語》（傅柯翻了白眼）；下面這段影片是他以社會學的角度（西蒙翻了白眼）說明情緒意念……（PPDA停了一下）與性之間的關係（傅柯又翻了白眼），請聽（拉岡翻了白眼）。」

羅蘭・巴特（以菲利浦・諾赫的聲音）說：「我認為一個主體（我用主體這個字眼是為了避免先入為主的，呃，性別意識），一個戀愛中的主體在面對情感時會有比較多的禁忌。對現代人而言，性禁忌反而顯得容易逾越。」

貝爾納・畢佛：「是因為戀人都是傻子嗎？」（德勒茲也翻了白眼。密特朗想到應該打個電話給瑪札琳[122]。）

羅蘭・巴特：「呃……對，就某種程度而言，世人是這麼認為的沒錯。人們總是賦予戀人兩種特質，應該說兩種負面的特質。首先，戀愛中的個體都是沒有大腦的，的確，戀愛會讓人做出傻事，而這些人也都有自知之明。還有另一種特質是失心瘋，這種特質最常被大眾拿來討論了！但這種失心瘋是有限度的，不是嗎？這種瘋狂不是以逾越一切為榮的瘋狂。（傅柯垂下雙眼露出了笑容）

影片就在此告一段落。PPDA再度開口：「那，我們可以看到，呃，讓—封梭．坎[123]，呃，羅蘭．巴特對任何事都有興趣，他可以談任何的話題，呃，我們可以在，呃，最近的，電影……角色……中看到他的身影，他是個興趣廣泛的人，你說是嗎？」（他的確在泰希內的《白朗特姊妹》（Les soeurs Brontë）裡演出薩克雷[124]一角。西蒙心想，這角色至少沒有玷汙了他的才華。）

讓—封梭．坎的情緒相當激動：「是的，他的確喜歡東碰一點西碰一點！他給自己找了很多事做，呃，呃，像是時尚、領帶，還有一些有的沒的，就連角力也是他寫文章的主題！……他寫了關於拉辛、米什萊，關於攝影、電影、日本的文章，總之什麼都寫！（索萊斯笑了。克莉絲蒂娃瞪了他一眼。）但事實上這些主題都有一個共通性。

120 Bernard Pivot，法國作家、記者、評論家。
121 法國最有名的文學節目。
122 Mazarine Pingeot，密特朗的私生女，直到一九九四年才曝光於媒體上。
123 Jean-François Kahn，法國作家、記者。
124 Thackeray，英國小說家。

請看他最新的作品，寫的是戀人的對談……愛情的語言，其實羅蘭．巴特談的就是語言啊！他認為……他的領帶……我們的領帶也是一種說話的方式。（索萊斯有點氣憤：「說話的方式……虧你說得出口！……」）時尚是一種表達的方式，摩托車是一種社會表達。電影，更不用說。攝影當然也是。換句話說羅蘭．巴特實際上是一個追捕符碼的人！……追捕表意的符碼，那些社會本身可能沒有意識，卻被用以表達綿長揉雜情感的符碼！由此可知，他是個偉大的記者。事實上，他精通一門名為符號學的科學，也就是研究符碼的科學。

因此，他是個文學評論權威！一樣的道理：什麼是作品？作品就是作者用以表達思想與情感的媒介。羅蘭．巴特指出文學作品有三個內在層次：首先是語言，拉辛用法語寫作、莎士比亞用英語，這是語言層次；另一層次是風格，也就是作者寫作技巧與才情的外在表現。而在風格（風格是出於個人意願，作者可以控制的因素）和語言之間，還存在第三個層次，即寫作。他認為廣義而言這是一種策略，換句話說，作者透過寫作傳達的是他在社會中的定位、他的文化、他的本質、他的社會階級和周遭的環境……有的時候，他們會寫些看來理所當然的日常（呃，比方說拉辛寫「走出房間」或是其他看似沒有特別意義的字句），其實並不是這麼回事！這才不是毫無意義，巴特這麼說。儘管作者本人說的、寫的是日常，還是得合理質疑，因為在寫作的背後一定有其他意義。」

PPDA（一點也沒聽進去，或者根本沒聽懂，也可能是毫不在乎，總之他的語氣肯定）說：「因為每一個字都會被仔細解讀！」

讓－封梭．坎（一點也不在意他的反應）：「而且，更了不起的是，巴特的筆觸非常精準，儘管沒有什麼溫度，讀者還是能感受到他綺麗的風格。如果真要我下一個結論，他是一個非常重要的人物。他展現了我們這個時代的精神。為什麼這麼說呢？歷史上有一些時期以劇作為代表，對吧。（讓－封梭．坎發出了一串無法解讀的聲音）還有一些是小說，像是五〇年代有莫里亞克，呃還有，卡繆，呃，等等的。我認為六〇年代的法國，最具文化代表性的是對於論述的論述，特別是邊緣論述。要是仔細思考，就會發現這個時代其實沒有任何小說巨著……應該沒有，也沒有經典劇作。我們表現最好的領域是解析他人做過的事或說過的話，藉由這些論述磨練言論並產生新的看法，為舊論述注入新血。」

PPDA：「再過幾分鐘，王子公園體育場的足球賽就要開始了，今晚法國隊將出戰荷蘭隊。（哈邁德走出家門，關上了門，走下樓梯），荷蘭隊在前兩屆的世界盃中都挺進了決賽（傅柯關上電視），再加上明年西班牙舉辦的世界盃上，荷蘭與法國將在第一輪的比賽中對戰（西蒙關上電視），因此，這場友誼賽比表面看上去重要得多（季斯卡重新回到他的公文上。密特朗掛了電話後又打給賈克．朗[125]。）新聞過後，晚間十點五十分左右，艾維．克勞德將為各位解說這場比賽。（索萊斯和克莉絲蒂娃開飯，克莉絲蒂娃拭去了眼角的淚水說：「生命還是得重拾它的權利。」接下來的兩個小時內，巴亞和德勒茲都看了比賽。）

25

一九八〇年三月二十七日星期四，西蒙．荷卓在一家小酒館中看報紙，店內坐滿了年輕人，桌上的咖啡已經喝完好幾個小時了。我在蒙田聖傑內芙路上，但你們一樣可以自由選擇地點，無礙故事進展。然而，選擇拉丁區還是比較方便，而且也較能解釋為什麼有這麼多年輕人。日暮時分，英式撞球間內，球互相擦撞的聲音在嘈雜喧嘩之中聽來像是脈膊跳動。西蒙也點了杯咖啡，因為根據他的心理表徵[126]所分析的社會認知，現在喝啤酒太早了。

《世界報》上的日期是一九八〇年三月二十八日星期五（因為《世界報》永遠站在明日），頭條新聞是柴契爾夫人「抗通膨」預算（她的想法毫無意外——是「裁減公共支出」）和查德內戰，但在右下角還是標出了巴特逝世的消息。由著名文學記者貝同．波赫—迪拜屈[127]向他致敬，開頭寫著：「自二十年前卡繆將生命送予汽車前座置物箱至今，文學界已向鍍了漆的女神獻出難以計量的貢品了。」西蒙反覆閱讀這行字，並時不時觀察店內的動靜。

球台上，兩個二十來歲的小伙子在一名看上去應該剛成年的女孩面前對戰。西蒙下意識分析了情勢：穿著得體的男孩覬覦那少女，但少女看上的卻是另一個衣著邋遢、一頭長髮看上去有點骯髒的男孩。骯髒男孩無所謂的態度給人些許目中無人的感覺，難以判斷他是否也對少女有意思。他藉由假裝冷酷的伎倆凸顯自己的優越感，而且顯然地，那份冷酷和他肯定少女一定會拜倒跟前的雄性支配感也有關係。又或者，他還在等待另一個人，一個更驚豔、更反骨、沒那麼害羞且跟他更登對的女人。（這兩個假設似乎沒有衝突）

波赫－迪拜屈寫道：「過去的三十年中，巴特和巴修拉兩者寫了最多的評論，但讓他如此多產的身份不是概念仍舊模糊的符號學理論家，而是一個為人們帶來新閱讀樂趣的大師。」西蒙內心的符號學家嘀咕了幾聲。閱讀的樂趣，吧啦吧啦。概念仍舊模糊的符號學，你吃屎吧。雖然也沒說錯，但是……「更勝於索緒爾，可以說他是新時代的紀德。」西蒙用咖啡杯敲了底下的碟子，咖啡濺到報紙上。敲撞的聲音融在撞

---

125 Jack Lang，法國前文化部長、前教育部長。
126 心理表徵。將外在世界的物理特徵，轉換為心理事件，以便處理與記憶的歷程。
127 Bertrand Poirot-Delpech，法國記者、小說家。

球的擦撞聲中，除了少女回頭望了一眼外，沒有其他人注意到他的動作。西蒙和少女在那一瞬間對上了眼。

兩個男孩的球技顯然一樣差，但他們還是把撞球台當成了閱兵場，皺一皺眉，點點頭，將下巴貼近檯面再繞著球台轉，一副深思熟慮的模樣，仔細計算如何擊出白球（但實際上看不出有任何邏輯），接著又以過於快速的大動作重複抽動球桿（西蒙表示這叫「運桿」），這個動作引人遐想，也再次證明他們經驗不足。最後總算猛力推桿，然而球速再快也無法掩飾他們的笨拙。西蒙再次埋入《世界報》中。

讓—飛利浦．勒卡[128]，文化暨傳播部部長表示：「他的文字和思想都增進了人類的深度，也促使人類更加理解自我，並且找到社會中的安身之處。」咖啡杯敲擊碟子的聲音再次響起，但這次力道控制得較好。西蒙望向少女確認她是否再次回頭（是的，她回頭了）。看來文化部裡沒有人吐得出比這該死的陳腔濫調更好的句子了。西蒙懷疑這種內容可以套用在任何作家、哲學家、歷史學家、社會學家或生物學家身上……人類的深度，這樣啊，說得好，肯定花了不少心思想出這句子。等輪到沙特、傅柯、拉岡、李維史陀或布赫迪厄的時候都可以再拿出來用。

西蒙聽見穿著得體的男孩對某條規則有意見：「不，在對方犯規失誤的情況下可以出桿兩次，但第一球進洞後，第二桿不得累計。」法律系學生，二年級（也許一年級的時候曾留級）。從他的打扮、外套和襯衫大概可以猜測是巴黎第二大學的學生。另一個人字字分明地回應他：「好，沒問題，很好，你高興就好。我沒意見，隨你便。」心理學系，二年級（或是一年級留級中），巴黎三大或六大（看得出來他在自己的地盤上）。少女露出了一個做作的小微笑，不太惹眼，但又希望有人注意到。她腳上穿著一雙 kickers 雙色鞋，一件褲管反摺的閃電藍牛仔褲，紮著馬尾，抽 Dunhill 淡菸：現代文學系，一年級，索邦或三大，可能跳級一年。

「對這一代人而言，他開啟了一個新的領域，分析傳播媒體、神話與言語的新領域。羅蘭・巴特的作品將會永存世人心中，那是對自由與幸福一聲聲宏亮有力的吶喊。」密特朗的發言也沒什麼新意，但至少他稍微觸及巴特的專業領域。

撞球比賽的賽況膠著，持續了一段長到彷彿沒有盡頭的時間，最後由三大的男孩以出其不意的一桿取得勝利，他學博格高舉起雙手（按規定，黑球必須反彈一次再入袋。這是一些布列塔尼人喝醉後想要延長樂趣而發明的規則）。三大的男孩試著裝出嘲諷的表情，索邦少女拍了拍他的手臂安慰他。在場的人都露出假笑，表示這不過是一場小比賽而已。

法國共產黨方面也發表了聲明：「我們向這位重新思考了想像、傳播、文字樂趣與寫作本質的知識份子致敬。」對西蒙而言，這段話聽起來的重點是向「知識份子」

128 Jean-Philippe Lecat，法國政治家，曾任文化暨傳播部部長。

致敬，也就是說不是向他的其他身份，不是向那個中立、不參政、和季斯卡共進午餐並與毛主義朋友一起遊歷中國的他致敬。

一名年輕女孩走進酒吧，長捲髮、皮製短版夾克、馬汀大夫鞋、耳環、撕裂的牛仔褲。西蒙心想：藝術史，一年級。她走向衣著不整的男孩並親上了他的雙唇。西蒙仔細觀察馬尾少女，並從她的側臉上看到了氣憤、壓抑的怒火和藏不住的自卑正在她的體內發酵（但其實沒有任何正當理由）。他也在她雙唇的皺摺間讀到一則應該錯不了的訊息，痛苦與輕蔑在她的內心交戰。他們的眼神又再次交會。那一秒少女的眼中閃過一絲難以解讀的光。她站起身，走了過來，俯身傾向桌面，盯著他的雙眼說：「怎樣？你想要我的相片嗎？」西蒙一臉茫然，嘟噥了幾句聽不懂的話後便低頭閱讀關於米歇爾．羅卡的文章了。

26

烏爾（Urt）小鎮上從來沒有聚集過這麼多巴黎人。他們搭火車到巴約納（Bayonne），再前往小鎮舉行的葬禮。寒風吹過墓園，大雨傾盆，觀禮的人各自群聚成小團體，但沒有人想過要帶把傘。巴亞也到場了，他又請來西蒙協助，兩人都盯著那幾個全身溼透的聖日耳曼幫。我們在距離花神咖啡七百八十五公里的小鎮上觀看索萊斯緊張兮兮地咬著菸管，以及ＢＨＬ扣著襯衫上的每一顆扣子，看樣子，所有人都希望儀式儘快結束。西蒙和巴亞兩人合力認出在場大多數的人：索萊斯、克莉絲蒂娃和ＢＨＬ三人小組；尤瑟夫、保羅與尚—路易；傅柯和丹尼爾·德菲爾[129]、馬蒂厄·蘭東[130]、艾維·吉伯與迪迪耶·艾瑞本[131]站在一起；學院代表有托多洛夫、簡奈特；文森派代表有德勒茲、西蘇、阿圖塞、夏特雷[132]；弟弟米歇爾和弟媳瑞秋；出版社編輯、學生們和艾瑞克·馬提[133]、安東·孔帕尼翁[134]、雷諾·卡謬、他的舊愛和一小群男妓：哈邁德、薩伊德·哈洛、蘇利曼；劇場演藝界則有：泰希內、艾珍妮[135]、瑪莉芙杭思·皮席耶[136]、伊莎貝·雨蓓[137]、帕斯卡·格利高里[138]；兩個穿著黑色太空衣

---

129 Daniel Defert，法國哲學家、醫師，在戀人傅柯死後成立了愛滋協會。
130 Mathieu Lindon，法國小說家。
131 Didier Eribon，法國哲學家、社會學家。
132 François Châtelet，法國哲學史學家、政治哲學家。
133 Éric Marty，法國當代文學教授，傅柯全集的編輯。
134 Antoine Compagnon，法國文學評論家，以研究普魯斯特聞名。
135 Isabelle Adjani，法國女演員，領過五次凱薩獎最佳女主角獎。
136 Marie-France Pisier，法國女演員。
137 Isabelle Huppert，法國女演員。
138 Pascal Greggory，法國男演員。

的雙胞胎（看來是替某電視台工作的鄰居），還有一些村子裡的居民。

烏爾的居民都對巴特很有好感。墓園入口處一輛黑色DS裡走出兩個男人，他們撐開了傘。觀禮的人中有人大喊：「你們看，有輛DS呢！」群眾間傳來一陣耳語，多是認為對方派員到場致意，畢竟《神話學》是在雪鐵龍庇護下出版的。西蒙湊到巴亞耳邊低聲說：「您認為殺人兇手在這群人之中嗎？」巴亞沒有回話，只是觀察著在場的每個人，覺得他們都長得一副嫌疑犯的模樣。他很明白要是想讓案情明朗一些，就得先弄清楚自己在找什麼。巴特手中握有什麼重要的東西，讓這些人除了想偷走它以外還心生殺意？

27

我們身處法畢斯[139]的家中，在我的想像中，那應該是一層位於萬神殿附近的氣派公寓，屋裡的天花板全鑲上邊飾，搭上木質匈牙利飾紋地板。賈克．朗、羅貝爾．巴丹戴爾[140]、雷吉斯．德布雷[141]、賈克．阿達利[142]、塞吉．莫提[143]聚首於此討論黨內候選人在外表與形象（當時這個詞彙還很庸俗）的優勢和劣勢。

表格的第一欄幾乎是空的，只寫了：曾使戴高樂將軍第一輪得票率不過半數。

第二欄填了比較多內容，按重要程度升冪排序：

馬達加斯加

天文台事件

阿爾及利亞獨立戰爭

年齡過大（讓人想起第四共和時期）

犬齒過長（犬儒）

總是打敗仗

奇怪的是，法蘭克戰斧（還是從貝當手裡接下的）和維希政府時期擔任的小職位在當時竟然都沒被提起，無論是媒體（始終如一的健忘）、政敵（也許也不想以那段不愉快的往事惹惱己方陣營的選民）都沒有。只有一小群極右派傳播這類消息，但新一代的選民都認為這只是純粹誹謗而已。

儘管如此，到底是什麼原因讓這幫年輕、出色、滿懷抱負，甚至還懷抱理想主義

139 Laurent Fabius，法國前總理，前外交部長。
140 Robert Badinter，法國前司法部長。
141 Régis Debray，法國社會學家，專長為媒介學。
142 Jacques Attali，法國經濟學家、作家。
143 Serge Moati，法國記者、導演，也曾出任密特朗諮詢。

的社會黨員夢想著擁有美好的明日，因此沒有將心力投入羅卡（莫魯瓦[144]的親信）或薛維爾蒙[145]陣營（背後有像德洛爾[146]這樣的歐洲派要員和愛德蒙·邁爾[147]這樣工會幹部支持的人），反而替這位工人國際法國支部[148]的舊臣、左派民主社會共和聯盟[149]的殘兵、第四共和的遺老、親莫耶[150]殖民主義劊子手（出任內政部長與司法部長時期於阿爾及利亞處決了四十五個人）背書？未來的某一天，莫提在提到羅卡時會說：「我們看到的是『自主管理』的社會主義者與財政監察的合體。」但同一個莫提在六八年的亂世後決定加入密特朗陣營，並扭轉言論方向，傾向左翼思想。他表示：「我支持生產方式、投資與貿易社會化。我認為有必要建立一個能夠推動整體經濟的重要公共部門。」

工作會議開始了。法畢斯在一張寬大的漆木桌上放了熱飲、一些小餅乾和果汁。為了能確實掌握汙點擴散的程度，莫提拿出一篇老舊的社論，那是一九六六年尚·丹尼爾[151]在《新觀察家》內針對密特朗發表的意見：「這個男人不只沒有任何信仰，在他面前相信任何事似乎都是一種罪惡。儘管他本人可能無意，但卻暗示了大眾沒有任何事情是單純的，每件事都有內幕，不應存有任何幻想。」

所有圍在桌子旁的人都同意這場選戰還有很長的路要走。

莫提咬了一口餅乾。

巴丹戴爾替密特朗辯護：政治上的犬儒主義不代表殘疾，也可以擁有技術與實用的一面。畢竟，馬基維利本身的想法與馬基維利式的權謀做法是不一樣的[152]。讓步不代表妥協。圓融和算計是民主的必要條件。犬儒的代表第歐根尼就是個特別有學識的哲學家。

「好，那天文台事件呢？」法畢斯問。

賈克・朗辯解：這起有爭議的假攻擊案至今仍未裁定結果，整個調查單憑一名可疑證人的說詞展開。這人原本是戴高樂派的，後來又轉為支持極右派，他的說詞自己都改過很多版本了。再說，他們不是也找到佈滿彈孔的密特朗座車嗎！賈克・朗一臉憤慨。

「好吧」，法畢斯放過這個議題，就當是謀殺未遂的陰謀。到目前為止，只有他

---

144 Pierre Mauroy，法國前總理。

145 Jean-Pierre Chevènement，法國政治家，曾任內政部長、教育部長、國防部長。

146 Jacques Delors，法國社會黨政治家，曾任歐盟執委會主席等要職。

147 Edmond Maire，法國民主工聯主席。

148 Section française de l'Internationale ouvrière, SFIO，法國目前社會黨的前身。

149 Fédération de la gauche démocrate et socialiste，FDGS，密特朗於一九六五年成立此聯盟，一九六八年解散。

150 mollétiste，指的是支持 SRIO 前總理莫耶（Guy Mollet）的人。

151 Jean Daniel，法國作家、記者。

152 Nicolas Machiavel，義大利文藝復興時期哲學家。法文中有 machiavélien 和 machiavélique 兩字，前者指的是信仰馬基維利思想的人。馬基維利原本主張治國時應恩威並施，但有一部分激進派的人會偏向其使用權術的思想，因此延伸出 machiavélique 一字，通常較具負面意義。

的表現不是特別友善，也沒有社會黨人的樣子。

賈克·朗提出尚·科[153]曾說過密特朗是個神父，社會主義和天主教思想是他的手心與手背。

德布雷嘆了口氣：「一派胡言。」

巴丹戴爾點了根菸。

莫提吃了巧克力碎片餅。

阿達利：「他決定再往左偏一些。他認為這是限制共產黨必要的動作。但這個決定會讓一些溫和的左派人士出走。」

德布雷：「不，你所說的溫和左派在我眼裡就是中間派的，嚴格來說，就是激進黨。這種人通常會把票投給右派，他們都是親季斯卡的人。」

法畢斯：「你把左派激進黨也算在內嗎？」

德布雷：「當然。」

賈克·朗：「那，他的犬齒[154]呢？」

莫提：「我們幫他預約了瑪黑區的牙醫。他將擁有保羅·紐曼[155]的笑容。」

法畢斯：「年齡？」

阿達利：「是年資。」

德布雷：「馬達加斯加呢？」

法畢斯：「不必擔心，沒人記得。」

阿達利進一步說明：「他五一年時擔任殖民部的部長，馬達加斯加的鎮壓是四七年時發生的，他當時是說了些不太光彩的話沒錯，但至少雙手沒染上鮮血。」

巴丹戴爾沒有開口。德布雷也沒有。莫提喝著他的熱巧克力。

賈克．朗：「可是有部電影裡拍了他戴著探險帽站在纏著腰布的非洲人前。」

莫提：「那家電視台不會再播出那部電影了。」

法畢斯：「殖民的話題對右派不利，他們不會給自己找麻煩。」

阿達利：「阿爾及利亞的事也一樣。那件事首先會牽連到戴高樂，太過敏感。季斯卡不會跟黑腳[156]選票過不去。」

德布雷：「可是共產黨呢？」

法畢斯：「馬歇要是祭出阿爾及利亞，我們就用梅塞施密特[157]回擊。政治的戰場

---

153 Jean Cau，法國作家、記者。

154 密特朗本來的犬齒過長，笑起來像吸血鬼，參選總統前幕僚們決定替他「整容」。

155 Paul Newman，美國演員、賽車手。

156 pied-noir，指出生於法屬北非殖民時期的法國人。

157 喬治．馬歇年輕時曾當過機械技工，一九四〇年德國進攻法國前，正巧在為德軍生產梅塞施密特（Messerschmitt）飛機的工廠工作。

跟其他領域一樣，沒有人對陳年舊事有興趣。」

阿達利：「要是他還堅持，我們還有德蘇互不侵犯條約這個籌碼。」

法畢斯：「嗯，好吧，那優勢呢？」

一片沉默。

大家都為自己倒了咖啡。

法畢斯點了根菸。

賈克・朗：「他還算是有文人形象吧。」

阿達利：「沒什麼用。法國人寧願投給當石匠的拿破崙，也不會投給維克多・雨果[158]。」

賈克・朗：「他能言善道。」

德布雷：「沒錯。」

莫提：「反對。」

法畢斯：「羅貝爾怎麼看？」

巴丹戴爾：「一半一半。」

德布雷：「他能煽動民眾情緒。」

巴丹戴爾：「他有時間展開論述的時候就表現得很好，有自信的時候也是。」

莫提：「可是他不善於面對鏡頭。」

賈克·朗：「一對一談話時也有優勢。」

阿達利：「但面對面就不行了。」

巴丹戴爾：「有人反抗他或跟他持相反意見時，他都不太自在。他善於辯護，但不喜歡被打斷。面對群眾時，他的談話可以充滿感情，但面對媒體記者時就會很無趣。」

法畢斯：「只有在電視上會這樣，他經常鄙視跟他對談的人。」

賈克·朗：「他喜歡按自己的步調，慢慢進入正軌、調整節奏。台上的他可以慢慢開嗓、嘗試一些技巧並根據聽眾調整自己。但在電視上做不到。」

莫提：「但電視的形態不可能為他而變。」

阿達利：「至少明年不可能，但等我們掌權以後……」

全體：「……就把艾卡巴[159]弄走！」（所有人都笑了）

賈克·朗：「他得把電視節目看成一場大型的座談會，得催眠自己群眾都聚集在攝影機後方。」

莫提：「要注意，在座談會上可以放縱抒情，但在攝影棚裡又是另外一回事

158 Victor Hugo，法國作家，《悲慘世界》的作者。

159 Jean-Pierre Elkabbach，法國記者，立場偏右派。

了。」

阿達利：「他得學習如何使用簡明扼要且直接的語言。」

莫提：「他得進步才行。得訓練他，讓他反覆練習。」

法畢斯：「嗯，我覺得他肯定會樂此不疲。」

28

四、五天沒有返家過的哈邁德決定回去一趟，至少得找找還有沒有乾淨的T恤可穿。他拖著沉重的步伐爬上六、七層樓，直到那間女傭房。他沒辦法洗澡，因為房裡根本沒有浴室，但至少可以攤在床上幾個小時，消除精神和肉體上的疲憊，以及對世界與存在的空虛感。當他準備轉動插在門上的鑰匙時，突然覺得和平常的感覺不大相同，同時發現門被動了手腳。他輕輕推開門，門板發出嘎吱的聲響，接著映入眼前的是遭到洗劫的房間。床被掀了，抽屜開著，牆下的踢腳板被扯開，衣服散落一地，冰箱門沒關，一瓶橘子汽水完好如初地放在門邊，洗手台上的鏡面已成碎片，Gini汽水和七喜的罐子四散，他收藏的《帆船》雜誌一頁一頁被撕開，還有漫畫法國歷史也是（其中談到法國大革命和拿破崙的冊數似乎失蹤了），就連法語大辭典和其他的書也都四散各處，錄音帶裡的磁帶被仔細地抽了出來，Hi-fi 音響的零件也被拆了一部分。

哈邁德小心翼翼地將一卷超級流浪漢樂團的磁帶捲好，放入音響中並按下播放鍵，藉此測試音響還能不能用。下一件事便是栽進被翻面的床墊裡倒頭大睡，沒有脫下衣服，沒有關上門，伴著《邏輯歌》（Logical Song）的音符，他心裡想著自己也是這樣的，當他還小的時候，生活美好無比，像個奇蹟，但現在的日子全不一樣了，只是自己似乎還不太務實也不特別激進[160]。

29

「摩天大樓」入口處排了約十公尺長的隊伍，門口由一名皮膚黝黑、身材結實的壯漢守著。哈邁德看見薩伊德和蘇利曼身邊站著一個身材高大的新面孔，人稱「士官長」。他們插進隊伍的最前端，士官長向守衛報上自己的大名，並說明羅蘭，不對，

160 呼應《邏輯歌》的歌詞：When I was young, it seemed that life was so wonderful, a miracle, oh it was beautiful, magical. ……: But then they send me away to teach me how to be sensible, logical, responsible, practical. And they showed me a world where I could be so dependable, clinical, intellectual, cynical……: Now watch what you say or they'll be calling you a radical, liberal, fanatical, criminal……

是米歇爾在裡面等著，摩天大樓的門便為他們敞開。才剛踏進門內，一股奇怪的味道迎面襲來，那是夾雜著馬廄、香草肉桂和魚港的氣味。他們在衣物間裡看見尚－保羅·高德[161]解開皮帶，從他的動作可以知道這個人已經茫了。薩伊德湊近哈邁德身邊，口氣堅決地表示不可能，季斯卡已經過氣了，物價過高，他不會再回鍋了，然後補上一句他需要一點麻醉用的產品。蘇利曼在吧台區認出了年輕的波諾[162]。舞池中，一組雷鬼與歌德風格的樂團唱著輕柔但粗俗的音樂。士官長隨著節奏分明的樂音慵懶地扭腰擺臀，波諾以好奇卻憂鬱的眼神看著他。伊夫·穆胡西[163]對著葛麗絲·瓊斯[164]的肚子說話。巴西舞者們輕巧地跳著卡波耶拉[165]穿縮在人群間。某個第四共和時期還算重要的部長嘗試將手搭上一名才剛開始嶄露頭角的女星雙峰。當然還有那幾個將龍蝦頂在頭上或用細繩牽著牠們的男女。龍蝦在一九八〇年的巴黎可是個時尚配件（原因不明）。

門口處，兩個留著鬍子、衣著隨便的男人往守衛的手中塞了一張五百法郎[166]的鈔票。他們把傘留在衣物間後便入場了。

薩伊德向哈邁德問起毒品的事，哈邁德做了個手勢要他稍安勿躁，一邊在造型為裸女跪姿的矮桌（就跟《發條橘子》[167]裡的摩洛克酒吧一樣）上捲著大麻。一旁的L形沙發上，艾麗絲·莎布里奇[168]抽著菸斗，嘴邊掛著花一般的笑容，脖子上纏著一條蟒蛇（哈邁德心想，那是真的蛇，但念頭一轉又覺得不過又是個愚蠢的花樣罷了）。她湊近了他們身邊，對著他們大喊：「怎麼樣，小帥哥們，你們今晚過得精彩嗎？」哈邁德以微笑回應，同時也點了大麻。薩伊德回了句：「妳說什麼?!」

吧台上，士官長讓波諾請了一杯，蘇利曼在一旁揣測他們用什麼語言溝通，可是兩人看來似乎沒有對話。兩名鬍子男坐到角落，點了一瓶波蘭伏特加，成分中有茅香的那款。這瓶酒吸引了幾個性別不同但都長得俊美的年輕人，還有幾個二線明星。他們的附近還有維克多．貝奇[169]（深色的頭髮，敞開的襯衫，耳上戴著鑽石）正和維塔斯．吉魯賴提斯[170]（金髮，敞開的襯衫，環狀夾式耳環）聊天。蘇利曼向另一頭一個正和計程車女孩樂團（Taxi Girl）主唱談天的乾瘦少女打了招呼。他的身邊，倚靠在多立克方型水

161 Jean-Paul Goude，法國時尚攝影師，同時也是插畫家。
162 Bono Vox，愛爾蘭樂團 U2 的主唱。
163 Yves Mourousi，法國新聞播報員。
164 Grace Jones，牙買加歌手、演員。
165 Capoeira，巴西戰舞，是一種融合音樂、舞蹈和武術的舞步。
166 法國二〇〇二年以前使用的舊幣制，一歐元約等於二點四法郎（以二〇一五年匯率計算）。
167 A Clockwork Orange，由美國導演 Stanley Kubrick 執導的電影。
168 Alice Sapritch，法籍亞美尼亞裔演員、歌手。
169 Victor Pecci，巴拉圭網球名將。
170 Vitas Gerulaitis，美國網球名將。

泥支柱上的男子是電話樂團（Téléphone）的貝斯手。貝斯手一臉淡定，和另一個朋友互舔著臉頰，還一邊解釋奧蘭多人怎麼喝龍舌蘭。士官長和波諾消失了。蘇利曼被伊夫・穆胡西給纏上了。傅柯突然從廁所裡冒出來，和阿巴樂團（ABBA）的主唱展開一場討論會。薩伊德怒斥哈邁德：「我要安非他命，給我白粉、咖啡毒、冰糖、大象針、鼻吸劑，隨便什麼都好，他媽的給我找點東西來！」說罷一把抓過哈邁德遞上的大麻，像是在說「看我會怎麼對付它」一般，用力吸了一口，臉上的表情有厭惡，也有貪婪。角落裡的鬍子男和他們的新朋友漸漸熟了，他們舉杯敬酒，並大喊：「Na Zdravé！（敬健康）」珍・柏金[171]嘗試和一個長得像她哥哥或弟弟的男人說話，但在她重複了五次同樣的話後，男人還是聳了聳肩一副無可奈何的模樣。薩伊德繼續對著哈邁德大叫：「我們還剩下什麼？農業共同政策？這就是他的計畫嗎？」哈邁德明白薩伊德在沒拿到安非他命以前都會這麼機歪，便決定按住他的雙肩，直視著他的雙眼說：「聽著！」就像跟一個受到驚嚇而全身僵直的人說話一樣。接著，他從褲子口袋裡抽出A5大小對摺的紙張。那是一張來自「亞德曼金屬」的邀請卡，一家位於Rex正對面，新開幕的夜店。今晚正好有一個他認識的毒販要到店內主持節目。傳單上寫著本日主題是七〇年代之夜，下方還畫了一個看起來有點像路・瑞德[172]的頭像。他向艾麗絲・莎布里奇借了枝筆，一筆一畫用大寫字母把毒販的名字寫在傳單背面並謹慎地交給了薩伊德。把傳單放進外套內層的口袋後薩伊德就馬上出發了。角落裡的鬍子男和新朋友們玩開了，發明了一款由茴香酒、伏特加和蘇茲酒調合成的雞尾酒，就連伊內絲‧法桑琪[173]也加入了他們。但在瞥見薩伊德走向出口後，兩人馬上收起了笑容，婉拒了信任樂團（Trust）鼓手獻上的吻。身旁的鼓手還殷切地叫著「Brat! Brat!（來嘛！兄弟！）」時，兩人已同時起身。

格宏大道上，薩伊德邁著堅定的步伐往「亞德曼金屬」走去，一點也沒察覺身後有兩個男子尾隨著他。男子帶著他們的保加利亞傘[174]以一定的距離跟蹤。他算計著今晚要在「亞德曼金屬」的廁所裡接幾個客人才買得起古柯鹼。或許應該買安非他命比較好，味道沒那麼好但比較便宜，而且還比較持久。會有點硬不起來，可是還是有催情的效果啊。好吧，五分鐘用來挑逗、五分鐘用來找一間沒人的廁所、五分鐘打炮，十五分鐘完事。三場應該夠了吧，要是能找到多金且欲火焚身的客戶，也許兩炮就夠了。他大概明白，「亞德曼金屬」安排這種活動就是為了吸引上等的、有份量的客戶，而不是那種小娘泡下三濫。要是他夠嗆，一個小時就可以賺到想要的東西了。正當他要穿越漁人大道時，尾隨在後的兩個男子貼近他的身旁。其中一個將雨傘指向下

171 Jane Birkin，英國女歌手，「柏金包」便是以她為靈感設計及命名。
172 Lou Reed，美國搖滾歌手，地下絲絨樂團（The Velvet Underground）成員之一。
173 Inès de La Fressange，法國名模。
174 一種頂端帶有毒針的傘。

方，朝他的大腿刺了一針，針頭穿透他刷白的牛仔褲。薩伊德受到驚嚇，正想叫出聲音，另一個男子卻將手伸進了他的外套口袋，偷偷抽走了那張傳單。他還沒來得及轉身，兩名男子已經走過斑馬線了。薩伊德感到大腿一陣痠麻，隱約知道剛才有隻手碰了他，直覺是遇到扒手了，便趕緊確認口袋裡的紙條（他身上沒有錢）。他感到暈眩，而且發現邀請卡不見了，立即追上去並大喊：「我的邀請卡！我的邀請卡！」但暈眩征服了他，他感到全身無力、視線逐漸模糊，大腿也不再有任何感覺了。他就這麼停在路中央，一隻手摀上前額，在一片喇叭聲中，他昏了過去。

隔天的《自由巴黎》（Le Parisien Libéré）上會刊載兩則死亡新聞：一名二十歲的年輕人因吸食毒品過量陳屍街頭；另一名毒販被凌虐至死，剛開幕的「亞德曼金屬」夜店在案發後即被勒令停業。

30

「這些人在找某個東西。哈邁德，現在唯一的問題是，為什麼他們找不到。」巴亞抽著菸，西蒙在一旁把玩迴紋針。

巴特被撞死了，薩伊德中毒身亡，毒販莫名犧牲，公寓被洗劫，經歷這些事後，哈邁德覺得應該到警局一趟了，至少得把羅蘭．巴特的事交代清楚，畢竟他還隱瞞了一件事：最後一次見面時，巴特曾把一張紙交給他。打字機的鍵盤聲在辦公室內跳個不停，36總局[175]裡充斥著各種行政與偵察活動的聲響。

不，搜他房間的那些人沒找到那份文件。不，文件也不在他身上。

那怎麼能確定那些人沒有找到文件呢？因為文件不在他的房間裡，而是被他燒了。

了解。

他看過文件內容嗎？看過。他能解釋內容說些什麼嗎？簡單概括一下。內容說些什麼呢？沒有回應。

巴特要他在銷毀文件前把內容背下來，他顯然認為南部口音有助記憶。哈邁德按他的指示做了，雖然他又老又醜，肚子大又有雙下巴，但哈邁德的心裡還是喜歡這個男人的。在他眼裡巴特是個嘴邊老是掛著母親的憂鬱男孩，再說他其實也感到十分榮幸，畢竟難得有人提出跟口腔和生殖器無關的要求。更重要的是，巴特還承諾支付三千法郎。

巴亞問：「你可以背幾段來聽聽嗎？」沒有回應。西蒙停止把玩手上的迴紋針

175 巴黎市警察總局，地址為36 quai des Orfèvres，因此也暱稱為36總局。

串。房間外的打字聲仍舊忙碌地持續著。

巴亞遞給男妓一根菸，儘管不抽黑菸草，對方也自然而然接了過去。

哈邁德抽著菸，依舊沒有開口。

巴亞鄭重提醒他手中顯然握有重要的資訊，而這則資訊已經至少造成三個人死亡了，只要一天不公開，他的生命隨時都會受到威脅。哈邁德對這個說法持相反意見，他認為自己的頭腦是目前唯一存有這則資訊的地方，沒有人會想殺死他，這則祕密就是他的平安保險。於是巴亞亮出毒販在「亞德曼金屬」的廁所裡被嚴刑拷打的相片。哈邁德凝視相片良久，靠了上椅背，身體後傾，念出了一串句子：「旅人，如遠行的尤里西斯，是幸福的，曾獲金羊毛的人也懂得……」巴亞向西蒙投以疑惑的眼神，西蒙說明這是杜貝萊[176]的詩。「唉，何時才能再見到煙囪裡冒著煙的，小村莊／哪個季節……」這首詩是念書的時候學的，哈邁德到現在都還記得，他似乎對自己的記憶力感到自豪。巴亞強調要是他再不說，就會被拘留二十四小時。哈邁德說那只好這麼做了。巴亞用上一根菸的菸蒂點燃了一根新的菸，一邊思忖如何調整盤問策略。

哈邁德不能回家。有其他安全的地方可以去嗎？有，哈邁德可以借住蘇利曼家，就在巴貝斯（Barbès）。他應該暫時銷聲匿跡，避免去那些以前經常出沒的地方，別開陌生人的門，出門時先觀察一下四周，在路上行走要時常回頭，總之就是把自己藏起來。巴亞要西蒙陪他坐車回家，直覺告訴他，相較於一個老條子，男妓應該比較能對普通的年輕人敞開心胸，況且他也還有其他公務要處理呢，他又不像小說或電影裡的條子可以一心一意致力於一樁案件，就算是季斯卡欽點他專責處理也不行，就算他當初把票投給季斯卡也不行。

他向局裡調來一輛車。就在離去前，巴亞問哈邁德是否對蘇菲亞這個名字有任何印象，但哈邁德表示不認識任何蘇菲亞。一個穿著制服且缺了一指的警員領著他們到停車場，並給他們一把民用雷諾R16轎車的鑰匙。西蒙在表格上簽了名，哈邁德也坐上副駕駛座後，兩人便開出36總局，往夏特雷（Châtelet）的方向駛去。一輛黑色DS與其他車並排停在他們後方，竟沒有被任何人取締。在他們出發後，DS也跟上了。行至轉角處，哈邁德對西蒙說（用他那南方口音）：「哦！一輛Fuego。」是的，藍色的Fuego。

西蒙穿越西堤島（l'île de la Cité），開過司法宮（Palais de justice）與夏特雷（Châtelet）。他先開口問了哈邁德為什麼來到巴黎。哈邁德解釋同志在馬賽很不好混，巴黎雖然不是萬靈丹（西蒙特別注意到他用了「萬靈丹」這個詞），但這裡的人比較能接受同志，在外省當一個同志比當阿拉伯人還不如。在這裡至少同伴多錢也多，生活比較快樂。西蒙在里沃利大道（rue de Rivoli）闖了黃燈，黑色DS為了跟上他們而闖

176 Joachim Du Bellay，法國文藝復興時期詩人。

了紅燈，只有藍色 Fuego 停下了。西蒙說明自己在大學裡教羅蘭．巴特的研究，並有意無意地問起：「那篇文章是在說什麼？」哈邁德要了根菸，然後回答：「說真的，我不知道。」

西蒙心想哈邁德該不會隨便扯謊吧，但哈邁德又說自己只管背下來，沒有想要理解文章的意思。巴特給的指示是必須到某個地方找到某個特定的人才能說，絕不能透露給第三者。西蒙問他為什麼沒照做，哈邁德則反問憑什麼這麼認為。西蒙解釋要是他照著做了，今天就不需要到警察局了。的確，哈邁德承認自己沒完成任務，理由是太遠了，巴特指定的人不住在法國，而他的錢不夠。至於那三千法郎還有別的用處。

西蒙從後照鏡裡注意到 DS 一直尾隨在後，在抵達史特拉斯堡－聖丹尼附近時，他決定闖紅燈，而後方的 DS 也跟了上來。他放慢車速，另一輛車也照做。為了證實心裡的疑惑，他隨意在路邊停了下來，而那輛 DS 也跟著停在他們正後方。他感到心跳加速，但還是繼續問哈邁德哪天有錢了想做什麼。哈邁德不明白為什麼西蒙要停車，但也沒多追究，只回說要買艘船、安排一條觀光路線載客，因為他很喜歡大海，小時候爸爸常帶他到峽灣捕魚（當然這是在他把自己逐出家門前）。西蒙粗暴地重新啟動引擎，輪胎發出尖銳的摩擦聲。接著他從後視鏡看見後方那輛雪鐵龍因為液壓減震器的作用從柏油路上彈了起來。哈邁德回過頭，發現那輛在他家樓下和巴士底晚會見過的 DS，這才驚覺原來已經被跟蹤了好幾個星期，而且這中間他們至少可以殺死他十次了，但這並不代表第十一次不會真的下手。於是他抓緊了車窗上的握把，只說了一句：「右轉。」

西蒙沒多想就轉進了一條與馬真塔大道（boulevard Magenta）平行的小路裡。此時最令他感到悚然的是後面那輛車絲毫不避諱行蹤暴露，反而離兩人越來越近。他不知哪來的靈感，竟緊急剎車，後方的DS就這麼撞上了他們的雷諾R16。

兩輛相撞的車靜止了幾秒，彷彿都失去了知覺。路邊的行人也都被這起意外嚇傻了，一動也不動地站著。接著西蒙看見DS車窗裡伸出一隻手，手裡拿著某個發亮的金屬物品，他馬上反應過來那是槍枝之類的東西，於是趕緊重新操作離合器。第一次發動失敗了，車體發出了巨大的聲響，R16向前頓了一下。車窗裡伸出的手消失了，DS也跟著發動了引擎。

西蒙闖過所有的紅燈，喇叭聲持續不停，聽來就像刺耳的警笛聲劃破十區的街道，彷彿是每個月第一個星期三的空襲警報。後方的DS緊咬他們不放，兩人就像被狙擊手鎖定的敵機。西蒙撞上了一輛寶獅505，回彈到另一輛小貨車上後又衝上人行道，差點壓過兩、三個路人，最後才開上了共和廣場。DS在他們後方像隻蛇般在各種阻礙物中穿梭自如。西蒙把車開進車潮中，街道頓時成了他的障礙滑雪場，他一邊避免撞上行人一邊對著哈邁德大叫：「那篇文章！快背出來！」但哈邁德無法專注，抓著握把的手不停顫抖，一個字也吐不出來。

西蒙繞著廣場轉圈好爭取時間思考下一步。他不知道最近的警察局在哪，只依稀記得某年七月十四日的舞會在巴士底附近的消防隊舉辦，就在瑪黑區。於是他快速衝向十字架之女大道（boulevard des Filles-du-Calvaire），同時仍不忘對哈邁德咆哮：「內容說些什麼？標題是什麼？」面無血色的哈邁德一字一字說出了標題：「語言的第七種功能。」就在他要背出第一句時，DS追上了他們，與R 16並排前進。DS搖下右側車窗，西蒙看見一根槍管正對著他，槍聲傳出的那一剎那，他使勁踩下剎車，子彈就在DS車身超前，子彈偏了。然而後方一輛寶獅404撞了上來，反彈的力道又將他們推到與DS平行的位子，西蒙只好奮力左轉，將DS撞到對向車道，但它卻奇蹟似地閃過一輛從另一端開來的藍色Fuego，又從冬季馬戲團旁開上平行側道，消失在一條和好市集大道（boulevard Beaumarchais）平行的阿姆洛路（rue Amelot）裡。

兩人總算鬆了口氣，但西蒙還是朝著巴士底的方向前進，沒有想到可以遁入瑪黑區內的小道。哈邁德總算開始平板地念出內文：「有一種功能在口語溝通的各種要素間被遺忘了……一種凌駕於所有要素之上的功能，我們稱之為……」突然間，DS從一條垂直的路衝了出來，撞上了R 16的側邊。R 16發出尖銳的摩擦聲和玻璃破碎的聲音，並撞上了行道樹。

西蒙和哈邁德還暈頭轉向，其中一個鬍子男一手持槍和一手拿著尾端尖銳的傘從冒煙的DS裡探出身，跳上了R 16並把本來就搖搖欲墜的右側車門扯下。鬍子男伸長手臂，將槍口對準哈邁德的臉後扣下了扳機，沒有任何動靜，他的槍卡彈了。他又試了一次，喀喇、喀喇，還是沒用，於是他拿起了傘像根矛一樣刺向哈邁德，哈邁德用手臂擋下，又順勢將刺在肩膀上的尖銳物推開。身體感受到的劇痛讓他發出一聲狂嚎，驚恐的情緒轉為憤怒。他從鬍子男的手裡搶過傘，將自己的安全帶解開並跳到對方身上，用力把傘刺進了他的胸膛。

同一時間，另一個鬍子男向駕駛座靠近。西蒙看見了，他想跳下 R 16，但門卻怎麼也打不開，卡在駕駛座上的他動彈不得。鬍子男把槍對準了他的頭，他被恐懼淹沒了，只能注視著那個即將射出子彈並貫穿他頭顱的黑洞，在那幾秒的時間內，他說：「閃光一爍，赫然暗夜。[177]」

忽然間，一聲轟然巨響劃破他的暗夜，一輛藍色的 Fuego 撞了上來，鬍子男飛起後重重摔在安全島上。兩個日本人走下 Fuego。

西蒙從副駕駛座爬出車子後，快速爬向倒在第一個鬍子男身上的哈邁德。他將哈邁德翻回正面，確認他還活著後鬆了口氣。一個日本人向他們走來，撐起了少年男妓的頭，替他把了脈後說：「毒。」西蒙第一時間聽錯了[178]，直接聯想到巴特對日本飲

177 語出波特萊爾（Baudelaire）〈致一位擦身而過的紅顏〉（'À une passante'）。

178 毒藥的法語是 poison，魚則是 poisson，讀音非常相近，西蒙第一時間聽成了後者。

食文化的分析，直到看見哈邁德的模樣後才意會過來。他的皮膚和眼白都轉黃了，身體也不住地痙攣。西蒙大聲喊叫，請人幫忙叫救護車，哈邁德則試著跟他說話，痛苦掙扎起身。西蒙湊近他的嘴邊詢問關於功能的事，但哈邁德已經無法背出任何一個句子了，腦子裡的一切都在飛揚，他看到自己在馬賽那段不怎麼幸福的孩提時光，看到這些在巴黎的日子、他的朋友、性交易的場景、三溫暖、薩伊德、巴特、蘇利曼、那間電影院、穹頂咖啡的可頌，還有他磨蹭過的那些閃著絲絨光澤的胴體。就在他嚥下最後一口氣前，伴隨著遠方傳來的警笛聲，他小聲地吐出了最後一個字：「Echo（回音）。」

31

杰可·巴亞抵達現場時，封鎖線都已圍上，但日本人和被撞到安全島上的鬍子男早就消失無蹤了。哈邁德的屍體還躺在路上，攻擊他的那個人也是，雨傘也還插在他的胸口。西蒙·荷卓在一旁抽菸，背上蓋著一條毯子。

沒有，他沒事。不，他不知道那兩個日本人是誰。他們一句話也沒說，救了他的命後就走了。被 Fuego 撞到後那個鬍子男應該是受傷了沒錯。在遭到那樣的撞擊後還能爬起來肯定是個壯漢。為什麼是DS？這輛車一九七五年起就停產了。可是另一輛 Fuego 卻是剛出廠的新款，甚至還沒開始量產。

一旁的警員正用粉筆畫出屍體輪廓線。巴亞點了根吉普賽。看來男妓原本打的如意算盤是錯的，他手裡握有的資訊並沒有保護自己。巴亞的結論是那些殺了他的人不是要他交出資訊，而是要它們徹底消失。為什麼呢？西蒙向巴亞報告了哈邁德最後說的話。巴亞問他對語言的第七種功能有什麼了解。西蒙一臉疲憊，但還是自動切換成教授的口吻解釋：「語言的功能指的是語言學的幾個類別，將這些類別整理成理論提出的人是一位著名的俄羅斯語言學家，名為……」

羅曼．雅各布森

西蒙沒有繼續把本來已經準備好要發表的內容說完。他想起巴特書桌上的書，還有被當作書籤的小紙條。那本雅各布森的《普通語言學論文集》，翻開的書頁談的正好是語言的功能。

他對巴亞說，目前為止導致四個人死亡的文件很可能在他們搜查塞凡德尼路那間公寓時曾出現過。他沒注意到後方有個警員在聽完這番話後便到一旁撥了電話，也沒看到這個警員的左手少了根手指。

就算不太明白雅克布森是什麼也沒關係，巴亞此時覺得自己擁有足夠的線索了。他抓著西蒙坐進了他的504，目的地是拉丁區。兩人的座車由一輛載滿身著制服的警員的箱型車護送，其中也包括了斷指的那個。他們一路開著警笛到達聖敘爾比斯廣場，但顯然是個錯誤的決定。

車輛進出的大門上有個電子密碼鎖，他們大聲喊叫並敲打管理員的窗戶才總算打開了門。

沒有，最近沒有人要求看那間女傭房。打從上個月萬喜集團安裝好密碼鎖後沒發生過什麼特別怪異的事。是的，就是那個有俄羅斯口音，或南斯拉夫，也可能是希臘口音的技術員。對，有趣的是他今天也在。他說想做個調查，了解住戶是否需要安裝對講機。沒有，他沒有跟我要七樓的鑰匙，為什麼問這個？你們看，那把鑰匙跟其他的一起掛在牆上。對，他上樓了，大概是五分鐘前。

巴亞拿了鑰匙，三步併作兩步衝了上去，後頭還跟了半打的警員，西蒙則和管理員一起留在樓下。七樓的女傭房門關著。巴亞將鑰匙插入鑰匙孔，但卻轉不動，門鎖因為另一頭還插在鎖孔裡的鑰匙卡住了。巴亞想到「是從巴特身上偷來的那把」，一邊敲打著門大吼「警察！」房裡傳來一些聲音，巴亞破門而入，書桌看來完好，只是缺了那本書和那張便條紙。房裡沒有人，窗也關著。

但那扇通往六樓、架著活動工作梯的門卻開著。

巴亞對他帶來的人喊著「快下樓」，但就在他們折回的這段時間內，入侵者早已進到樓梯間了。警員們跟跑出家門的米歇爾撞個正著，他因為有人從家裡的天花板冒出來而受到驚嚇。而那位萬喜公司的技術員託天花板的福超前了兩層樓。在樓下等待的西蒙還搞不清楚發生什麼事，就被全速逃逸的入侵者撞倒在地了。入侵者順手關上汽車通行道的大門，由他親自安裝的電子鎖在他身後啟動，大門鎖上了。

巴亞衝進管理員室抓起電話想呼叫支援，無奈那是一台撥盤式電話，他撥號碼的這段時間犯人都可以逃到奧爾良門（Porte d'Orléans），甚至是奧爾良（Orléans）[179]了。

但那名男子並沒有這麼做。他本來也想開車逃離現場，但被兩個留守門外的警察擋住了去路，於是只好在警察的警告聲中跑向盧森堡公園。隔著大門的巴亞大叫「別開槍！」他當然得活捉這個人啊。當警察們總算按下牆上的小按鈕將門打開時，逃犯早已消失在他們的視線之外了。巴亞通知相關單位警戒，整個區域都在逐步封鎖中，他知道逃犯不可能走遠。

逃犯穿越了盧森堡公園，警察的哨音緊追在後。然而公園裡的人因為習慣了有人慢跑，也習慣了警衛警告遊客的哨音，直到其中一個警察在他們面前企圖壓倒逃犯卻反被對方幹了拐子倒地之前，都沒有人注意到這是警匪追逐的場景，而逃犯就這麼跨過他繼續向前跑去。他要去哪裡呢？他自己知道嗎？他改變了路線。可以確定的是，

179 奧爾良門位於巴黎市南邊，離聖敘爾比斯廣場約三公里，而奧爾良是法國的一個小城市，離該廣場一百三十公里左右。

他一定得在所有的出口都被封鎖前逃出公園。

巴亞已經坐進箱型車內，正透過無線電指揮現場，可以動用的警力也已遍佈在整個拉丁區內，天羅地網，他哪裡也去不了。

然而這名逃犯早就想好退路了，他往王子路（Monsieur le Prince）上跑去，那是條單行道，警車無法尾隨在後。出於只有他自己知道的理由，他一定得往右岸跑。抵達波拿巴路（rue Bonaparte）後他又一路跑向新橋，但那座橋成了他的終點。橋的另一端被警車堵住了，他想回頭，卻被巴亞的箱型車擋住了退路。雙面夾擊，他已無路可逃，就算跳進水裡也跑不遠，他心裡盤算著也許該亮出王牌了。

他爬上護欄，雙手高舉，手裡握著從外套口袋裡抽出的紙張。巴亞單獨靠近他。欄上的男子警告要是再靠近一步就把紙丟進塞納河裡。巴亞彷彿撞上了隱形牆，只能停止所有動作。

「冷靜下來。」

「後退！」

「你要什麼？」

「一輛加滿油的車。要不然我就把紙丟下去。」

「丟吧。」

男子揮了揮手，巴亞不由自主抖了一下。「等等！」他知道這張紙是他解開至少四起命案的關鍵。「我們談談吧？你叫什麼名字？」西蒙這時趕到了現場。橋的兩端站滿持槍的警員，瞄準器都對在男子身上。他喘著氣，胸膛猛烈起伏，緩慢地將手伸進口袋中。突然間一聲巨響，男子轉了一圈後旋即像石頭一般墜入河中。巴亞大喊「別開槍！」然而他手上的紙已飄向塞納河，巴亞和西蒙快速衝上前，兩人趴在石製的護欄上彷彿被催眠似的，望著紙張以不規則的優美曲線在半空中飄揚，最後落在水面。巴亞、西蒙和其他明白那份文件是首要目標的警員全都屏氣凝神望著紙張隨水流漂離。

巴亞愣了幾秒後回過神，為了抓住最後一絲希望，他脫下了外套、襯衫和長褲，跨過護欄，猶豫了一秒後縱身一躍，消失在濺起的水花之間。

再次露出水面時，他和紙張的距離大約是二十公尺。西蒙和其他警員在橋上聲嘶力竭地為他指明方向，聽起來就像在一旁加油打氣的支持者。巴亞使盡全力向紙張的方向游去，但它卻順著水流越漂越遠。儘管如此，巴亞終究縮短了兩者的距離，只差幾公尺就能抓到了。此時他們漂進了橋下，西蒙和其他警員跑到另一端等待他們現身。幾秒後喊叫聲又再次響起，就差一公尺了。正當巴亞好不容易抓住了紙張時，一輛遊船駛過，捲起的浪將紙張吞沒，巴亞也跟著潛入水中。橋上的人只看見他的內褲在河面擺動，過了好一段時間才浮出水面。他手裡拿著溼透了的紙張奮力游回岸邊，橋上歡聲雷動。

但在被拖上河岸後，他攤開了手，發現那張紙早已成了一團紙漿，字跡也模糊不清了。因為巴特用的是羽毛筆，而且他們也不是身在《CSI犯罪現場》[180]裡，所以沒有任何方法可以還原內容，沒有神奇掃描術，沒有紫光閃爍，那份文件已經無法挽救了。

開槍射擊男子的警員出面解釋他看到對方企圖亮出武器，一時間沒多作思考便開槍了。巴亞注意到他左手少了個指節，便問了原因。警員回答是在鄉下老家砍柴時不小心砍斷的。

32

羅曼．雅各布森，俄羅斯語言學家，生於十八世紀末，「結構主義」先鋒，他和索緒爾、皮爾斯[181]、葉爾姆斯列夫[182]幾人可以說是語言學創始之初最重要的理論學家。

他以隱喻（以另一個有相似特性的東西取代原本想表達的喻體，比方說以「鐵鳥」比喻協和客機，或以「蠻牛」代指傑克．拉莫塔[183]）和轉喻（以一個相關的事物代替原本想表達的物體，比如以「好手」形容對某件事很厲害的人，或以「喝一杯」借指喝杯子裡的液體，也就是以容器替代內容物）二元對立的觀點看待修辭學。同時也以兩個座標軸來說明語言系統的活動，一是詞形軸（paradigmatique），另一個則是句段軸（syntagmatique）。

簡而言之，縱向的詞形軸牽涉到的是詞彙的選擇，每當我們說出一個詞，這個詞是從腦海中的一串列表裡挑出的其中一個。比方說「山羊」、「經濟」、「死」、「長褲」、「你、我、他」……等等的。

接著，我們再為這個詞加上另一個詞，像是「塞根先生的」、「不景氣」、「鐮刀」、「皺」、「署名」等，便可成為一個句子，這個過程為橫向座標軸，也就是構成句子的詞序，然後我們再結合多個句子成為言談，即為句段軸的概念。

在確定名詞後，我們會思考是否再加上形容詞、副詞、動詞、對等連接詞或介詞……再選擇使用哪個形容詞，或哪個副詞、哪個動詞，每一次的句段組合後再次執行詞形軸的功能。

詞形軸的功能是協助我們選擇一個語法對等的詞，如名詞或代名詞、形容詞或關係子句、副詞、動詞等。

180 CSI: Crime Scene Investigation，一部二〇〇〇年開始播映的美國影集，內容是描述一群刑事鑑識科學家的故事。
181 Charles Sanders Peirce，美國哲學家、符號學家。
182 Louis Hjelmslev，丹麥語言學家。
183 Jake La Motta，美國拳擊手。

句段軸的功能是決定詞序：主語—述語—補語，或述語—主語，或補語—主語—述語……

也就是詞彙和句法。

每當我們說出一個句子，都會經過這兩個程序，但說話者通常不會意識到。總而言之，詞形軸用來啟動硬碟，而句段軸則用來提升效能。（話是這麼說，但我合理懷疑巴亞在資訊方面的知識。）

但以上說的這些都不是我們當下感興趣的。

（巴亞嘟噥了幾句）

除了上述所說之外，雅各布森也將溝通過程整合成一個基模，基模中包含了六個因素，分別為發話者、受話者、語境、信息、接觸和符碼，並且從這六個因素延伸對應出語言的六種功能。

「指涉功能」是第一個也是最顯著的功能。語言用以談論某個事物，我們會使用限於特定語境與現實狀況中的詞彙，給出關於該事物的訊息。

「情意功能」或「表情功能」是發話者透過話語訊息表現參與對話，或者表達個人立場的功能，例如嘆詞和表態副詞的使用、表達觀點的暗示和諷刺的手段。發話者向對方表達的方法會傳達關於自身的信息，是「我」的功能。

「使動功能」是「你」的功能，它的作用直接指向受話者，通常會帶有命令的口吻或呼格[184]，也就是對受話的人喊話，比方說：「士兵們，我為你們感到驕傲。」（你們也許注意到一個句子通常不會只有一個功能，而是結合多個功能。拿破崙在奧斯特里茨之役後的發言，便結合了情意功能的「我感到驕傲」和呼格「士兵們／為你們！」）

「交流功能」是最有意思的功能。它將談話作為交流的手段。當我們接起電話說「喂？」時，所表達的是「我在聽您說話」，隱含的意思就是「我正在和您談話。」我們會在餐廳裡跟朋友聊幾個小時的天，談論天氣或前一個晚上的足球比賽，事實上並不是真的對資訊的內容有興趣，只是為了談話而談話，只有延續對話的目的而已。可以說是構成談話最基本的功能。

「元語言功能」用以確認發話者與受話者可以互相理解，換句話說，兩者共享同樣的符碼。像是「懂嗎？」、「你明白我說的話嗎？」、「你知道嗎？」、「跟你說哦……」或者是受話方指出「你的意思是？」、「這是什麼意思？」等。所有用來說明某一個詞彙的定義或闡述某個觀點，還有與學習言談的過程、所有和言談、元語言相關的話語，都在元語言功能的範疇下。字典的功能就是元語言功能。

最後一個功能是「詩性功能」，這個功能將語言的作用延伸到美學層面。例如詞

184 名詞的格表示法，用來對人（動物、物件等）的稱呼，或者有時作為名詞的限定詞使用。呼格的用法是一種直接的表達法，在一群人中所談到的個體「人」是置於句子中來表示的。

彙的發音、雙聲、疊韻、複述等回音、押韻的效果都屬於這個功能。顧名思義，我們可以在詩作中找到這個功能的運用，也可以在歌曲、新聞標題、演說、廣告標語或政治口號中看到，比方說「法國防暴隊=納粹親衛隊」就使用了語言的詩性功能。

杰可．巴亞點燃了一根菸後說：「這樣一共有六個。」

「你說什麼？」

「剛才你說了六個功能。」

「哦對，沒錯。」

「沒有第七個功能嗎？」

「嗯嗯，這個嘛……看來是有的。」西蒙傻笑。

巴亞大聲說出心裡的疑問：「付錢請你來是幹嘛的？」西蒙則回應自己沒有要求任何東西，而且他也不是自願加入，而是服從一位警察國家法西斯總統的命令。

然而，西蒙又細想（也許說是「回想」比較正確）雅各布森的理論，發現其實可能真的有第七種功能，以「神奇的或魔咒般的功能」這樣的說法記錄在書裡。而且這個功能是「促使一個不在場或無生命的第三者成為該使動訊息的接收者」。雅各布森舉了一個立陶宛魔咒的例子：「針眼立乾，呼、呼、呼」西蒙心想，是哦，是哦，這樣啊。

他也曾提到一則俄羅斯北方的咒語：「水啊，河流的皇后。曙光啊，將憂鬱帶至那片藍色大海之外，帶至大海深處，別再讓神的信徒那輕盈的心感到沉重。」為了更具說服力，他還引用了一段聖經：「太陽啊，停在基遍；月亮啊，停在亞雅崙谷。於是太陽停住，月亮站住。」（約書亞記一〇：一二）

看起來煞有其事，但感覺上份量不足，稱不上一個完整的功能，不過就是比較脫韁的使動功能，也可以說是比較詩意的宣洩手段而已：神蹟只存在於童話當中。西蒙幾乎百分之百確定這並不是語言的第七種功能。再說雅各布森也許只是擔心缺漏而隨口一提而已，舉完例子後就又回到在那些嚴肅的分析當中。「神奇的或魔咒般的功能」？應該只是可以被忽視的奇事或順道一提的笑話而已吧，不至於為此殺人滅口。

33

以西塞羅[185]之名宣告，各路朋友們，注意了，今晚將是修辭推理大爆發之夜！我看見你們正複習亞里斯多德，也有人在回顧昆體良[186]。但！這樣就足以駕馭千迴

185 Cicéron，羅馬共和國哲學家、律師。
186 Quintilien，羅馬帝國時期教育家、哲學家。

百轉的句法和詭詐的辭藻嗎？嘶吼吧！科拉克斯[187]正對你們喊話。至高的奠基者，願榮耀與你同在！今晚的贏家將可獲得雪城之旅。戰敗者……便請將手指卡進門縫裡吧，至少比獻出舌頭好啊……提醒您，今朝的辯士即是明日的評委。邏各斯（Logos Club）與你同在！邏各斯俱樂部萬歲！

34

西蒙和巴亞在一個佔據實驗室一半空間的小房間裡。實驗室的大小是這家武器工廠的一半。一個身穿工作罩衫的男人在兩人面前研究鬍子男那把差點就轟掉西蒙腦袋的手槍。（西蒙心想，這個男人是Q）這位彈道專家把玩了手裡的槍，大聲提出他觀察的結果：「九釐米、八發、雙動模式、鋼製零件、青銅烤漆、胡桃木握柄、除去彈匣重量七百三十公克」看來像是把瓦爾特PPK，但保險栓的方向相反。應該是把馬卡洛夫PM，蘇聯手槍。只是……

彈道專家說明槍枝市場和電吉他一樣。比方說出產基斯・理查茲[188]的Telecaster和吉米罕醉克斯[189]手上那把Stratocaster的美國公司Fender。這個品牌在墨西哥和日本都有特約經銷的型號，通常是美國生產線技術轉移的產品，價格較低、成品也差了一些，但基本上是可以接受的。

這把馬卡洛夫不是來自俄羅斯，而是保加利亞出產的。這也就是為什麼會有卡彈的問題。俄羅斯廠製造的成品很可靠，保加利亞的就差了點。

「但是啊，警探先生，你們一定會感到驚喜。」專家展示了那把從鬍子男胸膛拔出來的傘這麼說。「你們看到這個小洞了嗎？這把傘的頂端有個凹槽，它的握把就像注射器的活塞柄一樣，只要按下手把上的扳機，內部的小閘門就會打開，並壓縮釋放出毒液。這種機制很簡單但有致命的殺傷力。它跟兩年前在倫敦刺殺保加利亞政治異議人士喬治·馬可夫[190]的那把是一樣的，你們還記得那個事件嗎？」那起暗殺後來判斷是保加利亞祕密情報人員所為，巴亞當然記得。當時雨傘內的毒液是蓖麻，但現在已經改用更具毒性的肉毒了。肉毒的作用在於阻斷肌肉神經末梢的傳導，致使肌肉麻痺，從而引起心臟衰竭而死。

巴亞把玩著雨傘的機關，若有所思。

西蒙·荷卓會不會正好認識大學裡的保加利亞人呢？西蒙想了一下。

187 Corax de Syracuse，希臘學者，修辭學奠基者。
188 Keith Richards，英國歌手、吉他手。
189 Jimi Hendrix，美國歌手、吉他手。
190 Georgi Markov，保加利亞政治異議人士，投誠英國後被暗殺。

有的，他認識一個。

35

波尼亞托夫斯基[191]和多拿諾這兩位名叫米歇爾的政客都在總統辦公室裡研討對策。季斯卡不安地站在二樓面對艾麗榭花園的窗前，因為看見多拿諾在抽菸，也跟他要了一根。波尼亞托夫斯基給自己倒了杯威士忌後坐進角落寬大的扶手椅中，並將威士忌放到矮桌上。他先開了口：「我跟那些安德羅波夫[192]近旁的相關人士聯繫上了。」季斯卡沒有回應，一個坐到他這個位子的男人就該等待他的同僚為他省去提問的步驟。波尼亞托夫斯基回應了那個沒有說出口的問題：「根據他們的說法，俄羅斯情報單位（KGB）跟這件事沒有關係。」

季斯卡：「憑什麼覺得他們的說法可靠？」

波尼亞：「好幾個理由。最有可能的是按他們目前的政治規劃來看，沒有使用那份文件的必要。」

季斯卡：「政治宣傳在這些國家扮演了決定性的角色。那份文件對他們而言很有用。」

波尼亞：「我不這麼認為。布里茲涅夫[193]在接任赫魯雪夫[194]上台後並沒有開放言論自由權。蘇聯方面也沒有任何相關的爭論，如果有，也只在黨內進行而已，不可能公諸社會。因此，政治手段才是重點，而不是說服力。」

多拿諾：「正因如此，布里茲涅夫或黨內的另一些人都有可能有意拿來在黨內使用。中央委員會的人彼此互踩，手裡不可能不握張王牌。」

波尼亞：「我不認為布里茲涅夫會透過這種手段來穩固自己的優勢。他不需要這麼做。他根本就沒有對手。他們的制度很封閉，中央委員會中沒有任何一個人可以在不知會他人的情況下為了個人利益使用那個手段。」

多拿諾：「除了安德羅波夫。」

波尼亞惱怒地說：「安德羅波夫是幕後黑手。身為國安會主席，他的權力比任何一個其他位子上的人都還要大。我不認為他會讓自己冒這種險。」

多拿諾以諷刺的口吻回應：「也對，這不是幕後黑手的作風。塔力蘭[195]和富歇[196]

191 Michel Poniatowski，法國政治家、前總理。
192 Iouri Vladimirovitch Andropov，前蘇聯共產黨中央委員會總書記、前蘇聯國安會（KGB）主席。
193 Léonid Brejnev，前蘇聯共產黨中央委員會總書記、國家元首。
194 Nikita Khrouchtchev，前蘇聯共產黨中央委員會總書記、國家元首。
195 Charles-Maurice de Talleyrand-Périgord，拿破崙時期外交官。

沒有政治野心是大家都知道的事實。」

波尼亞：「無論如何，還沒有人實際運用。」

多拿諾：「不一定。在維也納會議上……」

季斯卡：「好了！還有別的嗎？」

波尼亞：「保加利亞祕密組織的人不太可能在沒有知會蘇聯大哥的情況下就進行這種活動。但是，他們也許會私下為其他有興趣的客戶服務，我們要做的就是搞清楚這些人是誰。」

多拿諾：「保加利亞祕密組織都不控制一下他們的人嗎？」

波尼亞：「保加利亞到處都很腐敗，整個社會都是，更不用說祕密情報單位了。」

多拿諾：「情報人員在閒暇時間賺外快？說真的……」

波尼亞：「同時替好幾個雇主工作的情報人員，這樣聽起來不是什麼新鮮事吧？」他把杯子裡的威士忌乾了。

季斯卡把菸壓到一個以象牙製成的河馬形狀菸灰缸裡：「好了，還有嗎？」

波尼亞靠上椅背，兩手擺到頸部後方：「嗯，聽說卡特[197]的弟弟替利比亞情報單位工作。」

季斯卡露出驚訝的表情：「哪一個卡特？比利嗎？」

波尼亞：「安德羅波夫似乎從CIA那裡取得了這項資訊，而且還感到十分有趣。」

多拿諾拉回剛才的話題：「我們該怎麼處理？萬一發生事情就殺人滅口嗎？」

波尼亞：「總統不需要那份文件，只是要確認它不會落入敵對黨的手中而已。」似乎沒有人注意到季斯卡在感到不安或愉悅時，他的特殊口音特別明顯：「是這樣沒『湊』。但是如果我們能找到它或是至少知道它的下落，甚至想辦法取回，我就可以比較安心了。這也是為了整個法國著想。要是不小心落入不肖人士手中，嗯……不只……總之就是這樣。」

波尼亞：「所以我們應該給巴亞更明確的指示，要他把文件取回，而且不能讓任何人閱讀。別忘了還有那個請來幫忙的年輕語言學家，他有理解那份文件的能力，進而使用它。或許要確認文件已經被銷毀，而且沒有任何副本外流。」他一邊走向吧台，嘴裡還念念有詞，「左派的，他一定是左派的……」

多拿諾：「我們要怎麼知道那份文件有沒有被某個人使用？」

波尼亞：「據我所知，要是真的有人使用了，我們一定會馬上知道……」

196 Joseph Fouché，拿破崙時期法國警察首領。
197 Jimmy Carter，美國前總統。

多拿諾：「如果他很低調呢？如果他不在人前使用呢？」

季斯卡將背靠在德拉克洛瓦畫作下的一個小櫥櫃上，手裡把玩著小盒子裡的騎士榮譽勳章：「不大可能。權力，無論是什麼形式的權力，注定是要被行使的。」

多拿諾露出好奇的模樣：「就跟核彈一樣？」

季斯卡以教訓的口吻說：「沒錯，核彈更是如此。」

世界末日可能到來的假設讓這位總統陷入一陣幻想，他想到了A71，那條應該穿過奧佛涅（l'Auvergne）的高速公路，還想到了沙馬利埃（Chamalière）的市政府和這個隸屬在他責任範圍下的法國。兩個同僚就在一旁靜待他開口。「在我們處理好這份文件之前，有個目標應該優先處理：阻止左派掌權。」

波尼亞聞了瓶中的伏特加：「只要我還活著，法國就不會有共產黨籍的部長。」

多拿諾：「沒錯，要是你還想在總統選舉中獲勝，就該阻止這一切。」

波尼亞舉杯：「Na zdrowie!（乾杯）」

36

「克利斯帝夫同志，你心裡明白誰是二十世紀最重要的政治人物吧？」

艾密・克利斯帝夫沒有被請去盧比揚卡（Loubianka）[198]，但他心裡其實是期待去一趟的。

「當然是喬治・迪米特洛夫[199]了，安德羅波夫。」

這場和尤里・安德羅波夫（蘇聯國安會主席）看似非正式的密會在一間位於地下室的酒吧中進行。莫斯科的酒吧幾乎都在地下，在這種地方會面不是為了安全考量，說真的，公共場所不是最好的選擇，民眾會在這種地方被逮捕，也可能失去生命。這一點他很清楚。

「保加利亞人。」安德羅波夫笑了，「誰想得到？」

服務生把兩小杯伏特加和兩大杯柳橙汁擺在他們桌上，另外還附上裝著兩條肥厚酸黃瓜的小碟子。克利斯帝夫心想這人會不會是線民。他周圍的人或抽菸，或喝酒，或大聲聊天，這些都是防止別人竊聽對話的基本條件：必須身處在充斥著白噪音的吵鬧空間，才能有效防止竊聽器的麥克風接收單一頻率的聲音。要是在公寓裡會面，就得把浴缸水龍頭打開。但最方便的還是到酒吧裡喝一杯。克利斯帝夫掃了一眼酒吧裡

198 俄羅斯聯邦安全局（前身即是蘇聯國安會）所在地。

199 Georgi Mikhailov Dimitrov，保加利亞共產黨總書記。一九三三年二月，震驚世界的「國會縱火案」發生。納粹警察局後來以「參與縱火」的罪名逮捕了當時正在柏林的迪米特洛夫。九月，德國在萊比錫開庭審訊迪米特洛夫。迪米特洛夫在法庭上宣稱縱火案是納粹的策劃。最終，法院宣判迪米特洛夫無罪釋放。

的人，並認出了兩個特務，但他很清楚一定比兩個多。

安德羅波夫繼續談迪米特洛夫：「一九三三年國會縱火案的審訊上，他們把接下來的劇情都寫好了，真是不可思議。當時迪米特洛夫坐在被告席上，被傳喚為證人的戈林做為法西斯主義的代表，宣告了法西斯時代的來臨，也揭示共產黨將壯烈抵抗並獲得最後的勝利。無論從什麼角度來看，政治考量也好、道德觀也罷，這場審訊事實上完全象徵了共產黨取得優勢。精通歷史辯證法的迪米特洛夫冒著砍頭的危險，以莊重卻又像看好戲的態度面對捋臂揎拳極力怒吼的戈林，真是場好戲啊！戈林不過就是國會主席、普魯士的首相和內政部長而已嘛。迪米特洛夫扭轉了整個局勢，反倒像是戈林在回答他的質問。他徹底壓垮了戈林。而戈林怒火沖天，跺著腳就像被禁止吃甜點的小男孩一樣。迪米特洛夫讓所有人看見納粹的瘋狂。最高審判長也發現了這個微妙的情勢轉變，最可笑的是他看起來還像在為迪米特洛夫的行為道歉。我記得很清楚，就像是昨天才剛發生的事一樣，他這麼對迪米特洛夫說：『你當著大家的面宣傳共產思想，也難怪證人會這麼激動了。』激動耶！結果迪米特洛夫回答，他對總理的答案感到十分滿意。哈哈！果然是個真男人，天才啊！」

克利斯帝夫聽出了他的言外之意，但仍然嘗試理性分析。他明白無謂的妄想可能使自己無法準確判斷眼前這位國安會主席的意圖。儘管他心裡明白被召喚到莫斯科這件事本身就已經充分說明這一切了。現在重要的不是安德羅波夫是否知道那件事，而是他究竟知道多少，這才是真正需要傷腦筋的問題。

「當時全世界的人都說：『全德國只剩下一個男人了，而且是個保加利亞人。』艾密，你知道我認識他嗎，他是天生的演說家。一個統領。」

克利斯帝夫一面聽著安德羅波夫讚頌偉大的迪米特洛夫，一面評估自己的處境。沒有什麼事比不知道對方握有多少資訊，卻得編出謊言更難受的了。他得下好賭注並準備好承擔風險才行。

時候到了，安德羅波夫闔上迪米特洛夫的檔案，請這位保加利亞的同業詳細說明在盧比揚卡辦公桌上那疊報告的來龍去脈。巴黎的行動究竟是怎麼一回事？

時候到了，克利斯帝夫感到心跳加速，他嘗試控制自己的呼吸。安德羅波夫咬了一口酸黃瓜。該做出決定了。他可以全盤托出，或者裝做一無所知，但選擇後者很可能會顯示自己無能，在這個領域中這麼做是不智之舉。克利斯帝夫深知一個有程度的謊言該怎麼編織：他得讓自己悠游在真實之海。也就是必須用百分之九十的實情掩蓋百分之十的謊言，這麼做才能降低被識破的風險。這麼一來可以爭取一點時間，而且不會把自己也弄糊塗了。撒謊的人只能針對一個細節，其餘的部分都得是百分之百誠實。艾密．克利斯帝夫湊向安德羅波夫說：「尤里同志，你認識羅曼．雅各布森嗎？他是你的同胞，寫過一些關於波特萊爾的精彩文章。」

37

親愛的茱麗卡：

我昨天回到家裡了，這一趟旅程一切都好，至少我是這麼認為的。無論如何，我回到家了。我和那個老頭喝了不少。他人很好，而且喝到最後看起來有點醉了，但我不相信他是真的醉了。我也一樣，有時會裝作喝醉藉此爭取一些信任或是降低對方的防備。但是，妳應該也很清楚，我沒有掉入陷阱。我把所有他想知道的事都告訴他了，當然了，妳的事我沒說。關於巴黎的行動，我說我不相信那份文件的力量，至少也得先確認了才行，所以也就沒先知會他了。但是我的單位裡有些同僚相信那份文件，在有所質疑的情況下，我們派了幾個特務過去，只是他們做得有點過頭了。聽說法國當局正在調查此事，但看來季斯卡也還沒弄清楚狀況。也許妳可以透過妳先生的關係了解一下實際情況？無論如何，妳千萬要小心行事，現在那個老頭盯上我了，所以我也不能再派人去支援妳。

那個小貨車司機已經安全抵達了。那個把文件交回妳手上的假醫生也是。他們都在黑海度假，那些法國人是找不到他們的。這兩個人和那兩個死掉的特務，還有一個留在那裡監視調查進度的人是少數能讓他們查到妳這裡來的線索。我知道剩下的那個受了傷，但他很有能耐，是個值得信賴的人。要是警方查到了什麼，他知道應該怎麼處理。

我要給妳一些建議。把那份文件收好。我們習慣把任何不能遺失卻也絕對不能被散播出去的珍貴文件保存好並私藏在某處。拷貝一份，一份就好，把複本交給一個妳信得過且不知情的人。而那份正本就留在妳的身邊。

還有，要小心那些日本人。

好了，親愛的茱麗卡，這些是我的建議，妳得記好。希望妳一切都好，儘管按照往日經驗計畫總是趕不上變化，但還是希望所有的事都能如願。

在遠方想念妳的老爹

塔克[200]

ps.回信時寫法文，這樣比較安全，而且我也可以多練習。

200 Tatko，保加利亞語「父親」的意思。

38

師範學院設有教師宿舍，就在萬神殿後方。此刻所在場景是一棟不小的公寓，一位滿頭白髮、眼睛下方掛著眼袋，看起來十分疲憊的男人說：「只有我在。」

「海倫呢？」

「不知道。我們又吵了一架。她為了一點小事大發雷霆。也可能是我的錯。」

「我們需要你。你可以收好這份文件嗎？不能打開它，不能閱讀，也不能跟任何人提起，就連海倫也不行。」

「好。」

39

很難想像克莉絲蒂娃在一九八〇年時對索萊斯的看法。這樣一個充滿戲劇性的潮男，憑他放蕩不羈的「法式」個性、大言不慚、憤青的模樣和足以讓布爾喬亞階級驚嘆的文化水平，這樣的男人也許真能在六〇年代初迷倒一個從保加利亞來到西歐的小姑娘，可是十五年後呢，她怎麼依舊拜倒在他的魅力之下？誰知道，顯然他們的小世界是很堅實的，打從一開始所有的一切都按部就班地進行，直到現在還是如此，他們兩人團結一致、各司其職。他裝腔作勢、善於社交、任意妄為、滑稽可笑；她則是妖媚的斯拉夫毒蠍，冷豔、有板有眼、精通學術界的奧祕、熟悉政商名流界的生態、善於處理技術性和行政上的事務，當然了，還有各種用來提升社會地位的官僚作風（而索萊斯呢，傳聞甚至連張支票都不會填）。他們兩人合體，就是一台政治場域中的戰爭機器，一同走向下個世紀，走向這個夢幻職業的高峰：克莉絲蒂娃將從薩科奇手中接過榮譽騎士勳章，而索萊斯也將在授勳典禮上取笑總統把巴特的名字念成巴代斯。他們就是白臉和黑臉，得了便宜還賣乖。（幾年後，歐蘭德將授予克莉絲蒂娃更高級別的榮譽軍團司令勳章。政權輪替，受勳之人依舊。）

魔鬼二人組，政治上的最佳拍檔；暫且記下這些吧。

克莉絲蒂娃打開大門，發現阿圖塞和他的妻子一起來訪，她無法控制（或許也無意控制）自己的臉色，露出不悅的表情。而另一邊，海倫，也就是阿圖塞的妻子，早在抵達今晚造訪的公寓前就做好了十足的心理準備，所以也回敬了一個有點難看的笑容。這兩人對彼此的厭惡似乎已經是某種形式的默契。一旁的阿圖塞像是做了壞事的小男孩般獻上一束鮮花。克莉絲蒂娃欣喜地接過後便到一邊拿小盆子裝花。看來已經喝了不少開胃酒的索萊斯這時上前迎接兩位客人，做作地招呼著：「嘿，是怎麼回事啊，兩位……就等你們上桌了……路易大哥，跟平常一樣……馬丁尼嗎？紅酒！……

吼吼吼！……海倫呢？來點什麼？……我知道！……血腥瑪麗對吧！……嘿嘿……茱麗亞……可以把芹菜拿來嗎……？……路易！黨內最近情況怎樣？……」

海倫像隻膽怯的老貓一樣觀察其他的客人，除了曾經在電視上看過的ＢＨＬ和拉岡外，沒有認識的了。拉岡看來是和一個身穿黑色皮製套裝的年輕女性一起來的。索萊斯領著他們介紹在場的人，但海倫一點也不想花力氣記住那些名字：一對穿運動服的紐約夫妻、一個在大使館工作或在北京雜耍團表演的中國女人、一個在巴黎某出版社工作的主編、一個加拿大的女性主義者和一個保加利亞語言學家。「都是前衛的無產階級」海倫在心裡嗤嗤地笑著。

氣氛逐漸活絡了起來，滿嘴油腔滑調的索萊斯開啟了一個關於波蘭的新話題：「看吧，這個話題永不退時！……團結工會[201]、雅魯澤爾斯基[202]，沒錯，沒錯……從米茲凱維奇[203]和斯沃瓦茨基[204]到華勒沙[205]和若望保祿二世[206]……這些人在百年、千年之後還是會銘記在世人心中，而波蘭人也還是會在蘇俄的壓迫之下過活……很方便吧……這個話題永不過時……蘇俄完了後，德國還會接著，沒錯吧？……吼，別這樣……同志們……為格但斯克[207]而犧牲……為但澤[208]而犧牲……多麼美麗的繞口令……我們是怎麼說的？哦，對，白馬和白色的馬……」

這一串話全針對阿圖塞而來，但這位老哲學家卻閉著雙眼輕啜手中的馬丁尼，看來就像要溺斃於其中。一旁的海倫就像小野獸般憋起一股勇氣替他回了話：「我能理解您對波蘭人民的關切之意，我想，您應該沒有家人被送到奧斯威辛集中營吧。」索萊斯聽到這番話遲疑了一秒（就那麼一秒）是否要持續這個挑釁猶太人的話題，海倫立刻抓住了機會繼續說：「您對這個新教宗還滿意嗎？」她把臉埋進盤子裡，「我可不這麼想。」她故意加強自己平民的口氣這麼說。

索萊斯展開雙臂，一副要振翅高飛的模樣興奮地發表意見：「這個教宗完全符合我的口味！」他咬了一口蘆筍，「他走下飛機親吻接待他的那片土地的模樣夠崇高吧？……無論到哪個國家，他都會屈膝下跪，活像個絕色的妓女張嘴等你送上門，接著便親吻土地……」他拿起那根咬過的蘆筍四處揮舞，「這個教宗對肌膚之親可熱情了，沒辦法……這叫我怎能不愛他呢？……」

---

201 Solidarno ，一九八〇年成立，一九八九年取代波蘭統一工人黨執政，史稱第三共和。

202 Wojciech Jaruzelski，波蘭前總統，冷戰時期曾擔任波蘭軍方司令及共產黨領袖。

203 Adam Mickiewicz，波蘭浪漫主義詩人。

204 Wojciech Jaruzelski，波蘭前總統，冷戰時期曾擔任波蘭軍方司令及共產黨領袖。

205 Lech Wa sa，波蘭前總統，團結工會前領導人。

206 Karol Józef Wojty a（Pope John Paul II），生於波蘭的天主教教宗。

207 Gda sk，波蘭團結工會的發跡地，一九三九年，德國納粹突襲格但斯克，開啟第二次世界大戰的歐洲戰場，城市中的波蘭人被關入集中營，直到一九四五年二戰落幕，格但斯克才重回波蘭的懷抱。

208 Dantzig，即格但斯克的德語名稱。

紐約來的夫妻像輪唱一樣笑開了。拉岡發出一聲鳥叫，舉起了手又決定不發言。海倫就像個稱職的共產主義份子，沒有輕易放過這個話題，接著又問：「那，你認為他喜歡浪子嗎？由最近的新聞來看，他的性觀念不是很開放。」她瞄了一眼克莉絲蒂娃，「我想說的是，就政治立場上而言。」

索萊斯大笑，這種笑聲通常是他的策略，代表他要開啟另一個新話題了，而且不一定跟剛才的事扯得上關係：「因為他沒有得到好的諫言……而且我確定他的周圍一定大多是同性戀……耶穌會教士都被同性戀取代了……但在這方面他們提出的諫言不太好……話說回來……聽說有種新的疾病讓他們大量死亡……主說：要繁衍增多，充滿這地……保險套……真令人厭惡！無菌性交……粗糙的肌膚不再有接觸……噁……我打死不用那種『英式小帽子』[209]……儘管我是親英派份子……想把我的小弟像生牛排一樣打包……想都別想！……」

這時，阿圖塞醒了過來：

「要是蘇聯真的攻佔波蘭，一定是考量戰略重要性。他們必須使盡全力阻止希特勒逼近俄羅斯邊界。史達林將波蘭視為緩衝區，取下這片土地等於取得一份免於受到侵略的保險……」

「……眾所皆知，這個戰略極為成功。」克莉絲蒂娃說。

「慕尼黑協定後，更顯德蘇互不侵犯條約的必要，不，應該說它是無法避免的步騾。」阿圖塞語氣肯定地說。

拉岡發出了貓頭鷹的聲音，索萊斯給自己倒了點東西喝。海倫和克莉絲蒂娃盯著對方。席上的中國人、保加利亞語言學家和加拿大女性主義者是否會法語始終是個謎，就連紐約來的夫妻也是，直到克莉絲蒂娃以法語問他們最近有沒有打網球後才揭開謎底（這兩人是他們打雙打的球友。克莉絲蒂娃一再提起他們最近的那次她表現出色的對打，球技不佳的她那天都被自己的狀態嚇到了，當然得多說幾次。）但索萊斯沒有留給他們回話的時間，繼續興奮地轉換話題：

「哦，博格！……北國來的救世主……當他跪在溫布頓球場的草皮上……雙手伏地……金髮飄逸……頭帶……鬍子……活像倒在草坪上的耶穌……要是他贏得溫布頓冠軍就是世上男子的救贖……那麼該贏幾次才能洗清我們的罪惡呢？……五次……十次……二十次……五十次……一百次……一千次……」

「我還以為你比較喜歡馬克安諾。」紐約來的男子以紐約口音的法語說。

「哦，馬克安諾……the man you love to hate（令人又愛又恨的男人）……球場上的舞者、優雅的惡魔……雖然在場上飛舞……但他是路西法……是最美的天使……最後終究會墮落……」

209 現代的保險套是從英國傳至法國的，因此早期法國人稱保險套是「英式小帽子」（capote anglaise）

索萊斯持續闡述聖經的內容，還比較了馬克安諾和聖約翰（馬克安諾的名字也是約翰），克莉絲蒂娃則忙著上前菜，和中國人一起溜進了廚房。拉岡的情婦脫掉了桌底下的那雙鞋；加拿大女性主義者和保加利亞語言學家疑惑地對望；阿圖塞玩著馬丁尼裡的橄欖。BHL握著拳頭往桌上敲了一下，說：「應該出兵干涉阿富汗戰事！」

海倫的雙眼在每個人身上來回掃視。

她接了BHL的話：「那不管伊朗嗎？」保加利亞語言學家加了句神祕的評語：「遲疑為幻想之母。」加拿大女性主義者笑了。克莉絲蒂娃手裡捧著羊腿和中國人一起回到大家身邊。阿圖塞又說：「黨做了錯誤的決定，不該在媒體上干預另一個國家的戰事。蘇聯方面聰明得多，他們決定抽身了。」索萊斯以嘲笑的口吻詰問：「黨能出得了多少軍力呢？」主編看了一眼手錶後說：「法國的反應總是過慢。」索萊斯給了海倫一個微笑後接話：「人到了七十歲自然就嚴肅不起來了。」拉岡的情婦一隻腳在BHL褲頭上的口袋外磨蹭，沒人注意到他起了生理反應。

話題最後轉到巴特身上。主編致上一段曖昧的悼詞。索萊斯接著說明：「不時有同性戀給我同樣的觀點，讓人覺得他們的內在被啃蝕了……」克莉絲蒂娃對在場的十一個人強調：「你們應該都知道我們和他的關係密切。羅蘭很愛菲利普，而且……」她顯得有點害羞，口氣有點曖昧，「也非常喜歡我。」BHL補充：「但他始終無法忍受馬列主義。」主編：「但他還是很欣賞布萊希特。」海倫啟動了她的毒舌：

「那中國呢？他怎麼看中國？」阿圖塞皺眉。中國女人抬起頭。索萊斯若無其事地回話：「無趣，反正就跟其他國家一樣。」跟巴特很熟的保加利亞語言學家接話：「除了日本以外。」那位加拿大女性主義者的碩士論文也是由巴特指導的，她還記得：「他為人和善，但內心孤單。」主編一副充滿自信的口吻：「對也不對。當他願意的時候……他知道怎麼成為焦點。他就是有這種能力。」拉岡的女人坐在椅子上的身體漸漸下滑，給自己找個得以按摩掛在ＢＨＬ雙腿上端那袋陰囊的好姿勢。

ＢＨＬ神情自若繼續發言：「有師父引進門是好事，但個人的修行也很重要，我在師範學院的時候……」克莉絲蒂娃突然乾笑了一聲：「為什麼法國人都這麼喜歡談學生生活？好像沒辦法超過兩個小時不談。就跟白頭宮女一樣。」主編同意她的說法：「沒錯，法國人喜歡懷想校園生活。」索萊斯也開玩笑地說：「有些人可是一輩子都沒離開校園。」阿圖塞沒有任何反應。海倫在心裡發牢騷，想著這些古怪的布爾喬亞怎麼能這麼以偏概全。她就不喜歡上學，而且她也沒在校園裡待太久。

門鈴響了。克莉絲蒂娃上前應門。一個穿著邋遢的鬍子男站在玄關上。兩人的對話持續不到一分鐘，她又若無其事地回到座位上，只簡單交代（聽得出一點口音）：「不好意思，只是些辦公室的瑣事。」主編又繼續同一個話題：「在法國，學業的表現總是過份影響未來的社會成就。」保加利亞語言學家盯著克莉絲蒂娃看：「好在這不是唯一的因素，茱麗亞，妳說是吧？」克莉絲蒂娃用保加利亞語回了他幾句，兩人索性用母語聊起天來。句子不長，音量中等。旁人完全看不出兩人間是否有任何敵意。索萊斯插嘴：「孩子們，不要這樣講悄悄話哦，呵呵……」接著又轉向那位加拿大女性主義者：「妳呢，小說有任何進展嗎？我其實很贊同阿拉貢說的……女人是人類的未來……因此也是文學的未來……女人代表了死亡……而文學也總是如此……」

他一面在腦中清楚描繪那個加拿大女人替他寬衣解帶的模樣，一面詢問克莉絲蒂娃能不能去拿甜點。克莉絲蒂娃起身，和中國女人一起順手收了幾個碗盤。兩人走進廚房後，主編拿出一根雪茄，用麵包刀切下前端的一小部分。拉岡的情婦還在椅子上扭動。紐約夫婦只安份地牽著手，面帶笑容看著正在幻想用網球拍跟加拿大人來場4P的索萊斯。正展現雄風的BHL提議下次邀請索忍辛尼。海倫責罵阿圖塞：「你是豬嗎！都吃到衣服上了。」說完拿了張餐巾紙沾點汽泡水替他擦拭襯衫。拉岡低聲哼了一首猶太童謠。其他人假裝沒聽見。廚房裡，克莉絲蒂娃摟住了中國女人的腰。BHL對索萊斯說：「菲利普，其實仔細想想你比沙特還厲害，沙特在史達林、毛澤東、教宗……間迷失了，可你呢！……你在各種思想間轉換的速度之快，根本沒時間迷失。」索萊斯把一根菸放進菸桿裡。拉岡輕聲說了句：「沙特根本不存在。」BHL也接著說：「我的下一本書啊……」索萊斯打斷了他：「沙特認為所有的共產黨員都是狗……我覺得所有反天主教的份子都是狗養的……但話說回來，其實也沒那麼複雜，任何一個有價值的猶太人都會投入天主教的懷抱……不是嗎？……

親愛的，妳可以把甜點拿來嗎？」廚房裡傳來克莉絲蒂娃鬱悶的回應。

主編告訴索萊斯他可能要出版海倫．西蘇的新書。索萊斯回應：「可憐的德希達，可不能指望西蘇讓他變得討喜啊……呵呵……」BHL再次強調：「我敬重德希達，他是我學生時代的模範。路易，您當然也是。但他不是哲學家。我認為當代的法國尚可稱為哲學家的只有三個：沙特、列維納斯和阿圖塞。」阿圖塞對他的諂媚沒有任何反應。海倫強忍著怒火。一旁的美國人帶著英語腔反問：「那皮耶．布赫迪厄呢？他也不是哲學家嗎？」BHL認為他是高等師範學院出身的沒錯，但絕不是個哲學家。主編也補充說明布赫迪厄是社會學家，主要關注隱形的不平等、文化資本、社會和象徵……等。索萊斯毫不掩飾地打了哈欠：「他還真令人作嘔……他所謂的習癖……當然了，我們不是生來平等，之前都不知道呢！聽好了，跟你們透露一個祕密……噓……靠近點……自古以來都是如此啊，再過千年也不會變……不可思議對嗎？……」

索萊斯越說越激動：「再高深一些！再高深一些！快，給一些抽象的概念！……我們不是埃爾莎和阿拉貢，也不是沙特和波娃，不是！說什麼通姦是個禁忌話題……既然都這麼說了……《氣》（Le Souffle），常被我們遺忘……就在此時此地。真的就在此時……在此地……流行通常有其道理……」

拉岡在他處神遊。他的情婦也還在BHL的兩腿間磨蹭。主編等著這個話題過境。加拿大和保加利亞人因為沉默產生了某些默契。海倫不發一語，強忍著怒氣等這位法國大作家說完他的獨白。阿圖塞突然心生畏懼。克莉絲蒂娃和中國女人總算從廚房裡端出了一個杏桃派和一盤櫻桃布丁派，兩人剛補好口紅的唇像燃燒的烈火。加拿大人問大家對總統選舉有什麼看法。索萊斯嘆了口氣說：「密特朗注定要失敗……這個命運將跟著他直到最後……」海倫：「您和季斯卡一起吃過飯，覺得他怎麼樣？」

「誰？季斯卡嗎？……呃，貴族之末……你們知道他還用了太太的姓增添氣勢嗎？[210]……還是我們的好朋友羅蘭說的有理……他說季斯卡是個成功的布爾喬亞樣本……我們沒有逃過五月學運……要是我們還在一九六八年的話……」

「結構……街頭……」拉岡有氣無力地念念有詞。

「在我們國家，他的形象是個出色的貴族，既有活力又有野心。」美國人這麼說。「可惜直到目前為止，他在國際間都沒有任何令人印象深刻的作為。」

「可以確定的是他沒有轟炸越南。」阿圖塞語氣刻薄，一邊還擦著嘴。

「可是他干預了薩伊共和國[211]的戰事，而且他愛歐洲。」ＢＨＬ說。

「我們的話題又要回到波蘭了。」克莉絲蒂娃。

「哦，不，今天談夠波蘭的事了！」索萊斯抽著菸說。

「是啊，我們可以換個議題，聊聊東帝汶（Timor oriental），」海倫提議，「我似乎沒看到法國對印尼大屠殺[212]一事做出任何反應。」

「想想看，」阿圖塞似乎又清醒了過來，「一億三千萬的人民，多麼大的市場，同時又是美國在那個地區少數珍貴的盟國之一。我說得對吧？」

「很美味。」美國人吃下最後一口櫻桃布丁後說。

「男士們，要不要再來一杯白蘭地？」索萊斯詢問。

那位始終把腳擺在ＢＨＬ陰囊上的年輕女士突然問起在聖日耳曼經常聽到大家談論的夏呂[213]是誰。索萊斯笑著說：「小甜心，他是世界上最有意思的猶太人……又是一個反骨。再說，……」

加拿大女人說她也想來點白蘭地，並用蠟燭點燃保加利亞人給的菸。公寓裡的貓在中國人的腳邊磨蹭。有人提起西蒙・薇依[214]。因為海倫對她沒有好感，索萊斯便替

210 季斯卡原本祖先的姓氏是 Giscard Destaing，法文人名中有 de 這個冠詞的通常是貴族之後（比如 François de La Rochefoucauld），因此季斯卡將自己原本的姓氏改成 d'Estaing，看上去就會是貴族之姓。而當時的第一夫人 Anne-Aymone Giscard d'Estaing 確實出身顯赫，作者在此是拿季斯卡改姓，搭上夫人貴族之後的身份開玩笑。

211 Zaire，即後來的「剛果民主共和國」，六〇年代前為比利時殖民地，獨立後與西邊原為法國殖民地的「剛果共和國」長期為國名紛爭，曾短暫取名為薩伊共和國，一九九七年政權輪替後又改回「剛果民主共和國」。

212 一九七五年，原為葡萄牙屬地的東帝汶舉行公民投票，實行民族自決。但因各聯盟政見不同而引發內戰。同年十二月印尼出兵，次年宣布東帝汶為印尼第二十七個省，引發許多抗爭運動，印尼方面甚至實行大屠殺。

213 Charlus，普魯斯特作品《追憶似水年華》中的角色之一，書中描寫了他與敘事者的同性戀世界。

214 Simone Veil，法國政治人物，奧斯威辛集中營的倖存者之一，曾任歐洲議會議長。

她說了些好話。美國夫婦認為卡特會連任。阿圖塞與中國人攀談。拉岡點了根他那著名的雪茄。他們聊了些足球的話題和所有人都寄予高度期待的年輕球員普拉蒂尼[215]。

聚會即將進入尾聲。拉岡的情婦要跟 BHL 回家。保加利亞語言學家陪著加拿大女性主義者離去。中國人要獨自回到其他好友的懷抱。索萊斯要上床繼續剛才沒有實現的春夢。拉岡突然間以慵懶至極的口氣發表看法：「驚人的是，女性脫離女性的身份時，會讓身邊的男人粉身碎骨……沒錯，粉身碎骨，當然是為了他好。」一陣令人尷尬的沉默後，索萊斯回應了：「帝王是對閹割情結體會最深的人。」

40

為了弄清楚斷指的警員究竟是什麼來歷，巴亞決定跟蹤在新橋上對保加利亞人開槍的男子。他有種不祥的預感，覺得警局內被某個身份不明的內賊滲透了，因此並沒有上報監察局，反而要西蒙執行盯梢的任務。西蒙一如往常提出抗議，這一次他覺得自己有堅不可摧的理由：那名警員在新橋上看過他。西蒙在巴亞跳進河裡時加入了其他警員的行列並在他出水後加入討論，那個人肯定看見他了。

這不是問題，你可以變裝。

什麼？

你得剪短頭髮，還得換掉那身看起來顯得智力不足的學生服。

這也太過頭了，他受夠了當個好人。西蒙下了結論：想都別想。

但對公務人員系統非常了解的巴亞提醒了他，這件事可能攸關未來他將感到棘手的升轉職問題。完成論文後的男孩西蒙會變成什麼樣子呢？（他似乎已經不是個男孩了。話又說回來，他幾歲呢？）也許可以替他在博比尼的高中找個教職？或者替他疏通文森大學的求職管道？

西蒙認為這種事在教育體系中行不通，即使有季斯卡本人（尤其是季斯卡！）當後台也不代表能在文森大學取得教職（這可是德勒茲和巴里巴任教的大學！），但他也不是那麼有把握。然而，他可以確定某種形式的懲戒將會降臨。想到這裡，他只好進了理髮院，剪短了頭髮，理髮師的成果毫無疑問令他感到渾身不自在，彷彿自己是個陌生人，臉還是同一個，但和他多年來無意中建立的形象相差甚遠。他也用內政部的錢給自己買了套西裝領帶。西裝的價格還算合理，但品質差強人意，肩膀處無可避免地過寬了，褲管也有點短。除此之外，他還得學習怎麼打領結，並注意領帶兩邊對襯。站在鏡子前，他對變身後的自己感到有些驚訝，情緒裡混雜了反感、好奇，還對自己感

215 Michel Platini，法國足球名將，前任（二〇〇七—二〇一五年）歐洲足球協會主席

興趣了起來。那個自己不是自己，是另一個世界的他，另一個應該會進入銀行界、保險業、政府機關或外交領域的他。西蒙下意識地調整了領結，並將外套下的襯衫袖子整好。準備好了，那個存在於內心，對生命中的遊戲感興趣的他決定要面對這場小挑戰。

他抽著由法國政府買單的 Lucky Strike，在警察總局前等著斷指的警員下班。沒錯，這個任務的好處之一是可以報帳，所以他留下了商店的發票（三法郎）。

他等待的警員穿著便服現身了，這場跟監行動也正式開始。西蒙跟著男子走過聖米歇爾橋，再往上走到聖日耳曼大道的十字路口，男子在此搭了公車。西蒙招了輛計程車，說出那句奇妙的句子：「跟著那輛公車。」這種感覺很複雜，好像身在一部類型不明的電影裡。只可惜司機什麼也沒多問便照做了，西蒙一路確認便衣警察沒有在任何一站下車。他跟蹤的男子是個中年人，長相平凡、身材中等，在人群中不容易被認出來，因此西蒙才必須加倍留意。公車開上了蒙日路（rue Monge），男子在松希葉（Censier）站下車，並走進一間咖啡館。西蒙等了一分鐘才跟進去。男子坐在咖啡館最內側的位子。西蒙在靠近門口的桌子旁坐下，隨即發現這是錯誤的選擇，因為對方正不停地朝他的方向看。倒不是因為認出了他，而是在等某個人。為了避免引人注意，西蒙決定坐在面朝窗戶的位子。他看著學生魚貫從地鐵站裡進進出出，或停下來抽根菸，或三五成群，一臉還沒確定志向、只沉浸在團聚的歡愉之中，並對未來滿懷憧憬。

突然間，他看見了一個不是學生的人，是在和DS的追逐戰中差點就殺死他的保加利亞人。他穿著同樣一件皺得不成型的西裝，也沒想過應該刮個鬍子。那人環視了廣場一周後朝自己的方向一跛一跛地走來。西蒙把臉埋進菜單裡。保加利亞人推開咖啡館的門時，西蒙不由自主地向後仰，但保加利亞人看都沒看便往最內側走去與那名警察相會。

那兩人低聲交談著。就在此時服務員走來詢問。這位實習偵探沒有多想便點了杯馬丁尼。保加利亞人點了根菸，是舶來品，西蒙不認識的牌子。他也點了根 Lucky Strike，抽了一口好讓緊繃的神經鎮定下來，同時也安慰自己保加利亞人並沒有認出他，而且也沒有其他人拆穿這一層保護用的裝扮。又或者其實整個咖啡館都注意到了他過短的褲管、鬆弛的外套和業餘偵探的可疑行徑？要想看透他的外表和內在間的落差並非難事，他心裡這麼想著。他感覺自己是個即將被揭穿謊言的騙子，過去也曾有過這種感覺，但這一次尤其強勁。那頭的兩個男子點了啤酒。看來一切正常，他們沒有認出西蒙，更令他驚訝的是，整個咖啡館內也沒有其他人留意到他。為了竊聽他們的談話，他試著把注意力集中在兩人的聲音上，把他們和其他客人隔離，就像一個調音師在眾多樂器中隔離出某一音軌一樣。他覺得自己聽到「紙」……「劇本」……「接觸」……「學生」……「部門」……「車」……可是也許只是自己心裡期望的反射，也許是他自己在組織內心的對話？他覺得自己也聽到了「蘇菲亞」和「邏各斯俱樂部」。

就在此時，他感覺到有人靠近，一個身影晃到了他身旁。他沒有感受到店門打開時的氣流，但聽見了拉動椅子的聲音，他轉過頭，一名年輕女子在桌子的另一邊坐了下來。

她的臉上堆著笑容、金髮、顴骨偏高、眉頭緊蹙，對他說：「之前在硝石醫院時，您和一個警察一起來過，對吧？」西蒙的心跳加速。他暗自向深處的那張桌子瞥了一眼，那兩個男子沉浸在彼此的對話當中，似乎沒有聽見這句話。接著，她又說了一句讓他更心驚的話：「可憐的巴特先生。」他想起來了，是那個美腿護士。索萊斯、BHL和克莉絲蒂娃到醫院鬧場的那天，就是她發現巴特的插管被拔掉的。他馬上反應過來，自己被認出來了，這個事實再次降低了他對變裝成果的信心。「他當時被傷痛折磨。」口音不重，但西蒙還是聽出來了。「您是保加利亞人？」年輕的女人一臉驚訝。她有一雙咖啡色的大眼，不到二十二歲。「不是，為什麼這麼說？我是俄羅斯人。」西蒙似乎聽見了另一側傳來一陣笑聲。他冒著險又偷瞄了一眼，兩個男子正互敬一杯。「我叫安娜。」

西蒙的頭腦有點混亂，心想一個俄羅斯人在法國醫院裡做什麼。當時是八〇年代，蘇聯政府剛開始開放，但對邊境的管制也不至於如此寬鬆。而且，原來法國醫院也收東邊來的職員。

安娜述說她的故事。她是八歲來到巴黎的。他的父親是香榭大道上那家俄羅斯航空的主管，相關單位同意他的家人前來依親。當莫斯科那裡要召他回國擔任要職時，他向法國政府申請了政治庇護。最後包括母親、弟弟和自己，一家人都留下來了。安娜當了護士，她的弟弟還在念高中。

她點了杯茶。西蒙搞不清楚她的目的，只試著以她來到法國的時間計算她的年齡。她露出了青春洋溢的笑容說：「我在窗外看到你，心想一定得跟你說說話。」另一頭傳來移動椅子的聲音。保加利亞人起身，不知是去廁所還是打電話。西蒙歪著頭，手掌抵在太陽穴上遮住臉。安娜將茶包放進裝了熱水的杯子裡，指尖優雅的動作牽動了西蒙的心思。吧台上的客人正高聲談論波蘭的事，接著傳來的是普拉蒂尼出戰荷蘭隊的報導，還有無敵博格在紅土賽場上的表現。西蒙明白自己的專注力受到眼前這個年輕女子的影響，神經隨時間流逝也慢慢地緊繃了起來。不曉得為什麼，他的腦海裡竟響起了蘇聯國歌，那是敲鈸的樂音和紅軍的歌聲。保加利亞人走出了廁所回到原本的座位。

不可摧毀的自由共和國聯盟……

幾個學生走進咖啡館加入一群原本就很熱絡的友人。安娜問西蒙是不是警察。西蒙先是大聲否認，當然不是，他不是條子！但為了某個莫名的原因，他還是承認了自己接受警探巴亞的委託擔任某個職務，可以說是諮詢。

偉大的俄羅斯永久地團結起來……

坐在酒吧深處的那名警察說了「今晚」。西蒙似乎聽見保加利亞人簡短的回答，其中還包含了「耶穌」這個詞。他看著眼前青春洋溢的笑容，心裡想著**撥開雲霧就能見到自由的陽光**[216]。

安娜要他談談巴特。西蒙提起巴特對母親和普魯斯特的感情。安娜當然認識普魯斯特。**偉大的列寧，指明路程**。安娜想起巴特的家人因為他身上的鑰匙不見了而擔心，他們想換鎖但又有經濟上的考量。**史達林教導我們忠於人民**。西蒙念出了這一小段，並說明在赫魯雪夫的祕密講話之後，國歌曾稍作修改，刪除了和史達林有關的內容（這件事到一九七七年才拍板定案）。西蒙心想，無論如何，**我們的紅軍在戰鬥中茁壯**……保加利亞人站起身，穿上了大衣，準備離去。西蒙猶豫著該不該跟上去，但為謹慎起見，他還是選擇繼續執行他的任務。**戰鬥決定了下一代的命運**。保加利亞人準備走出咖啡館時，兩人的目光對上了。幸好不是那名警察，沒那麼危險，這下他至少知道那個警察參與了這起事件。保加利亞人在門口處看著安娜投給他一個美麗的笑容。西蒙感到死亡和他擦肩而過，他全身僵直，趕緊低下了頭。接著那名警察走出了店門。安娜也對他笑了。西蒙心想，這是個習慣他人目光的女人。接著，警察也走出門了，他看著警察沿蒙日路向上走，知道自己必須做點什麼，要不然就要跟丟了。他拿出一張二十法郎的紙鈔付了茶和馬丁尼的錢，沒有等對方找零（但拿了發票）便拉著護士的手走了。她有點不知所措，但也任由西蒙操控。**哦，列寧的黨，人民的力量……**這次換成西蒙獻出笑容了，他想呼吸一點新鮮空氣，而且時間有點緊，她能不能陪著走一段路呢？腦海裡的旋律總算進行到副歌了……**指引我們走向共產主義的勝利！**西蒙的父親是共產主義者，但他認為沒有必要跟這個年輕女士說，幸運的是，她似乎覺得自己稍微怪異的舉動很有趣。

他在警員後方十幾公尺處尾隨著。天黑了，室外有點冷。西蒙仍舊抓著護士的手。看不出安娜是否覺得他有點奇怪或魯莽。她對西蒙說她覺得巴特身邊的人太多了，多得過份，無時無刻都有人想進他的病房。警員轉往互助之家（maison de la mutualité）的方向。她還說事發當天，巴特被發現倒在地上時，那三個鬧場的人狠狠罵了她一頓。警員在聖母院的廣場前轉進一條小路。西蒙想到人與人間的友誼，他告訴安娜，巴特對支配人類行為舉止的象徵符號很有研究。安娜皺眉表示同意。警員在一扇略低於人行道的厚重木門前停了下來。西蒙和安娜走到木門邊時，警員已經消失在門的另一頭了。西蒙停下腳步，始終抓著安娜的手。她似乎也感覺到氣氛緊繃而閉上了嘴。兩個年輕人望著鐵柵欄、石階和木門。安娜又皺起了眉。

216 蘇聯國歌歌詞。

遠處一對男女走來（西蒙沒有聽見他們的腳步聲），從兩人的身旁繞過，穿過柵欄，走下石階並按了門鈴。門微微打開，一個看不出年齡、臉色蒼白、嘴裡叼了根菸、脖子上圍了圍巾的男人打量了他們後便放行了。

西蒙心想：「要是在小說裡我會怎麼做呢？」毫無疑問，他會按鈴，並且牽著安娜一起進去。

他會在裡頭發現一個神祕的賭場。他會在那名警員的牌桌上坐下，並跟他槓上一場。一旁的安娜則會啜著她的血腥瑪麗。他會詢問旁邊那位看來像是老手的男人手指怎麼了。男人會以他一貫的態度惡狠狠地回答：「打獵時發生的意外。」這時西蒙手中會有三張A、兩張K，組成一支葫蘆。

但人生不是小說，所以他若無其事地繼續前行。走到路底時，他再次回頭，又看見三個人按了門鈴。然而，他並沒有發現一輛表面凹凸不平的 Fuego 正停在對街的人行道上。安娜再次回到巴特的話題：他清醒的時候要過好幾次他的外套，看起來似乎在找東西。西蒙知道他在找什麼嗎？西蒙意識到今晚的盯梢任務算是結束了，忽然間醒過來似的不知該如何面對眼前的小護士。他結結巴巴地問了對方，有空的話要不要一起喝杯什麼。安娜笑了（西蒙無法解讀這個笑容的涵義），他們不是才剛從咖啡館出來嗎？西蒙畏畏縮縮地提議可以下次再喝。安娜笑得更開了，並回答他：「也許吧。」收到這個反應的西蒙認為是被打槍了，而她接下來的動作更證實了這個推測，她只丟了句「下次吧」，沒有留下電話號碼就走了。

此時，他的後方有輛 Fuego 的雙眼亮了。

41

伶牙俐齒的說客、舌燦蓮花的雄辯家、口若懸河的演說家們，快來快來！在這個瘋狂的、理性的思想殿堂為自己找個位子吧，這裡是夢想學園、是邏輯的學院！快來聆聽辭藻碰撞時清脆的聲響，欣賞動詞與副詞交織而成的美景，品嘗馴化言論者惡毒的委婉說詞！朋友們，今日全新的對戰，邏各斯俱樂部為您獻上三場指節賽，是的，三場而非兩場！為了刺激你們的胃口，第一場由兩位雄辯家對戰的比賽主題屬於地緣政治學：阿富汗是否會成為蘇聯統治下的越南？

邏各斯俱樂部萬歲！辯論萬歲！歡宴開始！願言論與你們同在！

42

茲維坦・托多洛夫[217]是個戴著古怪眼鏡、頭頂一團捲髮的瘦子，住在法國二十年的語言學家。他師承巴特，主要研究文類（特別是奇幻文學），同時也專精於修辭學與符號學。

巴亞聽從西蒙的建議來訪，正因為他在保加利亞出生。

出生於極權國家的背景似乎促成他對人文的關懷，這一點在他的語言學理論中可見一二。比方說，他認為修辭學的發展須仰賴大量的論辯，只有民主國家才能提供這種環境，君主專政或獨裁統治都是阻力。拿羅馬帝國和封建歐洲來看好了，言論這門學科在當時便不再以說服他人為目標，也不再重視受話者的感受，反而著重於言辭的揀選。言論的效率被美感取代，原本為政治服務的學科開始成為純粹美學。換句話說，修辭學轉成了詩學。〔也就是所謂的「第二修辭學」（seconde rhetorique）〕

他以帶著明顯口音但語句無懈可擊的法語對巴亞說，就他所知，保加利亞的祕密情報組織十分活躍，是個危險的單位。他們仗著KGB的勢力進行複雜的任務，也許不至於暗殺教宗，但為剷除異己可以不惜一切代價。除此之外，他想不出任何他們插手巴特車禍的理由。為什麼會對一個法國評論家有興趣呢？巴特沒有參與任何政治活動，也和保加利亞扯不上任何關係。他是去了中國沒錯，但那也不代表他就變成毛主義份子了，他可不是紀德，也不是阿拉貢。托多洛夫還記得，他從中國回來時一身怒氣，但主要是法國航空的飛機餐點惹的禍，他當時還想過寫篇專文洩憤。

巴亞知道托多洛夫點到了這起案件的關鍵：動機。他知道得從僅有的線索下手（一把槍、一把傘），但卻看不出巴特的死和地緣政治的問題有什麼關聯。他一邊思考著，一邊繼續詢問眼前這位保加利亞評論家關於他那個祖國組織的問題。

誰在背後操盤？艾密．克利斯帝夫上校。這個人的聲譽怎麼樣？不是特別開放，但也不是特別投入符號學。巴亞心頭湧現一股不祥的預感，他似乎正走向死胡同。說到底，要是那兩個殺手是馬賽人、南斯拉夫人或摩洛哥人，他又能推斷出什麼呢？巴亞不自覺地以結構主義的方式思考：保加利亞跟這件事真的有直接的關聯嗎？他在心裡盤點了其他手中還沒展開調查的線索。為了確保沒有任何遺漏，他還是問了：

「您對蘇菲亞這個名字有什麼印象嗎？」

「有的，那是我出生的城市。蘇菲亞。」

所以保加利亞是有那麼一絲關聯的。

這時，一個美麗的紅髮女孩身著浴袍出現在他的視線裡，輕輕地向他打了個招呼。巴亞聽出了她的英語口音，心想這個戴眼鏡的臭老九還真有本事。並非出於故

217 Tzvetan Todorov（一九三九年三月一日—二〇一七年二月七日），法籍保加利亞裔文學批評家、哲學家、語言學家。

意，只是職業使然，他也在這位英語世界來的美女和保加利亞評論家之間嗅到了一點微妙的情愫，這兩人要不是剛搭上就是有姦情，或是兩者都有。

既然都來到這裡了，他也順便提出「Echo」這個哈邁德死前吐出的最後一個字。保加利亞人回答：「哦，您有他的消息嗎？」

巴亞不明白。

「安伯托近來好嗎？」

43

路易・阿圖塞手裡揣著那張珍貴的紙。栽培他的黨的紀律、他一向守規矩的性格、當了多年戰俘學會的順從態度都敦促自己別閱讀那份神祕文件。但同時他那不太共產的個人主義、喜歡私藏祕密的興趣和以前那慣於作弊的癖好又一再催促打開文件。要是他真的這麼做了（其實也猜得到裡面寫些什麼，只是選擇忽視罷了），就能把這件事寫進他從文科預備班要小聰明寫出一篇十七分[218]哲學作文起，就開始記錄的那份冗長的列表上了（這件事在他創造個人的騙術神話裡扮演了重要的角色，使得他經常回味）。但他心裡的恐懼還是戰勝了，他很清楚他們的作風，因此他決定安份些（他自認沒膽），不看那份文件。

那麼該藏在哪裡好呢？他看著眼前亂成一團的桌面，想到了愛倫·坡[219]，於是他將文件放進一個裝著某個廣告的信封裡，就說是附近披薩店的廣告好了，也可能是一家銀行，我記不起當時丟在信箱裡的廣告傳單類別了，反正重要的是他把信封放在桌面上顯而易見的位子，就在一堆摻雜了手稿、正在進行的研究和筆記的紙張雜物間。那些紙張不外是研究馬克思或馬克思主義的隨筆，還有一些是為了論證近期「反理論自我批判」的「實際」效果所寫，多數內容寫的是社會運動，和它自我賦予並涉入其中的意識形態間隨機物質的關係。那個信封就擺在這些紙張之上。除此之外，桌上還有幾本看起來已經翻過的書：馬基維利、斯賓諾莎、雷蒙·阿隆[220]和安德烈·格魯克思曼[221]……還有上千本擺在書架上當裝飾品用的著作，像是柏拉圖（多少還是讀了）、康德（沒翻開過）、黑格爾（稍微翻了一下）、海德格（瀏覽過）、馬克思（看了《資本論》的第一部，但第二部沒看）……等。

218 法國一般打分數的制度滿分是二十分，十七分相當於八十五—九十分，是很好的成績。

219 愛倫坡的偵探小說作品《失竊的信》（Purloined Letter）裡頭的偵探在費盡一番功夫後，最後在某個很顯眼的角落發現了失竊的信。自此，Purloined Letter 便意指某些被視若無睹的事物。

220 Raymond Aron，法國哲學家、政治評論家。

221 André Glucksmann，法國哲學家。

他聽見門鎖轉開的聲音，是海倫回來了。

44

門口的守衛跟其他地方的沒什麼兩樣，只是圍了一條毛料厚圍巾，而且是個白人，看不出年齡，臉色有點灰黃，嘴上叼著菸，還有那雙眼，毫無表情地穿透你的身體，彷彿你並不在他眼前，要是他真的看著你，又像是要看穿你的靈魂。巴亞知道不能拿出自己的證件，最好能隱瞞身份以便觀察這扇門後的事，因此他決定要撒個小謊求同情，沒想到西蒙竟突然找到了靈感，搶在他之前說了：「Elle sait（她知道）。」

「通關密碼？」

木頭嘎吱作響，門開了，警衛退了一步並做了個手勢請他們進門。他們進到一個環形地下室，石頭、汗水和菸草的味道撲面而來。場內座無虛席，就像是場演唱會，只是觀眾不是衝著鮑希斯・維昂[222]來的，牆上也沒留下跳動的爵士音符。取而代之的是，節目開始前台下嘈雜交談間，傳來魔術師般的聲音：

「親愛的朋友，歡迎來到邏各斯俱樂部。盡情論證，盡情評議，盡情褒貶言論之美吧！那扣人心弦的言論，那牽動宇宙的言論啊！盡情享受這場爭奪最佳辯論者的唇

槍舌戰吧！」

巴亞一臉疑惑看著西蒙，西蒙湊近他的耳邊說明其實巴特死前說的話並非沒有完成的句子，而是LC[223]，邏各斯俱樂部的縮寫。巴亞做出了佩服的表情。西蒙含蓄地聳了肩，那個聲音又繼續說道：

「看我那美麗的軛式搭配法（zeugme）和連詞省略修辭（asyndète）！想得到它們是得付出代價的。今晚，你們將再次見識語言的價值。因為這是我們的座右銘，也應是這地平面上的規條：言者皆有過！在邏各斯俱樂部，我們從不說空話，是嗎？」

巴亞與一個左手缺了兩個指節的白髮老人攀談，他刻意使用不那麼顯露本業但又不讓自己一副觀光客模樣的語氣詢問：「大家在等什麼？」老人和善地望向他，並說：「第一次來嗎？如果是的話，我建議您先看就好，不要報名參加。這樣您可以先學習。多聽、多學、多進步。」

「報名？」

「您當然也可以先來一場友誼賽，這樣不會冒任何險。但要是您從來沒看過比賽，最好還是先當觀眾。通常第一場比賽給人的印象是一位參賽者聲譽的基石，而聲

222 Boris Vian，法國藝文界鬼才，同時具有音樂家、詩人、翻譯、演員、作家等身份，同時是法國爵士音樂的重要人物。

223 法文LC發音與Elle sait（她知道）相同。

譽在這裡是很重要的元素：是您的氣。」

他用殘缺的手指夾著菸，躲在石製拱頂下暗處的暖場主持人說：「**偉大的普羅泰戈拉！偉大的西塞羅！偉大的莫城之鷹！**」巴亞問西蒙這些人是誰。西蒙回他莫城之鷹指的是博絮埃。巴亞又想賞他耳光了。

「**學習德謨斯典那嚼石子吧！伯里克里斯萬歲！丘吉爾萬歲！戴高樂萬歲！天主萬歲！丹頓與羅伯斯比萬歲！為什麼要殺死饒勒斯呢？**」

除了前兩位以外，這些名字巴亞都認得。

西蒙問了老人遊戲規則。老人說明：所有的比賽都是一對一，他們會先抽一個題目，通常是一個是非問句，或是一個有正反立場的問題，如此一來兩位參賽者便可各自站在支持或反對的角度辯論。

「**願特土良、聖奧古斯丁和馬克思米利安與我們同在！**」那個聲音高聲吶喊。

前半段的賽事都是友誼賽，正式的比賽在後頭，通常會有一場，偶爾會有兩場，也可能有三場，但很少發生。理論上，比賽的場次沒有限制，但常因為人數不足而無法開賽（老人大概因為這個事實太明顯而沒有多做說明）。

「Disputatio in utramque partem!（正反方的辯論）現在正式開始！兩位英勇的演說家將針對『季斯卡是否為法西斯主義者？』這個耐人尋味的問題交戰。」

場內一陣騷動，口哨聲也此起彼落。「願反命題之神與你們同在！」

一男一女走上台，各自在一張桌子旁面對台下觀眾坐了下來，並開始在紙張上塗塗寫寫。老人向巴亞和西蒙解釋：「他們有五分鐘的時間做準備，在提出各自的觀點和主要的論點後，辯論就正式開始。比賽時間不定，就像拳擊一樣，由裁判決定何時結束。第一位發言的優勢在於可以選擇正方或反方進行論述。另一個人只能隨機應變。友誼賽的參賽者通常是同一級別，抽籤決定先後順序。但在正式的比賽中，雙方的級別不同，由級別較低者優先選定立場。你們聽到剛才的題目了，那是第一級的題目，兩位參賽者都是演說家，這個等級是邏各斯俱樂部的分級制度中最低的。接下來依續還有雄辯家、辯士、詭辯員、巡遊者、評委，最高級的則是智者。但在這裡的人最多只到第三級。據說智者的人數極少，大約十來個，而且每個都有專屬的代號。從第五級起就是另一個層次了。甚至有傳言根本沒有智者，第七級的存在是為了設立一個難以達成的目標，好讓俱樂部的成員對無法成就的完美心存幻想。我個人認為第七級一定存在，而且戴高樂就是其中一個。或者智者其實就是偉大的普羅泰戈拉本人。外傳俱樂部的會長自稱偉大的普羅泰戈拉。我的等級是雄辯家，某一年我曾取得辯士的身份，只是沒有堅持下去。」他舉起了缺指的手。「付出了不少代價。」

辯論開始了，所有人都安靜了下來。西蒙沒辦法繼續詢問老人所謂的「正式比賽」是什麼意思。他掃了一圈在場的觀眾，大部分是男性，但來自各年齡層與各行各業。如果要說俱樂部的成員是精英份子，經濟地位肯定不是篩選的條件。

第一位雄辯家的特殊嗓音響徹全場，他指出首相只是個傀儡；四九之三條款[224]閹割了本來就沒有權力的議會；比起集大權於一身（就連媒體也被他緊握在手心）的季斯卡，當年的戴高樂可算是一位受人愛戴的君主；就連布里茲涅夫、金日成、西奧賽古[225]都至少會向黨內匯報行動；美國總統握有的權力遠少於我國總統，而且墨西哥總統不得連選連任，但我國總統可以。

坐在對面的參賽者是個年紀不大的女性。她回應只要看一下報紙內容就能明白我們並不身在獨裁統治的環境中（就拿當週《世界報》的新聞標題來說，該報質問政府〈怎麼能做什麼都失敗〉，獨裁政府應該會有更嚴厲的審查吧……）。她還舉出馬歇、席哈克和密特朗等人對他的批評為證。要是真的生活在獨裁統治下，那我們的言論自由還挺被尊重的。至於剛才提到的戴高樂，還記得當時我們不斷批評他「法西斯戴高樂」、「法西斯第五共和」、「法西斯憲政」、「《重複不斷的政變》[226]」……等等。她的結論是：「說季斯卡是法西斯主義者這種話是對歷史的一種侮辱，也是對墨索里尼和希特勒政權受害者的不敬。應該去問問西班牙人對這個問題的看法，也問問侯黑．聖布倫[227]，季斯卡是不是和佛朗哥[228]同類！背叛歷史記憶的論述真該感到羞恥！」台下掌聲雷動。評審在簡短的討論後宣布女參賽者勝利。年輕的女選手興奮地握了對手的手，並向在場的觀眾行了個簡單的禮。

後面幾場比賽也接續進行，參賽者看來都還算愉悅，台下掌聲、噓聲、口哨聲、喊叫聲此起彼落。最後終於來到今晚的高潮——「指節賽」。

題目：言與文。

老人摩擦著雙手說：「哦！元議題！用語言談論言語議題，沒有比這種題目更美的了。我愛死了。你們可以在看板上看到參賽者的級別：這場比賽由一個年輕的雄辯家挑戰辯士，他將嘗試擠下對方。因此他會優先選定立場。我在想他會選擇什麼觀點，通常會有一個論點比較難，想給評審和觀眾留下深刻印象的人就會考慮選擇它。相對的，另一個較容易的論點看似佔有優勢，卻較難提出令人耳目一新的論據，陳述的內容會顯得平庸，演說也沒有那麼精彩……」

老人再次閉上嘴，論述開始了，觀眾們不發一語，內心卻是激動得很。準辯士首先以果斷的口吻展開論述：

「書的崇拜形塑了當代社會，我們將文字奉為神祇，例如律法石板、十誡、妥

224 法國四十九條第三款法令，內容規定除非在四十八小時內進行投票通過一項譴責動議，否則政府的法令可以不經過表決而通過。

225 Nicolae Ceau escu，羅馬尼亞共產政權獨裁者，亦是首位總統。

226 Coup d'État permanent，是法國前總統歐蘭德（任期於二〇一七年五月十四日到期）於一九六四年撰寫的文章，主要批評戴高樂政權。

227 Jorge Semprún，西班牙裔法國作家。

228 Francisco Franco，西班牙法西斯獨裁者。

拉、聖經、可蘭經等都是如此。必得印刻於某處才得以發揮效能。我認為這是偶像崇拜、是迷信、是教條的溫床。

口語的優越並非由我決定，是那將我們塑造成思慮者、演說者的論辯之父。他是所有人的祖先，是從未寫過一字一句的男人，是他為西方思想奠定了基礎。

還記得嗎！當時在埃及，在底比斯（Thèbes），王問：文字的用途是什麼？天主回他：是終止愚昧之方。王又說：正好相反！的確，文字的藝術是記憶的阻礙，促使內在遺忘曾經學習的一切。回憶與記憶不同，書本不過是備忘錄，無法提供新知、無助於理解，更無從協助精熟事務。

要是書本能教導新知，學生為何需要老師？為何需要他人解釋書中所寫？為何不只需要圖書館，還得有學校？原因就在於光有文字永遠不足。思想唯有在變動中才有生命，當思想停止流動便是絕命。蘇格拉底曾把文字比作圖畫，他認為圖畫裡的人像有生命似的直立著，但當我們嘗試向他提問，他始終正襟危坐、不發一語。文字也是如此。可以勉強相信它們能言善道，但要想進一步了解而提問時，它們的回答千篇一律，一字不差。

語言存在的目的就是傳達訊息，因此必得有收訊的一方。就如我正在說話，你們就是這場演說存在的意義。唯有神智不清者才在無人沙漠裡說話，但若真要講究，他是在對自己說話。但文章呢？對誰說？對所有人說！也就是沒有人！話語一旦被文字記錄後，傳達的對象是有意接收或無心拾取便不再重要了，它甚至不在乎該與不該將內容授予對方。沒有特定讀者的文章即是過於粗糙的保證，是不明意圖且過度普遍的內容。一則訊息怎能適用於所有人？就連書信也不如對談。書信通常是在特定語境下寫的，收件者也會在另一個特定情境中拆件。然而，信寄出後，雙方狀態都已變更，內容也不再適用，信只能寄向一個不存在的對象了；撰寫者也一樣，封好信封的那一刻起，他便消失在時間之流裡了。

文者，亡也。文章只能在學校課本中擁有一席之地。真理只存在言談的各種形式中，唯有口語的應對才足以跟上那踏在無盡之路上流動的思想。言者，生也。我證實了這個論點，你們也是，為了說話，為了聆聽，為了交談，為了討論，為了互相質疑，為了共同創造有生命力的思想，為了融入那被言談的力量牽動的字詞與想法之中，我們團聚於此。隨話語的聲響擺動，文字不過是黯淡的象徵。最後，既然都已提出蘇格拉底的聖名，便再以其至理名言做結，文字『並非智者，不過是喬裝成智者而已。』感謝各位的聆聽。」

掌聲四起。老人看似激動：「哇！那小子熟諳這些經典，提出的論點非常扎實。蘇格拉底，一個從未寫過書的男人，非常有力的觀點！他就像修辭學界的貓王，是吧。就策略上來看，他打了安全牌，選擇為口語辯護便是宣告俱樂部活動的合理性。很明顯地使用了套層結構（mise en abyme）！另一個人得回應他的論點了。他也得找到一個夠扎實的角度切入才行。要是我的話，我會選擇用德希達的方法：解構他那一套關於語境的說法，提出談話的形式不比文章或書信更具針對性。沒有人會在發話或聽話時真正意識到自己或聽者的本質。沒有所謂的語境，那只是用來騙傻子的把戲，語境從不存在，就這麼處理！總之，這是我個人會用來反駁的主軸。得打破這個結構，然後，好吧，說得更精確一點：『書寫的重要性』，感覺就像課堂討論的話題，你們明白嗎？是技術性的話題，但一點也不有趣。我嗎？對，我在索邦上夜校。我本來是郵差。哦！噓！噓！兄弟，證明一下你的等級不是偷來的！」

台上的辯士是個年紀較大的男人，頭髮花白，神態較為穩重，肢體語言也沒另一位參賽者那麼激動。他準備好要開口了，場內一致發出噓聲。男人的眼神掃過觀眾、他的對手、評審，接著舉起食指，只說了句：

「是柏拉圖。」

然後便沒有再開口了。沉默好長一段時間，長到令人感到不自在。直到他感受到觀眾正疑惑自己為何浪費那幾秒寶貴的發話時間時，才又補充：

「我敬愛的對手引用了蘇格拉底的句子，但你們應該都知道哪裡出錯了，不是嗎？」

無聲。

「他想說的應該是柏拉圖。要是沒有他的文字，蘇格拉底、他的思想、他那記於

《斐多篇》（Phèdre）中的精彩口頭問答，這些我敬愛的對手幾乎完整重現的內容就不會為人所知了。」

無聲。

「感謝各位聆聽。」說畢，他重新坐回椅子上。

在場的觀眾都轉向他的對手。要是願意的話，他還可以再次發言扳回一城。但他臉色鐵青，一言不發。不需要等三位評審的判決，他也知道自己慘敗了。

少年緩慢卻堅毅地走向前，把手平放在評審的桌上。觀眾屏氣凝神，某些人使勁地抽著手上的菸。在場的人似乎都聽得見自己的呼吸。

坐在中間的男人舉起一把大刀，迅速切下了他的小指。

少年一聲也沒吭，但痛得彎下了腰。一旁的人即時上前替他處理並包紮傷口。一切都在一片肅靜之中進行。另一人順手撿起切斷的手指，但西蒙不清楚那人是把它帶去丟了，還是存放到某個玻璃罐裡，貼上寫明日期與人名的標籤以供展示。

魔術師的聲音又再次迴盪：「向參賽者致敬！」全場隨他讚頌：「向參賽者致敬！」

地下室裡還是安靜無聲，老人低聲說明：「通常輸了以後要再過一段時間才能再次挑戰。這樣也好，可以避免一些參賽者過於衝動。」

45

故事進展至此還有個盲點，同時也是這則故事的起點：巴特和密特朗的午餐會晤。我們尚未見到那個重要的場景，但確實是發生過的……杰可・巴亞和西蒙・荷卓不知道、也不會知道這一天發生了什麼事。他們頂多只能取得與會名單吧。但我呢，我可以，也許吧。再怎麼說也就是手段的問題，而我知道該怎麼處理：質詢當時在場的人，交叉比對，去蕪存菁，把一些片面之詞拿來和實情比對。要是真有必要的話……你們也知道的。這一天一定發生了什麼關鍵的事。一九八〇年二月二十五日，一些還沒交代清楚的事。小說的好處即在於：永遠不嫌晚。

46

「沒錯，巴黎還缺個歌劇院。」

巴特不想待在那裡，他還有比這些瑣事更重要的事要處理。他後悔參加這場午餐宴會，這麼做一定又會被那些左派的朋友責罵，但至少德勒茲會高興。傅柯呢？當然會來一段輕蔑的嘲笑，並且想辦法讓別人傳誦此事。

「阿拉伯小說不再嘗試畫出邊界了，它希望跳脫古典的框架，捨棄原本以特定題材出發的規則……」

之前和季斯卡共進午餐當然得付出代價了，對吧？他是個「有身份地位且事業有成的布爾喬亞」。沒錯，正是如此，但現在在場的其他人也都不會太差。算了，覆酒難收，既來之則安之。話說回來，這白酒還不賴，是什麼酒呢？我想應該是夏多內（Chardonnay）。

「您看過莫拉維亞[229]的新書了嗎？我很喜歡里奧納多・夏夏[230]。您也看義大利文的作品嗎？」

這些人有什麼不同呢？大致來說，沒有。

「您喜歡博格曼[231]嗎？」

從他們站立的方式、說話的口氣和穿著，毫無疑問都是右派慣常的模樣，正如布赫迪厄所言。

「除了米開朗基羅以外（或許畢卡索也行），沒有人能妄言自己的作品得到大量的

229 Alberto Moravia，義大利小說家。
230 Leonardo Sciascia，義大利黑手黨作家。
231 Ingmar Bergman，瑞典著名導演。

評論。然而，卻沒有人談論過他作品裡的民主思維！」

我呢？我是不是也一臉右派？光是身著不得體的服飾似乎也不足以掩蓋本質。巴特伸手探了探掛在椅背上的舊外套，確認它還在。冷靜點，沒有人會偷走它的。哈哈！你的想法好布爾喬亞。

「談到現代性，季斯卡夢想將法國變成封建國家。我們很快就會知道法國人要的是一個師傅或是領袖。」

他說話的方式就像在質詢。果然是個律師。廚房傳來的味道好香。

「就快好了，馬上上菜！先生，您呢，最近在忙些什麼？」

研究字詞。來個微笑，展示默契。沒必要多做解釋。還有一些普魯斯特的研究，一直是有趣的課題。

「您可能很難相信，但我有個阿姨真的認識蓋爾芒特家的人。」年輕的女演員話中帶刺。標準法式作風。

我覺得好疲憊，我真正想要的是走反修辭學的路線。但已經來不及了吧。巴特心情低落地嘆了口氣。他厭惡無聊，但這種機會還真不少，而且他還總是莫名其妙就接受邀請。但今天的場合比較特殊。搞得好像自己都沒別的事要做一樣。

「我跟米歇爾．圖尼埃[232]還挺熟的，他本人其實沒有我們想像的那麼狂野，哈哈。」

哦，是魚，難怪喝白酒。

「賈克，你也坐下吧！該不會想整個用餐時間都待在廚房裡吧！」

「待」在廚房裡：這個動詞出賣了他的地位……一個長得像山羊的捲髮男人在給自己盛了菜後也坐到了我們這裡。他撐著巴特的椅背在他身邊坐了下來。

「燉魚湯，混合了許多種魚類，像是金線魚、鱈魚、比目魚、鯖魚和扇貝，加入一點蔬菜，再以油醋提味。我還另外加了點咖哩和一小撮茵陳蒿。用餐愉快！」

哦真是美味。是一道精緻的料理，但也不會顯得過於高貴。巴特寫過不少關於食物的文章：牛排與薯條、火腿與奶油、牛奶、酒……等。但這道菜又是另一個等級了，雖然家常，卻又能感受到料理的用心，是以細心與愛準備的料理。同時，也得展示厲害的一面。在關於日本的書裡他提出過相關的理論：西方的食物總是一大堆，高貴莊重，擺放得很有派頭，架式十足，總是那樣份量大、氣勢壯、數量多，豐盛至極；東方的菜餚卻反其道而行，總是盡情發揮細小微量的特點。黃瓜未來的調理風格走向，不是要又大又厚，重點在於它的切割。[233]

「這道料理來自布列塔尼的，當地的漁夫最早是使用海水在船上烹煮。常加入油

232 Michel Tournier，法國作家，作品曾獲法國龔固爾文學獎。

233 原文出自羅蘭．巴特《符號帝國》一書，本文採麥田出版的江灝譯本。

醋中和鹽分以免口渴。」

東京回憶……筷子會拆解、分離、輕輕在食物上翻來挑去，不會像我們的餐具那樣切開或戳刺它，從不暴力對待食物……

服務員又往巴特的杯裡倒了酒，整桌的賓客都因緊張而沉默地吃著盤裡的食物，他卻觀察著這個矮小的男人用他那不太有彈性的嘴吸食鱈魚。微小的吸吮聲顯示出他是個受過教育的布爾喬亞，知道在這種場合時應如何應對進退。

「我之前曾說權力就是資產。這麼說也不無道理吧。」

密特朗放下手中的湯匙。賓客們也無聲地停止進食，一副專注於他的言論的態度。

如果說日本菜永遠都在用餐人的面前烹煮（這種菜餚的主要特色），那也許是因為：最重要的是藉這種表演方式，將我們所崇敬之物犧牲掉……

看起來就像在劇院裡一樣，賓客害怕製造任何聲音。

「但也不完全是如此。您比我還清楚，不是嗎？」

「所有的日本菜餚都沒有一個中心（西方菜裡都會設計一個中心，像儀式一般，依此安排食物的擺放、配菜，或在上頭淋一層東西）；擺盤，所有食物互為陪襯。首先，因為在餐桌上、在盤子裡，食物永遠只是零星碎塊的集合……」

「真正的力量來自於言語。」

密特朗笑了，笑聲帶著討好的意味，巴特從未想過他能發出這種聲音，而且顯然這話是針對自己而來。再會了東京。他害怕的時刻終於來臨了（但他心裡早就明白是躲不過的），他又得談論別人期待的那個主題了，符號學，或者可以說他是對語言學有點研究的學者。他簡短說了一個句子，並期待在座的人會覺得這種句子才有深度：「在民主體制當中更是如此。」

始終保持微笑的密特朗輕聲回應了他：「真的嗎？」問話的方式讓人猜不透他是期待回覆、是好意認同還是隱晦的反對。長得像山羊的年輕人（應該就是這次會面的安排者）察覺到是時候介入話題了，否則這輪對話將胎死腹中。「就像戈培爾[234]說的：『每當聽到文化這個詞，我就會拔槍。』……」巴特還沒有機會思考這句話的含義，密特朗就快速糾正了：「不，是巴勒杜·凡·希哈克[235]說的。」一陣沉默讓場面顯得十分尷尬。「請原諒在戰爭期出生的朗先生，他還太年輕，可能記得不太清楚，賈克，你說是吧？」密特朗瞇起雙眼，就像個日本人。他以法國人的口音稱他為「雅克」。巴特為何隱約感覺到自己和這個目光尖銳的矮小男人間有某些化學作用？好似這頓飯是為了他一個人安排的，其他人的存在都是為了掩飾而已，這是個陷阱，或者

234 Joseph Göbbels，德國納粹時期部長，以精湛的宣傳手腕著稱。
235 即巴拉杜（Balladur）與席哈克，密特朗在此將兩人組成德文名，嘲笑兩位左派政治人物。

更糟，其他人都是幫兇。但這也不是密特朗的第一次邀請文化界人士共進午餐了，這幾乎是每個月的例行事務。該不會連其他餐會都是幌子吧，巴特心裡這麼想著。

外頭傳來一輛馬車經過白斗篷路的聲音。

巴特快速給自己分析了一下：按現在的情況，以及口袋裡還放了張對摺的紙條來看，最合理的解釋是他有妄想症。為了幫助那個頂著棕色捲髮、始終帶著笑容卻有點內疚的年輕人脫離窘境，巴特接了話：「修辭學鼎盛的年代幾乎與共和體制重疊，雅典、羅馬和法國……蘇格拉底、西塞羅和羅伯斯比……他們的技巧各自呼應不同時代，但都好似不同的織錦在民主的繡花布上展開。」密特朗似乎對這個議題很感興趣，提出了反對意見：「既然親愛的賈克都把戰爭扯進來了，我就提醒大家希特勒當時也是個很有技巧的演說家。」接著又補充了一句「戴高樂也是，以他的方式。」他大可以諷刺的口吻說這句話，但卻沒有這麼做，至少聽眾聽在耳裡沒有這種感受。

放棄玩心理戰的巴特又開口問：「那季斯卡呢？」

密特朗似乎打一開始就等著這一刻，剛才那些前戲都是為了把對話引到這裡。他靠上椅背說：「季斯卡的技術很好。他最大的本事是很清楚自己的能耐和弱點。他知道自己氣短，於是每句話都完美地符合節奏。主詞、動詞、補語，接著便是句號，沒有逗號，否則就會像走進未知之境。」他稍做停頓，留一段時間讓來訪的客人擠出奉承的笑容。接著又說：「句與句之間也不一定有任何關聯。每一句話都是完整的，就像每顆蛋一樣光滑飽滿。一顆、兩顆、三顆，就像母雞排排下蛋，如節拍器一樣規律。」餐桌邊傳來含蓄的笑聲更壯大了密特朗的膽量，說得更起勁了：「多麼精巧的機制啊！我認識一個樂痴，他認為自己的節拍器比貝多芬還有音樂天份……毫無疑問，這種演出很討人歡欣，更何況還兼具教學意義。大家都能理解蛋就是蛋的道理，不是嗎？」

賈克．朗謹記自己擔任文化媒介的任務，插了話說：「這正是巴特的專業領域：同語反覆引發的災難。」

巴特進一步補充：「沒錯，換句話說……這是看似盛氣凌人，實則無用的公式，就像A＝A，『拉辛就是拉辛』，這是零度思想（沒有程度的思想）。」

密特朗雖然對於兩人的理論觀點能有所交集感到愉悅，但還是繼續剛才沒說完的話：「沒錯，就是如此。『波蘭是波蘭、法國是法國』。」他裝出一副抱怨的口氣：「就這樣啊，在這番話後，誰還有辦法反駁！我的意思是季斯卡在這點上道行可高了，那是陳述一則事實的藝術。」

巴特和顏悅色地附和：「事實不需要解釋，它會自證。」

密特朗感覺自己贏了這一局，複述了他的話：「對，事實不需解釋。」就在此時，桌子的另一端傳來一個聲音：「根據目前的狀況，要是如您所言，那您是贏定了。法國人沒那麼笨，不會再被那個偽君子騙了。」

說話的人是個年輕人，禿頭、說話時嘴嘟得像個雞屁股，就跟季斯卡一樣。和其他同桌的賓客不同，似乎對密特朗不太信服。密特朗一臉殺氣轉向他：「哦，勞倫，我知道你在想什麼！你跟我們同輩的人有一樣的想法，覺得當前沒有比他更有魅力的推銷員了。」

勞倫・法畢斯一臉傲氣反駁：「我沒這麼說……」

密特朗情緒激動：「有！有！你還真是個模範電視觀眾！就因為有很多你們這樣的人，季斯卡才能在螢幕上呼風喚雨。」

禿頭的年輕人沒有反應，密特朗更是上火：「我還記得他是如何聲情並茂地把自己和所有的事畫清界線。九月份物價又上漲了？那還用說，是牛肉的影響（巴特注意到他用了「那還用說」這個很口語的說法）。十月是因為香瓜、十一月是天然氣、水電、鐵路和房租。怎麼能期待物價停止上漲呢？太高明了。」他一臉猙獰，氣勢稍減了一點：「人們對於輕易領略經濟的奧祕，並且能在這位智者的領導下進入金融高層的祕境感到驚喜萬分。」接著又大喊：「沒有，就是牛肉害的！可恨的甜瓜！陰險的房租！季斯卡萬歲！」

在座的人都被這番話給震懾了，唯有法畢斯點了根菸說：「您太誇張了。」

密特朗猙獰的臉又拾回平時迷人的神情，嗓音也恢復正常了，沒有人知道他是要回應禿頭的年輕人還是對著所有的賓客喊話：「只是開個玩笑。呃，也不完全是。但讓我們放下武器吧，可得擁有足夠的智慧才能使人民對政府跟這件事毫無干係的說詞如此信服。」

賈克・朗離座。

巴特心想，眼前這個人是個有強迫症的標準潔癖。他渴望權力，因此把長期以來不受幸運之神眷顧的怨氣一古腦全凝聚在對手身上，彷彿連下一次落敗的怒氣也加在裡面似的。但同時也能感覺到他已經準備好不擇手段，絕不輕言放棄。他沒有打勝仗的自信，但他必須取得勝利，那是流在他血液裡的天性，又或者是他的環境逼使他這麼做。失敗是最珍貴的教訓。巴特的內心被一股淡淡的憂鬱佔據，他點了根菸好讓自己看來泰然一些。但失敗也給身心帶來沉重的負荷。巴特揣測眼前的這個矮小的男人真正追求的是什麼。他的堅毅不該成為失敗的藉口，但他難道不是把自己囚禁在框架裡嗎？一九六五、一九七四、一九七八……每一次都輸得很光榮，因此沒有人把責任歸咎到他個人身上，於是他保持自己的本質，也就是繼續參政，當然了，也有可能是天生的敗將。

禿頭的年輕人再次開口：「季斯卡是個出色的演說家，您也很清楚。而且，他的形象就是按電視節目的需求塑造的，這才是現代化的做法。」

密特朗裝出和善的態度說：「親愛的勞倫，我很久以前就這麼想了。他當時來國民議會質詢時，我便對他闡述事情的天賦感到敬佩。我還記得當時我甚至認為在……

皮耶·柯[236]之後，這輩子還沒見過更優秀的演說家。沒錯，就是那個人民陣線[237]執政時期的激進派部長。扯遠了。法畢斯先生也許太年輕了，不太知道共同執政綱領[238]，當時人民陣線……（圍在餐桌旁的賓客笑了幾聲）好了，我們回到季斯卡身上。季斯卡，這個口若懸河的指標性人物！他口齒清晰、言談流利、時不時停頓幾秒的節奏給予聽眾參與思考的機會，就像電視上的體育頻道慢動作重播，讓坐在椅子上的你得以貼近他英雄般緊繃的肌肉線條。還有他的長相，這些都是季斯卡穩坐小螢幕王位的原因。他肯定在自己的天份之上又做了許多努力。業餘的小角色全都得讓開！但他最終得到了回饋。因為他，我們聽見電視的氣息。那是鐵肺的勝利。」

禿頭的年輕人始終沒有表現出敬佩的神色：「因此他才能那麼快速看見成效。人們聽他說話，有些還把票投給了他。」

密特朗若有所思，似乎是在對自己說話：「對此我有些懷疑。你說的是一個新的形象。但我卻認為已經過時了。人們笑我言辭賣弄文學技巧、感情用事。（巴特耳邊迴響起一九七四年的那場辯論，不幸的候選人身上一直帶著沒有癒合的傷口）他們通常是對的。（噢，他得剝掉幾層臉皮才能做出這種程度的讓步，噢，密特朗要花多少力氣才能控制自己走到這一步……）造作的言論之刺耳就像過份的胭脂之刺眼。」

法畢斯等著，巴特等著，所有的人都等著。密特朗早就習慣讓人等著了，他不慌不忙，緩緩接續發言：「好的修辭技巧中還有更好的。技術官僚的做法已經過於陳舊。昨日的它還是和璧隋珠，今日已顯滑稽可笑。誰最近還說了：『我的債權很痛。』？」

賈克·朗一邊坐下邊問：「不是羅卡嗎？」

密特朗再次怒容滿面：「不，是季斯卡。」他怒視那個破壞效果的捲髮男人一眼，又若無其事地繼續說：「我們會想摸摸自己。頭痛？心痛？腰痛？肚子痛？我們都知道痛在哪。但債權呢？在第六和第七根肋骨間嗎？是一條不知名的腺體？尾椎部分的一塊小骨？季斯卡可沒那麼高明。」

在座的賓客已經搞不清楚現在該不該笑了，因為猶豫著不知如何是好，只好什麼也不做。

密特朗望向窗外，又說：「他也是有常識的，而且是個有點手段的人，至少政治的意識比所有人強。」

巴特聽懂了這些讚美的曖昧：對於密特朗這種人來說，這已經是很高的肯定了，只是帶著對政治的精神潔癖，他運用了一詞多義的現象，就像「政治」這個詞在他的

236 Pierre Cot，法國政治人物，法國海洋法法庭的法官。

237 Front Populaire，二十世紀上半葉戰間期法國出現的一個左翼政治聯盟。

238 Programme commun，一九七二年社會黨、共產黨和左派激進黨共同簽署了這項綱領，密特朗當選後曾執行部分內容。

語言裡，也帶有某種程度的貶義，甚至是侮辱的味道。

密特朗簡直停不下來了，他又接著說：「但他的年代和經濟學一起消逝了。蠟炬已成灰，人們也開始感到無趣了。」

巴特心想密特朗可能是醉了。

一旁的法畢斯看來越來越起勁，警告了他的上司：「當心點，他還有口氣呢，而且他的炮火很準。還記得他那枝箭嗎：『不是只有你才有良心。』」

賓客一致屏住呼吸。

密特朗竟出乎意料，沉穩地回應：「我可沒有這麼想。我提出的這些看法只針對做為公眾人物的他，並沒有要指涉那個我私底下不認識的男人。」接下來，在不得不讓步，並展現運動家的精神後，他總算可以下結論了：「但我想我們談的是手段吧。那些手段讓他用腦過度，以至於沒有辦法處理意料之外的狀況。人生，無論是他的、你們的、我的，那個滿懷野心的人生最艱難的時刻，是當我們面對一面牆，卻發現所做的一切都只是模仿自己的那個當下。」

反思，再反思。

第二部

波隆那

Bologne

47

十六點十六分

「靠，這天氣也太熱了。」西蒙和巴亞在紅色之都波隆那坑坑窪窪的小路間來回穿梭，只為了在布滿整座城市的拱廊下躲避豔陽。一九八〇年的夏天，烈日再次籠罩義大利北部。一面牆上被人用噴漆寫了些字：「Vogliamo tutto！Prendiamoci la città！（佔有一切！佔領城市！）」三年前，就在此地，憲兵殺死了一名學生，進而引發大規模的抗爭，當時的內政部最後出動坦克鎮壓，就和一九七七年捷克斯洛伐克的情況一樣[1]。但是今日一切都已回復平靜，裝甲車已開回洞窟，整座城市進入午休狀態。

「是這裡嗎？我們在哪？」

「地圖給我一下。」

「明明就在你那裡！」

「胡說，我剛才還給你了！」

格拉茲街（Via Guerrazzi），這條小路位於歐洲最古老的大學城中心地帶，也是學生最常聚集的區域。西蒙和巴亞走進一間老舊的波隆那宮殿，這裡是DAMS（藝術音樂與戲劇中心）所在的位置。兩人設法破譯了某個標題隱晦的時刻表後，得知艾可教授每個星期都在這裡教課。可是教授今天不在，中心門口的管理員以一口流利的法語對他們說明上學期的課程已經結束了（「我就知道！」西蒙對巴亞說，「我就知道夏天造訪大學不是什麼好主意！」），但是，他有可能會在附近的小餐館裡：「他通常會去『卡爾佐拉里雜貨店（Drogheria Calzolari）』，或是『太陽小酒館（Osteria del Sole）』。只是『卡爾佐拉里』比較早打烊。所以得看那個教授今天渴不渴。」

這兩個男人穿過壯麗的馬喬雷主廣場（piazza Maggiore）。廣場上有座以白色大理石與赭黃石磚相間而建的十四世紀教堂尚未完工。一旁是海神納普敦噴水池，海神四周有幾個身材豐腴的美人魚騎在邪惡的海豚上猥褻地摸著雙峰。他們在一條小路中找到了「太陽小酒館」，裡頭早已坐滿了學生。餐館的外牆寫著「Lavorare meno – lavorare tuitti!」感謝拉丁文，西蒙才得以閱讀這串文字：「一人少做工，全體都有工。」巴亞心想：「寄生蟲滿地爬，工作無處找。」

小酒館門口一張巨幅海報上印著煉金術的太陽符號。客人可以自備餐點來這裡喝價格低廉的葡萄酒。巴亞四處詢問安伯托．艾可的下落，西蒙則點了杯「宙斯之

1 一九七七年，瓦茨拉夫．哈維爾（Václav Havel）與其他異議份子共同簽署《七七憲章》，主要內容是要求捷克斯洛伐克政府遵守赫爾辛基條約中的人權條款、公民權和人權尊嚴，一系列的反體制運動就此展開。

血」。這裡的人似乎都認識他，但都表示：「Non ora, non qui.」（沒有，不在這裡）儘管如此，兩個法國人還是決定在這裡坐一會兒，就當是躲避太陽的荼毒，順便看看艾可會不會正好出現。

L形的店面深處有一群學生正高聲慶祝某個女性友人的生日，壽星正滿意地展示剛收到的烤麵包機。店裡也有年紀大些的人，西蒙注意到他們都聚集在入口處的吧台前，大概因為店裡沒有服務生，在那裡直接點酒比較方便。吧台後站著一個身著黑衣老女人，一臉嚴肅，灰色的髮髻相當整齊。女人指揮著店內的工作，西蒙猜測是店主的媽媽。他掃了一眼店內的其他人，很快便發現了店主。那是個笨拙的胖子，正和某一桌客人玩牌。根據他抱怨的方式和他那有點造作且令人感到不悅的氣質，西蒙認定他在這裡工作，再加上這個時間可以安心玩牌（一種不知名的牌，有點像馬賽塔羅）不必做事，肯定是老闆了。他的媽媽偶爾會叫：「安諾！安諾！」他只咕噥幾聲做為回應。

L形轉角處的院子裡有一方露天平台。西蒙和巴亞看見幾對情侶還算節制地親熱，一旁還有三個圍著印花圍巾賊頭賊腦的青年。除此之外，西蒙也發現了幾個外國人，他們非義大利式的衣著、姿勢和眼神都透露了這項訊息。過去幾個月的事件使得他常有被害妄想，總覺得保加利亞人無所不在。

然而餐館裡的人或將燻豬肉和青醬夾進薄餅中，或吃著朝鮮薊，眼下的氣氛一點也沒有妄想的必要。毫無意外地，所有人都抽著菸。西蒙並沒注意到院子裡賊頭賊腦的年輕人在桌底下互換了包裹。巴亞又點了杯酒。不久後，餐館深處那群學生中的一名來到他們身邊請他們喝杯波西可香檳酒和蘋果蛋糕。學生名叫恩佐，是個健談的男孩，而且會說法語。他邀請兩人加入正熱烈討論政治話題的朋友群，從他們左一個右一個爆出「fascisti」（法西斯）、「comunisti」（共產）、「coalizione」（政黨結盟）、「cobinazione」（整合）和一些「corruzione」（腐敗）等字眼，大概可以知道他們議論的內容。西蒙詢問他們不停重複的「pitchi」是什麼意思。一個身材嬌小、膚色偏深的棕髮女孩停下原本的談話，用法語解譯那是PC（共產黨）的義大利語發音。接著又補充目前所有的黨派都很腐敗，就連共產黨裡那些名流政要也都準備跟資方同流，甚至跟「基督民主黨」結盟了。幸虧紅色軍團綁架阿爾多．莫羅[2]導致「歷史協議」（compromesso strorico）失敗。他們是殺了他沒錯，但都是教宗和安德烈奧蒂[3]那隻豬不願談判導致的後果。

安諾在一旁聽到她用法語說話，也跟著比手畫腳的插入話題：「Ma, che dici!Le Brigate Rosse sono degli assassini!（妳說什麼！紅色軍團就是殺人兇手啊！）他們殺了他，還

2 Aldo Moro，前義大利總理，一九七八年三月十六日被左翼極端份子紅色軍團綁架，並於五十五天後被殺害。
3 Giulio Andreotti，前義大利總理，莫羅的繼任者，他與莫羅都是基督教民主黨的黨員。

把他像 un cane（一隻狗）一樣丟到後車箱裡！」

女孩臉色大變：「Il cane sei tu!（你才是狗！）那是一場武鬥，他們想用他換回一些政治戰俘。他們等了五十五天政府才接受談判，接近兩個月的時間耶！是安德烈奧蒂拒絕的，他說一個也別想換！莫羅苦苦哀求：『我的朋友們，救救我吧，我是無辜的，拜託和他們談判！』結果他的好朋友們都說：『他已經不是本來的他了，他被下了藥，是被逼迫的，他整個人都變了！已經不是我認識的那個阿爾多了！』他們竟然這麼說，這群狗娘養的！」

她做出乾嘔的動作，然後一口喝乾杯裡的酒。安諾嘴裡念念有詞轉頭繼續玩牌，女孩則滿臉笑容轉向西蒙。

她的名字是碧安卡，雙眼深邃、牙齒潔白。拿坡里人，念政治學，將來想當記者，但不想替右派媒體工作。西蒙傻笑著點頭。文森大學的博士候選人身份為他加了不少分。碧安卡拍著手說三年前有一場大型研討會在波隆那舉行，當時有不少知名的法國知識份子與會，瓜達里、沙特，還有那個穿白襯衫的L什麼的人……她還代表「義大利激進左派組織」訪問了沙特和西蒙波娃，沙特當時還說（她舉起食指回憶）：「我無法接受社運青年竟在共產黨統治的城市街頭被刺殺。」作為一個共產黨同路人，他竟聲稱：「我和社運人士同在。」太妙了！她回憶當時人們歡迎瓜達里的方式就像巨星到來一般，全城瘋狂，還以為是約翰·藍儂呢。某天，他參加一場抗議活動，在路上遇見ＢＨＬ，還趕緊叫他離開人潮，因為當時學生的情緒亢奮，一個身穿 camicia Bianca（白襯衫）的哲學家在人群中亂晃簡直是討打。碧安卡大笑，又給自己倒了另一杯酒。

另一頭和巴亞談話的恩佐插入他們的話題：「紅色軍團？左派恐怖份子也還是恐怖份子，不是嗎？」

碧安卡又激動了起來：「恐怖份子?!他們只是把暴力行為當作手段的社運份子好嗎！」

恩佐露出苦笑：「對，我知道，莫羅是資本主義的走狗。他只是個穿襯衫打領帶的工具，是被阿涅利[4]和美國操控於手掌心的工具。可是，在那領帶之下還是有個 uomo（男人）。啊，要是他沒寫信給老婆和孫子，我們就只能看到他當工具的那一面，無緣見到那個內在的 uomo 了。正因如此，他的朋友慌了，他們大可說他是在獄卒的強迫下寫的，但全世界都知道不可能，那些信一字一句都出自內心，是一個將死的可憐人寫的。而妳呢，妳卻站在拋棄他的那些朋友那邊，妳要是不想記起那些信，順便忘記紅色軍團曾殺死那個疼愛孫子的老頭，那也隨便妳！」

碧安卡眼裡閃著光芒，在恩佐祭出那段話後，她得抬出更誇張的說法才夠份量，

4 Gianni Agnelli，義大利實業家，飛雅特汽車（Fiat）創立者。

最好加點抒情的元素，但也不能太多，她很清楚這種賺人熱淚的元素聽起來就像宗教教條，因此，她決定這麼說：「他的孫子總有一天會走出陰影，他會去念最好的學校、絕不會餓肚子、會被推薦到聯合國教科文組織、北大西洋公約組織、聯合國，在羅馬、日內瓦或紐約工作！但你去過拿坡里嗎？你看過拿坡里的孩子如何被安德烈奧蒂和你朋友莫羅統治的國家遺忘在即將倒塌的房子裡嗎？基督教民主黨政權下的腐敗體制遺棄了多少女人和孩子？」

恩佐邊倒滿碧安卡的杯子邊笑：「以牙還牙，giusto（是嗎）？」

同一時刻，其中一個賊頭賊腦的青年站起身，丟了餐巾，拉起了圍巾蓋住臉部下方，走向開設牌局的那一桌，舉起一把槍射向餐館老闆的大腿。

安諾慘叫了一聲後倒地。

巴亞今天沒有持槍，混亂的人群讓他無法靠近正走出店門的犯案青年身邊。他的兩個朋友走在兩側護送，冒煙的槍還拿在手中。

一眨眼間，三人都已不見人影。

店內的人還算鎮定，儘管吧台後的老女人大呼小叫，慌忙跑到兒子身邊，年輕人和老人還是自顧自地大小聲。安諾將媽媽推開，恩佐以諷刺的口吻大肆挖苦碧安卡，對著她大喊：「Brava, brava！Continua a difenderli i tuoi amici brigatisti？Bisognava puniere Luciano, vero？Questo sporco capitalista proprietario di bar. È un vero covo di facisti, guisto？（很好，很好！妳現在還是支持那些紅色軍團的朋友嗎？安諾該受到處罰是嗎？身為小餐館的老闆，他可是標準的資本主義代表，這種地方可是法西斯的基地呢，是這樣嗎？）」碧安卡趕緊上前幫忙處理傷勢，一邊用義大利語回恩佐的話。她認為絕對不是紅色軍團做的，除了他們以外，還有很多極左和極右的小團體也用P38執行「射膝懲罰」[5]。安諾對母親說：「Basta, mamma!（老媽，夠了！）」可憐的女人小聲地抽噎。碧安卡不明白紅色軍團的人為什麼要攻擊安諾。她試著以紙巾替他止血，恩佐指出，光是她無法明確這個事件該歸咎於極左或極右派的態度，就反應出問題所在了。店內有人認為該報警，但安諾斷然拒絕：「niente polizia.（不要叫警察。）」巴亞彎下身子檢查傷口：子彈射在膝蓋上方的位子，就在大腿上，按照出血的情況來看，沒有射到股動脈。碧安卡用法語回應恩佐，看來也是要說給西蒙聽：「你也很清楚緊張策略的狀況。自從噴泉廣場的事件後就這樣了。」西蒙進一步詢問。恩佐說明一九六九年米蘭噴泉廣場上一間銀行內發生了一起爆炸案，造成十五個人死亡。碧安卡補充在查案期間，警察將一名無政府主義的工會領袖丟出窗外導致對方死亡。「原本我們以為是無政府主義者做的，很久以後才發現那人是極右派的，他們跟政府共謀策劃了炸彈案並將罪行推給極左派，以便扶持極右派政權，整整十年間都是緊張策略時期。就連教宗也參與其

5 gambizzazione，義大利語，意指以槍射擊膝蓋骨，做為懲罰或報復的手段。

中。」恩佐附和她：「沒錯，他是個波蘭人！」巴亞又問：「那，這個射膝懲罰很常見嗎？」碧安卡思考了一下，同時把自己的皮帶做成止血帶：「不常。一個星期不到一起吧，我想。」

安諾暫時沒有生命危險，客人們也因此一一消失在黑夜中。西蒙和巴亞將前往「卡爾佐拉里雜貨店」，恩佐和碧安卡因為不想回家，便當起了他們的嚮導。

十七點四十二分

兩個法國人踏上了夢一般的波隆那街道，整座城市像座皮影戲舞台，人影穿梭，彷彿跳著某種神祕舞步的芭蕾，偶爾有學生自石柱後現身又隱身，毒販和妓女在拱廊下站崗，憲兵在街上漫無目的地默默跑著。西蒙抬頭仰望，兩座美麗的中世紀磚塔自通往拜占庭時期拉溫納城的舊城門後突出。其中一座像比薩斜塔一樣傾斜，也較隔壁的磚塔矮，那是削減之塔，半塔（Torre Mezza），當時還很高聳的塔曾被但丁寫入最後一層地獄的場景中：「猶如從傾斜的下方，仰望加里森達斜塔，一旦雲朵從它上面掠過，就彷彿那斜塔傾下，迎向雲朵。」紅色軍團的星旗掛滿了紅磚牆，遠處傳來警察的哨聲和共產黨擁護者的歌聲。路邊一名街友向巴亞要了根菸，並告訴他革命的時機到了，但巴亞沒有聽懂，只是一味地向前走，儘管在他面前的拱廊連綿不絕，街道也似乎沒有盡頭。西蒙看著張貼在石板和樑柱上的候選人海報，心想他們就像身在共產義大利的戴達爾和伊卡[6]。除了幽靈般的市民外，當然還有貓，就跟在義大利其他城市一樣，牠們才是真正的居民。

「卡爾佐拉里雜貨店」的玻璃窗在黏膩的黑夜裡閃著光芒。裡頭一些教授和學生正喝著酒享受開胃小點心。老闆表示快打烊了，但熱絡的氣氛卻直接拆穿他的謊言。恩佐和碧安卡點了一瓶馬拉雷斯酒。

一個鬍子男講了個好笑的故事，除了一個戴手套的男人和另一個帶著肩背包的男人外，所有人都笑了。恩佐替兩個法國人翻譯了笑話：「他說有一天晚上，一個爛醉如泥的 uomo（男人）在要回家的路上遇見了一個穿著長袍戴帽子的修女。他跳到修女身上揍了她一頓。揍完後抓起她說：『蝙蝠俠，我還以為你多厲害耶！』」恩佐笑了，西蒙也笑了，但巴亞不知如何是好。

6 Dédale et Icare，希臘傳說，建築師戴達爾與兒子伊卡為克里特（Kríti）島的國王建了一座防禦迷宮，用來關住自己牛頭人身的兒子。國王擔憂消息走露而將兩人也一併關在迷宮之中。兩人為了逃脫，用蠟做了翅膀，但在飛出迷宮時因離太陽過近，臘因此融化，兩人也摔落地面而死。作者這裡的意思應是兩人也快被熱死了。

鬍子男和一個戴眼鏡的女孩還有一個男人聊天。男人身上散發學生的氣質，只是年紀大了點，巴亞一眼就斷定他是個教授。鬍子男喝乾杯子裡的酒後又拿起吧台上的酒瓶往自己的杯子裡倒，沒有理會一旁的女孩和教授空著的酒杯。巴亞看了酒瓶上的標籤：安蒂諾里酒莊。他向服務生詢問那瓶酒的評價。服務生用極為流利的法文回答那是托斯卡尼地區的白酒，不怎麼好喝。服務生叫史蒂芬諾，念政治學。「怎麼這裡的人每一個都是學生，而且都念政治！」巴亞說。服務生朝他舉杯：「Alla sinistra!（敬左派！）」巴亞和他碰了杯：「Alla sinistra!」小酒館的老闆擔心地說：「史蒂芬諾，少喝一點！」史蒂芬諾笑著向巴亞解釋：「不必管他，他是我爸。」

戴手套的男人要求放安東尼奧・納格利[7]自由，並揭發這個由CIA提供經濟支援的極右派組織——短劍行動[8]的罪行。「Negri complice delle Brigate Rosse, è altretanto assurdo che Trotski complice di Salin!（納格利和紅色軍團的關係就跟托洛斯基和史達林一樣！）」

碧安卡一臉不滿：「Gli stalinisti stanno a Bologna!（史達林派的那些人全都聚集在波隆那！）」

碧安卡向西蒙解釋義大利的共產黨勢力龐大，約有五十萬名黨員，而且跟法國不同的是，一九四四年後他們沒有退出義大利，正因如此P38手槍才會在境內流通。而波隆那市長為自由派代表人物阿曼德拉[9]工作，正是義大利共產黨的門面。「右翼人物，」碧安卡擠出輕蔑的表情，「這個搞出歷史協議的垃圾，就是他。」巴亞看見西蒙聽到下巴都要掉了的模樣，對著他舉杯：「怎麼樣，左派走狗，來到波隆那很開心吧？這裡比你那文森什麼的爛城市好多了吧？」碧安卡雙眼閃著光芒又重複了一次：「文森……有德勒茲！」巴亞向店內的服務生史蒂芬諾詢問認不認識安伯托．艾可。

此時，一個穿著拖鞋的嬉皮走進店內，逕自走到鬍子男身邊拍了他的肩。鬍子男轉過頭，嬉皮慎重地將褲子拉鍊拉開直接往他身上撒尿。鬍子男一臉驚嚇倒退了幾步，所有人都叫了出來，頓時不知所措。嬉皮被老闆的兒子架了出去，鬍子男身邊的人一片慌亂，他則憤憤地說：「Ma io non parlo mai di politica!（我又不談政治！）」就在出門前，嬉皮回了他：「Appunto!（沒錯！）」

史蒂芬諾回到吧台後方，手指著鬍子男對巴亞說：「他就是安伯托。」

帶著肩背包的男人起身準備離去時，忘了還在吧台下方地板上的包。幸虧幾個客人注意到並追了出去交還肩背包。男人有點疑惑，以奇怪的方式道了謝後消失在黑夜

---

7 Toni Negri，義大利左翼政治家。

8 Operation Gladio，該組織是二戰結束後在南歐（特別是義大利）地區活動的軍事傭兵，目的在預防西歐被紅潮淹沒後，還有聽命於英美的力量繼續反抗。

9 Giovanni Amendola，義大利法西斯主義代表人物之一。

之中。

巴亞走近正象徵性地擦拭褲管的鬍子男（褲子其實早已濕透），拿出他的證件：「艾可先生？法國警察。」艾可回應：「警察？Ma（那），應該要把那個嬉皮給抓起來啊！」說出這話後，他意識到店裡聚集的左派學生勢力，趕緊改變話題。巴亞簡短說明了來意：巴特死前曾交代一個年輕人要是自己發生什麼事就得來找他，但年輕人也死了，死前嘴上掛的最後一個字是他的名字。艾可看來發自內心感到驚訝。「羅蘭啊，我跟他很熟，但也不是十分親密的朋友。那件事太可怕了，ma那不是意外嗎？」

巴亞知道自己又得拿出萬分耐心處理此事，便把酒給乾了，點了根菸，看著戴手套的男人手舞足蹈地談論「唯物史觀」，看著恩佐玩弄女學生的頭髮勾引對方，還有西蒙和碧安卡為「欲望自主」舉杯，然後開口說：「請仔細想想。巴特特意要人跟您聯絡一定有什麼特殊原因。」

接下來的時間，他都聽著艾可說一堆無關緊要的話：「羅蘭啊，我所知道的他，是個會指著宇宙間任何一個事件闡述象徵意義的人。在路上散步時，他總說當別人看到事件發生時，他嗅到的都是那件事的意義。他知道我們的穿著、我們拿酒杯和走路的方式……都傳達了某些訊息。就拿您來說好了，看得出來您一定參加過阿爾及利亞獨立戰爭，而且……」

「夠了！我知道。」巴亞臉露怨氣。

「哦？是嗎？可是同時文學吸引他之處，在於不必把意義鎖死，ma（而是）參與到意義的生產之中。Capisce？（懂嗎？）太有意思了。也正因為如此，他才那麼愛日本。只有在那裡才能找到他不熟悉的符碼，也沒辦法透過意識型態或政治的捷徑讀取符碼，只能從美學或人類學的角度切入。人類學可能有點勉強。總之在那裡他可以純粹、開放且不受任何資訊影響地詮釋事物。他曾對我說：『安伯托，最重要的是，得殲滅所有的背景資訊。』哈哈哈！Ma attenzione（可是要注意）這句話的意思並非意義不存在，相反的，萬物皆有意義。（他喝了一大口白葡萄酒。）萬物。但這也不代表可以無限詮釋。這是卡巴拉（kabbaliste）密教的做法。目前存在兩個主要的派別：卡巴拉密教認為可以用任何觀點無限詮釋妥拉[10]，如此一來便可創造出新意。另一個是聖奧古斯丁，他認為聖經的內容是一座 foresta infinita di sensi（無盡的意義森林），也就是聖傑羅姆所說「infinita sensuum silva」無論如何暴力地詮釋聖經，或者使用各種分辨真偽的規則，都是為了排除無法放入當時環境中解讀的內容。您明白嗎？我們不可能妄指任何一種詮釋是最恰當或最優異的，但可以辨認該詮釋是否與文本的語境相符。也

10 猶太典籍，共有五卷，猶太文化的核心。猶太人傳統會在聖殿和會堂中誦讀神聖的妥拉，也代表了他們不斷學習與保持道德的決心。

就是說不能隨口胡謅。Insomma（總而言之），巴特的做法偏向聖奧古斯丁，而非卡巴拉。」

艾可的聲音凌駕在嘈雜的交談和玻璃杯互擊的聲音之上，佔據了巴亞的聽覺，就在那些擺放在架上的酒瓶和那些擁有柔軟卻強韌的年輕肉體並對未來充滿信心的學生間，他看見戴手套的男人高談闊論，但主題似乎無人理解。

同時，他也不解為何三十度的大熱天還戴手套。

一開始聽艾可講笑話的教授用絲毫沒有口音的法語插嘴：「問題是啊，安伯托，你也知道的，巴特研究的不是索緒爾所說的符號，而是，可以說是象徵，也常有人說是指涉。詮釋線索的學問並非只存在於符號學領域，而是「所有」科學的目標，如物理、化學、人類學、地理、經濟學、語文學等。安伯托，巴特不是符號學家，因為他不了解符號學的本質，不了解符號不同於線索，後者只是偶然被接收者提出的跡象，但符號卻是由發訊者自主提供的。他是個很有想法的通才沒錯，但若真要計較，他不過是個過時的評論家罷了，就跟皮卡和那些跟他理念不合的人一樣。」

「不，喬治，你搞錯了。線索的詮釋指的不是科學的整體，而是每一個科學領域解析符號的時刻，也是符號學的本質。羅蘭的《神話學》就是非常出色的符號解析著作，因為在生活中我們總是不斷地被訊息轟炸，這些訊息不會總有直接的意圖，然而為了達到意識型態層次的目的，它們會在表面呈現出自然且真實的一面。」

「哦，是嗎？到這種程度？我不明白為什麼你堅決這麼看待符號學，它不過是一種普通知識論罷了。」

「是這樣沒錯。符號學提供了一些工具，協助我們理解科學的首要任務是引領我們把世界看作由『能指範圍（faits signifiants）』集合而成的整體。」

「既然如此，那不如就稱符號學為所有科學之母算了。」

安伯托攤開雙手，鬍子下嘴笑開了：「Ecco!（沒錯！）」

酒瓶軟木塞被拔開，傳出一連串剝、剝、剝的聲音。西蒙一派紳士地替碧安卡點了菸。恩佐嘗試親吻女學生，但對方笑著迴避。史蒂芬諾替大家盛滿了酒。

巴亞看見戴手套的男人把沒喝完的酒杯放下後走出了雜貨店。這家店的吧台是封閉的，將店內其他空間的入口也一併堵住了，巴亞猜測店內沒有提供客人廁所，因此，最有可能的情況是，戴手套的男人不想跟剛才那個嬉皮做出一樣的事，所以到外頭撒尿。巴亞思考了幾秒後下定決心，抓起吧台上的一把咖啡匙，跟著男人一起走出店面。

男人沒有走得太遠，這個區域最不缺的就是幽暗的小巷了。他面向一面牆，正在解放時，巴亞抓住了他的頭髮，用力向後扯並將他壓倒在地，接著又對他大吼：「你連尿尿都戴著手套？不想弄髒手是嗎？」男人的身材中等，但因為受到驚嚇而忘了還手，連喊叫都忘了，只有一雙充滿恐懼的眼珠不停轉動。巴亞用膝蓋抵住他的胸膛，並抓住了他的手。這時，他感覺到左手手套裡有些柔軟的東西，在把手套扯下後，看到了各少了一個指節的小指和無名指。

「怎樣？你也喜歡伐木是嗎？」

他將男人的頭壓到潮溼的石板上。

「聚會在哪裡舉行？」

戴手套的男人發出了一些聽不懂的音，巴亞放鬆了些，聽到他說：「Non lo so！Non lo so！（我不知道！我不知道！）」

也許是受到這個城市暴力氣息的感染，巴亞急不可耐。他拿出外套口袋裡的小湯匙，將它壓在男人的眼睛下方。男人像隻受驚的小鳥般尖叫。後方傳來西蒙的呼喊，他一邊跑著：「杰可！杰可！你在幹嘛？」西蒙抓住了巴亞的雙肩，但他實在太壯碩了，西蒙怎麼也阻止不了他。「杰可！操你媽的！你有病啊！」

這位警察將湯匙壓進了男人的眼眶中。

他沒有重複剛才的問題。

他要趁著這個男人驚魂未定之際，以最快速的方式把他逼到最痛苦、最絕望之境。就像當時在阿爾及利亞一樣，他追求的是效率。不到一分鐘前，戴手套的男人還想著可以過一個悠閒的夜晚，現在卻有個不知從哪裡冒出來的人在他撒尿時企圖把他的眼珠給挖出來。

巴亞一直等到眼前的這個驚慌失措的男人準備好打開他給的那扇小到不能再小的逃生門，並拯救自己的眼睛和性命時，才終於願意再次提問。

「小廢物！邏各斯俱樂部！在哪裡？」

缺指的男人含糊說著：「Archiginnasio！Archiginnasio！（阿齊吉納西歐！阿齊吉納西歐！）」巴亞沒聽懂：「阿齊什麼？」他的身後傳來一個不屬於西蒙的聲音：「阿齊吉納西歐宮是大學的舊址，在馬喬雷披薩店後方，是建築師安東尼奧・莫蘭迪的作品，我們也叫他 Il Terribilia（可怕的人），perché（為什麼）……」

巴亞並未回頭，但還是聽出了那聲音來自艾可：「Ma, perché（為什麼）您要這樣對待這個 pover'uomo（可憐的男人）？」

巴亞解釋：「今晚有個邏各斯俱樂部的聚會，就在波隆那。」戴手套的男人發出了一陣沙啞的聲音。

西蒙發問：「你怎麼知道？」

「我們局裡取得的消息。」

「『我們』局裡？你指的是法國情報局？」

西蒙想到還在店裡的碧安卡，他很想澄清自己和情報局的關係，但為了避免解釋在自己心裡漸增的身份危機感，最終選擇了閉上嘴。

此時，他也明白了這一趟波隆那之行並非只是為了質詢艾可。在發現艾可沒有追問邏各斯俱樂部的事情後，他決定主動發問：「艾可先生，您對邏各斯俱樂部了解嗎？」

艾可撫摸著臉上的鬍子、清了清嗓子並點了根菸。

「古雅典城的建立立基於三個主要的支柱之上：體育館、劇場和修辭學苑。在今日的景觀社會中還可以從三種可稱之為名流的職業看出這種三角對立的現象：運動員、演員（或歌手，古代劇場不區分這兩者）和政治人物。這三種職業當中，第三種人一直都是最有權力的（儘管以羅納德．雷根[11]的案例來看，三者並沒有絕對的界線），只因為他們手中握有最強大的武器：話語。

自古以來，話語的掌控力主導了政治情勢的走向，就連在看似以蠻力與軍事治人的封建時期也是如此。馬基維利對君王說，恐懼才是統治一國的關鍵而非強權，兩者不可同論。話語才能產生恐懼之力，因此，掌握得以同時使人民產生恐懼或愛戴的言談，就幾乎等同於掌握了世界，啊！

正是基於這個馬基維利理論的原型，也為了對抗基督教日漸增長的影響力，『邏輯集會（Logi Consilium）』於西元三世紀時成立。

之後邏輯集會又傳至義大利與法國，十八世紀大革命期間在法國定名為『邏各斯俱樂部 Logos Club』。

金字塔型的組織逐漸發展成一個階級分明的祕密社會，組織的頂端是十名我們稱之為智者的成員，以偉大的普羅泰戈拉為首。他們運用修辭論辯的技巧為政治野心鋪路。人們推測幾位教宗，像是克雷曼六世、庇約二世都曾是組織裡最高級的成員。除此之外，還有莎士比亞、拉斯卡薩斯[12]、聖羅伯·博敏[13]（你們知道他是審判伽利略的法官嗎？）、德拉博艾蒂、卡斯提吉歐內[14]、博絮埃、卡蒂納爾·德·雷茨[15]、克莉絲蒂女王[16]、卡薩諾瓦[17]、狄德羅、博馬舍[18]、薩德、丹頓、塔力蘭、波特萊爾、左拉[19]、拉斯普丁[20]、饒勒斯、墨索里尼、甘地、丘吉爾、馬拉帕爾泰[21]都曾是俱樂部成員。」

西蒙點出這一串名單裡不只有政治人物。

11 Ronald Reagan，第四十任美國總統。他在成為總統前，曾經是一名演員。
12 Las Casas，西班牙傳教士，亦為作家，致力保護印地安族群。
13 Roberto Bellarmino，義大利文藝復興時期神學家。
14 Baldassare Castiglione，義大利文藝復興時期詩人。
15 le cardinal de Retz（Jean-François Paul de Gondi），法國政治家、思想家，亦撰寫歷史紀錄。
16 Christine de Suède，十七世紀時的瑞典女王。
17 Giacomo Casanova，義大利作家，人生與生活方式充滿傳奇色彩。
18 Beaumarchais，法國劇作家。
19 Émile Zola，十九世紀法國最重要的作家之一。
20 Grigori Raspoutine，俄國沙皇時期神祕教士。
21 Curzio Malaparte，義大利記者、小說家。

艾可繼續說明：「事實上，邏各斯俱樂部內部有兩個主要流派，一是內在論（immanentistes），他們在口語的辯論當中找尋樂趣；另一個流派是功能主義（fonctionnalis），將修辭論辯做為達到目標的手段。功能主義派又有兩個支派，分別尊崇馬基維利與西塞羅。按正式說法，內在論者樂於遊說他人，但功能主義者追求的是讓他人信服，他們的動機出自於道德的正統。然而，事實上兩者的區別並不大，都是想獲得或永遠獨佔權力。」

巴亞問：「那您呢？」

艾可：「我？我是義大利人，allora（所以）……」

西蒙：「既偏馬基維利，也像西塞羅。」

艾可笑著說：「Si, vero（沒錯）。無論如何，我想我比較偏向內在論。」

巴亞問戴手套的男人入場的暗號。剛從驚嚇中回過神來的男人又叫嚷：「Ma，這可是祕密啊！」

恩佐、碧安卡、史蒂芬諾還有酒吧裡一半的客人被他們的聲音吸引而來，全站在巴亞後方觀看，也全都聽見了安伯托．艾可剛才的小演說。

西蒙又問：「這次的聚會重要嗎？」

戴手套的男人表示今晚的比賽級別將會提高，原因是，據傳一名智者，甚至可能是偉大的普羅泰戈拉本人，將會親臨現場觀賽。巴亞請艾可陪同他們前往，但艾可拒絕了：「我知道這個聚會。我年輕的時候也是俱樂部的成員，你們也知道的吧！我還曾經當過評委，而且如你們所見，一根手指也沒少。」他驕傲地秀出雙手。戴手套的男人擠出了個苦笑。「後來因為沒有足夠的時間做研究，所以就沒再去了，也因此丟了頭銜。我也對現在參賽者的能耐感到好奇，ma我明天就要回米蘭了，十一點的火車，在那之前我還得準備好一篇關於十四世紀文藝復興時期淺浮雕讀畫詩[22]的講稿。」

巴亞無法強迫他，只好盡可能讓自己聽起來不帶威脅：「艾可先生，我們還有幾個問題想問您，一些關於語言的第七種功能的問題。」

「Va bene（好吧）。明天早上十點到車站找我，我會在候車室裡，二等車廂的候車室。」

說完後，他回到酒吧裡買了些番茄和幾盒鮪魚，然後和那個小塑膠袋與公事包一起消失在黑夜中。

西蒙說：「我們會需要一個翻譯。」

巴亞：「小仙子手指會接下這份工作。」

西蒙：「他看起來不太舒服。我怕他無法勝任。」

22 ekphrasis，一種以文字再現圖畫的藝術。

巴亞：「好吧，帶上你的朋友。」

恩佐：「我也要一起去！」

雜貨店的客人們也說：「我們也要一起去！」

戴手套的男人還倒在地上，他動了動殘廢的手：「Ma，這是個私人聚會！我不能帶那麼多人進去。」

巴亞賞了他一巴掌。「怎麼了，這話聽起來可不像共產主義啊！走了，上路。」

在波隆那炎熱的夜裡，一小群人走向大學舊址。遠遠望去，一行人的身影就像費里尼的電影，但說不出是《生活的甜蜜》（La Dolce Vita）還是《大路》（La Strada）。

○點○七分

阿齊吉納西歐宮，一小群急著進場的觀眾、一個和其他守衛沒什麼兩樣，只是戴了一副「古馳（Gucci）」墨鏡、一支「普拉達（Prada）」手錶，一身「凡賽斯（Versace）」西裝配上「阿瑪尼（Armani）」領帶的守衛站在門前。

戴手套的男人被西蒙和巴亞夾在中間，用義大利語對門口的守衛說：「Siamo qui per il Logos Club. Il codice è fifty cents.（我們是來參加邏各斯俱樂部聚會的，暗號是五十分錢）」

守衛一臉狐疑地問：「你們一共幾位？」

戴手套的男人回頭算了算：「Ehm……Dodici（呃……十二個）。」

守衛露出尷尬的笑容說不可能。

恩佐於是站上前說：「Ascolta amico, alcuni di noi sono venuti da lontano per la riunione di stasera. Alcuni di noi sono venuti dalla Francia, capisci？（聽著，我們有些人是從很遠的地方來，也有些是從法國來的，就為了這個聚會，懂嗎？）」

守衛不為所動。看來用法國攀關係這招並沒有發揮太大的作用。

「Rischi di provocare un incidente diplomatico. Tra di noi ci sono persone di rango elevato（你可能會引發一起外交事件。我們之中有人來自高層）。」恩佐繼續努力。

守衛打量了一行人後確認眼前這群人不過是鄉巴佬的等級，便說：「Basta（夠了）！」

但恩佐還沒放棄：「Sei cattolico？（六個天主教徒呢）」守衛摘下了他的墨鏡。

「Dovresti sapere che l'abito non fa il monaco. Che diresti tu di qualcuno che per ignoranza chiudesse la sua porta al Messia？Come lo giudicheresti？（人不可貌相。您會怎麼看待一個因為無知而將耶穌關在門外的人？）」

守衛皺了皺眉，恩佐看見他已有所動搖。他思考了一段時間，想到那個偉大的普羅泰戈拉將隱藏身份前來的傳言，才終於指向那十二個人：「Va bene. Voi dodici, venite（好吧，十二個，進去吧）。」

一行人進到宮殿之中，爬上裝飾了許多家族徽章的石階。戴手套的男人領著他們走進「解剖學劇場」中。西蒙問他為什麼是「五十分錢」？男人解釋因為代表「邏各斯俱樂部」縮寫的L與C在拉丁文中分別代表五十和一百[23]，這樣比較好記。

他們進到一個全是木造結構的房間，裡面是環狀的階梯教室，四周擺放了許多木製人體解剖雕像和幾個知名醫師雕像，正中央是一塊以前用來解剖屍體的白色大理石板。舞台上也有兩個木製人體解剖雕像，雕像頂著一個平台，平台上一個女人穿著質地厚重的連身裙，巴亞推斷應是醫學的象徵，但要是蒙上雙眼也可以是正義女神像。

階梯上的座位幾乎坐滿了，裁判們坐在雕像下方的主持座，場內一片嘈雜，還有觀眾在持續入場。碧安卡拉了拉西蒙的衣袖，神情十分興奮：「看！是安東尼奧尼[24]！你看過《情事》嗎？太出色了！哦，他和莫妮卡．維蒂一起來！Che bella（多美麗的女人啊）！還有那裡，你看，坐在中間的裁判，是畢弗[25]，愛麗絲廣播電台（Alice）的老闆，這個電台在波隆那非常有名。三年前的內戰就是從這個電台的節目開始的，也是他把德勒茲、瓜達里和傅柯介紹給我們的。還有那裡！是保羅．法布里和歐馬．卡拉布雷斯，都是艾可的同事，也和他一樣是符號學專家，都是非常有名的人。還有還有！維爾第里歐內，也是符號學家，但是也做精神分析。那裡！那是羅馬諾．普羅迪，前工業部部長，當然也是基督教民主黨的，他在這裡幹嘛？還相信歷史協議那套嗎？沒用的丑角。」

巴亞也對西蒙說：「還有那裡，你看。」他指向坐在另一端的安諾和他的老母親，他的下巴抵在拐杖上正抽著菸。另一頭是那三個朝他開槍的少年。所有的人看上去都若無其事。印花圍巾少年們也一臉鎮定。這個國家太有趣了，巴亞心裡這麼想。

午夜已過，比賽即將開始，舞台上傳來畢弗的聲音。這個男人是愛麗絲電台的老闆，電台自一九七七年開始在波隆那播送。他引用了馬基維利對君王的演說中那段佩脫拉克的拉丁文唱詩：

「Vertú contra furore
prenderà l'arme, et fia 'l combatter corto :
ché l'antico valore
ne gli italici cor' non è ancor morto（反抗暴虐的力量將拿起槍，
戰鬥不會長久！
因為古人的勇氣，

23 法文的一百和英文的一分錢寫法相同，都是 cent。
24 Michelangelo Antonioni，義大利著名電影導演，下文的《情事》（L'Avventura）即為安東尼奧尼的作品，莫妮卡・維蒂（Monica Vitti），則是該部電影的女主角。
25 Bifo（Franco Bereadi），義大利馬克思主義思想家、政治家。

在義大利人的心中至今沒有消亡。）」

碧安卡的眼裡閃著亮黑的光芒。戴手套的男人雙手插腰，一副神氣活現的樣子。恩佐把手擱到剛才在「雜貨店」勾搭上的年輕女學生腰上。史蒂芬諾激動地吹起口哨。整個階梯教室內情緒激昂。巴亞仔細探尋了幾個陰暗的角落，但連他自己也不知道找的是誰。西蒙因為陶醉在碧安卡古銅色的皮膚和那一對在低領上衣下晃動的雙峰，沒有認出群眾裡那個帶著肩背包的男人。

畢弗抽出第一道辯論題目，是葛蘭西[26]的名言，碧安卡替他們翻譯：「危機正是舊的已死，而新的未生。」

西蒙思考這個句子的涵義。巴亞對題目一點也不關心，只是來回掃視整個會場。他觀察拄著拐杖的安諾和他的母親，觀察著安東尼奧尼和莫妮卡．維蒂。但他沒看到坐在角落的索萊斯和ＢＨＬ。西蒙疑惑：「為什麼是『正是』？」他思考著一個三段論命題：我們處於危機當中、我們無路可走、季斯卡那樣的人統治著世界。恩佐親了那個學生的嘴。還能怎麼辦？

兩個參賽者各自站在解剖桌的兩端，就像在競技場裡一樣，他們不打算坐下，維持站姿以便隨時轉向各個角度的觀眾。

木造結構的解剖學劇場正中央，白色大理石閃著不太自然的光澤。

畢弗的身後是一張教授專用的高背扶手椅（看起來就像把教堂裡的主教座），兩座木頭雕像監控全場，好似守著一扇隱形門的守衛。

第一位挑戰者是帶著普利亞口音的年輕人，襯衫大開，褲頭上別了一枚金色搶眼的大皮帶扣。由他開始發言。

「要是領導階級不受民眾的肯定，便只是空有強權而無法統治國家，同時也代表了大眾已捨棄傳統的意識型態，再也不相信曾經相信的一切了……」

畢弗掃視全場，在碧安卡身上停留了一會兒。

「葛蘭西所謂的多樣的病態現象就在兩種意識型態的空檔間誕生了。」

巴亞看著眼神停留在碧安卡身上的畢弗。角落裡，索萊斯示意BHL看向巴亞的方向。為了保持低調，BHL今天穿了黑色的襯衫。

年輕的挑戰者緩慢地轉了一圈，全場的人都靜待他再次開口。「我們都很清楚葛蘭西所謂的病態現象影射的對象是什麼，不是嗎？跟今日威脅著我們的東西是一樣的。」接著他又停頓了一會兒才大喊：「Fascismo！（法西斯）」

在他還沒說出口前聽眾的腦海裡就已浮現了這個答案，彷彿是以心電感應植入似的，他透過這種暗示法形塑了一個集體意識。法西斯主義就像無聲的電波傳遍了整個空間。年輕的挑戰者至少握有一個（不可或缺的）目標了：鎖定演說的核心概念，而且

26 Antonio Gramsci，義大利共產主義思想家，他提出的「文化霸權」理論對後世有深遠的影響。

還將這個想法盡可能放大到「法西斯是危險的」、「仍然很活躍」的程度。

帶著肩背包的男人緊緊抓著膝上的包。

索萊斯將菸放進那管在幽暗光線中閃著光芒的象牙白菸斗中。

「但今日的法西斯和葛蘭西時代的已有所不同。我們並非活在法西斯的恐懼當中，今日的法西斯已深植於政府的核心，就像蛀蟲一樣於其中蠕動著。今日的法西斯已不再是危機狀態下的國家，不再是大眾承認的領導階級帶來的災難，也不是一種處分，而是領導階級用來抑制進步力量的陰險手段。這種法西斯主義再也不受人擁戴，只是一種可恥的主義，是陰暗的法西斯、缺德警察們的法西斯，不再是軍隊式的，也不是那個屬於年輕人的黨了，這是個老古董的法西斯。這個法西斯屬於那些為帶著種族優越感的大頭們工作的低賤條子，這些大頭成天只想推翻一切，以便維持現狀，結果就是將義大利推進一坨爛泥巴中悶死，就像一個總是在餐桌上講低級笑話卻還是會被邀請共進晚餐的親戚一樣。這已經不是墨索里尼的法西斯了，而是P2分會。」

觀眾席上傳來一陣噓聲。普利亞來的年輕人下了結論：「作為蛀蟲，法西斯主義已不能再全面滲透，但仍足以潛入國家機器的各個層級，並阻止它轉型（他小心避免提及歷史協議）。它不再是籠罩於無止境危機上的威嚇之力，而是使危機永無止境的關鍵。正是這種危機使得義大利多年來深陷泥沼，唯有將法西斯連根拔除才能拯救這個國家。」接著，他握起拳頭說：「La lotta continua！（抗爭將持續進行）」

掌聲四起。

另一位參賽者的表現也很出色。他提出了納格利派認為危機不存在於一段特定時期（也許有時會循環回歸），也不會讓制度產生機能障礙或影響正常運作，它是轉型中多樣化的資本主義必得持有的內燃機，這種資本主義為了永續生存而被迫偷跑，以便找尋新的市場並以高壓維持勞動，接著也順帶提及柴契爾夫人當選與雷根即將入主白宮的案例。但最後還是以一分之差輸給了他的對手。對觀眾而言，兩者的演說都很有程度，也再次證明他們做為詭辯員的實力（七個級別中的第四級），只是普利亞青年提出法西斯主義的做法為他帶來了額外的一分。

下一場比賽也一樣：「Cattolicesimo e maxismo（天主教與馬克思主義）。」（這是義大利的經典辯論題目）

率先發言的參賽者提出阿亞亞的聖方濟各、托缽修會、帕索里尼的《馬太福音》、工人神父、拉丁美洲獨立戰爭的宗教觀、淨化神殿的耶穌，最後以耶穌是第一位真正的馬列主義者做結。

全場歡呼。碧安卡使盡全力拍手。戴印花圍巾的少年點了根大麻。史蒂芬諾將帶在身上以備不時之需的酒瓶打開。

另一個參賽者談到人民的鴉片、佛朗哥與西班牙內戰、庇約十二世和希特勒，並在結語提及梵蒂岡和黑手黨的關係、宗教裁判所、反宗教改革和皇室戰爭的最佳案例十字軍東征，還有對揚・胡斯[27]、布魯諾[28]、伽利略的審判，但始終無法挽回情勢。場內情緒激昂，儘管跟比賽沒有任何關聯，所有的觀眾還是起身唱起了「朋友再見」[29]。在群眾的壓力下，第一位參賽者最後以三比零取得勝利，但我對於畢弗的真正想法感到質疑。碧安卡放聲高歌。西蒙看著她唱歌的側臉，深深地被她散發著光芒的側臉線條給吸引了。（他覺得她長得像克勞蒂雅・卡汀娜[30]。）恩佐和女學生也高聲唱著、安諾和母親、安東尼奧尼和莫妮卡・維蒂、索萊斯也都跟著唱。巴亞和ＢＨＬ則在努力搞懂歌詞。

接下來的比賽由一個年輕女人出戰另一個年紀較長的男人，辯論題目是足球和階級鬥爭。碧安卡解釋當時整個國家都因為「托托內羅醜聞（Totonero）」而震驚，這個簽賭踢假球的事件牽涉到尤文圖斯（Juventus）、拉齊歐（Lazio）、佩魯賈（Perugia）和波隆那等幾個球隊的球員。

比賽結果再次與觀眾的預期背道而馳，年輕的女人因為提出球員都是無產階級，而球團老闆總是強奪他們的勞動力而擊敗對手。

碧安卡接著說明在那起事件爆發後，羅西[31]，國家代表隊的那位年輕前鋒被禁賽三年，也因此無法在西班牙主辦的世界盃比賽中為國效力。活該，碧安卡這麼說，誰叫他拒絕加入拿坡里足球俱樂部（Napoli）。拿坡里球隊太窮了，無法和那些一流的球隊競爭。好球員是不可能到拿坡里踢球的[32]。

這國家真有趣，西蒙心想。

夜更深了，來到了指節賽時間。雕像、加里恩烏斯、希波克拉底、義大利解剖學家、人體雕像和上方坐著的女人一片靜默，與場內活人們的騷動形成對比。觀眾們有的抽菸、有的喝酒、三五成群聊天野餐。

畢弗請參賽者上台。這場比賽將由一位詭辯員挑戰巡遊者。一個男人走上台站到解剖台旁，是安東尼奧尼。西蒙看了莫妮卡·維蒂一眼，她圍著一條花色精緻的薄紗巾，雙眼滿是愛意望著台上那位大導演。另一頭安諾的母親走下台階，她的表情僵硬、嚴肅，步伐堅定、身板筆直、髮髻整齊完美。

西蒙和巴亞對看了一眼，又看了恩佐和碧安卡，看來他們也有些驚訝。

畢弗抽出辯論題目：

27 Jan Hus，捷克哲學家，是「宗教改革」的先驅。曾任布拉格查理大學校長，倡導捷克民族主義，著名的胡斯戰爭即以其為名。

28 Giordano Bruno，文藝復興時期義大利著名天文學家、哲學家，因支持日心說而著名。

29 Bella Ciao，也譯為「美人再見」，原為義大利民歌，源於義大利內戰時期，為左派人士鼓吹自由的主題曲。

30 Claudia Cardinale，突尼西亞籍女演員，主要參與義大利電影演出。

31 Paolo Rossi，義大利足球員，率領國家代表隊贏得一九八二年世界盃冠軍，亦為當年度的足球先生。

32 拿坡里後來出了世紀球王馬拉度納（Diego Armando Maradona Franco），作者在此以開玩笑的口吻這麼說。

「Gli intellettuali e il potere（知識份子與權力）」

比賽由級別較低者開始，因此由詭辯員先發。

為了讓雙方得以針對辯題討論，第一位參賽者必須根據命題提出一個問題。這個命題很容易提問：「知識份子和權力是敵是友？」只需選一邊進行辯論即可，正方、或反方？安東尼奧尼決定批評自己、以及佔據議會的那個階級，也就是和權力為一丘之貉的知識份子。Così sia（沒錯，就是如此）。

「知識份子是位於上層結構，並參與建構霸權的公務員。這又是葛蘭西提出的概念了：每個人當然都可以是知識份子，但並非所有人都能在社會中被定位為知識份子。這種知識份子的主要目標在於獲得大眾自發的允諾。『有機』的也好，『傳統』的也好，知識份子無法脫離『經濟共和』的邏輯。無論『有機』或『傳統』，都是為了某個過去、今日或未來的權力而服務。」

「葛蘭西如何看待知識份子的救贖？他們必得進入共產黨才能超然於其上。」安東尼奧尼發出一陣嘲諷的笑聲。「只是共產黨內部早就腐敗不堪了！」

「黨能救贖誰？Compromesso storico, sto cazzo！（操你媽的歷史協議）協議最終會導致妥協。」

劃時代的知識份子？Ma fammi il piacere！（饒了我吧）」接著他引用了另一個導演的話：「想想蘇埃托尼烏斯為幾位凱薩帝所做的！原想揭露罪行的人，最後卻淪為共犯。」

全場叫好。

掌聲雷動。

接著換老婦人發言。

「Io so（我知道）」

她也選擇引用名言，但選的是帕索里尼的〈這次行動是什麼，我知道〉，那是一九七四年發表在《義大利晚郵報》（*Corriere della sera*）的一篇文章，後來甚至成為一段傳奇：

「我知道是誰要為一九六九年米蘭市的大屠殺負責；我知道是誰要為一九七四年布雷西亞及博洛尼亞的大屠殺負責；我知道一些曾因反共產思想而被希臘上校和黑手黨征伐，但最後卻又裝起無辜，並開始反法西斯的重要人物；我知道是誰在不參加彌撒時下令給予老將軍、新法西斯主義青年和一般罪犯政治庇護；我知道是哪些嚴肅且重要的人物躲在那些搞笑或微不足道的角色背後；我知道有好多位居要職的政治人物在背後操控這些無助的年輕人，讓他們成為殺手或打手。我知道所有的人名，我知道真相，知道那些反對政府組織的攻擊和執行屠殺的人是誰。」

老婦人的低吼迴盪在阿齊吉納西歐宮中，每一絲空氣都跟著顫動。

「我什麼都知道，只是沒有證據，甚至連線索也沒有。因為我是知識份子，因為我是作家，所以我極盡力氣了解已經發生的每一件事，以及和這些事相關的文字紀錄，也試著想像沒有被記錄下的，或是人們選擇避而不談的部分。事實的真相和我們所知相差甚遠，但我盡可能接近。我也試著重組那些和政治相關且支離破碎的片段，並再次恢復已被專制、瘋狂與神祕佔據的邏輯。」

這篇文章刊載不到一年，帕索里尼便被毆打至死，並陳屍於奧斯提亞（Ostia）的海灘上。

葛蘭西死於獄中，納格利也被捕入獄。知識份子與權力的鬥爭改變了世界的樣貌。知識份子付出生命與自由，為的是和權力抗衡，但卻往往將勝利拱手相讓，自己則搞得灰頭土臉。在少數幾次例外中，知識份子成功反擊，甚至還在死後留名，世界正因此而改變。一個人能為他人發聲之時，便可稱為知識份子。

以身體的完好為賭注的安東尼奧尼不等對方下結論，便引用了傅柯的名言：「別再為他人發言。」發言人不能替他人發言，只能站在他們的立場發言。

老婦人一聽又緊接著回話，形容傅柯是 senza coglioni（沒卵蛋的人）：他三年前不也就在義大利拒絕介入一起當時震撼社會的手刃父母事件嗎？可最近又出了一本跟皮耶．里維耶事件[33]有關的書。知識份子要是不願運用自己的專業，又怎麼配得上這個稱號？

索萊斯和 BHL 在角落竊笑。然而 BHL 心裡想的其實是索萊斯的專長是什麼。

作為回應，安東尼奧尼提出，比起任何人，傅柯付出更多心力揭露知識份子（他再次引用傅柯）「嚴肅看待一些無關緊要的論爭」的態度。傅柯將自己定位為研究者，而非知識份子。他致力於長期的研究，而不是在一堆論戰中攪和。他說：「知識份子不就是希望透過思想鬥爭，抬高自己的身價嗎？」

老婦人氣得哽咽，再次強調：「只要是一個稱職的知識份子，一個進行啟發思想的研究並具使命感的知識份子，都應與權力抗爭，儘管是為權力服務的知識份子也一樣。正如列寧所言（她轉了一圈，眼神掃過在場的所有觀眾）『La verità è sempre rivoluzionaria!（說出真相便是革命）』」

「以馬基維利為例，他為羅倫佐·梅迪奇[34]寫了《君王論》（沒有比他更攀權附貴的人了）。那是一本宣揚馬克思思想的顛峰之作，內容這麼說道：『人民的目標比貴族更直率，人民不願被貴族統治與壓迫，但另一方卻如此對待他們。』事實上，這本書最後流傳至四方，並非只給予那位弗羅倫斯的公爵建議。他在這本書中揭露了原本

33 皮耶·里維耶（Pierre Rivière）於一八三五年六月三日當天持刀刺死了媽媽、妹妹與弟弟，在他的自白當中巨細靡遺地說明了案發的經過，並指出犯案動機是被害者經常聯合虐待父親。傅柯後來帶領學生探討了這宗案件，提出當時之所以認定皮耶·里維耶精神失常而減輕判決的原因是，當代人不願承認人性中恐怖的一面。

34 Laurent de Médicis，文藝復興時期佛羅倫斯的執政者。

只流傳於權貴間的真相。這是顛覆的行為，是革命。他將君主的祕密公諸於世。實用主義政治的祕術取代了虛偽的宗教或道德藉口。它和其他去神化的作為一樣，對人類的自由而言具有決定性的意義。因為這種揭露、解說與公開真相的企圖，知識份子總是發起討伐聖物的戰爭，也因此成為解放者。」

安東尼奧尼對這些經典極為熟悉，因此也能輕易反駁：

「馬基維利對無產階級一無所知，無法想像他們所處的情勢、他們的需求與企望。他也寫了：『只要不剝奪人民的財產與榮耀，他們便感到滿足。』象牙塔裡的他當然無法理解大多數的人民是沒有任何社經地位可言的，更不可能被他人奪取。」

老婦人說這就是知識份子的高度：

「不需發起革命便能革命。不需愛人也不需理解人民便能為其服務，他們自然而然且無可避免地擁有共產主義思想。」

安東尼奧尼不屑地要她向海德格[35]解釋這段話的含義。

老婦人也反過來要求他重讀馬拉帕爾泰。

安東尼奧尼又提出 cattivo maestro（差勁的導師）的概念。

老婦人反駁，既然得用形容詞修飾 maestro 才能貶低他，就代表這個詞本身是帶有正面意義的。

兩人的辯論難分高下，直到畢弗吹起哨子才結束了這場比賽。

兩人互望著，表情嚴肅，雙嘴緊閉，全身是汗，但老婦人的髮髻仍舊完美。

台下的觀眾各持意見，無法決定誰勝誰負。

畢弗的兩個助理分別投給安東尼奧尼和安諾的媽媽。

觀眾們等待著畢弗的決判。碧安卡握緊了西蒙的手。索萊斯流了點口水。

畢弗將票投給了老婦人。

莫妮卡．維蒂的臉色瞬間變得煞白。

索萊斯笑了。

安東尼奧尼沒有任何反應。

他將手放到解剖台上。其中一個助理起身，他身材高瘦，手裡拿著一把帶藍色刀刃的刀。

安東尼奧尼的指節斷落的那一剎那，骨節的回音、刀刃敲上大理石的撞擊聲和導演的慘叫聲交織在空氣中。

莫妮卡．維蒂趕緊上前用絲質圍巾暫時包起他的手，一旁的助理也小心翼翼地撿起斷指並交給她。

畢弗大聲宣布：「Onore agli arringatori.（向參賽者致敬。）」全場也齊聲複誦：

35 Martin Heidegger，二十世紀最重要的德國哲學家，其思想被運用於各哲學學派與領域當中。

「向參賽者致敬。」

安諾的母親回到他身旁坐下。

電影結束，燈光還沒亮起，觀眾彷彿從棉花般的夢境中緩緩清醒，影像還在眼裡舞動，過了好幾分鐘才有觀眾伸直麻痺的雙腿，起身離去。

小劇場內的人潮散去，畢弗和他的助理們將現場的草稿紙收進紙製資料夾中，最後慎重地離去。邏各斯俱樂部的聚會在深夜裡曲終人散。

巴亞問戴手套的男人畢弗是不是偉大的普羅泰戈拉。對方像個孩子般搖頭。畢弗是評委（第六級），不是智者（第七級，最高級）。他原本以為是安東尼奧尼，傳說六〇年代時，他曾當上智者。

索萊斯和BHL低調離去，因為混在散場的人潮裡，他們兩人走出門時正好被帶著肩背包的男人擋住，因此巴亞沒看見。他得做出決定。最後他選擇跟上安東尼奧尼。離去前還不忘回頭，在所有人面前大聲對西蒙說：「明天，十點，車站，不要遲到了！」

三點二十二分

會場內的人已幾乎散盡，「雜貨店」的人也都走了。為了表現自己的教養，西蒙決定最後一個離去。他看著戴手套的男人離去，看著恩佐和女學生一起走出門，並暗自竊喜碧安卡沒有任何動作，甚至肯定她是為了等自己而留在原處。會場裡只剩他們二人，他們站起身，緩慢走向大門。就在踏出門的那一剎那，他們止住了腳步。加里恩烏斯、希波克拉底和其他雕像都注視著他們。標本也都是靜止的。欲望、酒精、身處他鄉的興奮之情和法國人在國外旅行時常受到的禮遇都給了害羞的西蒙一點膽量——沒錯，就那麼一點！——他很清楚這種事在巴黎是不可能發生的。

西蒙抓起了碧安卡的手。

也許是相反？

碧安卡抓起了西蒙的手，向下走到舞台中央

她轉了一圈，台上的雕像在她眼前一字排開，好似幽靈走秀，正是所謂的「影像—運動」[36]。

此時此刻的西蒙是否意識到人生就像一場角色扮演遊戲，每個人都應該盡力演出？又或者感受到德勒茲的靈魂附上他那年輕、柔軟、纖瘦、皮膚光滑且長著短指甲的身軀？

他將雙手擺到碧安卡的肩上，褪去了她的寬領上衣，有感而發地在她耳邊低語，

36 image-mouvement，德勒茲提出的概念，他認為影像本身就是自為的主體，不受人類知覺框限。

像是對自己說話：「我渴望窺見這個女人衣著下的景色，我與那片景致未曾相識，但卻對它有所感知，在沒有親眼目睹前我都不可能感到滿足……」

碧安卡的身體因為歡愉微微顫抖。

西蒙在她耳邊輕語，連自己都不曉得這種強勢的口氣是哪裡來的：「讓我們結合吧。」[37]

她獻上了雙唇。

他將她推倒在解剖台上，她掀起了裙襬，張開雙腿並對他說：「像機器般佔有我！」她的乳房自薄透的上衣內露出，西蒙也開始執行合體。他把機器舌頭伸進她的體內，就像將一枚硬幣投進壁孔之中，而碧安卡那多功能的嘴也像風箱般吹出帶節奏且強勁的氣息，一聲聲「別停！別停！」與自西蒙陰莖傳來的心跳聲合鳴。碧安卡呻吟著，西蒙勃起，西蒙的舌頭在碧安卡身上來回移動，碧安卡撫摸著自己的雙峰，連一旁的標本都勃起了，加里恩烏斯罩衫下的雙手忙碌了起來，穿著長袍的希波克拉底也是。碧安卡抓住了西蒙那好似剛從鑄鐵爐裡出來、既燙手又硬挺的陰莖，接上了她自己的機器嘴。西蒙若無其事地引用阿鐸[38]的名言，像是對自己喊話：「肌膚之下的軀體是過熱的工廠。」碧安卡工廠滋潤了他的生成性器官（devenir-sexe）。兩人交織的呻吟在無人的解剖學劇場中迴盪。

其實也並非完全無人：戴手套的男人又折回偷看。西蒙發現他躲在劇場階梯的一角，碧安卡也在為西蒙口交時發現了他的存在。黑暗中，戴手套的男人在碧安卡邊吸吮西蒙邊觀望他時，看到了她閃著光芒的黑眼珠。

劇場外的波隆那總算涼快了一些。巴亞點了根菸，等著道貌岸然卻一臉迷惘的安東尼奧尼決定好下一步。調查至此，巴亞還無法判斷邏各斯俱樂部是否為某個無害的異教組織或是更危險的團體，畢竟還牽涉到巴特的死、男妓們的死、季斯卡、保加利亞和日本。教堂的鐘響了四聲。安東尼奧尼邁開了步伐，莫妮卡·維蒂尾隨在後，巴亞也跟上他們。三人無聲走過一座又一座開滿精品店的廊道。

解剖台上，拱著身的碧安卡對西蒙說：「Scopami comeuna macchina.（上我吧，就像上一台機器一樣。）」她故意放大了聲音，讓躲在階梯間的男人也能聽見。西蒙抽出的陰莖擺在她陰道口，俯臥在她身上盡情觀賞從那之間流出的大量液體。總算深入她體內時，他感受到一股純淨的汁液解放溢出，川流不息，佈滿拿坡里女孩顫抖並拱起的身軀。

安東尼奧尼自法里尼路（via Farini）向上走，最後停在聖斯特法諾教堂群前（這座

37 agencement 是德勒茲和瓜達里的概念，英文譯為 arrangement，意為安排、規劃、組合，也常譯為布置。接下來兩人對話的典故多出自德勒茲與瓜達里。

38 Anton n Artaud，法國當代劇場作家、詩人。

教堂的建造日期橫跨整個無止境的中世紀），並在一根石柱上坐了下來，健全的手握著殘缺的另一隻。他的頭低垂，但躲在遠處廊道下的巴亞知道他正在哭泣。莫妮卡・維蒂靠向他。沒有任何證據顯示安東尼奧尼知道她在場，就在他的身後，但他是知道的，而巴亞也知道他知道。莫妮卡・維蒂抬起手，卻懸在半空中，她猶豫了，一隻手靜置於低垂的頭顱之上，就像個脆弱且與他不甚相稱的天使光環。而莫妮卡・維蒂看上去就像個石頭砌成的夢。

西蒙身軀之下的碧安卡動得越來越起勁，緊抓著他不停抽搐。西蒙像個馬達不停在她體內抽插，她大叫著：「La mia macchina miracolante！（奇蹟般的機器！）」躲在暗處的男人突然有種火車頭和野馬雜交的幻覺。解剖學劇場因為兩人的交會而膨脹。低沉的呻吟斷斷續續，由此可知欲望機器的運轉是在錯亂的狀況下進行的，而且也只有這種狀態才能運轉。

「產品與生產過程無法分割，它將自己銘刻於其上，而機器的零件即是動力來源。」

巴亞抽完了一根菸，又點上一根。莫妮卡・維蒂總算拿定主意將手放到哭得無法自已的安東尼奧尼頭上。她以曖昧的溫柔輕撫著他的髮。安東尼奧尼不停抽泣，再也無法止住淚水。她灰色明媚的雙眸貼上了他的頸。巴亞因為距離太遠無法辨認她的表情，只能盡力讓視線穿越暗夜，當他總算覺得自己大約看出她一臉憐憫，並且經過邏輯思考認為這正是她應該有的情緒時，莫妮卡・維蒂已抬起了頭，眼神飄向宏偉的教堂建築。也許她的心思早已遠在他方。遠處傳來貓叫。巴亞認為該是回去補眠的時候了。

解剖台上的碧安卡騎上了西蒙，貼在大理石板上的他每一吋肌肉都緊繃著，奮力拱起下半身好讓碧安卡能盡情享受。「生產的過程只有一種，即是實像。」碧安卡的動作漸強漸快，直到抵達衝擊點，兩個欲望機器在紛亂的原子中融合、達標，最後成為無器官身體（corps sans organes）。「因為欲望機器為欲望經濟中最根本的級別，能自主產生無器官身體，自此，代理人與機器的原件再也無法分離……」德勒茲的話在年輕人的身體抽搐時閃過他的腦海，碧安卡也開始不受控制地發狂，接著便癱倒在那個軀體之上，筋疲力竭，兩人的汗水交融在一塊。

兩人的激情緩和了下來，剩餘的精液還在流淌。

「因此，幻象永遠不是個體的現象，而是集體的。」

戴手套的男人找不到機會離開現場，他也累了，但不是同一種疲憊。鬼魅般的手指幻肢弄痛了他。

「精神分裂者站在資本主義的邊界上：它是成就資本主義的趨力，是它多餘的產物，是無產的工人，也是消滅它的天使。」

碧安卡一邊捲著菸草，一邊對西蒙解釋德勒茲對精神分裂的見解。劇場外傳來第一聲鳥鳴。兩人的對話一直持續到清晨。「不，大眾沒有被蒙騙，在某些情況下，人們就是會渴望法西斯……」

戴手套的男人最後在階梯間睡著了。

八點四十二分

這對年輕人總算決定與木頭朋友們道別，迎向已被熱氣籠罩的馬喬雷主廣場。他們繞著納普敦噴水池、邪惡的海豚和那些猥褻的美人魚散步。疲倦、酒精和大麻帶來的舒爽讓西蒙暈頭轉向。造訪這個城市還不到二十四小時，他對這一切還算滿意。碧安卡和他一起走到車站。兩人走上這座城市的主要幹道——獨立之路（via dell'Independenza），商業活動還沒甦醒。野狗嗅著垃圾桶，人們提著行李出現在街道上：假期第一天，大家都往車站的方向走。

一九八〇年八月二日，九點整，所有人都走向車站。七月放假的人收假了，而八月的這一批假期剛開始。

碧安卡捲了根菸草。西蒙想到也許該換件襯衫比較好，於是在 Armani 店門前停了下來，盤算著是否能請國家買單。

長長的大道盡頭是巨大的加列拉門（Porta Galliera），那是一座半拜占庭式、半中世紀風格的古城門。為了一個自己也不知道的原因，西蒙堅持穿越城門。還沒到約定好在車站見面的時間，西蒙拉著碧安卡走向附近公園的石階，石階壁上嵌著一座奇怪的噴水池，兩人輪流抽著菸草，眼神停留在一個正騎著馬逃離的女性、一隻章魚和一些無法定義的海洋生物雕像上。西蒙還有點昏沉，對著雕像微笑的同時，心裡想著斯湯達爾，巴特也再次進入了他的思緒：「我們所擁有的詞彙永遠不足以談論所愛。」

波隆那車站裡擠滿了穿著短褲的遊客和大聲喧譁的孩子。西蒙跟著碧安卡走到候車室，艾可和巴亞已經在裡面等待了。巴亞將他放在旅館的行李箱也帶來了，反正最後他根本也沒回那裡休息。西蒙被一個正和哥哥四處追逐的孩子撞了一下，稍微失去了平衡。他聽見艾可對巴亞說明：「也就是說小紅帽沒辦法想像一個發生過雅爾達會議，或雷根可以取代卡特的世界。」

儘管接收到巴亞的求救訊號，西蒙還是不敢打斷這位重量級的教授，他環顧四周，似乎在人群中看見了恩佐和他的家人。艾可對巴亞說：「總之，當小紅帽可以想像一個狼會說話的可能世界時，她就活在那個『真實』的世界裡了，那個狼會說話的世界。」西蒙突然感到些許不對勁，他歸咎於前一晚抽掉的大麻。他覺得好像看見史蒂芬諾和一個年輕女性一起走出車站。「以《神曲》裡的那些故事為例，對中世紀百科全書來說，那是『可信的』，但在今日卻像傳說一般存在。」西蒙覺得艾可的話在他的腦海裡蕩出了漣漪。他覺得自己看見安諾和他的母親提著一個裝滿糧食的袋子。

為了讓自己安心，他確認碧安卡還在身邊。他的視線內出現了一個德國遊客從她身後走過，髮色金黃，頭戴一頂提諾帽，脖子上掛著體積甚大的相機，身穿皮褲外加高筒襪。車站屋頂下人聲鼎沸，義大利語充斥在整個空間內，西蒙努力隔離這一切，讓自己專注於艾可的法語：「然而，要是能在閱讀歷史小說時發現法國的紅席帕國王[39]，那麼比較零度世界與歷史百科全書時便會產生不適感，而這種不適正預示了讀者將會調整合作關注的方向：顯然這不是一本歷史小說，而是一本奇幻小說。」

西蒙總算下定決心跟兩人打招呼了。他覺得自己也許可以騙過那位義大利符號學家，但巴亞卻馬上明白了他的狀況，就跟他剛才在雕像下的感覺一樣，他「有點精神恍惚」。

艾可對著他說話，彷彿他很清楚這段對話的始末似的：「閱讀小說時，認為故事中發生的事比真實世界裡的更『真實』，這種情況代表了什麼意思？」西蒙心想，要是在小說裡，巴亞現在肯定會抿嘴或是聳肩。

艾可總算沒再說話了，在這片刻的空白中，沒有任何人破壞這一片寧靜。

西蒙覺得自己看見巴亞抿了嘴。

他覺得戴手套的男人從自己背後走過。

「你們知道語言的第七種功能嗎？」茫然的西蒙沒有意識到說出這個問題的是艾可，而不是巴亞。巴亞轉向他。西蒙這時才發現自己還牽著碧安卡的手。艾可以一種輕微猥褻的眼神盯著這位年輕女性。（一切都顯得輕飄飄。）西蒙試著集中精神：「我們有足夠的理由相信巴特和另外三個受害者都因為一份和『語言的第七種功能』有關的文件而被殺了。」西蒙聽見自己的聲音，感覺好像其實是巴亞在說話。

艾可對這個因為某個消失的文件而發生的命案[40]感到興趣勃勃。他看見一個男人手拿著玫瑰花束走過他們面前，那一剎那，他的思緒展開冒險，一個慘遭毒害的僧侶走進了他的腦海。

西蒙覺得自己在人群中看見昨天那個帶著個肩背包的男人。男人坐進了候車室，並把肩背包塞到座椅下方。那個包看起來滿到要炸開了。

十點整

西蒙不想糾正艾可，其實在雅各布森的理論中只有語言的六個功能。艾可當然知道，只是對他來說這麼說不完全正確。

39 roi Roncibalde de France，安伯托・艾可想像出來的人物。

40 這個情節正好跟安伯托・艾可後來出版的作品《玫瑰的名字》故事雷同。接下來提到的場景是作者想像艾可寫作這本小說的靈感。

西蒙同意雅各布森的理論中有一個「神奇的或魔咒般的功能」的雛形，但他提醒艾可這個功能不夠嚴謹到可以被視為一個類別。

說實話，艾可並不認為這個「神奇的」功能真的存在，但若從雅各布森的成就中延伸思考，也許可以找到某些類似的功能。

美國哲學家奧斯汀的確提出了一個理論，將另一種語言的功能命名為「言語行為」，也可以說是「以言成事」。

這種功能指的是執行（艾可用的詞是「實現」）某些話語，也就是話一出口便完成了動作。比方說，地方上的牧師說：「我宣布你們成為夫妻。」或是封建藩主授勛時說：「我授予你騎士之位。」或是法官宣告：「我判你有罪。」或者議長宣布：「會議開始。」或者更簡單的例子是我們對某人說：「我答應你。」這些動作都是在說出話的同時便完成了。

從某一層面來看，這種功能就是咒語的概念，也就是雅各布森所謂的「神奇的功能」。

牆上的鐘顯示十點〇二分。

巴亞讓西蒙主導這段對話。

西蒙知道奧斯汀的理論，但不明白為什麼會需要殺人滅口。

艾可說奧斯汀理論的運用不只有這幾個例子而已，還可以延伸到一些更複雜的語言情況，有時一句話語並不是用來描繪世界的狀態，而是為了促使某個行為，只因為這句話被表述了，其指稱的行動便可能被執行。比方說，某人跟你說「好熱啊。」這句話可以單純指稱溫度過高的事實，但我們通常會理解對方其實期待我們去把窗戶打開。同樣的，當某人問：「您有手表嗎？」他等待的答案不只是有或沒有，而是我們告訴他時間。

根據奧斯汀的說法，說話是言語行為，因為言語可以是陳述某個事實，也可以是以言行事或以言成事。它超出了字面意義的交換而執行了某件事，也就是說這句話產出了一個動作。言語的運用讓我們得以陳述事實，但也得以執行某事（艾可以他的義大利腔調說『執行（to perform）』）。

巴亞完全不明白艾可到底想要說什麼，西蒙也是一知半解。

帶著肩背包的男人離去了，但西蒙覺得自己看到那個包還留在椅子下方。（它本來應該沒有這麼滿吧？）西蒙心想他怎麼又忘了自己的包了，並且下了個結論，有些人就是這麼健忘。他在人群中尋找男人的身影，但並沒有發現他。

牆上的鐘顯示十點〇五分。

艾可繼續解釋：「只不過，讓我們想像一下這種述行功能不限於我們剛才提到的例子。想像有某一種功能可以在比這些情況更廣的狀態下，說服任何一個人在任何情形下做任何事。」

十點〇六分

「知道這個功能，並精通使用方法的人就可能主宰世界。他將擁有無限的權力，將打贏所有選舉，無論在什麼狀況下，都將有能力煽動群眾、鼓吹革命、勾引所有的女人、販賣所有可能想像得到的產品、建立帝國、欺騙大眾、取得他想要的事物。」

十點〇七分

巴亞和西蒙開始懂了。

碧安卡說：「他可以取得偉大的普羅泰戈拉的地位，並成為邏各斯俱樂部的領袖。」

艾可誠懇地回應：「eh, penso di si.（嗯，我也這麼認為）」

西蒙又問：「但雅克布森沒有提到這個功能啊……」

艾可：「in fin dei conti（最終），他也許還是寫了，不是嗎？也許存在著一本未出版的《普通語言學論文集》，裡面就談到了這個功能的細節？」

巴亞放聲思考：「而巴特就正好擁有這份文件？」

西蒙問：「那些人殺了他就為了偷這份文件？」

巴亞反駁：「不，不只如此。還為了阻止他使用這個功能。」

艾可：「要是真有『語言的第七種功能』，而且又正好是用以下令或成事的功能的話，它的威力會因為被眾人獲知而大大降低。不過，理解一項操控機制背後的真相並不會讓我們免疫。就拿廣告或媒體來說好了，當大部分的人都知道他們是怎麼操作的，也清楚他們的伎倆時，他們的影響力便會降低……」

巴亞認為：「偷了這份文件的人只想佔為己有。」

碧安卡說：「無論如何，安東尼奧尼都不是兇手。」

西蒙這時意識到他已經盯著椅子下的黑色肩背包五分鐘之久了。他覺得那個包過大，可能比之前大了三倍，應該有四十公斤吧。也許是他的神智還不太清醒吧。

艾可說：「要是真有人想要擁有第七種功能，就得確保這份文件沒有複本。」

巴亞說：「巴特的家裡就有一份……」

西蒙說：「而哈邁德是一份行動副本，因為他記下了內容。」他覺得肩背包金色的開口像一對眼睛盯著他看，自己就像墳墓中的該隱[41]。

艾可：「可是那個小偷也可能自己做了一份副本並藏在某個地方。」

碧安卡：「這份文件的價值太高了，他不能冒險……」

西蒙：「因此他得冒險製作一份副本，並交代給某個人……」他覺得自己看到一縷白煙從肩背包裡冒了出來。

艾可：「各位，我得走了！我的火車五分鐘後就要開了。」

巴亞看了眼牆上的鐘。十點十二分。「我還以為你的火車是十一點的？」

「沒錯，但我最後決定搭前一班，這樣可以早點抵達 Milano（米蘭）！」

巴亞問：「要到哪裡找這個奧斯汀？」

艾可：「他死了。Ma，不過還是有學生持續研究他那些關於言語行為、以言行事、以言成事的理論……是一個專門研究語言的美國哲學家，名叫約翰．希爾勒。」

巴亞：「我要去哪裡找他？」

艾可：「Ma（這個嘛）……美國！」

十點十四分。符號學大家搭上了他的火車。

巴亞看著火車班表。

十點十七分。安伯托．艾可的火車離站了，巴亞點燃一根菸。

十點十八分。巴亞對西蒙說他們要搭十一點的火車前往米蘭，再從那裡轉飛機回巴黎。西蒙向碧安卡道別，巴亞去買票。

十點十九分。西蒙和碧安卡在候車室中熱情地吻別。這一吻很長，跟其他的男人一樣，西蒙在接吻的時候也不閉眼。一個女性的聲音廣播從安科納到巴塞爾的火車已經進站。

十點二十一分。親吻碧安卡時，一名金髮女郎進入了西蒙的視線。女郎離他十幾公尺遠。她回過頭，對他露出笑容。他大吃一驚。

是安娜。

他心想，那些菸草的後勁真強，而且他肯定是過於疲憊了。但不可能，這身影、這笑容、這頭金髮，是安娜沒錯。就是硝石醫院的那名護士，就在這裡，在波隆那。驚訝的西蒙還沒來得及打招呼，女郎已走出車站了。他對碧安卡說了句「別走開！」後，便跟上護士的步伐一探究竟。

還好碧安卡並沒有聽從他的話，也尾隨在他身後。這個動作讓她逃過死劫。

十點二十三分。安娜穿越了車站前的圓環後便停下腳步，她再次回頭，似乎是等著西蒙。

41 Cain，聖經裡的人物，亞當和夏娃之子，因嫉妒殺死了親弟弟亞伯（Abel），而後又在耶和華面前撒謊喬裝不知亞伯去向，自此上帝之眼便緊盯該隱。文豪維克多．雨果根據此事寫了詩作《良心》（La Conscience），最後提到該隱最後自願投進墳墓之中，但上帝之眼也跟著進了墳墓。

十點二十四分。車站外，西蒙尋找著安娜，他在環繞老城區的大道旁看見了她，便快步穿過圓環中間的花叢。碧安卡就在離他幾尺外的身後跟著。

十點二十五分。波隆那車站爆炸了。

十點二十五分

西蒙平貼在地板上，頭部撞上草坪。震耳欲聾的地震波好似一連串的波浪在他的身上流竄。他躺在草皮上，呼吸暫停，灰塵滿佈，厚重的碎片如雨水般濺在他身上，爆炸的聲響讓他失去聽覺。他覺得倒塌的建築物就壓在背上，就像在夢裡往無止境的深淵裡沉淪一般，或是喝醉了酒一路搖晃。花叢像是飛碟四處盤旋。四周景色旋轉的速度減緩後，他試著著陸，接著便搜尋安娜的身影，但視線被一塊廣告看板擋住了（是芬達的廣告），而他無法移動自己的頭。聽力逐漸恢復了，他聽見了義大利人的慘叫和遠處傳來的第一波警笛聲。

他感覺到有人移動自己。是安娜將他轉向正面並檢查狀況。西蒙望著她美麗的斯拉夫臉龐在波隆那刺眼的藍天下切割成好幾個部分。她問他有沒有哪裡受傷，但因為對自己的狀況一無所知，而且聲音卡在喉嚨裡出不來，他一點也無法回答。安娜用雙手將他的頭抬起，並對他說（聽得出她的口音）：「看著我。你沒事。一切都很好。」

西蒙起不了身。

車站的左側整個被炸得粉碎，候車室只剩殘石和樑柱。深長卻紊亂的呻吟自掏空的內臟中逸出，屋頂被掀開後的骨架也已扭曲變形。

西蒙看見碧安卡倒在花叢旁，他奮力爬到她身邊並抬起她的頭。她看來頭暈目眩，但至少還活著。她咳了幾聲。她的額頭上有個傷口，血流滿面。她嘀咕著：「cosa è successo?（發生什麼事了？）」一個小小的反射動作表明了她的生命跡象正常。她將手伸進背在滿是血跡的連身裙上的包裡翻了又翻，最後拿出一根菸，問了西蒙：「accendimela, per favore.（可以幫我個忙嗎？）」

那巴亞呢？西蒙在一堆傷患、驚慌失措的人群、從飛雅特車裡走下來的警察和跳傘般從救護車裡跳出的救援隊員中尋找他的身影。但現場充滿了一群又一群歇斯底里的木偶來往穿梭，在這般混亂的場景下，他實在認不出任何一個人。

突然間，他看見了巴亞，這個法國條子從殘瓦中冒出來，一身粉塵，壯碩的身材散發出一股力量和充滿意識型態的怒氣。他的肩上背著一名陌生的男子，這般在戰爭場景裡的形象，讓西蒙想起了尚萬強[42]。

碧安卡有氣無力地說：「Sono sicura che si tratta di Gladio...（肯定是短劍行動組織的人做的……）」

西蒙瞥見地上有個東西，看起來像是動物的屍體，最後才看出是一條斷腿。

「欲望機器和無器官身體兩個概念顯然是有衝突的。」

西蒙晃了晃腦袋，觀察著第一批被送上擔架的軀體，或死或活，全都躺在那上面，雙手垂落地面。

「機器每一次連結，每一次生產，每一次發出聲響對無器官身體來說都變得無法忍受。」

他再次回到安娜身邊，總算想到要提出那個對他而言應該能說明很多事情的問題：「妳為誰工作？」

安娜思考了一下，以他意想不到的專業口氣回答：「不是保加利亞人。」說罷，她不顧身為護士的身份，也沒參與救援便獨自離去。她跑向大道，穿過馬路，消失在廊道間。

同一時間，巴亞來到西蒙身邊，每一個細節都像是被精心安排過一樣，彷彿這是一齣戲劇。西蒙心想，這場爆炸又讓他的被害妄想症更嚴重了。

巴亞亮出兩張前往米蘭的火車票對他說：「我們得租輛車，今天不可能有任何火車了。」

西蒙拿過碧安卡的菸放到嘴邊。四周一片混沌。他閉上眼，抽了口菸。碧安卡攤在柏油路上的身軀令他想起那張解剖台、那些標本、安東尼奧尼的指頭和德勒茲。空氣中瀰漫著焦味。

「器官之下滿是令人厭惡的蛀蟲，還有企圖組織它的神正進行某些活動，使它變得骯髒，甚至是扼殺它。」

42《悲慘世界》裡的主角之一。

第三部

伊薩卡

Ithaca

48

阿圖塞驚慌失措，他已經在紙堆裡翻找了許久，還是沒有看到那份別人交代給他的珍貴文件。他記得自己將文件藏在一封廣告信封裡，並擺在桌上顯眼的地方。他瀕臨崩潰的邊界，就算不知道文件內容，他也明白將文件歸還的重要性。他翻了廢紙簍、傾倒抽屜、掃空書櫃，在搖晃每一本書後又猛力丟到地面。他感到一股深層的怒氣將他包圍，有種預感湧上心頭，於是他決定呼叫：「海倫！海倫！」海倫急忙趕來。或許，她有可能……一個信封……封口開著……廣告……銀行或是披薩店……他已經記不得了……海倫理所當然地回應：「哦，我記得，一個廣告，我丟了。」

阿圖塞的世界停止運轉了。他不需要再問一次，再問也沒有用，他已經聽得很清楚了。也許還有一線希望：「垃圾桶呢……？」昨晚倒了，清潔隊員今早收走了。憤怒在哲學家的內心深處吼叫，全身肌肉緊繃。他望著髮妻，多年來忍受著他的海倫，他知道自己愛她、仰慕她，他同情她，同時也責怪自己。他知道她忍受著自己的任性、不忠和所有幼稚的舉止，還得滿足他像孩子般需要有人肯定自己挑選情婦品味的需求，並接受他躁鬱症發作時的情緒（以他自己的話說，是「輕躁狂」）。只是這次真的太過份了，超過，超過他可以忍受的範圍太多了，這個幼稚的騙子跳向他的髮妻，發出一陣野獸般的狂嚎，雙手扣住她的喉嚨，就像一把老虎鉗般緊緊掐住。而海倫，受到驚嚇的她雙眼瞪得斗大，但並沒有想要反抗的意圖，她的雙手就擺在阿圖塞的手上，但沒有逃脫的意圖，也許在經歷過這一切後，她早就清楚自己的結局了，或者她也希望就這麼結束，也沒有其他更好的選擇了。又或者是阿圖塞的速度太快、太粗暴，獸性完全支配著他。海倫也許也想活下來，在那個當下心裡浮現了幾句阿圖塞——這個她曾經深愛的男人——曾說過的話「不能像遺棄狗一樣隨意拋棄任何理念」，這句話也許有道理，阿圖塞掐住了她，彷彿她就是隻狗。但其實他才是狗，冷酷、自私、沒有任何責任心、性情古怪的狗。當他再次鬆開手時，海倫已經死了，一小截舌頭，「一小截可憐的舌頭」，她突出的眼球望著兇手，或是天花板，也可能什麼也沒在看。

阿圖塞殺了他的髮妻，但他不會被判刑，法院會判斷他在行兇時的精神有問題。是的，他當時很生氣。然而，他為什麼什麼也沒跟她說呢？因為不想違抗那個要自己閉上嘴的人，所以他也成了受害者。蠢貨，至少也該跟你的老婆說一下吧。謊言之珍貴，不該被濫用。至少該跟她說：「別動這份文件，它的價值很高，文件內容包含了X或Y給我的重要訊息（他可以隨便扯個謊）。」但他沒這麼做，於是隨之而來的是海倫的死。判定有精神問題的阿圖塞將不會被起訴。他將被軟禁幾年、離開烏爾姆路上的公寓搬到二十區的家，他會在那裡完成那本奇怪的自傳《來日方長》（*Le plus grande de ma vie*）。在這本書中，我們將會讀到一句用引號框起來的狂言：「毛澤東本來答應了與我對談，只是因為某些『法國政治』的問題，我犯了一個錯誤，**我這一生最大的錯誤**，竟然沒有……」（我自己加粗了那句話）

49

「說實話，義大利已經沒救了！」多拿諾在總統辦公室裡踱著步伐，雙手高舉。

「波隆那到底是怎樣？跟我們有關嗎？我們的人被盯上了嗎？」

波尼亞[1]在吧台上摸索：「很難說，也許只是巧合。可能是極左派或極右的，也可能是政府的人。義大利人太難理解了。」他打開了一瓶番茄汁。

坐在辦公桌後的季斯卡闔上這一期的快訊週刊（*L'Express*），雙手交疊，一句話也沒說。

多拿諾來回踱步著說：「巧合，騙誰！要是，我說要是，某個團體，不管是什麼團體，或是某個政府、機構、單位或組織擁有這種本事和決心，引發炸死八十五個人的炸彈，就為了阻礙我們的調查，那我看我們麻煩大了。美國、英國政府也是，還有俄羅斯。當然了，除非下手的就是他們的人。」

季斯卡問：「看起來就像是他們會做的，不是嗎？米歇爾，你說呢？」

波尼亞好不容易找到芹菜鹽。「這種用盡全力把無辜市民拉下水的無差別攻擊，以我看來比較有可能是極右派的做法。而且根據巴亞的報告，當時有一位俄羅斯探員救了年輕人一命。」

多拿諾露出驚訝的表情：「那個護士？那肯定不會錯了，炸彈就是她放的。」

波尼亞打開一瓶伏特加：「那她為什麼要在車站現身呢？」

多拿諾直指波尼亞，彷彿他該為整件事負責：「我們確認過了，她從來沒在硝石醫院工作過。」

波尼亞調製著他的血腥瑪麗：「證據顯示巴特躺在醫院時，文件已經不在他身上了。根據目前的調查，這起案件的過程最有可能是這樣的：他出門參加密特朗的午餐宴，被一輛洗衣店的小貨車撞飛（駕駛是事件中第一位保加利亞人），一個假裝是醫生的人靠近他並偷走了他身上文件和鑰匙。事實說明那份重要文件就跟他身上其他的紙張放在一起。」

多拿諾：「那醫院裡又發生了什麼事？」

波尼亞：「根據目擊者的說詞，他們看見兩名看來應該是保加利亞人的不速之客進到醫院，這兩個人後來也殺了那個男妓。」

---

1 Michel Poniatowski，法國政治家、前總理。

多拿諾在心裡計算著到底有幾個保加利亞人涉案：「就算他身上已經沒有他們要的文件了？」

波尼亞：「他們應該是來善後的。」

多拿諾氣喘如牛，總算停下了腳步。他的注意力似乎被某個東西吸引了，就站在德拉克洛瓦的畫前觀察著某一個角落。

季斯卡拿起甘迺迪的自傳並輕撫著書皮：「就算我們的人是這次波隆那恐攻的主要目標好了。」

波尼亞加入塔巴斯科辣醬：「那就說明了我們的方向是對的。」

多拿諾：「怎麼說？」

波尼亞：「要是他們真的是目標，就代表對方想阻止他們挖出更多內幕。」

季斯卡：「那個……俱樂部？」

波尼亞：「或者其他事。」

多拿諾：「那我們要派他們去美國嗎？」

季斯卡嘆氣：「那個美國哲學家沒有電話嗎？」

波尼亞：「那個年輕小伙子說可以藉此機會『搞清楚所有的事』。」

多拿諾：「我敢說這個小子只是要政府替他的旅遊買單。」

季斯卡一臉茫然，說起話來像嘴裡含了滷蛋：「根據我們目前擁有的線索，把他們送到蘇菲亞去看看不也對調查有益嗎？」

波尼亞：「巴亞是個好警察，但也不是龐德。也許我們可以派出一個行動單位小隊？」

多拿諾：「做什麼用？殺保加利亞人嗎？」

季斯卡：「我不想把國防部拉進這起案件。」

波尼亞咬牙：「而且最好不要引發和蘇聯有關的危機。」

多拿諾試著轉換話題：「說到危機，德黑蘭是怎麼回事？」

季斯卡又回到快訊週刊中：「沙王死了，穆拉[2]開心了。」

波尼亞給自己倒了杯純伏特加：「卡特沒戲唱了。霍梅尼永遠不可能釋放那些俘虜。」

一片沉默。

快訊週刊中，雷蒙．阿隆[3]寫道：「無論法律是否有理，既然民情風俗拒絕服從，不如就讓它沉睡。」季斯卡心想：「十分明智。」

波尼亞在冰箱前單膝跪了下來。

2 伊斯蘭教中對學者的尊稱，通常是神學或經法學家。

3 Raymond Aron，法國哲學家、政治評論家。

多拿諾：「呃，那那個殺了妻子的哲學家呢？」

波尼亞：「不關我們的事，是個親共產主義的人，我們把他關到精神病院裡了。」

沉默。波尼亞取出冰塊。

季斯卡以軍事化的口吻說：「這件事不該影響到我們的選舉活動。」

波尼亞明白季斯卡又回到這件他最有興趣的案件上了：「那名保加利亞駕駛和醫生都下落不明。」

季斯卡食指敲著桌上的皮製墊板：「我在意的不是駕駛，也不是醫生，而是那個……邏各斯俱樂部。我要看到那份文件放在我的辦公桌上。」

50

當布希亞[4]知道那座一九七七年建於波爾堡區，並且馬上被戲稱為「煉油廠」或「巴黎水管院」的金屬製龐畢度中心可能因為超過三萬參觀人數而「折腰」時，他像個孩子般欣喜若狂，就像「法國理論」[5]裡的調皮鬼，在一本名為《波爾堡效應—內爆與威脅》（L'Effet Beaubourg – Implosion et dissuasion）中說到：

「那些受建築結構吸引而來（參觀）的大眾本身便會成為毀滅此一結構的可能變數——假設這確實是設計初衷（但這又怎麼可能？），而瞬間拽塌該建築物和文化真的合乎設計者的規劃，那麼波爾堡就真的是本世紀最大膽且最成功的偶發藝術（happening）。」

蘇利曼很熟悉瑪黑區和常有學生排隊等圖書館開門的波爾堡路（rue Beaubourg）。他知道這事，因為他曾拖著前一夜縱欲過度而疲倦的身體，從夜店走出來時看見過。他常想明明是同一個世界，怎麼可能有人可以和其他人擦身而過卻從來沒有任何接觸。

今天，他是隊伍中的一員。他抽著菸，戴著隨身聽耳機，夾在幾個沉浸在書裡的學生中間。他試著偷看那些書名。在他前面的學生看的是塞杜[6]的《日常生活的實踐》（*L'invention du quotidien*），後面的看的是蕭沆[7]的《誕生之不便》（*De l'inconvenient*

4 Jean Baudrillard，法國哲學家，五十二歲接觸攝影後，亦成為知名攝影師。

5 French Theory，源於一九六六年，當時幾位法國哲學家（包含德希達、羅蘭・巴特、拉康……等）受邀參加約翰霍普金斯大學的研討會，幾位在法國並沒有特別交集的哲學家雖然談論各種不同領域，但被當時的美國學界稱為「法國理論家」。

6 Michel de Certeau，法國哲學家，亦精通古典文學與神學。

7 Emil Cioran，羅馬尼亞旅法哲人，懷疑論與虛無主義重要思想家。

d'être né)，而他自己聽的是警察合唱團（The Police）的 Walking on the Moon。

隊伍緩慢前進。看起來還要再排一個小時。

「推倒波爾堡！新的革命宗旨。燒毀無用。質疑無用。行動吧！這是摧毀最好的方法。波爾堡的成就不再神祕：群眾蜂擁而入，就為了這個目的，為了折斷它的腰。」

蘇利曼沒讀過布希亞的文章，也不知道自己其實參與了這項後境遇主義的行動，當終於來到門口時，他毫不猶豫地推動了旋轉門。

他經過一間供訪客使用閱讀器的微縮膠捲多媒體會議室，再搭乘電梯抵達閱讀室。閱讀室看上去像是一間巨大的紡織工廠，只是不見裁剪襯衣布料後再把它們放到裁縫機組成另一件成品的工人，取而代之的是邊讀書邊在筆記本上抄寫的學生。

蘇利曼發現，他們之中有人是來把妹的，也有來這裡睡上一覺的流浪漢。

閱讀室裡的寂靜令蘇利曼感到震撼，但更令人印象深刻的是那天花板的高度，既像個工廠，也像是天主教大教堂。

玻璃圍壁的另一頭掛著一架大型電視，上頭播放著蘇聯節目。一段時間後，電視上開始播起美國節目。各年齡層的觀眾癱在紅色的扶手椅中。有點臭。蘇利曼沒在裡面停留太久便晃向其他區域。

「人們總是希望全盤佔有、掠奪、私吞或操弄。觀看、解析和學習都引不起他們的興趣。其中最能激發熱情的是操弄。那些主事者（還有藝術家和知識份子）對這種不受控制的意圖感到恐懼。他們只能期待大眾對奇觀（spectacle）文化有所理解。」

裡裡外外，廣場上、天花板上，到處都是煙囪風管。蘇利曼要是能在這場冒險中存活，他也會跟其他人一樣把波爾堡（一座未來的遊艇）的形象和風管掛在一起。

「他們無法想像這種極具活力與破壞力的吸引力，這種對某個無法理解的文化粗暴且獨特的回應，這種同時能感受到竊盜和褻瀆的魅力。」

蘇利曼隨意看了幾本書名。喬治・木蘭[8]《你讀過勒內・夏爾嗎？》（*Avez-vous lu René Char ?*）、斯湯達爾《拉辛與莎士比亞》（*Racine et Shakespeare*）、加里[9]《童年的許諾》（*La Promesse de l'aube*）、盧卡奇[10]《歷史小說》（*Le Roman historique*）、《在火山下》（*Au-dessous du volcan.*）、《失樂園》（*Paradis perdu*）、《巨人傳》（*Pantagruel*），他覺得對這本書有點印象。

他從雅各布森面前走過，卻沒看見他。

---

8 Georges Mounin，法國符號學家暨語言理論家。

9 Romain Gary，立陶宛籍法語作家，曾化名隱藏身份寫作，並以化名二度獲得龔固爾文學獎。

10 Georg Lukács，匈牙利馬克思主義哲學家。

他撞上一個滿臉鬍子的人。

「不好意思。」

該是時候介紹一下這個保加利亞人了，如此一來，他的結局才不至於和他那個無名戰士同伴一樣，在一個我們已經知道前因、卻尚未看到後果的祕密行動中殉職。就叫他尼古拉吧。無論如何，我們都不會知道他的真名。他和死去的同伴之前一起盯那幾個調查人員的進度，並發現了那些男妓。目前為止，他們已經殺了兩個，他還不知道是否應該把眼前這個一併解決。他今天沒帶任何武器，雨傘不在他身邊。布希亞的魂靈在他耳邊輕語：「放鬆神經，隱藏意圖。」他開口問：「您在找什麼？」（還是帶著口音）

打從他的兩個朋友死後，蘇利曼對陌生人格外謹慎，他端正了神色並回答：「沒有什麼。」而尼古拉笑著說：「就跟什麼都想找一樣難。」

51

場景又回到巴黎的醫院內，但這一次再也沒有人可以進到病房內了，因為這裡是聖安妮，精神病院，而阿圖塞正服用鎮定劑。雷吉斯．德布雷[11]、巴里巴[12]和德希達在房門前築起防線，並討論所有的應對策略，以便保護他們年歲已高的導師。但同樣做為高等師範學院學生的佩蕾菲特（司法部長）並不打算鬆手，畢竟他已在報刊上聲明召開重罪法庭[13]了。另一方面，三個男人還得聽那個已經追蹤阿圖塞病況多年——依我看，早就成為他生命裡不可或缺的一份子——的醫生迪爾金否認大家的看法。依他的說法，以阿圖塞的身體狀況來看，「原則上」（引用他的原句）他不可能掐死他的妻子。

傅柯也來了。法國當時的狀況是這樣的，基本上要是你在一九四八年到一九八〇年間的高等師範學院內任教，你的同事或學生就會是德希達、傅柯、德布雷、巴里巴、拉岡等人，當然還有BHL。

傅柯詢問最新狀況，他們說阿圖塞只是不停地重複：「我殺了海倫，接下來呢？」

傅柯將德希達拉到一旁詢問是否把交代的事辦好了。德希達點了點頭。德布雷站在一旁觀察兩人。

11 Régis Debray，法國社會學家，專長為媒介學。
12 Etienne Balibar，法國哲學家。
13 Cour d'assises，是法國唯一採用陪審團制度的法庭，用以審理十年以上有期徒刑之罪，用意在於將審判結果的決定權還諸於民。

傅柯說換做是他絕不會這麼做，而且他們來請他幫忙時，他也拒絕了。（學術圈裡也是競爭激烈的，他這句話順便說明了那些人在問德希達之前，已經「先」問過他了。什麼事呢？公開的時機未到。但他是為了不出賣朋友才拒絕的，儘管有時候所謂的「老朋友」也代表了難以否認的厭煩和埋怨。）

德希達認為這事應該要有所進展，這裡面還牽涉到很重要的因素——政治。

傅柯不以為然。

BHL到了，因為被婉拒於門外，只好從窗戶進房。

這時的阿圖塞正睡著，他過去的幾個學生都為他祈禱別做夢。

52

「紅土網球世界衛星轉播草地網球就應該這麼回擊直接得點第二次發球網柱旋轉球上網球上旋球搶球反手直線行進博格康諾斯維拉斯馬克安諾……」

索萊斯和克莉絲蒂娃坐在盧森堡公園裡的咖啡車前，克莉絲蒂娃沒什麼動力地咬著糖粉可麗餅，精力旺盛的索萊斯喝著咖啡自言自語。

比方說：

「以耶穌為例，有件事很特別，是他自己說出會回歸的。」

又或者：

「如同波特萊爾所言：我花了很長的時間才練就不敗之身。」

克莉絲蒂娃看著在杯裡漂浮的牛奶油脂。

「希伯來語的世界末日寫作 gala，意思是發掘。」

克莉絲蒂娃挺起胸膛對抗在她胸腔內蔓延的噁心感。

「假如上帝真的說過他無所不在，我們肯定會知道……」

克莉絲蒂娃試著保持理性。她在心裡默念：「符號不代表物體本身，然而，儘管如此……」

一個編輯舊識跛著腳，嘴裡叼著吉普賽，手上牽了一個年紀很小的孩子走來向他們打招呼。他詢問索萊斯「最近」做些什麼，想當然耳，索萊斯不需多做思考就可以侃侃而談：「一本人物眾多的小說……幾百份田野調查筆記……和性別革命有關的事……我沒看過比這本小說更詳細、更複雜、更尖銳、更易讀的書。」

看著漂浮油脂看得入迷的克莉絲蒂娃努力抑制噁心感。身為精神分析學家的她給自己下了診斷：「她想把自己給吐出來。」

「一本哲學小說，甚至有點玄學的成份，同時兼具冷酷與熱情的現實主義。」

因某種心靈創傷導致退化為孩童。但她可是克莉絲蒂娃，她是自己身體的主人，她有自制能力。

索萊斯還在滔滔不絕，編輯皺著眉傾聽，但略顯焦躁。一旁同行的孩子這時也開始拉扯他的袖子：「我會把二十世紀下半葉最重要的轉變，包括了一些祕密的和具體的支線都寫進去。讀者可以在其中找到化學元素表：負離子女性軀體（以及為何如此）和正離子軀體（以及如何實踐）。」

克莉絲蒂娃緩緩將手伸向瓷杯，手指滑進杯耳拿起那杯米白色的液體。

「書中將會揭露哲學家們私密的一面，也會寫到歇斯底里和工於心計的女人，以及她們那無所求的自由。」

嚥下那口咖啡時，克莉絲蒂娃閉上了眼。她聽見一旁的丈夫引用卡薩諾瓦的話：「假如快樂真的存在，且只有在生活中享受得到，那麼活著便是幸福。」

編輯自座位上跳了起來：「精彩！太棒了！非常好！」

孩子張大了雙眼。

索萊斯熱好了身，正式進入主題：「保守的人可能會難以接受，無論是對社會狂熱或反社會的人都將嘲笑它的膚淺；景觀工業將遭阻滯，抑或企圖全盤改變此種思維；惡魔內心感到不滿，因為快樂本應幻滅，生命本應充滿不幸。」

咖啡如一道常溫的熔岩流入克莉絲蒂娃體內。她感覺得到那層油脂在嘴裡、喉嚨裡漂流。

編輯向索萊斯邀稿，請他完成這本書後另寫一本新的。

索萊斯第一千次提起他和佛朗西斯．龐日[14]的軼事。編輯客氣地聽他敘述。唉，這些大作家啊！個個都有甩不開的執念，總是喜歡反覆咀嚼靈感。

克莉絲蒂娃覺得這份恐懼不會消失，反而會留在舌下；恐懼是一種元書寫（proto-écriture），且相對的，所有發聲的練習，儘管是寫作本身也好，都是恐懼之舌。「作家成功地藉由隱喻的表現避免在恐懼中死亡，他要在符號裡重生。」

編輯問：「你知道阿圖塞的情況嗎？」索萊斯突然沉默了。「在巴特之後，他也出事了。真是糟糕的一年！」索萊斯別過頭回答：「沒錯，世界瘋了，我們還能要求什麼呢？這是悲傷的靈魂注定面對的命運。」他沒看見克莉絲蒂娃睜大的雙眼像兩個黑洞。編輯因為孩子開始發出一些小動物般的叫聲而決定告辭。

索萊斯站著，沉默了片刻。克莉絲蒂娃想像死水般的咖啡就在自己的胃裡。危機解除了，但油脂還在。噁心感就此在瓷杯深處紮營。索萊斯說：「我很擅長處理差異。」克莉絲蒂娃一口喝乾了咖啡。

他們走向池塘，孩子們在此玩著他們的父母以幾法郎租來的小船。

克莉絲蒂娃問索萊斯是否有路易的消息。

14 Francis Ponge，法國詩人。

索萊斯回答那些看門狗已加強警戒，但BHL還是見到他了。「完全喪失心志了。聽說他們找到他時，他不停重複：『我殺了海倫，接下來呢？』你能想像嗎？接…下…來…呢？太有意思了，不是嗎？」索萊斯津津有味地品嘗這則小軼事。克莉絲蒂娃將他拉回現實。索萊斯為了安慰自己，心裡想著：就公寓雜亂的程度來看，那份副本要不是被銷毀，就是永遠消失在某處了。反正最差的狀況是中國人兩百年後會在某個紙箱裡找到它，在搞不懂該文件用途的情況下便用來點鴉片。

「你爸錯了，下次不應該留下副本。」

「也沒造成什麼嚴重的後果，而且也不會有下一次。」

「我親愛的小松鼠，永遠都會有下一次。」

克莉絲蒂娃想到了巴特。索萊斯說：「我比任何人都了解他。」

克莉絲蒂娃冷冷地回了話：「但，殺了他的人是我。」

索萊斯引用了恩培多克勒[15]的話：「被血包圍著的心是會思考的。」但他始終是個三句不離自身的人，於是咬著牙又小聲補了句：「他不會白死的。我說到做到。」

接著他又回到自己的獨白，好似剛才什麼也沒發生：「當然了，那則訊息再也無關緊要了……啊哈這件事不太明朗呵呵……定義上的群眾沒有任何記憶他是處男是處女地……我們就像是魚困於天……不管德波是否錯看我，甚至拿我和尚・考克多相比……我們最初的身份是誰？最後呢？……」

克莉絲蒂娃嘆了口氣，領著他走向下西洋棋的那些人。

索萊斯就像個孩子，只有三分鐘的瞬時記憶，這時的他已全神貫注在一老一少對戰的棋局上。兩位棋手都頂著同一頂印有某個紐約球隊標誌的棒球帽。年輕人發動攻勢阻止對方國王入城時，這位大作家在老婆耳邊碎嘴：「看看那個老頭，他聰明得像隻猴子，呵呵。但是要是有人找我麻煩，他就是自討苦吃，嘿嘿。」

一旁的網球場裡傳來擊拍的聲音。

這次換克莉絲蒂娃拉老公的袖子了，約定好的時間快到了。

他們穿過一片楸欏林，走進一座小型民俗木偶劇場，在眾多孩童間找了一張木凳坐下。

坐在他們正後方的男人滿臉鬍鬚、穿著邋遢。

他拉了拉抹布般的外套。

他將雨傘夾在兩腿間。

他點燃了一根菸。

他彎下腰靠近克莉絲蒂娃，並在她耳邊小聲說了幾句。

索萊斯轉過頭，歡欣鼓舞地大叫：「哦！塞格，你好啊！」克莉絲蒂娃一臉不

15 Empédocle，古希臘哲學家。

悅：「他叫尼古拉。」索萊斯從藍色的硬盒中取出一根菸，向保加利亞人要了火。坐在他身邊的孩子望著他，滿臉好奇。索萊斯對他吐了舌頭。布幕升起，木偶出現在舞台上。「孩子們，你們好！」「小木偶，你好！」尼古拉用保加利亞語向克莉絲蒂娃說明他跟蹤了哈邁德的朋友，除此之外也到他家裡搜過了（這次他沒有留下任何痕跡），他很確定那裡沒有副本。但有件事很奇怪，這一陣子他都在圖書館裡閒晃。

索萊斯因為不懂保加利亞語，只好專注於舞台上的演出。今天上演的故事是小木偶對抗一個滿臉鬍渣的小偷，但在他們身後還有一個跟塞格一樣把 r 當捲舌音念的警察。故事的情節圍繞在一個小衝突上，都是為了引出拿木棒互打的場景而設計的。一言蔽之，小木偶得想辦法從小偷手上取回侯爵夫人的項鍊。索萊斯馬上聯想到侯爵夫人自願以項鍊換取性服務。

克莉絲蒂娃問蘇利曼都看了哪些書。

小木偶問孩子小偷是不是從那個方向跑了。

尼古拉說他看見蘇利曼主要翻閱語言學和哲學書籍，但看起來他自己也不知道在找什麼。

孩子們齊聲回應：「對！！！！」

克莉絲蒂娃心想最重要的是他在找某個東西。當她想向索萊斯說明時，索萊斯正在跟著大叫：「對！！！！」

尼古拉詳細列出人名：主要是美國作家：喬姆斯基[16]、奧斯汀、希爾勒，還有一個俄羅斯的，雅克布森。兩個德國人：布勒[17]、波普[18]。一個法國人：本維尼斯特[19]。這串名單對克莉絲蒂娃而言已足夠說明一切了。

小偷煽動兩個孩子出賣小木偶。

孩子們大叫：「不要！！！！」

愛鬧場的索萊斯大叫：「好！！！！！」但他的聲音馬上被其他孩子淹沒了。

尼古拉又指出一個細節。蘇利曼主要看了幾本書，特別是奧斯汀的。

克莉絲蒂娃心想他大概是在尋找跟希爾勒聯繫的方式。

小偷拿著木棒緩緩走向小木偶身後。孩子們想警告小木偶：「小心！小心！」但每次小木偶轉過頭時，小偷都巧妙地躲了起來。小木偶問孩子們小偷是否在附近，孩子們想盡辦法提醒他，但他耳背，假裝聽不懂孩子們的話，這讓孩子們變得歇斯底里。他們使勁大叫，索萊斯也跟著吶喊：「在你後面！在你後面！」

小木偶被木棒敲了一下。台下一片靜默，氣氛凝重。看起來他是昏過去了，但其

16 Noam Chomsky，美國語言理論學家，其生成語法為重要的語言學理論。
17 Karl Bühler，德國語言理論學家，為功能學派重要學者。
18 Karl Popper，奧地利哲學家，否證論的核心人物。
19 Émile Benveniste，法國語言學家，出生於敘利亞。

實沒有，是裝的。呼，還好。

克莉絲蒂娃思考了一下。

最後，小木偶使出詭計打暈了小偷。為了主持正義，他又補了好幾棒。（尼古拉心想，在現實世界裡，沒有人可以在頭部受了那麼重的傷後還存活下來。）

警察抓住了小偷，並向小木偶道謝。

孩子們猛烈拍手。結果小木偶是否把項鍊歸還原主，或是把它佔為己有，我們都無從得知。

克莉絲蒂娃將手搭在她丈夫的肩上，並在耳邊大叫：「我得去一趟美國。」

小木偶道別：「孩子們，再見！」

孩子們和索萊斯：「小木偶再見！」

警察也說：「孩子們，災～見！」

索萊斯轉過頭：「塞格，再見！」

尼古拉：「克莉絲蒂娃的先生，災見。」

克莉絲蒂娃對索萊斯說：「我要去伊薩卡。」

53

蘇利曼也在一張不是自己的床上醒來，除了他以外，房間裡沒有其他人，身體的重量壓在溫熱的床榻上印出像是命案現場用粉筆畫出的人形。說是床，其實也不過是一塊墊子鋪在一間幾乎空無一物，沒有窗戶，有的只是一片昏暗的房間地板上而已。門的另一頭傳來男人的聲音，背景還有古典音樂。他很清楚自己在哪裡，也認得這音樂（是馬勒）。他打開房門，連衣服都懶得穿好便走向客廳。

那是一個寬敞的長形空間，位於九層樓的落地窗將巴黎的景色盡收眼底（公寓位在布洛涅（Boulogne）與聖克盧（Saint-Cloud）附近）。米歇爾・傅柯身著黑色和服坐在矮桌旁對兩個只穿三角褲的年輕人（其中一個的大頭照還被複製成三份，掛在沙發附近的柱子上）解釋大象性行為的奧祕。

更確切地說，按蘇利曼理解到的內容，他們談的是十七世紀的法國人對大象性行為的理解與評論。

兩個年輕人都抽著菸，蘇利曼知道那菸裡捲的是鴉片，用來減輕吸食大量毒品後藥效消退時的不適。神奇的是傅柯也抽各式各樣的毒品，但卻從來不需要求助鴉片，就算抽了一整晚的ＬＳＤ[20]，隔天早晨九點依舊準時坐到打字機前，而其他人卻相對痛苦得多。他們向蘇利曼打了招呼，不用說，聲音當然一樣虛無飄渺。正當傅柯問蘇利曼是否需要咖啡時，廚房裡傳來一陣巨響，又一個年輕人臉帶愁容走了出來，手裡還拿著一片殘骸。是馬蒂厄．蘭東弄壞了咖啡機。另外兩個年輕人抑制不住笑聲。傅柯溫柔地問蘇利曼要不要茶。蘇利曼坐了下來，在一些小脆餅上塗上抹醬，一旁穿著黑色和服的禿頭則繼續關於大象的演講。

十七世紀日內瓦的神職人員聖方濟各撒肋爵——同時也是《虔誠者的生活》（*Introduction à la vie dévote*）一書的作者——認為大象是恪守貞節的模範，既忠誠又溫和。牠們一生只會有一個伴侶，每三年臨幸伴侶五天，通常極為隱密，在那之後甚至會洗一次為時許久的澡淨身。

帥氣的艾維只穿著內褲邊抽菸邊發牢騷，他聽出這個故事背後的寓意是天主教道德傳統，這對他而言荒謬到想吐口水，但因為沒有口水，只能象徵性地做個動作並以咳嗽代之。傅柯和服底下的身體舞動了起來：「沒錯！更有趣的是，我們發現老普林尼早就對大象的習性做過同樣的分析了。因此，要是我們關注尼采所說的道德的譜系，便會發現它在天主教傳統建立之前便已存在，至少也能追溯到該傳統的發展還處於雛型階段時。」傅柯看來十分興奮：「你們明白嗎？我們通常說那個天主教，好像天主教是單一獨立的……事實上天主教或其他異教都不是完整單一且純淨完美的個體。不該將它想像成封閉的團體，突然間出現，且在一瞬間、不受任何影響、不被滲透、沒有何任變動便消失無蹤。」

始終站在一旁、手裡還拿著咖啡機殘骸的馬蒂厄．蘭東開口問道：「那，可是，米歇爾，你說這個要做什麼呢？」

傅柯展露招牌燦爛笑容：「其實不應該將其他異教看成一個整體，天主教更是如此！得重新檢視我們的方法論，懂嗎？」

蘇利曼咬了口小脆餅後說：「所以呢，米歇爾，康乃爾的研討會，你還去嗎？這地方到底在哪？」

總是樂於回答任何問題的傅柯沒有因蘇利曼對他的研討會感興趣而感到訝異。他回答康乃爾是美國著名的大學，位於美國北部一個名為伊薩卡的小島上，就跟奧德賽的島同名。但他並沒有說明為什麼接受大會邀請，因為這場研討會的主題是語言研究，以他們的話說是 linguistic turn（語言學轉向），而他已經很久沒有相關的研究了（自一九六六年的《詞與物》（*Les Mots et les Choses*）起）。只是，他不喜歡反悔，所以只好參加了。（事實上，他很清楚自己鍾愛美國）

蘇利曼仔細咀嚼了嘴裡的小脆餅，喝了口滾燙的熱茶，又點了根菸，清了喉嚨後便開口問：「你覺得我有可能跟你一起去嗎？」

20 學名為麥角二乙胺（Lysergic acid diethylamide），是最強烈的中樞神經幻覺劑，俗稱一粒沙、ELISA，或又稱為搖腳丸、加州陽光、白色閃光、Acid、Broomer、方糖等。

54

「親愛的，這是行不通的，你不能跟我一起去。這場研討會只開放學者參與，更何況你不喜歡別人替你冠婦姓。」

索萊斯的笑容蓋不住這句話對他自戀傾向的傷害，而且看來這道傷痕永遠不會癒合了。

可以想像蒙田、帕斯卡、伏爾泰寫博士論文嗎？

為什麼那些美國蠢才始終忽視他這位巨匠中的巨匠呢？他的作品在二〇四三年時還會被一讀再讀呢！

那夏多布里昂、斯湯達爾、巴爾札克、雨果呢？

是不是哪天思考還要有執照？

最耐人尋味的是，當然了，他們邀請了德希達。親愛的洋基人，你們知道嗎，你們的偶像，那位因為以 a 代替 e 創了 différance 這個字（世界解體、世界自我分解），讓你們反覆閱讀的人寫了他的代表作《播散》（*La Dissémination*）來向《數》（*Nombres*）[21]致敬？而這本書竟然沒有人閱讀，紐約、加州都一樣，甚至沒有人認為有翻譯的價值！唉，這實在是笑死人了！

索萊斯拍著肚子大笑。哈哈哈！沒有他哪有德希達！唉，要是世界知道……唉，要是美國知道……

克莉絲蒂娃耐住性子聽著這段她早就耳熟能詳的演說。

「能想像福婁拜、波特萊爾、洛特雷阿蒙、韓波、馬拉美、克勞戴、普魯斯特、布列東、阿鐸這些人寫博士論文嗎？」索萊斯突然停了下來，裝作思考的模樣，但克莉絲蒂娃早就知道接下來的內容了：「只有一個人，賽林[22]，但他寫的是醫學論文，而且文學性很強。」（言外之意是：他讀過賽林的醫學博論。又有多少大學學者讀過呢？）

說完後他靠到老婆身邊撫摸她的頭髮，並將她的頭攏到自己的手臂下，發出火雞般的聲音：

「可是，親愛的小松鼠，妳為什麼要去呢？」

「你知道為什麼。因為希爾勒也會在。」

「還有其他人也都在！」索萊斯爆發了。

克莉絲蒂娃點了根菸，端詳被她壓著的靠枕邊上的圖案，那是一隻獨角獸拉著克呂尼織毯的複製品，是他們在新加坡機場買的。她跪坐在沙發上、紮著馬尾、撫著一旁的綠色植物，聲音不大但咬字清楚且帶著一點口音說：「是的……其他人也是。」

---

21 索萊斯於一九六八年出版的小說。

22 Louis-Ferdinand Céline，法國作家、醫生。

為了減緩內心的不安，索萊斯念起了屬於他自己的玫瑰經：

「傅柯：太神經質、愛妒嫉、過於激動。德勒茲？說話太刻薄。阿圖塞？病得不輕（哈哈！）德希達？城府過深，總是將自己封閉起來。厭惡拉岡。不了解為何要加強文森校區的安全。（文森：極端份子集中看守區。）」

克莉絲蒂娃知道，事實上索萊斯是害怕不能進到七星出版[23]的行列。

這位不受世人青睞的天才還在咒罵美國人，嘲笑他們的「gay and lesbian studies」（同性戀研究）、他們的女權至上、他們對「解構」或「objet petit a」[24]的崇拜……除此之外，可以肯定他們一定沒聽過莫里埃！

還有美國人的老婆!!

「美國女人？大部分難相處：錢、訴訟、家庭小說、偽心理傳染病，還好紐約還有一些拉丁人、中國人和不少歐洲人。」可是在康乃爾呢！啐！呸！就跟莎士比亞說的一樣。

克莉絲蒂娃喝著茉莉花茶，一邊閱讀英文心理分析期刊。

索萊斯繞著客廳裡的大桌子轉，忿忿不平，雙肩內縮，就像隻憤怒的公牛：「傅柯、傅柯，他們的腦袋裡就只有這個人。」

突然間他又起身，像個衝刺選手在衝過終點線後大喊：「呃，管他的，關我屁事？規則是這樣的：得四處旅行、演講、操一口被殖民過的美語、參與無趣的研討會、『與人相親』、調和議題、帶人情味。」

克莉絲蒂娃放下手中的杯子，溫柔地對他說：「親愛的，你總有一天會復仇。」

索萊斯一臉傲慢，用起了第二人稱，摸著自己的手：「您表達的方式十分流暢，這是顯而易見且刺耳惱人的（我們還是偏好您結結巴巴，但也沒辦法）……」

克莉絲蒂娃牽了他的手。

索萊斯給了她一個微笑，並說：「有時我們是需要鼓勵的。」

克莉絲蒂娃也還以笑容回應：「走，我們一起讀約瑟夫・德・邁斯特[25]。」

55

警察總局裡，巴亞在打字機上處理調查報告，西蒙則閱讀一本喬姆斯基談生成語法的書，他不得不承認自己其實不太理解內容。

23 La Pléiade，法國著名出版社，出版了許多重要哲學、文學書籍，名稱由來為法國十六世紀著名的七星詩社。

24 拉岡提出哲學概念，直譯可作「對象小 a」，但通常不翻譯。該詞一般的寫法是 object a，在法文中加入 petit，意為小寫 a。objet petit a 指的是某種存在於主體中，並超乎純心理價值而存在的實體。

每打完一行，巴亞會以右手操作扳手捲動紙筒以便從頭開始，左手則會抓起咖啡杯、喝上一口、抽口菸後再把它放回印著 Pastis 51 [26] 商標的黃色菸灰缸旁。喀啦，答、答、答、答、答、答、答、答、答、答、答、答，不停重複。

突然間答答的聲音停止了。人造皮革椅上的巴亞坐直了上身、轉向西蒙並問道：「話說回來，克莉絲蒂娃，這個姓是從哪裡來的？」

56

密特朗抵達時，塞吉．莫提正把大理石蛋糕往嘴裡塞。法畢斯在萬神殿附近的豪宅裡接待他們。

賈克．朗、巴丹戴爾、阿達利[27]、德布雷都喝著咖啡靜待他的到來。密特朗一身怒氣將圍巾丟在法畢斯身上：「你那朋友莫魯瓦啊，我肯定會處理掉他！」沒有人質疑過他暴躁的脾氣，幾個年輕的智謀團成員馬上了解今天的會議不會太好過。密特朗咬牙切齒：「羅卡！羅卡！」沒有人敢吭一聲。「在梅斯的政黨會議失敗後，他們就想到讓我競選總統好把我打發！」他底下的少尉們都嘆了氣。莫提咬著大理石蛋糕的嘴緩和了下來。長得像鳥的智謀團員大膽開口：「總統……」但密特朗轉向他，神情冷酷嚇人，伸出手指抵在那人的胸膛，步步進逼：「阿達利，閉上你的嘴……」阿達利一路退到了牆邊，這位政黨提名候選人又繼續說：「他們想看我全盤落敗，但我也可以推翻他們的策略，只要不參選就好了，哈哈！讓羅卡那白痴自己和低能的季斯卡玩去。羅卡、季斯卡，一場魯蛇之戰！多麼壯烈啊！多麼雄偉啊！La Deuxième gauche（新左派），什麼鬼話啊，德布雷！這是法國人才講的鬼話！羅貝爾[28]，拿支筆，寫下我說的話！我要讓位！跳過這局。哈哈！幹得好！……」接著再低聲補上：「落敗！這算什麼？落敗？」

沒有人敢回應，就連總是與老闆對著幹的法畢斯也沒大膽到敢觸碰這麼敏感的話題，更別說這個問題的答案不證自明。

密特朗得發表一段聲明，他準備好說辭了，平凡、毫無創意、差勁的說辭。他將談論墨守成規、如一灘死水的現狀。沒有熱情、沒有想法、沒有新意，都是些浮虛空洞的內容。話語中流露出注定成為失敗者的冷酷怒氣。這段聲明在一片淒涼的沉默後結束。法畢斯鞋裡的腳趾因為緊張不住地抖動。莫提嘴裡的大理石蛋糕彷彿是水泥。

25 Joseph de Maistre，法國哲學家、作家、律師與外交官。
26 法國茴香酒品牌。
27 Jacques Attali，法國經濟學家、作家。
28 巴丹戴爾的名。

德布雷和巴丹戴爾面無表情地互看了一眼。阿達利望著窗外一名女警給莫提的R5座車開了張罰單。就連賈克．朗也一臉迷茫。

密特朗咬牙切齒，他的一生都戴著同一張面具，將折磨著五臟六腑的憤怒隱藏在傲慢的表情之下。他站起身，拿了圍巾，沒跟任何人道別就離開了。

留在他身後的沉默又持續了一段時間。

莫提一臉慘白：「好了，看來塞蓋拉[29]是我們唯一的希望了。」

站在他身後的賈克．朗喃喃自語：「不，還有另一個希望。」

57

「我不明白他第一次怎麼可能失敗。他明明知道自己在找一份跟俄羅斯語言學有關的資料，也就是雅各布森，而且也看到書桌上放了一本雅各布森的書，卻沒有想到要看一眼？」

沒錯，這樣聽來的確有點**難以置信**。

「那麼剛好，我們抵達巴特家時他就在那裡。他手上明明有鑰匙，而且在那之前有好幾個星期可以進去。」

波音747自起飛跑道上拔起自己的骨架那段時間，西蒙一直聽著巴亞說話。季斯卡那個法西斯布爾喬亞肥豬最後還是同意支出這筆差旅費了，只可惜沒辦法要求搭乘協和客機。

保加利亞這條線牽引著他們往克莉絲蒂娃的方向去。

只是克莉絲蒂娃去了美國。

於是，熱狗和有線電視，我們來了。

毫無意外的，同一排座位有個男孩哭了。

一名空服員請巴亞熄掉手上的菸，起飛和降落期間都是禁菸的。

西蒙帶了安伯托．艾可的《故事中的讀者》（*Lector in fabula*）準備在旅程中閱讀。巴亞問他是否讀到有趣的內容，對他而言，有趣應該指的是對調查有幫助的，但或許不只如此也說不定。西蒙重新回到書上，念了一段：「我活著（我的意思是：身為作家的我，意識到自己在唯一一個我認識的世界裡活著），但就在我提出可能存在的敘述世界這樣的理論時，我決定（在我直接以肢體接觸的世界裡）將這個世界縮小至符號的經驗，以便和敘述的世界相比。」

西蒙在空服員手舞足蹈地表演安全指示時感到有些緊張（男孩被那些交通警察般的舞

29 Jacques Séguéla，法國廣告大亨，世界最大的廣告經濟代理公司 Euro RSCG 創辦人，善於操作公開談話與螢幕形象。

蹈給吸引而暫停哭泣）。

認真說來，克莉絲蒂娃來到紐約伊薩卡的康乃爾大學是為了參加一場巴亞甚至連名稱或主題都不知道的研討會。他唯一需要知道的是，艾可提到的那位美國哲學家約翰・希爾勒也在邀請之列。此行的目標不是將保加利亞人都像艾希曼[30]一樣遣送回國。所有的線索都指向她，要是季斯卡只想解決巴特的謀殺案，早就催促他們出發了。他的目的是了解背後的陰謀。正因如此，故事才得以繼續，不是嗎？

對小紅帽而言，狼會說話的世界才是真實的。

也得把那份文件找回來。

巴亞試著理解「語言的第七種功能」究竟是使用說明書、一種咒語、教科書，還是一個迷幻的政治與知識份子圈的幻想，到手的人便等於獲得無上至寶？

隔著走道坐在他旁邊的男孩拿出了魔術方塊在手裡把玩。

西蒙在內心深處自問，他和小紅帽或是夏洛克・福爾摩斯間真有什麼差異嗎？

他聽見巴亞說出了內心的疑問，又或者那個問句的對象是他：「就算『語言的第七種功能』是所謂表述行為的功能好了。就目前看來，那份文件記在一張紙上。就算寫滿雙面而且字很小，一個這麼具有威力的說明書怎麼可能擠進這麼小的空間裡呢？無論是洗碗機、電視或我的504汽車都好，說明書內容都有好幾頁。」

西蒙咬緊了牙。的確很難想像沒錯。他想不出任何合理的說明。要是他了解這份文件的其中一小部分，那他早就被提名參選總統，並且睡遍全世界的女人了。

巴亞說這些話時，眼睛盯在男孩的玩具上。根據他的觀察，那個大立方體由許多小立方體組成，遊戲目的是垂直或水平轉動每一面將色彩方塊分類。男孩全神貫注在方塊上。

《故事中的讀者》中，艾可將虛構人物稱為「超界」（surnuméraire），因為他們超出現實而存在。羅納德·雷根和拿破崙是真實的，但夏洛克·福爾摩斯不是。這麼說來，當我們說「福爾摩斯沒有結婚」或「哈姆雷特瘋了」的時候代表了什麼呢？我們能否將超界視為真實的人物？

艾可引用一位義大利符號學家雨果·伏利（Volli）的話：「我確實存在，但艾瑪·包法利不是。」一股不安的情緒在西蒙的心裡滋長。

巴亞起身往洗手間走去，不是因為他想上廁所，而是看到西蒙完全沉浸在書裡，心想不如伸展一下雙腿，再說他的巧克力餅乾也吃完了。

就在他往機身後方走去時，突然瞥見傅柯正和一個脖子上纏繞著耳機的阿拉伯少年聊天。

30 Adolf Eichmann，納粹德國期間蓋世太保的一員，曾籌畫了押送42萬猶太人至奧斯威辛集中營執行死亡急行任務，被稱為「死亡執行者」。二戰結束後他逃至阿根廷居住，但最後被遣送至以色列判刑。

他早就看過大會議程，也知道傅柯在邀請之列，實在不該為此感到訝異，但在那當下身體還是克制不住地抖了一下。傅柯送上一個饒富深意的笑容。

「您不認得蘇利曼嗎？他是哈邁德的好朋友。您還沒搞清楚他的死因吧？不過就是多一個少一個同性戀而已是吧，或者阿拉伯人？這兩種身份加起來是不是又更無所謂了？」

巴亞回到座位上時，西蒙已經睡著了，他的頭低垂，典型毫無舒適感的坐姿。睡夢中的他想起了艾可說過一句他岳母的話：「要是我的女婿沒娶我女兒的話會怎樣呢？」

西蒙在夢裡。巴亞則在自己的思緒裡。傅柯帶著蘇利曼到上層的吧台聊研討會上他要發表關於古希臘情欲夢境的研究。他向空服員要了兩杯威士忌，空服員的笑容幾乎和傅柯一樣燦爛。

阿提米多羅[31]認為人類的情欲夢境是一種預言。夢裡的性交和現實世界中的社會關係有一定的聯結。比方說夢到和奴隸上床是好徵兆：奴隸通常被視為財產，這種夢將會招來財富。相對的，要是跟一個已婚婦女上床就是不祥之兆，因為不該隨意招惹他人的所有物。但要是夢見和自己的母親上床，就不一定了。傅柯認為，現代人過度詮釋伊底帕斯情結，甚至超出希臘人賦予的意義了。無論如何，這些詮釋都是從自由且具活動力的男性角度切入的。插入他人體內（男人、女人、奴隸、家人）能帶來快感，但被插則會感到不悅。最糟的是那些女同性戀也這麼做（只比人神相交、人獸相交和人屍相交好而已）。

「每個人心中都有一把尺，對每件事都如此！」傅柯笑了，又點了兩杯威士忌後，便把蘇利曼拉到廁所裡，後者看來也樂在其中（但並不想把隨身聽拿掉）。

西蒙做什麼夢我們無從得知，因為我們並不在他的腦海裡，不是嗎？

巴亞看見傅柯和蘇利曼走上二樓的酒吧，突然不知哪來的靈感，又轉回兩人的座位檢查起他們的物品。傅柯座位前方的收納袋裡有幾本書，蘇利曼的座位上有本雜誌。巴亞接著打開上方的行李艙，拿出他認為應該屬於兩人的行李後，坐在傅柯的位子上開始在這位哲學家的公事包和男妓的後背包裡翻找。紙張、書、一件備用T恤和一些錄音帶。似乎不見那份重要文件的蹤影，巴亞心想文件上應該不會寫明「語言的第七種功能」幾個大字，於是將兩人的包一併帶回自己的座位上叫醒西蒙。

自西蒙清醒、進入狀況、為傅柯也在機上感到驚訝、責怪巴亞竟要他做這件事，到無可奈何地接受在不屬於他的包裡翻尋文件止，時間已經過了二十幾分鐘。正因如此，當西蒙證實在兩個包裡沒有任何看起來和語言的第七種功能沾得上邊的物件時，他們看到傅柯從樓梯上走了下來。

31 Artémidore，古希臘占卜家，研究夢的先驅，代表作為《夢的解析》（Oneirocritica）

他就要回到座位上了，遲早會發現自己的東西消失了。

兩人沒有交換任何意見，就像歷練老成的夥伴般動了起來。西蒙跨過巴亞，站到走道上準備迎接迎面而來的傅柯，巴亞則繞到另一邊的走道往傅柯的座位走去。

傅柯來到西蒙跟前等著通過，但西蒙並未退讓，傅柯抬起戴著近視眼鏡的雙眼，並認出了眼前的男人。

「哦？是亞西比德啊！」

「傅柯先生，您也在啊！……太幸運了，我非常敬佩您……最近在關注什麼議題呢？……還是跟性有關嗎？」

傅柯瞇起雙眼。

巴亞轉到另一邊的走道，但正好遇上空服員推著手推車替乘客送茶和紅酒，並推銷免稅產品。在她身後的巴亞急得直跺腳。

西蒙根本沒聽見傅柯的回答，一心只想著下一步該問什麼。蘇利曼在傅柯身後有些不耐：「不往前走嗎？」西蒙逮住了機會：「哦！你也在啊？你好，你好！他也叫你亞西比德嗎？哈哈。你去過美國嗎？」

真有必要的話，巴亞可以推開空服員，但他跨不過推車，而傅柯的位子只離他三排之遙了。

西蒙問：「您讀過佩蕾菲特的東西了嗎？爛到家了對吧。您知道嗎，文森大學的人都很想念您呢。」

傅柯態度客氣但意志堅決地將手放到西蒙肩上，像是跳起探戈般帶著西蒙轉了半圈，他現在介於傅柯和蘇利曼中間了，換句話說，傅柯越過他了，而且直到他的位置前，除了幾公尺的距離外沒有任何阻礙了。

巴亞總算走到飛機尾端的廁所旁了，他可以從這個通道穿到另一頭。他率先抵達傅柯的位子，但從另一端走來的傅柯將看到自己把兩個行李放回原本的位置。

西蒙不需戴上眼鏡便知道當下的情況危急，他看見巴亞在傅柯之前抵達定位，於是大喊：「賀可靈・巴賓[32]！」

乘客都被他的叫聲嚇著了。傅柯轉過頭。巴亞打開行李艙，將兩個行李塞進裡頭，關上門。傅柯盯著西蒙，西蒙傻笑著說：「我們其實都是賀可靈・巴賓，對吧，傅柯先生？」

巴亞經過傅柯身旁，道了歉，就像正好從廁所回來。傅柯看著巴亞經過，聳了聳肩，所有人都回到了自己的位置上。

「那個賀可靈什麼的，是誰啊？」

「十九世紀一個陰陽人，當時面對了種種困難。傅柯後來編輯了他的回憶錄。他

32 Herculine Barbin（一八三八～一八六八年），法國陰陽人，傅柯發現其回憶錄後，他的故事才重新被世人理解。

有點把這件事當成個人義務，用以揭發生命權力以標準化的程序強迫個體選擇性徵與性別，只有男和女，沒有其他選項，而且無論最後的決定如何，必得是異性戀。與希臘相比，當時對這個議題的態度反而較為自在，但他們也有自己的一些堅持，像是……」

「嗯嗯，OK，可以了！」

「跟傅柯一起的那個年輕人是誰？」

接下來的旅程十分順利。巴亞點了根菸。空服員提醒他飛機降落時禁止抽菸，大警探只好拿出備用的巧克力餅乾救急。

我們知道年輕人名叫蘇利曼，但不曉得他的姓，就在入境美國時，西蒙和巴亞聽見一旁查驗護照的海關警察正交頭接耳討論他的簽證問題，或者應該說他沒有簽證，巴亞心想他在華西機場是怎麼通關的。傅柯試著替他說情但沒有任何用處，看來美國警察並不習慣和外國人說笑。蘇利曼要傅柯先走，他能自行解決。接著，兩人便消失在西蒙和巴亞的視線之外，而他們也坐上了通往郊區的火車。

他們不像《厄夜之旅》（*Voyage au bout de la nuit*）中的賽林乘船抵達紐約，但從位於地底的地鐵站踏上麥迪遜廣場並直闖曼哈頓市中心，這種經驗的震撼力並不亞於他感受到的：兩個男人張大了雙眼，目不轉睛盯著第八大道上摩天大樓的透視線和成排成列的街燈，幻夢般的場景與似曾相識的感受交織於心。做為《奇異故事》[33]的忠實讀者，西蒙滿心期待見到蜘蛛人在黃色的計程車和紅綠燈間穿梭。（但蜘蛛人是個「超界」人物，所以不可能。）一位看來有點趕時間的當地人自動停下詢問是否需要協助，這個舉動使得兩個巴黎人不知所措，畢竟這般熱心對他們而言十分陌生。他們在紐約的月色中走上第八大道，一路走到港務局巴士總站。總站正前方的巨大建築是《紐約時報》的館址，玻璃牆外的歌德字體清晰地寫著 New York Times。兩人登上前往伊薩卡的巴士，再會了摩天大樓仙境。

車程預計五個小時，所有人都累了，巴亞從袋子裡拿出一個彩色的小方磚玩了起來。西蒙十分吃驚：「你偷了那孩子的魔術方塊？」巴士開出林肯隧道時，巴亞正好湊出了一排顏色。

33 Strange，一九七〇年到一九八八年間發行的法國漫畫雜誌，刊載了許多漫威（Marvel）的英雄漫畫，如鋼鐵人、蜘蛛人、X 戰警等。

58

Shift into overdrive in the linguistic turn

（切換排檔，加速語言學轉向）

康乃爾大學，伊薩卡，一九八〇秋

（主辦人：喬納森．庫勒 Jonathan D. Culler）

議程：

諾姆．喬姆斯基 Noam Chomsky

Degenerative grammar[34]（退化語法）

海倫．西蘇 Hélèn Cixous

Les larmes de l'hibiscus（洛神淚）

雅克．德希達 Jacque Derrida

A Sec[35] Solo（枯燥的獨白）

米歇爾・傅柯 Michel Foucault

Jeux de polysémie dans l'onirocritique d'Artémidore

（阿提米多羅著作《夢的解析》中的多義詞遊戲）

菲力克斯・瓜達里 Félix Guattari

Le régime significant despotique（獨裁的表意政權）

露西・伊瑞葛來 Luce Irigaray

Phallogocentrisme et métaphysique de la substance

（父權理知中心傾向與實體形上學）

羅曼・雅各布森 Roman Jakobson

34 生成語法（generative grammar）為 Chomsky 在語言學上最重要的成就之一，這一系列的演講主題作者都刻意玩文字遊戲，如 degenerative 用以揶揄本來的 generative。

35 Sec，指 Signature Event Context（署名、事件、語境），德希達解構主義的重要著作之一，而 sec 這個字在法文中也是形容詞乾燥的意思。

Stayin' Alive[36], structurally speaking（活下去，自結構而言）

詹明信 Frederic Jameson

The Political Unconscious: Narrative as a Socially Symbolic Act（政治潛意識：敘述作為社會象徵行為）

茱莉亞・克莉絲蒂娃 Julia Kristeva

Le langage, cette inconnue[37]（言語，不為所知）

希爾維爾・羅廷格 Sylvère L'otringer

Italy: Autonomia – Post-political politics（義大利：自律—後政治的政治）

尚－弗朗索瓦・李歐塔 Jean-François Lyotard

PoMo de bouche[38]: la parole post-moderne（後現代言談）

保羅・德曼 Paul de Man

Cerisy[39] sur le gâteau: la déconstruction en France（錦上添花：法國解構思潮）

傑弗瑞・梅爾曼 Jeffrey Mehlman

Blanchot[40], the laundry man（布朗修，洗衣工）

阿維塔爾・羅奈爾 Avital Ronell

“ Because a man speaks, he thinks he’s able to speak about language.” – Goethe & the metaspeakers（人以為自己會說話便能談論語言——哥德與後設發言人）

理查・羅狄 Richard Rorty

Wittgenstein vs Heidegger: Clash of the continents?（維根斯坦 vs 海德格：大陸板塊的衝

---

36 Bee Gees 比吉斯合唱團的著名歌曲。

37 該名稱應來自一九一二年，諾貝爾生物學與醫學諾貝爾獎得主 Alexis Carrel 一九三五年的著作《人類，不為所知》（l’Homme, cet inconnu）。

38 此用語應來自法文 pommeau de douche，意指蓮蓬頭。這裡將後面的 post-moderne 縮寫為 pomo, 而 bouche 在法語裡指的是嘴，指的是言談（parole）。

39 此用語原為 cerise sur le gateau（蛋糕上的櫻桃）意指錦上添花，但作者稍做變動用了 Cerisy，法國的城市名稱，為法國國家文化中心所在地，經常舉辦各種研討會。

40 法文中的洗衣店是 blanchisserie 與哲學家布朗修姓氏 Blanchot 相近。

突？）

愛德華・薩依德 Edward Saïd

Exile on Main Street（放逐到大街）

約翰・希爾勒 John Searle

Fake or feint: performing the F words in fictional works（仿冒或偽裝：F 在小說中的表述）

加亞特里・史畢娃克 Gayatri Spivak

Should the subaltern shut up sometimes?[41]（從屬能否偶爾閉上嘴？）

摩理斯・查普 Morris J. Zapp[42]

Fishing for supplement in a deconstructive world.（在解構世界中垂釣增補）

59

「Deleuze's not coming, right？（德勒茲不會來，對嗎？）」

「No, but Anti-Oedipus is playing tonight, I am so excited！（不會，但今晚有「反伊底帕斯」的表演，真令人興奮！）」

「Have you listened to their new single？（你聽過他們的新單曲了嗎？）」

「Yeah, it's awesome. So L.A.！（聽了，有夠好聽，好L.A.啊！）」

草坪上的克莉絲蒂娃自在閒適，坐在兩個男孩中間撫摸著他們的頭髮，一邊說：

「I love America. You are so ingenuous, boys.（我愛美國，你們這些男孩好率真啊。）」

其中一個男孩想親她的脖子。她笑著推開。另一個在她的耳邊輕語：「You mean "genuine", right?（妳想說的是「真誠」，是嗎？）」她發出咯咯的笑聲，感覺到一陣電流穿過她那小松鼠般的身軀，禁不住顫了一下。另一名學生坐在三人面前捲了大麻並點上火。菸草的香氣在空氣中漫開。克莉絲蒂娃抽了幾口，頭有些暈，以嚴肅的口吻對

---

41 這則標題用以回應史必娃克名的文章 Can the Subaltern speak?（從屬能夠發言嗎？）主要討論知識產物與經濟間的共謀關係。

42 虛構的哲學家。英國小說家大衛．洛吉（David Lodge）著作 Changing Places 裡的人物，為一大學教授，以研究珍．奧斯汀（Jane Austen）為名。

幾個男孩說教：「正如斯賓諾莎所言，所有的否定都是定義。」三個後嬉皮、前新浪潮的年輕人狂喜，興奮地說：「Wow, say it again ! What did Spinoza say?（哇，再說一次！斯賓諾莎說了什麼？）」

看似忙碌的學生在校園裡穿梭，他們穿越草皮，在歌德式、維多利亞和新古典風格的建築間進出。一座鐘樓居高臨下矗立在小丘之上，丘陵則一路向下延伸至湖泊與幾個小峽灣。我們也許正處於一片荒蕪之中，但至少是在荒蕪的中心。克莉絲蒂娃咬著總匯三明治，因為她鍾愛的法國長棍麵包還沒傳到這個位於紐約州的盡頭，介於多倫多與紐約市之間的窮鄉僻壤。以雪城（Syracuse）為首府的歐若恩多加城，舊時曾是與易洛魁人結盟的卡尤加族人領地，如今位於該城內的伊薩卡小鎮則是頗負盛名的康乃爾大學所在地。她皺起了眉頭：「嗯，也許說反了。」

第四個從飯店管理學院走出來的年輕人加入他們，一手拿著一小包以鋁箔包裹的東西，另一手則是《論文字學》（*Of Grammatology*）（但他不敢開口詢問克莉絲蒂娃是否認識德希達）。他帶來了剛從烤箱出爐的自製瑪芬蛋糕。克莉絲蒂娃舉起了雞尾酒（為了逃過管制，他們將酒瓶藏在紙袋中），開心地加入這個意料之外的picnic（野餐）。

她看著腋下夾著書本、曲棍球棒或吉他袋的學生來來去去。

一名前額扁塌的老人頂著茂密如草叢且向後梳理的頭髮坐在樹下喃喃自語，胸前揮舞的雙手活像樹枝。

另一個融合了一〇一忠狗裡的庫伊拉和凡妮莎·蕾格烈芙[43]形象的短髮女人看來像是參與了一個只有她一人的示威活動，喊著克莉絲蒂娃聽不懂的口號，似乎十分氣憤。

一些年輕人玩著美式足球，其中一個一邊背誦莎士比亞，另一個拿著酒瓶猛灌紅酒（沒有紙袋，真叛逆）。兩人互相傳球，每一球都極力炫技。手中拿著酒瓶的年輕人因為無法單手接球（手上還有根菸）而被其他人嘲笑。他們的醉意已濃。

克莉絲蒂娃的眼神與樹叢先生對上了，兩人的眼神停留在彼此身上，不算久，但對一個不具任何意義的眼神來說卻稍嫌過長了。

怒氣沖天的女人走到克莉絲蒂娃面前說：「I know who you are. Go home, bitch.（我知道妳是誰，滾回家去，婊子。）」克莉絲蒂娃的朋友們吃驚地互看了一眼後大笑了起來，並激動回話：「Are you stoned？Who the fuck do you think you are？（妳傻了嗎？妳他媽覺得自己是誰？）」女人離去，克莉絲蒂娃看著她又再次喊出抗議獨白。她幾乎肯定自己從來沒看過這女人。

另一群年輕人走向玩著美式足球的那些人，氣氛頓時凝結；克莉絲蒂娃從自己的位子看到雙方傳遞出的敵意。

43 Vanessa Redgrave，英國女演員。

教堂的鐘響了。

新來的那群人先發制人。克莉絲蒂娃聽見他們把另一組人說成法國吹簫人，克莉絲蒂娃沒有馬上明白他們用的是帶介詞的同位結構（即具備吹簫本領且為法國人）或是名詞補語（指那些人專門替法國人口交），但因為那些被盯上的人看上去應該是盎格魯撒克遜人（她覺得他們似乎很熟悉美式足球的規則），她認為第二個假設可能性比較高（請注意，英語中也存在這種模稜兩可的狀況：French suckers 裡的 French 可以是前置的修飾用形容詞，也可以是名詞獨立屬格）。

無論是哪種情況，遭到攻擊的那組人馬也以類似的句子回擊——「you analytic pricks！（你們這些分析學派的小雞巴！」）——要是那個大約六十多歲的老頭沒有出面阻止（出乎意料，他用法語）：「冷靜下來，你們這些可悲的小瘋子！」情況可能會更糟。其中一位搭訕克莉絲蒂娃的年輕人為了展現自己完全在狀況內，小聲地對她說：「This is Paul de Man. He's French, n'est-ce pas?（那個人是保羅德曼[44]，他是法國人對吧？）」克莉絲蒂娃糾正：「不，比利時人。」

樹叢先生在樹下嘀咕：「The sound shape of language...（語言的聲形……）」

還在獨自抗議的年輕女人聲嘶力竭，感覺像是為剛才兩組人馬的其中一邊聲援：「We don't need Derrida, we have Jimi Hendrix.（我們不需要德希達，我們已經擁有吉米·罕醉克斯。）」

保羅德曼因為被庫伊拉・蕾格烈芙驚人的口號吸引，沒有聽見後面傳來的聲音：「Turn round, man. And face your enemy.（轉過身，面對你的敵人。）」一個身著毛呢西裝外套的男人出現在他身後，鬆垮的外衣、過長的袖子、旁分的髮線、前額上的一撮髮、一張薛尼・波拉克[45]電影配角的臉和一雙彷彿能穿透你靈魂的小眼。

這個人正是約翰・希爾勒。

塌額的樹叢先生注視著正觀看這一幕的克莉絲蒂娃。這位認真且專注的女人任憑菸草在手裡燒盡。樹叢先生的眼神在希爾勒與克莉絲蒂娃間來回移轉。

保羅德曼擺出一臉嘲諷且不在意的表情，裝出來的自在不太有說服力，但他還是說：「Peace, my friend! Put your sword down and help me separate those kids.（朋友，放鬆一點！放下你的武器，幫我勸勸這些孩子。）」這句話不曉得為何惹怒了希爾勒，他一步向前靠近保羅德曼，從旁觀者的角度看來就像準備出拳。克莉絲蒂娃扣緊了一旁少年的手臂，後者也趁機佔些便宜。保羅德曼沒有任何反應，因為受到驚嚇而呆滯了一會兒。他被眼前這具來勢洶洶的身軀震懾，但在想到對方可能即將衝撞自己時，他還是做出了保護自己——或者，誰知道呢？也可能是防衛性——的動作。此時另一邊傳來

44 Paul de Man，比利時思想家，後於美國發展，當代解構學者。
45 Sydney Pollack，美國導演。

第三個聲音，虛情假意的語調中透露著歇斯底里的不安：「Dear Paul! Dear John! Welcome to Cornell! I'm so glad you could come!（親愛的保羅！親愛的約翰！歡迎來到康乃爾！你們能來真是我的榮幸！）」

是庫勒，這次研討會的主辦人，年輕的學者。他趕緊向希爾勒伸出手，希爾勒心不甘情不願地以無力的手和冷漠的眼神回禮，他盯著保羅德曼，用法語說：「帶著你的Derrida boys（德希達男孩）滾開，現在就滾。」保羅德曼帶走了那一群人，事件到此告一段落。少年好似剛逃過一劫或經歷了一場重大事件般親了克莉絲蒂娃，而後者似乎也有相近的想法——無論如何，她沒有抗拒。

引擎聲在黑夜籠罩之際怒吼。蓮花跑車的輪胎發出尖銳的摩擦聲後，在大家的面前停了下來。一名年約四十的男子瀟灑地走下車，嘴裡叼著菸、頭頂著寬邊遮陽帽、手拿絲質小包逕自走向克莉絲蒂娃。「Hey, chica!（嘿，女孩！）」他親了她的手。她轉向年輕人，手指向男子：「孩子們，為你們介紹摩理斯・查普，結構主義、後結構主義、新批評和許多其他理論的大師。」

摩理斯・查普露出笑容補充說明，並試著營造距離感，避免自己的虛榮心在第一時間成為被數落的焦點（但還是說了法文）：「第一位領有六位數薪水的教授！」一旁抽著菸草的年輕人發出「哇！」的驚嘆。

克莉絲蒂娃發出她那獨特爽朗的笑聲，同時也探問：「你這次準備了關於Volvo

的演講嗎？」

摩理斯·查普的神情顯得有些失落：「You know... I think the world is not ready.（妳也知道的……我覺得這個世界還沒準備好。）」他瞥見希爾勒和庫勒還在草皮上交談，決定上前打個招呼，沒有聽見前者正向後者抱怨這次與會的講者除了自己和喬姆斯基外都很蹩腳。他向克莉絲蒂娃告別：「Anyway, I'll see you later, I have to check in at the Hilton.（總之我們還會再見面，我現在得去希爾頓飯店登記進房了。）」

「你不住在校園內嗎？」

「天啊，當然不要，太可怕了！」

克莉絲蒂娃大笑。畢竟康乃爾用來接待外賓的「特路來之家」（Telluride House）還算豪華舒適。對某些人而言，摩理斯·查普是個將職業生涯視為藝術經營的人。看著他鑽入蓮花跑車，引擎大聲咆哮，在差點撞上開往紐約市的巴士後朝山下一路狂奔疾駛而去，她心想那些人說的並非沒有道理。

跑車離去後，她看見西蒙和警探巴亞走出巴士，這次該輪到她皺眉了。

她已經將盯著她看的樹叢先生給忘了，但後者沒有注意到有個看似來自北非的消瘦男子正在不遠處觀察他的一舉一動。塌額的老人穿著一件帶有細條紋的厚質襯衫，看上去就像從卡夫卡小說裡走出來的人物，脖子上的領帶還是羊毛材質的。他坐在樹下，嘴裡念念有詞，沒有人聽得見他說些什麼，但就算聽見了，聽懂的人應該也不多，因為他說的是俄語。阿拉伯少年重新戴上耳機。克莉絲蒂娃躺在草坪上欣賞天上的星辰。經過五個小時的車程，巴亞只完成了魔術方塊的其中一面。西蒙覺得這個校園美得令人讚嘆，又想到了文森大學，那相比之下好似巨大垃圾桶的校區。

60

「直到十八世紀前，哲學與科學併肩共進，共同對抗教會的愚民政策，但十九世紀後，在浪漫主義思潮的影響下，啟蒙運動的精神逐漸回歸，德國與法國（英國不在其列）的哲學家紛紛表示：科學無法透視生命與靈魂的奧祕，唯有哲學得以達到此目的。自此，歐陸哲學與科學的發展分道揚鑣，同時也與其基本原則如清晰、學術嚴謹及講求證據的文化漸行漸遠。它變得越來越深奧、freestyle（自由發揮），並且往唯靈論（spiritualism，除了馬克思哲學以外）與生機論（vitalisme，亨利・柏格森便是一例）的方向發展。

海德格將這股思潮推到了巔峰，這位反動哲學家實踐了該詞彙最完整的意義。他認為幾世紀以來哲學都在往錯誤的方向發展，應該回到最初的問題，也就是關於存在的問題之上。他寫了《存在與時間》（*Être et Temps*）一書探尋何謂存在。但他從未找出答案，哈哈，不過就算如此，他還是走了很遠。無論如何，他開啟了這種風格晦澀的哲學，其中充滿了複雜的新詞、令人費解的論辯、站不住腳的類比和引人質疑的隱喻。今日的德希達便是這個派系的繼承者。

相較之下，英國人和美國人便持續走在較為科學的哲學領域上，我們稱之為分析哲學，希爾勒便是自稱屬於該學派的哲學家。」（匿名學生，校園閒談）

61

我們必須承認美國人的餐點不錯，特別是在康乃爾的教職員餐廳，儘管是自助餐，食材的品質可比一般餐廳。午餐時間，所有的與會者都聚在餐廳內，以巴亞和西蒙尚未弄清楚的地理政治為指標散佈在各桌。餐廳內的桌子大約可坐六至八人，沒有任何一個完全坐滿，西蒙和巴亞從氣氛中便可感受到他們的派系分明。

「真希望有人能給我簡介這裡的派系關係。」巴亞對西蒙說了這句話，一邊選擇雙倍肋排做為主菜，搭上馬鈴薯泥、大蕉和白血腸。黑人廚師聽見他的話便以法語回應：「靠近門口的那桌是分析學派的地盤。他們身處敵營，而且人數較少，所以聚集在一起。」那群人中包含希爾勒、喬姆斯基和庫伊拉・蕾格烈芙（本名是卡蜜兒・帕格莉亞[46]，性行為歷史專家，與傅柯敵對，總是傾盡全力唾棄他）。「靠近窗戶的那群人是法文裡說的「天團」：李歐塔[47]、瓜達里、西蘇，中間的那位是傅柯，you know him, of course（你們當然知道他吧），聲音很大的禿子，right？（對吧？）克莉絲蒂娃在那裡，跟摩理斯・查普一起，還有《半文本》（*Semiotext*（*e*））雜誌的創辦人羅廷格[48]。可是我不認識那個單獨坐在角落，戴著羊毛領帶，頂著奇怪髮型的老頭。（巴亞心想這還真有趣）坐在他後面的紫髮女生我也不知道是誰。」一旁來自波多黎各的助手看了一眼，平靜地說：「肯定是海德格學派的。」

巴亞對這些教授間的情結並不感興趣，但基於專業素養還是開口問了。廚師舉起手指向喬姆斯基那桌，一名鼠頭鼠腦的年輕男子經過桌旁。希爾勒對著他大喊：

「Hey, Jeffrey, you must translate for me the last piece of trash of the asshole.（嘿，傑弗瑞，你得幫我翻譯一下那個混蛋那篇最新的垃圾文。）」

「Hey, John, I'm not your bitch. You do it yourself, OK?（嘿，約翰，我可不是你的小母狗，你自己搞定好嗎？）」

「Very well, you scumbag, my French is good enough for this shit.（也好啊，小渣渣，反正我的法文也足以應付那坨屎了。）」

黑人廚師和他的波多黎各助手拍手叫好。巴亞沒聽懂這段話的內容，但也感受到氣氛了。這時他身後傳來不耐煩的聲音：「你們可以往前走了嗎？謝謝。」西蒙和巴亞認出了他是跟傅柯一起來的阿拉伯男孩。他手上的餐盤裡裝著咖哩雞、紫薯、水煮蛋、芹菜泥，但在櫃台結帳時因為沒有任何學者身份而被拒。傅柯見狀想出面替他說情，蘇利曼做了個手勢表示能自己處理，在經過一番商談後，他順利帶走了餐盤。

巴亞跟上西蒙，兩人在獨坐的老人身旁坐了下來。

巴亞認出了從未見過面的德希達：頭縮在雙肩之中、正方型的下巴、嘴唇單薄、鷹勾鼻、絨布壓紋西裝、半開的襯衫、銀色的頭髮如火焰般直挺。他拿了北非小米和紅酒，身旁站著保羅德曼。希爾勒那桌靜了下來，傅柯也是。他沒看見西蘇對他比了手勢，但雙眼立即偵測到了同樣也在餐廳裡的希爾勒。他手上拿著餐盤靜止了一秒後便加入其他朋友。西蘇親了他，瓜達里拍了他的肩，傅柯也板著臉握了他的手（他還為德希達在一篇舊文章〈我思與瘋狂史〉（*Cogito et Histoire de la folie*）裡批評自己對笛卡兒的誤解而生氣）。一頭紫髮的女人也過來打了招呼，她是阿維塔爾．羅奈爾[49]，研究歌德，同時也對解構主義著迷。

巴亞觀察這些人的肢體語言和表情，一邊默默吃著白血腸，西蒙則看著議程說：

46 Camille Paglia，美國社會學作家。
47 Jean-François Lyotard，法國重要思想家，後現代理論的領導者。
48 Sylvère Lotringer，法國文學批評家，善於比較文學。
49 Avital Ronell，美籍哲學家。

「你看到了嗎？有一場雅克布森的演講。去不去？」

巴亞點了根菸，似乎有點感興趣。

62

「分析派的哲學家根本就是低賤的工人，他們是維拉斯，這麼說你們懂嗎？他們實在太煩人，經常花上好幾個小時定義一個術語；每一個論點之前都有前提，還有前提的前提，無限循環。都是些他媽的邏輯學者。最後還不是用二十頁解釋一個十行就可以結束的東西。奇怪的是，每次都針對歐陸哲學而來，對他們的非難是無邊界的幻想，說他們不夠嚴謹、從不定義術語、談文學而不談哲學、缺乏數學精神，根本就是詩人嘛，都是些不正經的人說些玄祕的妄語（但他們其實都是無神論者）。不管怎樣，總之那些歐陸哲學家比較像是馬克安諾，至少不會讓人感到無聊。」（匿名學生，校園閒談）

63

正常來說，西蒙的英文能力應該還算可以接受，也算是法國人學習外語的標準水平，但在面對實際狀況時卻往往顯得不足。

正因如此，摩理斯．查普的演講西蒙只聽懂了一半。若真要找個藉口，可以說是他對解構這個主題不熟，而且講者也使用了一些難懂的概念，甚至可以說是深奧。但他來這裡就是想找些靈感的。

巴亞沒有跟來，西蒙因此鬆了口氣，他要是真的來了一定很煩。

因為演講的內容對他而言難以捉摸，只好將心思放到其他地方，例如摩理斯．查普諷刺的話語、觀眾精準的笑聲（每個人都想確保自己具備此時此地待在這間階梯教室內的資格——又是間階梯教室，身為一個有結構—妄想症的被害者，西蒙有某些負面的反射動作，他會到處尋找不斷重現的「母題」）、觀眾的問題（提問者從來就不是真心提問，他們或者企圖挑戰大師，或想在其他觀眾間為身為對話者的自己確立具備尖銳的批判精神和優越的智力。一言以蔽之，就是布赫迪厄所說的「區異」（distinguer））。根據每個發問者的語調，西蒙得以猜測每個發問者的身份：undergrad（大學生）、博士生、教授、專家學者、反對者……同時也輕易地分辨出找麻煩的、害羞的、拍馬屁的、狂妄的人和忘記提問、滔滔不絕地獨白、沉醉在自己的言論且無法擺脫提供意見的需求的人，這種人為數最多。顯然地，這個木偶劇場內有個與存在感相關的事件正在發生。

儘管如此，還是有某個段落引起他的注意：「The root of critical error is a naïve confusion of literature with life.（所有嚴重的錯誤都源自於天真地將生活和文學混淆。）」他對這句話充滿好奇，於是請教身邊一位四十來歲的英國人替他做口頭翻譯，或至少概括一下內容。這位英國人正如校園裡的半數學生和研討會四分之三的參與者一樣，都有一定的法文程度。他向西蒙解釋根據摩理斯·查普的理論，文學批評論的起源有一個很根本的方法論錯誤，也就是將現實生活與文學混淆了（西蒙提起雙倍的注意力）。但其實兩者是有差別的，他們的「功能」不同。「現實生活是透明的，文學不是。」英國人這麼說（西蒙心想，這點有待商榷）。「現實生活是開放的系統，文學是封閉的。生活由事物組成，文學則由文字組成。我們嘴裡說的便是生活的真實模樣，比方說我們害怕飛機，直接牽涉到的是生死的問題；我們搭訕一個女孩，牽涉到的是性交。但談到哈姆雷特時，就算最差勁的評論家也知道談的不只是一個男人想殺死叔叔，背後還有其他的問題。」

這段話讓西蒙安心了不少，畢竟他對自己這段冒險到底在「談」什麼一點概念也沒有。

當然要談語言啊，不然呢。嗯。

摩理斯·查普的演講越來越偏向德希達的觀點，現在他正闡述語言是一個符碼，理解一則訊息的過程就是解碼。然而，「每一次解碼就是再次加密」。因此，我們永遠無法肯定任何事物，更重要的是，兩個對話者無法完全理解對方，因為沒有人能確定自己對某個詞彙的理解與運用和對方完全相同（就算是同一個語言也一樣）。

西蒙心想，真是太好了。

接著，英國人翻譯了一段摩理斯·查普的話，力道十分強勁：「對話就像我們使用黏土做的網球對打一樣，每一次過網都會改變形狀。」

西蒙感到自己腳下的地板正在解體。他走出教室抽菸時正好遇上蘇利曼。阿拉伯少年等著演講結束想和摩理斯·查普談話。西蒙問他想問些什麼。蘇利曼回答自己不習慣問任何人任何問題。

64

「沒錯，弔詭的是，歐陸哲學在美國反而比在歐洲熱門。在這裡，德希達、德勒茲和傅柯完全是校園裡的大明星，但在法國，他們不被放在文學課程的課綱裡，反而是供奉到哲學課裡談論。在這裡，我們用英文學習他們的思想。對英文系來說，『法國理論』假設語言是所有學問的基礎，研究語言便等於研究哲學、社會科學、心理學……等，『法國理論』是他們反擊的工具，能將他們從人類科學殘餘的地位提升成一門廣納其他學問的學科。這就是所謂的 language turn（語言學轉向）。為此，哲學家們怒火中燒，也投入語言的研究，希爾勒學派、喬姆斯基學派的人將大部分的時間用在詆毀法國人上，要求他們精確清晰，『思路清晰的人便能清楚表達』，也要他們去神化，像是『太陽底下沒有新鮮事，孔迪亞克說過了，安納薩哥拉斯[50]也說了同樣一句，都是抄自尼采的等等的。』他們覺得自己被街頭雜耍藝人、小丑、江湖郎中給搶了鋒頭，也難怪他們動怒了。但不得不承認，傅柯還是比喬姆斯基性感一些。」（匿名學生，校園閒談）

65

時間不早了，一整天沒有間斷的演講，為數不少的參與者聚精會神，至此，校園裡騷動的活力暫時平靜了下來。半醉學生們的笑聲此起彼落在黑夜中迴盪。

敲門聲響起時，蘇利曼正獨自躺在和傅柯一起被分配到的房間內聽著隨身聽：

「Sir？There is a phone call for you.（先生，有電話找您。）」

蘇利曼小心翼翼走出房門。已有幾個人報價了，也許是另一個潛在的買家有意出更高的價格。他拿起了固定在牆上的話筒。

是傅柯在電話線另一端驚慌失措，口齒不清地說：「快來找我！又來了，我失去了英文能力。」

蘇利曼不想追究傅柯是怎麼在這種窮鄉僻壤找到一家同性戀酒吧的，而且竟然還有SM（性虐）服務。他坐進計程車，來到這家位於山下城區的近郊，名為White Sink的酒吧。酒吧裡的客人身著皮褲，頭戴鄉巴佬樂團（Village People）的鴨舌帽，蘇利曼覺得店內氣氛還算不錯。一名手持馬鞭、身材魁梧的男子上前請他喝一杯，但他婉拒了，直搗後頭的密室。他找到服用了LSD的傅柯（他立即辨認出症狀）蹲在房間正中央的地板上，三、四個美國人在一旁關心地詢問。他半裸著身，皮膚上印著紅色鞭紋，完全處於茫然的狀態，嘴裡還不停重複：「我不會講英文了！沒有人聽得懂我在說什麼！帶我離開這裡！」

八成是害怕傅柯吐在座位上，也可能是因為討厭同性戀，計程車司機拒絕載他。蘇利曼只好撐著他走回校園內的外賓會館。

伊薩卡是個擁有三萬人口的小城（跟學生人數相等），但幅員廣大。路途遙遠、路景荒涼，一路上盡是外表大致相同的木屋，每一家的庭院裡要不是放著沙發，就是一

50 Anaxagore，古希臘哲學家。

張搖椅，矮桌上擺著幾罐空啤酒瓶和裝滿菸蒂的菸灰缸（一九八〇年的美國還有很多人抽菸）。每一百公尺就有一座木頭教堂。這兩個男人走過好幾條河。傅柯看到四處都有松鼠。

一輛警車在他們身旁慢了下來，拿起手電筒照在兩人身上。蘇利曼看見警察狐疑的眼神，用愉悅的口氣對警察說了幾句法文。傅柯發出了奇怪的聲音。蘇利曼明白，任何眼尖的人都看得出來這個靠在他肩上的男人不只是喝醉而已，簡直完全處在迷茫的狀態。他祈禱傅柯身上沒有LSD。巡警猶豫了片刻，最後沒有盤查就離去了。

他們總算走到小城的中心地帶了，蘇利曼在一間摩門教徒經營的美式小餐館裡買了鬆餅給傅柯。傅柯大喊：「Fuck Reagan!（去他媽的雷根！）」

他們共花了一個小時的時間才爬上丘陵，還好蘇利曼決定從墓園中間切過，否則不知道需要多少時間。一路上，傅柯不停重複：「來個熟悉的三明治和可樂……」

會館的走廊上，傅柯因為在出發前看了《鬼店》[51]導致恐慌症發作。蘇利曼替他蓋上了被子，他要求蘇利曼給自己一個親吻，然後在有希臘羅馬力士的夢裡睡去。

66

「傅柯只會說些廢話，喬姆斯基才是有理的，我這麼說不是因為我是伊朗人。」

（匿名學生，校園閒談）

67

在聽完西蘇談論女性書寫的演講後，西蒙上前與一位年輕的猶太女同性戀兼女性主義者攀談。她叫茱迪斯[52]，來自匈牙利猶太家庭，正在寫哲學領域的博士論文，也正好對「表述行為」有興趣。她推測父權主義巧詐地運用了這種表述的形式使異性戀一夫一妻制婚姻這樣的文化建設自然而然地成為正統：更明確地說，對她而言，只要異性戀的白人男性說是白，就絕不可能是黑。

述行不只是授動而已，也是透過這種修辭學的騙局將權力對比的結果轉變為顯然

51 The shining，改編自史蒂芬金（Stephen King）同名小說的電影。

52 Judith Butler，美國哲學家，在女性主義批評、性別研究、酷兒理論、當代政治哲學和倫理學等領域成就卓越。

的事實。

特別是「自然」。自然是天敵，「違反自然」是反動最有力的理由，是天意在當代隱微的變體。（儘管是在美國，一九八〇年時，「神」也是有些式微了，但反動的力量是永遠不會投降的。）

茱迪斯說：「自然是苦痛、是殘疾、是酷刑、是野蠻也是死亡。Nature is murder.（自然即是謀殺。）」她笑著仿效反墮胎的口號說出這句話[53]。

西蒙為了附和她的論點也補了句：「波特萊爾厭惡自然。」

她的臉型有稜有角，學生頭乾淨俐落，看上去就像政治學院第一名畢業的學生。可惜她是個激進派的女性主義者，如同莫尼克．維蒂格[54]，她的思想幾乎說明了女同性戀不是女人，因為女人是男人的「附加品」，換句話說在定義上女人是附屬的。亞當與夏娃的神話就某種程度而言即是最原始的表述：在我們決定男人先於女人存在，女人是從男人身體的一部分演變而來，是「她們」犯了錯咬了蘋果，因此她們成為婊子，從此活該承擔生產的痛楚，並接受女人注定悲劇的命運。再說她們也沒有理由拒絕照顧孩子。

巴亞這時來到他們身邊，他因為看曲棍球隊訓練而錯過了西蘇的演講。根據他的說法是為了呼吸校園的氣息。他的手上拿著半瓶啤酒和一包洋芋片。茱迪斯好奇地看著巴亞，出乎西蒙意料之外，她並未展現任何敵意。

「女同性戀不是女人，而且她們不把你們放在眼裡，包括你和你們那些父權理智中心主義的人都是。」茱迪斯笑了，西蒙也跟著笑。巴亞問道：「發生了什麼事？」

68

「拿掉墨鏡，現在沒有太陽，你明知道天氣爛得要死。」

儘管他的能耐名揚四海，在前一夜的豐功偉業之後，傅柯還是癱了。他將一片巨大的胡桃餅乾泡到一杯出乎意料還算能喝的雙倍濃縮咖啡中。蘇利曼在一旁吃著藍起司醬培根漢堡。

這棟建築位於丘陵之上，就在校園的入口處，正對著峽谷。一座橋跨越峽谷兩端，偶爾會有心情沮喪的學生從這裡縱身而下。他們不太清楚自己到底是身在酒吧內還是一家茶館。傅柯無視頭痛，為了證實疑惑而點了杯啤酒，但被蘇利曼阻止了。女服務員似乎很習慣訪問教授們各種率性的要求，只聳了聳肩便轉身離去，還不忘機

53 美國反墮胎（pro-life）人士的口號是 Abortion is murder（墮胎即是謀殺）。

54 Monique Wittig，法國女同志小說創作者與理論家。

械性地念出：「No problem, guys. Let me know if you need anything, OK? I'm Candy, by the way.（沒問題。需要什麼的時候再叫我就好。順便一提，我叫小糖。）」傅柯低語：「Hello, Candy. You're so sweet.（小糖妳好。妳真甜。）」女服務員沒聽見，傅柯心想也許這樣比較好，同時也發現自己重拾英文能力了。

他感覺到有人拍了自己的肩，他抬起頭，墨鏡下的雙眼認出了克莉絲蒂娃。她手裡拿著一個冒著熱氣的杯子，大小跟一個保溫杯一樣。「米歇爾，最近好嗎？好久不見。」傅柯瞬間恢復精神，調整了臉部線條後拿下眼鏡，給了克莉絲蒂娃一個招牌笑容，露出一口白牙的那種：「茱麗亞，妳今天真耀眼。」接著就像前一天才見了面似地問：「妳喝什麼？」

克莉絲蒂娃笑著說：「噁心的茶。美國人實在不會煮茶。去過中國就知道了……」

為了避免露出馬腳，傅柯趕緊又問：「妳的演講順利嗎？我沒辦法到場。」

「哦，你也知道的……沒什麼革命性的新鮮事。」她停頓了一下。傅柯聽見自己的肚子發出聲音。「革命這兩個字我會留在更重要的時刻使用。」

傅柯假笑了幾聲後又道了歉：「這裡的咖啡讓我想尿尿，哈哈。」他站起身，盡可能穩住自己並走向廁所。看起來身上的每個孔都需要排泄。

克莉絲蒂娃在他的位子上坐了下來。她看見了傅柯慘白的臉色，知道他在身體狀態沒有恢復前不會從廁所裡出來，於是估算了一下自己大約有兩、三分鐘可以做想做的事。

「聽說你手上有某個東西正在找買主。」

「女士，您應該弄錯了。」

「我想應該是相反的，是你正在犯錯，這對所有人來說都是很遺憾的。」

「我不知道您在說什麼。」

「無論如何，我個人準備好當那個物品的買家了，而且我會付出相當可觀的酬金，但我只希望能得到保障。」

「什麼保障？」

「保證沒有任何其他人會得到這個東西。」

「那您認為要怎麼得到這份保障呢？」

「你說呢，蘇利曼。」

蘇利曼注意到她直呼名字。

「聽好了，小婊子。我們不在巴黎，我也沒看到妳那兩條狗，妳要是繼續靠近我，我就讓妳像隻畜生一樣頭破血流，然後再丟到湖裡。」

傅柯從廁所回來了，看得出來他的臉上潑了些水，但舉止還算端正，克莉絲蒂娃心想，他給自己塑造了完美的形象，只可惜眼神還是有點黯淡。他看起來像是準備好要演講了，也許這也正是他現在該做的事，但他還得記起演講的確切時間才行。

克莉絲蒂娃道了歉並將位子還給他。「蘇利曼，很高興認識你。」因為很清楚蘇利曼不會握她的手，所以她並沒有做出動作。接下來的日子，他得避免喝已開瓶的飲料，也不能使用擺在桌上的鹽罐，還要小心別和任何人有肢體接觸。克莉絲蒂娃承認他說得有理，沒有尼古拉在身邊，事情會比較複雜。但她同時也認為沒什麼事是自己不能解決的。

69

將一個論述解構，意味著在文本中指認出賦予論述假定的原理、關鍵概念和前提的修辭操作，並呈現那摧毀自己信仰的哲學或是對立的階層。（喬納森．庫勒，《移轉趨勢，邁向卓越，開啟語言學新視野》研討會主辦人）

70

「我們可以說是處於語言哲學的黃金時代。」

希爾勒的演講開始了，所有美國學術圈的人都知道這場演講的目的是抨擊德希達。因為這位美國邏輯學家認為，那位法國解構主義學者嚴重質疑了他的師父奧斯汀的理論，他得為此付出代價。

西蒙和巴亞都在場內，但因為講者說的是英文，兩人完全聽不懂，只能偶爾抓到一些內容。演講談的是「speech acts」（言語行為），這個沒問題。西蒙也聽見了「illocutionary」（以言行事）、「perlocutionary」（以言成事），但「utterance」（言說）又是什麼呢？

德希達沒有到場，但卻派來了一些肯定會在會後匯報的使者，包括他的副手保羅德曼、他的譯者史畢娃克、他的朋友海倫．西蘇……說實話，除了認為沒有必要參與的傅柯以外，所有的人都來了。他也許是期待蘇利曼替他歸納重點，也可能是毫不在乎。

巴亞認出了克莉絲蒂娃和其他曾經出現在餐廳裡的人，也包括那個頂著一叢亂髮、結著羊毛領帶的老人。

希爾勒不斷重複有些觀念不需要再提，解釋太多是對台下尊貴的聽眾不敬，也不需要為了一些明顯的事實浪費時間……等等。

西蒙多少還是懂了希爾勒的意思，必得蠢到極點才能把「重複的」和「不變的」、書面語和口語、嚴肅的和虛假的論述搞混。一言以蔽之，希爾勒想傳達的是：Fuck Derrida（操你媽的德希達）。

傑弗瑞・梅爾曼湊近摩理斯・查普耳邊輕聲說：「I had failed to note the charmingly contentious Searle had the philosophical temperament of a cop.（我都忘了他們之間有這段迷人的過節，希爾勒有跟警察一樣的哲學氣質。）」查普笑了。身後的學生噓了他們。

演講結束後，一名學生提問：希爾勒是否認為與德希達（儘管希爾勒小心翼翼，沒有明說他是針對誰，所有人還是明瞭他的對象和箭靶指的是德希達——場內聽眾也低聲贊同）間的爭論代表了兩大哲學傳統（分析哲學與歐陸哲學）的針鋒相對？

希爾勒抑制了怒火：「I think it would be a mistake to believe so. The confrontation never quite takes place.（我想這是一場誤解，兩者間從來沒有任何衝突）Some philosophers so-called continental（某些所謂歐陸哲學的哲學家）對奧斯汀與他「言語行為」理論的詮釋過於模糊和粗略，包含了大量的錯誤和曲解，as I just gave the demonstration of it（我剛才已經說明了），再糾結於此也沒什麼用。」接著他又以傳教士的口吻嚴肅地補充：「Stop wasting your time with those lunacies, young man. This is not the way serious philosophy works. Thank you for your attention.（年輕人，別在這種愚蠢的事上浪費時間。哲學研究不是這麼做的。感謝各位聆聽。）」

說完後，他不顧場內的騷動便起身離去。

人潮漸散時，巴亞發現蘇利曼朝講者的方向走去。「荷卓，你看！看來我們的阿拉伯朋友對以言成事這個概念有疑問……」西蒙馬上察覺到他明顯的種族歧視和反知識思維。然而在這句帶著保守思想的嘲諷背後的確有件事值得思考：蘇利曼找希爾勒做什麼？

71

「神說：『要有光』，就有了光。」（死海古卷，西元前二〇〇年，猶太基督世界中最古老的言語行為）

72

按下 elevator（電梯）按紐的那一刻，西蒙就知道自己要上天堂了。門在 Romance studies（羅曼語研究）的樓層打開，西蒙走進了書架隔成的迷宮，裡頭的書直到天花板，唯一的光源是黯淡的日光燈。康乃爾大學的圖書館裡沒有日落，二十四小時開放。

這裡有所有西蒙渴望閱讀的和其他更多的書。他是個身處寶窟的海盜，差別在於只要填寫表格即可拿走他想要的。西蒙輕撫著書脊，就像農場主人的指尖滑過麥田一樣。這才是真實的共產主義：眾人所有的也屬於我，反之亦然。

但這個時間點的圖書館還真是毫無人煙。

西蒙在「結構主義」區閒晃。啊，是李維史陀關於日本的書？

他又在「超現實主義」的書架旁停了下來，為那一面奇景傾心：羅傑．維塔克[55]的《認識死亡》（*Connaissance de la mort*）、烏妮卡．楚恩[56]的《黑暗之春》（*Sombre printemps*）、應該是德斯諾斯[57]寫的《惡魔女教皇》（*La Papesse du diable*）……還有罕見的法文、英文版克雷維[58]……未正式出版的安妮．勒布倫[59]和藍道文．伊夫斯[60]。

喀啦。西蒙靜止不動。腳步聲。出於本能反應〔他有某種感覺，覺得自己大半夜待在大學圖書館裡的確有點非法，或者像美國人說的那樣，inappropriée（不恰當）〕，他躲到超現實主義辦公室的「性研究」後方。

他看見希爾勒穿過查拉[61]的信件。

西蒙聽見附近有人在對話，他小心翼翼地抽走一套十二本精裝的《超現實主義革命》複製版以便看得更清楚。透過縫隙，他認出了蘇利曼纖細的身影。

希爾勒的聲音太小，但西蒙聽見了蘇利曼發出的每個音節：「你有二十四小時。超過這個時限我就賣給出價更高的買家。」說完後，他又戴上了耳機並走進電梯。

西蒙驅走腦中那份熟悉的感覺。

就在試圖將《超現實主義革命》放回原位時，西蒙不小心弄掉了其中一本《文壇巨著》（*Grand Jeu*）。希爾勒像隻獵犬般伸長了脖子。西蒙決定以最隱密的方式逃離現場，於是在書架間穿梭。他聽見後方語言哲學家拾起那本《文壇巨著》，想像那人正嗅著上面留下的氣息。但他仍毫不遲疑地離去，哲學家的腳步緊跟在後。他穿越了

55 Roger Vitrac，法國超現實主義詩人。
56 Unica Zürn，德國女作家、畫家。
57 Robert Desnos，法國超現實主義詩人。
58 René Crevel，法國詩人，超現實主義作家。
59 Annie Le Brun，法國作家、詩人。
60 Radovan Ivsic，克羅埃西亞作家。
61 Tristan Tzara，羅馬尼亞裔法國籍達達主義詩人。

「心理分析」區，走入「新小說」，卻發現那是個死胡同。轉過身時，不覺一驚，希爾勒離自己只有幾尺了，一手握著拆信刀，另一隻手則是那本《文壇巨著》。他下意識地就近抽了本書防身，（是《勞兒之劫》[62]，隨即發現這本書沒什麼用處，於是將它丟到地上又拿起另一本，《佛蘭德公路》[63]，這本好多了。）希爾勒沒有像《驚魂記》[64]裡的殺手那樣抬起手，但西蒙還是認為必須保護重要器官。這時，電梯門開了。

卡在死胡同裡的西蒙和希爾勒看見一個穿著馬靴的年輕女子和一名身材如公牛的男人走向影印機。希爾勒將拆信刀收進口袋，西蒙放鬆了拿著克勞德．西蒙[65]的手，兩人充滿好奇的眼神隨著那對男女穿過娜塔莉．薩洛特[66]的全套書籍。

幾公尺外傳來機器轟隆的聲響，影印機發出綠光，下一秒猛男抱緊了彎著腰靠在機器上的女子。她低聲喘氣，沒看任何一眼就將雙手擺到他褲頭的拉鍊上（西蒙想到了《奧塞羅》中的那條手帕），她的皮膚白皙，手指修長。猛男解開了女子連身裙上的扣子並將它褪去。沒有內衣和內褲，她的軀體看上去像一幅拉斐爾的畫作，胸部豐滿得誇張、身材嬌小、腰骨寬大、雙肩比例完美、下體無毛。平齊的黑頭髮加上瓜子臉有點迦太基公主的味道。她跪下雙腿將猛男的陽具放進嘴裡時，希爾勒和西蒙睜大了雙眼，他們想看那陽具是否和公牛的身材相稱。西蒙放鬆了拿著《弗蘭德公路》的手臂。公牛將女子抬起並轉過身，雙手抓住女子的頸部將她固定住，用力插進了用自己的雙手撐開雙腿的女子體內。他演示了公牛天生的習性：猛力衝撞。先是緩慢有力地抽插，再逐漸加強力道和速度，印表機傳來撞擊牆壁的聲音，甚至脫離了原本固定在地板上的位子。女子的低吟穿梭在無人（至少他們這麼認為）的圖書館走道間。

西蒙無法將視線從莊嚴的交歡場景上移開，但他知道自己得做點什麼。可是同時，他也不想打擾這場動人的性愛。最後是他的生存本能堅決從這些書架中脫身，這才總算狠下心踏過被自己翻倒一地的莒哈絲。書落地的聲音讓所有人瞬間凍結。走廊間的低吟也突然消失了。西蒙直視著希爾勒的雙眼，從沒有任何反應的希爾勒身邊經過。走到中央走廊時，他轉身面對影印機。猛男雙眼盯向他，陽具還晾在半空中。女子緩緩瞪了他一眼後撿起連身裙並套進一隻腿，再套進第二隻，再轉向猛男要他替自己扣好扣子。從逃生口離去前，西蒙發現女子沒有脫掉靴子。

校園的草坪上，從身旁的空瓶和滿地的洋芋片包裝看來，克莉絲蒂娃的朋友們已經三天沒有移動了。他接受了他們的邀請，接過一瓶啤酒和那根令他滿心感激的大麻菸。西蒙知道已經脫離險境（如果剛才真有險境這回事的話——他真的看到拆信刀了嗎？），

62 Le Ravissement de Lol V. Stein，法國作家莒哈絲的著作，只有190頁的厚度。
63 La Route de Flandres，法國作家克勞德．西蒙的著作，有316頁。
64 Psycho，恐怖大師希區考克的經典驚悚電影。
65 Claude Simon，法國作家，一九八五年諾貝爾文學獎得主。
66 Nathalie Sarraute，法國意識流代表作家。

但他心裡的石頭還沒放下，還有別的事掛在那裡。

在波隆那時，他和碧安卡在一個十七世紀的劇場內交歡，接著，他躲過了炸彈攻擊，而現在他面對的是差點沒在夜半時分的圖書館裡被一個語言哲學家刺死，甚至目睹了一場在影印機上近乎神話的野合。他在艾麗榭宮與季斯卡見了面；在同性戀三溫暖浴裡遇見傅柯；參與了一場汽車追逐戰，最後還差點成為那樁謀殺案的受害者；目睹了一個男人被一把有毒的傘刺死；發現了一個會切斷輸家手指的組織；為了取得一份神祕的文件而穿越大西洋。幾個月來發生的這些離奇的事都是他從沒想過會在有生之年降臨在自己身上的。在遇到小說場景時，他肯定會知道的。他想起了安伯托．艾可的「超界」，抽了口菸。

「What's up, man？（嘿，怎麼了？）」

西蒙將大麻傳給下一個人，腦海裡不停播放這幾個月來的電影。職業病使然，他開始釐清這些事件的敘事結構，輔助角色、敵對角色、寓意。波隆那，一場裸體鏡頭（演員）、一樁攻擊（炸彈）。康乃爾，一樁攻擊（拆信刀）、一場裸體鏡頭（觀眾）。（互文）。一場汽車追逐、哈姆雷特改版決鬥。反覆出現的圖書館場景（他為什麼會想到波爾堡呢？）、成雙成對的人物：兩個保加利亞人、兩個日本人、索萊斯和克莉絲蒂娃、希爾勒和德希達、安娜和碧安卡……還有那些令人匪夷所思的事，第三個保加利亞人為什麼要等到發現還有一份副本在巴特家時才進去翻箱倒櫃呢？安娜如果真的是俄羅斯情報人員，是怎麼在第一時間就滲透到巴特的醫院裡的？季斯卡為什麼沒有把克莉絲蒂娃送去嚴刑拷打逼迫她說出內幕，反而讓她去了美國？巴亞和自己是來這裡監視她的嗎？那份文件為什麼會是法文寫的，而不是俄文或英文？是誰翻譯的？

西蒙把頭埋進雙手，痛苦地呻吟。

「我想我被困在他媽的一則故事裡了。」

「What?（你說什麼？）」

「I think I'm trapped in a novel.」

對他說話的學生躺了下來，對著天空吐了口煙，望著太空中的星辰，拿起酒瓶喝了口啤酒，雙肘頂在草皮上，沉默在美國的夜色裡暈染開來，過了好一段時間才說：

「Sounds cool, man. Enjoy the trip.（聽起來很酷，旅途愉快）」

73

「妄想者也能讓流動於環境之中的去疆域化符號變得無力，但這些符號仍自四面八方攻擊他。然而，氣憤的妄想者卻能因此獲得能指的超能力，成為此範圍內得以自我擴散的符號網絡之主。」（一九八〇年，瓜達里，康乃爾演講內容）

74

「喂，雅各布森的演講要開始了，快點。」

「哦，不要，我聽夠了。」

「靠，煩死了，明明說好了。這個場次會有很多人。會有很多有用的資訊……把你的魔術方塊放下！」

喀啦、喀啦。巴亞鎮定地轉動各種顏色的小方磚，就快完成第二面了。

「好吧，但下一場是德希達，不能不去。」

「為什麼？這白痴的演講有什麼值得聽的嗎？」

「他是世界上最重要的當代思想家之一，但這不是重點啊，阿呆。他和希爾勒在對奧斯汀理論的見解上針鋒相對。」

喀啦、喀啦。

「奧斯汀的理論就是言語行為，還記得嗎？以言行事、以言成事。話一出口就執行了，就像用嘴巴就能完成事情，就像只靠談話就能指使他人辦事。比方說，要是我握有以言成事的力量，而你也聰明一點，我只需要說『德希達的演講』，你就會馬上跳起來去佔位子。要是第七種功能就在附近，很顯然德希達一定是首要關係人。」

「什麼人？」

「拜託別再耍白痴了。」

「要是奧斯汀的理論裡就有這個功能，為什麼大家還要找雅各布森的版本？」

「奧斯汀只談到了這是什麼功能，並沒有說明怎麼如何運用。他描述了一種用來承諾某事、威脅某人或是要對方做點什麼的技巧，但沒有說要怎麼做才能讓對方相信並且認真對待你說的話，甚至如你所願。他確認了一個 speech act（言語行為）真的能實現，且列舉了幾個成功的必要條件。比方說：必須是首長或是副手說出「我宣布你們成為夫妻」，這句話才有效力（但這種句子是純粹的表述）。他沒有說怎麼做才能確保成功率。他的理論不是產品說明書，只是分析結果，你明白兩者的差異嗎？」

喀啦、喀啦。

「那雅各布森寫的東西就不只是描述性的內容嗎？」

「也是，但這個功能……看來應該不只。」

喀啦、喀啦。

「媽的，行不通。」

巴亞弄不好第二面。

他感覺到西蒙威脅的眼神。

「好吧，幾點？」

「不要遲到！」

喀啦、喀啦。巴亞決定改變策略，他本來一直專注在完成第二面，現在決定以第一面為基礎轉出四個顏色的第一圈。就在他的技巧逐步精進時，心裡想到的其實是自己並不太懂以言行事和以言成事的差異。

無論巴亞出席與否，西蒙都樂於前往雅各布森演講。就在經過草坪時，他聽見一陣低沉卻又晶瑩的笑聲。他轉過頭，看見影印機上的深髮女子，就是那位套著皮靴的迦太基公主，差別在於她今天服儀整齊。她正和一個嬌小的亞洲女孩和一個高大的埃及女孩談話（或是黎巴嫩人呢，西蒙直覺注意到她阿拉伯人的長相和脖子上的小十字。也許是馬龍教派的，不，看起來像科普特。）（但他是根據什麼判斷的？這是個謎。）

三個年輕女子愉悅地走向上城區。

西蒙決定尾隨三人。

她們經過了科學院，連續殺人犯艾德華・魯勒夫（Edward Rulloff）的腦髓就保存在這棟大樓某處的福馬林裡，據說他是個天才。

她們經過了飯店管理學院，麵包出爐的香味傳了出來。

她們經過獸醫學系。因為專注於跟蹤，西蒙沒看見希爾勒帶著一大包狗食走進建築物，又或者他其實看見了，但下意識忽略這個場景。

她們走過 Romance studies（羅曼語系）的建築。

她們走上了橋，越過分隔校園和村莊的峽谷。

她們在一家以連續殺人犯為名的酒吧內坐了下來。他也在吧台上默默找了個位子。

迦太基公主對朋友說：「我對互相妒忌沒有興趣，更不用說競爭了……我受夠了這些害怕實現欲望的男人了……」

西蒙點了根菸。

「我很想說自己不喜歡波赫士[67]……可是每次提到他，我都會自打嘴巴……」

他要了杯啤酒，讀起《今日伊薩卡》小報。

「我不介意說自己是生來享受肉體歡愉跟力量的。」

三名女子大笑。

談話的主題轉到神話學與星座命名的性別歧視，以及忽略希臘神話女英雄的常態（西蒙在腦袋裡清點了名單：亞莉雅德妮、費德拉、潘妮洛普、希拉、克爾柯、歐羅巴……）

最後，為了窺探一個黑髮女子和她的兩個朋友吃漢堡，就連西蒙自己也錯過了雅各布森談語言結構的演講。

67 Jorge Luis Borges，阿根廷作家，被公認為二十世紀最博學的人之一。

75

氣氛凝重，所有的人都到場了，克莉絲蒂娃、查普、傅柯、蘇利曼、希爾勒。場內座無虛席，到處都塞滿了人，要想移動得先踩過某個學生或教授。觀眾像是等待演出般不耐煩地呼氣。大師抵達現場了：德希達，on stage，節目開始。

他對坐在第一排的西蘇微笑，給了翻譯史畢娃克一個眼神，認出了他的朋友與敵人，也認出了希爾勒。

西蒙到場了，巴亞也是。他們在同性戀女性主義者茱迪斯身旁坐下。

「和解這個詞是一種言語行為，透過與另一個人談話提供和好的可能。換句話說，在這之前會有戰爭、苦難、悲痛和傷殘……」

德希達的開場白聽上去是用來緩和氣氛的，但因為發現影印機上的迦太基公主也在現場，西蒙的思緒立即被她的存在攪亂，無法專心解讀這段話背後的涵意。

事實上，德希達正平心靜氣且有條不紊地談論奧斯汀的理論。他提出了一些反對的意見，都是謹遵學術倫理，並以最客觀的方式展開論述。

言語行為理論提出「話語」也是一種行為，換句話說，發話者在說話的同時也執行了動作。這個理論有一個前提，也是德希達質疑的概念：意圖。也就是說，發話者的意圖在把話說出口前就存在了，而且他自己和受話者都很清楚這個意圖（假設受話者已是被指定的特定對象）。

當我說：「不早了。」意思是我想回家了。然而，要是我想留下呢？要是我希望別人挽留我、希望別人扣住我、希望有人說：「不晚啊，還早」呢？

寫作時，我真的清楚自己寫的是什麼嗎？文本會不會在形成的過程當中發展出自己的肌理？（它們從來不會呈現自己的樣貌嗎？）

我真的清楚自己想說什麼嗎？受話者接收到的訊息跟我心裡想的是一樣的嗎（跟我認為自己心裡所想的一樣）？他所理解的跟我希望他理解的是一樣的嗎？

這些意見對言語行為而言是精實的一拳。這個謙遜的反對意見一出，評斷以言行事的力量（更重要的是以言成事）是否能達到目的就變得很棘手，而這正是奧斯汀處理的問題（就像傳統哲學的真、假二元對立一樣）。

受話者聽到我說「不早了。」便以為我想回家，甚至陪我走了一段路。這樣是達到目的了嗎？如果說我真正想說的是「我想留下來」呢？如果我的內心深處其實希望留下來，但我自己卻沒有意識到呢？

「當雷根聲稱自己是美國總統雷根時，他想表達什麼？誰會真的質疑他的身份？他自己嗎？」

全場都笑了。情緒漲到最高點。大家都忘了他說這些話的「背景」。

德希達此時發動了攻勢。

「要是我答應『Sarl』要批評他，而且搶在他意識到這個欲望之前，為了一個有待探討的原因這麼做了，會怎麼樣呢？我的『承諾』還是承諾嗎，或者是個威脅？」

巴亞小聲詢問茱迪斯，為什麼德希達會叫他「Sarl」。茱迪斯解釋這是為了嘲笑希爾勒，因為法文裡的Sarl，是「有限公司」[68]的縮寫。巴亞覺得很好笑。

德希達展開論述：

「發話者的身份是什麼？他是否要對自己無意識的言語行為負責？比方說，Sarl想要被批評，但我也有自己無意識的意圖想要討好他、故意不批評他而讓他難受、不批評他而討他歡心、批評他好讓他難受、允諾會威脅他、威脅他會給予承諾、開心地提出一些『obviously false（明顯錯誤）』的論點好讓別人有機會批評我、因為處於弱勢而感到愉悅，甚至是企圖赤裸裸地展現自己……等等。」

此話一出，可想而知全場的眼光都集中到了希爾勒身上。而他正好坐在正中央，就像知道自己會面對這種狀況似的。獨自處在人海中的男人，看起來就像希區考克的電影場景。在眾人的眼光下，他不動聲色，簡直就像被做成了標本。

此外，當句子從我的嘴裡出來的時候，真的是我自己在說話嗎？當語言的定義強迫我們從已經存在的字庫裡取出詞彙，當眾多外在因素（比如所處的時代、閱讀的經驗、社會文化決定論、用以建立形象的語言癌（就像是我們的衣裝）、以及用各種可能的或想像得到的形式不停轟炸的言論）都來影響時，怎麼有人能說出獨創的、個人的、「自己的」話呢？

誰不曾直擊朋友、父母、同事或岳父重複某個雜誌或電視上的意見，彷彿那是原創的內容，他們「侵佔」了那個論點，讓自己成為該論點的出處，並且沒有經過自身消化。他們會重複一樣的句型、一樣的修辭、一樣的假設、一樣憤慨的情緒、一樣肯定的語氣，彷彿自己只是個仲介，傳遞某個雜誌引用了某個政治人物從某本書裡讀來的聲音，接著再被另一個人……經歷了層層關卡。這個聲音來自某個鬼魅般的發話者，它四處流浪、無根無源，藉由一個渠道傳達思想並建立連結。

如果說你們的岳父在談話間複述了雜誌刊物裡看到的句子，如何確認這段話是否只是「引用」？

德希達又若無其事回到原本的論述，提出了另一個核心問題：引述力（citationnalité），或者應該說是重述力（itérabilité）。（西蒙不確定自己知不知道兩者的差異。）

為了能被受話者理解，或至少部分理解，談話的雙方必須使用同一種語言，也必須重複（重述）已經使用過的字詞，否則對方必然無法理解。因此我們無法避免引用，也就是使用別人說過的話。然而，就跟傳話遊戲一樣，非常有可能，任何人都無

68 原文是 Société à responsabilité limitée。

法排除在複述的過程中取用的意義和另一個人存在些微差異。

身為「黑腳」的德希達聲音嚴肅了起來，聽上去多了份傲氣：

「這個過程確保過了這一刻後，言論會（在精神上、口語中、紙上，任何形式）留下痕跡，並且有再被重述的可能。同時，它也著手損害、切割、剝奪原本理想中完整的或是存在的意圖與想要表達的心意，更不用說 meaning（語意）和 saying（話語）之間的一致性了。」

茱迪斯、西蒙、黑髮的女子、西蘇、瓜達里、蘇利曼，場內的所有人，甚至連巴亞也是，都全神貫注聽他說：

「重述力因為限制了自己允許的範圍，且違抗它建立的規則或定律，因而強勢導致在重複的過程中出現殊異。」

接著又傲氣十足地補充了一句：

「意外從來就不是意外。」

76

「即使是在 Sarl 稱之為『real life』的世界中，寄生（parasitage）本來就可能存在。

他以（幾乎，not quite）獨有的自信確知『real life』的本質以及它的起始與結束之處，就好像一說出這幾個字，它的意義便能得到一致的認同，沒有任何寄生的危險；似乎文學、劇場、謊言、背叛、虛偽、不幸（infelicity）、寄生和虛擬的 real life 都不屬於 real life！」（一九八○年，德希達於康乃爾演講，或西蒙．荷卓的夢。）

77

他們彎著腰，像古代推著大石塊的奴隸，但其實是學生們正使勁滾著啤酒桶。今天的晚會會持續很久，得有足夠的量才行。Seal and Serpent Society 是成立於一九○五年的古老兄弟會，是最有價值，或按美國人的說法，最「受歡迎」[69]的兄弟會之一。出席的人很多，因為今晚是研討會的閉幕晚會。所有的講者都接到了邀請函，而對學生來說，今晚也將是他們下次來訪前最後一個能見到他們的機會。維多利亞式的城堡外掛著旗幟，上頭寫著「Uncontrolled skid in the linguistic turn. Welcome.（失控打滑的語

69 法文 populaire 一詞指的是通俗、大眾的，但英文裡 popular 一詞大多時候指的是受歡迎的意思，因此作者才以粗體標示出來。

言學轉向。歡迎。）」理論上只有大學部的學生（undergrads）能進入這棟建築，但今晚大門為所有年齡層的人而開。這並不代表所有人能踏進大門，總是有進了門的和留在門外的差別，篩選的條件是普遍的準則，也就是社會地位和（或）象徵地位。

蘇利曼並沒有忘記自己的身份，在法國時他就經常被拒於門外，今晚也是，兩個學生單憑他的外表就擋住了他的去路。但沒有人知道蘇利曼做了什麼、以什麼語言溝通，只是簡單的幾句話，門口的人就放行了。他的隨身聽耳機掛在脖子上，當著那些被擋在門外、穿著人造纖維高領內搭衣的學生的面走進大門。

他在門內碰上的第一個人正對著一群學生說：「Heracleitus contains everything that is in Derrida and more.（德希達的論述赫拉克利特都已經提過了，甚至發展得比他更成熟）。」說話的人是庫伊拉·蕾格烈芙，也就是卡蜜兒·帕格莉亞。她一手拿著莫西托調酒，另一手是點菸器，點燃了一根散發出甜味的黑色香菸。一旁的喬姆斯基和一名來自薩爾瓦多的學生討論政治。學生解釋他們的政府和準軍事部隊正聯手剷除民主改革聯盟。自此以後，薩爾瓦多再也沒有任何左派的反對者了。喬姆斯基似乎對這件事感到憂心，神情嚴肅地抽了口菸。

也許是因為習慣了酒吧的暗室，蘇利曼直接往地下一樓走去。裡頭傳來黑色安息日（Black Sabbath）的〈早逝〉（Die Young），一群衣著正式但顯然已爛醉的學生毫無邏輯地大跳大腿舞[70]（lap dance）。傅柯也在，身著黑色皮衣，沒戴眼鏡（根據蘇利曼對他的了解，那是為了享受迷霧般的人生）。他做了個打招呼的手勢，指向一個套著短裙、纏在鋼管上的女學生，看上去就像脫衣舞女郎。蘇利曼注意到她沒有內衣，只穿了一件白色三角褲，再搭上印有紅色 Nike 標誌的白色球鞋（就跟警網雙雄[71]的車子一樣，只是顏色對調）。

正和保羅德曼跳著舞的克莉絲蒂娃看見蘇利曼的身影，保羅德曼問她心裡在想些什麼，她回答：「我們正處在第一批基督徒的地下墓穴中。」說話的同時雙眼未曾離開那名男妓一秒。

他似乎在找人，就在要爬到上面的樓層時，在樓梯上與摩理斯．查普擦身而過，查普對他拋了媚眼。喇叭傳來創世紀樂團（Genesis）的〈誤解〉（Misunderstanding）。他隨手抓了杯龍舌蘭，聽見房間內的學生巫山雲雨，也有的已經吐成一片。有的房門開著，他看見裡頭的人盤腿坐在一張單人床上，喝著啤酒抽著菸，一邊討論性交、政治和文學。他認出一扇關著的門後傳出希爾勒說話的聲音，還有另一個奇怪的聲音，似乎是某種動物。他走下樓。

70 指的是一個人坐在椅子上，另一人在大腿間磨蹭挑情的舞蹈。

71 Starsky and Hutch，一九七〇年代風靡一時的影集，故事講述兩個帥氣警察辦案的過程，他們的座車是當時世界上最有名的車之一。

大廳內，西蒙、巴亞和行動派女同性戀茱迪斯聊著天，茱迪斯用吸管喝著血腥瑪麗。巴亞看見了蘇利曼。西蒙看見年輕的黑髮迦太基公主和她的兩個朋友，嬌小的亞洲人和高大的埃及人。一個學生大叫：「柯蒂莉亞！」迦太基公主轉過頭。她們熱情地互親臉頰，學生趕忙前去拿琴湯尼。茱迪斯對巴亞和根本沒在聽的西蒙說：「我們所了解的權力是得以命名的神權，說出口之時便創造了該物。」傅柯和西蘇從地下室走了上來，拿了杯椰林風情，又走上樓去。茱迪斯趁機引用了傅柯的話：「言論不是生活，它過著自己的時間。」巴亞點頭。男孩們團團圍住了柯蒂莉亞和她的朋友，看來她們很受歡迎。茱迪斯又引用拉岡在某處說過的話：「名字就是客體的時間。」巴亞心想，也可以說「時間是客體的名字」、「時間是名字的客體」，甚至是「客體是名字的時間」，或者更簡單的「名字是時間的客體」，但他沒有說出口，只是拿起了啤酒，抽了口傳到他手上的菸，發自內心大喊：「但妳們已經有投票權了啊！不管是離婚還是墮胎都有！」西蘇想跟德希達說話，但他身旁圍滿了一群眼睛發亮的年輕小粉絲。蘇利曼盡力迴避克莉絲蒂娃。巴亞問茱迪斯：「『妳們』還需要什麼？」西蘇聽見巴亞的問題，插入他們的話題：「一個屬於『我們』的房間！」《半文體》的創辦人羅廷格手裡拿著蘭花，和德希達的翻譯談天；梅爾曼和史畢娃克大叫：「Gramsci is my brother！（葛蘭西是我的兄弟！）」蘇利曼和李歐塔討論性欲經濟學（économie libidinale）或後現代交流（transaction post-moderne）。平克佛洛伊德樂團（Pink

Floyd）唱著：「Hey! Teacher！Leave us kids alone！」

西蘇對茱迪斯、巴亞和西蒙說新形態的歷史已超越男性想像，因此它將剝奪他們將概念整形的毛病，並開始破壞他們用以誘惑他人的機器。但這些話西蒙早就沒有心思聽了。他望向柯蒂莉亞那夥人，像在清查敵兵人數一樣：六個人，三男三女。就算只有她一個人，要上前攀談已經極為困難，更何況現在這種情勢，他難以想像要如何踏出第一步。

但他還是展開行動了。

「白皮膚、身材姣好、身著短裙、廉價飾品，我的性徵和年紀是最大的籌碼。」他試著進入年輕女孩的腦袋，心裡這麼想著。在靠近她時，西蒙聽見她以世故的語調說了一些充滿性暗示的句子：「夫妻就像鳥，難分難離，欲望無盡，而且總是在籠外無意義地振翅。」他沒聽出任何口音。另一個美國人也用英文說了句話，但沒聽懂。她先是用英文回應（同樣沒有口音，至少在他能判斷的範圍內沒有），仰頭喝乾了手裡的酒後又說：「我從來不知道如何在愛情故事裡生活，只知道如何活在小說裡。」西蒙到一旁給自己找了杯喝的，也許兩杯。（他聽見史畢娃克對蘇利曼說：「We were taught to say yes to the enemy.（我們被教導接受所有的敵人。）」

巴亞趁著他不在趕緊問了茱迪斯以言行事和以言成事的差異。茱迪斯解釋以言行事是「話語本身執行了一件事」，以言成事則是話語會導致一些效果，這些效果「和話語不同」。「比如說，我問你『你覺得樓上還有空的房間嗎？』這個問題客觀呈現出以言行事的事實是我在搭訕你。以這個問題搭訕。但以言成事的內涵是在另一個層次：當你意會到我在搭訕你的時候，你是否會對我的提議有興趣？要是你明白我提出的邀請，那麼已經達到「以言行事」的目的了（"performed with success"）。但「以言成事」得等到你跟著我進房間時才算完成。其中的差異很微妙吧？但是它並不是不變的。」

巴亞嘀咕了一些句子，內容難以理解，但至少聽得出他明白兩者的差異了。西蘇露出了斯芬克司[72]的笑容對他說：「那麼，我們就 performe（執行）吧！」巴亞跟著兩個女人提了一手啤酒上樓，樓梯上，喬姆斯基和卡蜜兒．帕格莉亞纏得火熱的舌頭因為他們經過而暫停了一下。他們在走廊上遇見一名身著絲質襯衫的拉丁裔美國人，茱迪斯向他買了些藥丸。巴亞認不得他襯衫上印的品牌縮寫 D&G，於是問了茱迪斯，後者解釋那不是品牌，指的是「Deleuze & Guattari」（德勒茲與瓜達里）。

樓下大廳內，一個美國人對柯蒂莉亞說：「You are the muse!（妳是繆思女神！）」柯蒂莉亞高傲地噘起嘴，西蒙猜測這是她苦練多時，為了展現她多汁的雙唇的成果：「That is not enough.（這麼說還不足以形容我）」

西蒙決定抓住這個機會上前，抱著破釜沉舟的決心，在她所有的朋友面前出擊。他盡可能讓自己聽起來很酷，裝作碰巧經過，剛才的那句話也碰巧從耳邊滑過，他無法克制自己做些回應：「當然了，誰會想當一個物件呢？」一片沉默。他在柯蒂莉亞的眼睛裡看見了：「Ok, now you have my attention.（很好，我注意到你了。）」他很清楚自己不只要展現優雅且富教養的一面，還得刺激她的胃口。他得挑逗她，但不能嚇壞她；得表現出自己的才智，藉此刺激她的腦力；還得抓準力道和深度，以免顯得賣弄或造作。他得演出上流社會的喜劇，一方面暗示對方自己不是傻子。最後，還得在第一擊就挑起性欲才行。

「妳生來就是為了壯碩的肉體而存在，而且妳傾心於影印機的重述力，對嗎？要想讓幻想昇華就只有讓它實現。持反對意見的人，都是騙子、牧師或人民的剝削者。」他遞上其中一杯酒：「妳喜歡琴湯尼嗎？」

音響播出了虎克博士的 Sexy Eyes。柯蒂莉亞接過酒杯。

她舉起酒杯敬酒：「謊言都是為了換取自信而編造的。」西蒙舉起手中的另外一杯酒，一口乾了它。他知道自己已經闖過第一關了。

基於本能，他環顧四周，看見蘇利曼站在通往二樓的樓梯轉角處淩駕全場。他一手靠在欄杆上，另一隻手做出了勝利的手勢V，接著又用兩隻手比出看上去像十字的形狀，橫向的手擺在縱向的手中間偏上的位子。西蒙試著找出他比手勢的對象，但

72 Sphinx，即人面獅身像。

只看見眾多學生和教授喝著酒、跳著舞，或是隨著金薇兒（Kim Wilde）〈美國小孩〉（Kids in America）的旋律調情。西蒙感覺有點不對勁，但又說不出是什麼。德希達身旁的粉絲越擠越多：蘇利曼的眼神是落在他的身上。

他沒看見克莉絲蒂娃和頭頂一叢亂髮、別著羊毛領帶的老男人。但他們確實在場。要是西蒙真的看見他們，要是他們沒有個別處在不同位置，或者藏身於賓客的陰影當中，他就會知道他們的視線也都聚焦在蘇利曼身上，而且都攔截到了蘇利曼用雙手傳遞的暗號。他甚至會猜到兩人都認為那個暗號的對象是那個也藏在粉絲間的德希達。

他也沒看到那個在影印機上和柯蒂莉亞交歡的公牛。他也在，而且那公牛般的眼神正盯著她。

人群中不見巴亞的身影，他正在樓上的某個房間內，手裡拿著啤酒，血液裡流著某種不知明的化學物質，和他的新朋友討論A片和女性主義。

他聽見柯蒂莉亞說：「寬厚的教會在五八五年時，還是在馬孔宗教議會上提出女人是否也有靈魂的問題……」聽見這句話，為了討她歡心，西蒙回應：「……而他們也夠聰明到不去追究答案。」

高大的埃及人引用了華茲華斯[73]的詩句，西蒙一時間想不出它的出處。嬌小的亞洲女孩向來自布魯克林的義大利人說明自己的研究主題是拉辛作品中的「酷兒」。

有人說：「大家都知道現在的精神分析學家甚至不再開口了，這樣似乎能做出更多詮釋。」

卡蜜兒・帕格莉亞大吼：「French go home! Lacan is a tyrant who must be driven from our shores.（法國佬滾回去！拉岡是暴君，必須從我們的海岸驅離。）」

摩理斯・查普笑了，喊叫的聲音穿越整個大廳：「You're damn' right, General Custer!（卡斯特將軍，你他媽的說得真對！）」

史畢娃克心想：「You're not the granddaughter of Aristotle, you know?（妳知道自己不是亞里斯多德的孫女吧？）」

房間裡，茱迪斯問巴亞：「你在哪裡工作啊？」巴亞沒有料想到會被這麼問，一面祈禱西蘇不會聽見，一面給了個蠢到不行的答案：「我在……文森市做研究。」西蘇一聽，想當然耳挑起了一邊的眉，他只好直視她的雙眼說：「法律研究。」西蘇挑起了另一邊的眉。她從來沒在文森看到過巴亞，而且那裡也沒有法律系。為了分散她的注意力，巴亞將手伸進她的襯衫內，隔著胸罩緊緊抓住了她其中一個乳房。西蘇克制住了自己的訝異，在茱迪斯也伸手抓住另一個乳房時，她終於決定不做任何反抗。

一個名叫朵娜的 undergrad（大學生）加入柯蒂莉亞這個小圈子，柯蒂莉亞詢問她

73 William Wordsworth，英國浪漫主義詩人，常與同時期的詩人拜倫齊名。

姐妹會的消息：「How is Greek life so far?（希臘生活怎麼樣？）」（Greek life 是以前兄弟會和姐妹會的代稱，因為這些團體大多以希臘字母為名。）朵娜一夥人最近正好在進行恢復酒神祭的工作。這個想法讓柯蒂莉亞為之瘋狂。西蒙思索著，他認為蘇利曼是在給德希達暗號。他做出的第一個手勢不是勝利的手勢，而是指時間。兩點，但在哪裡呢？如果他指的是教堂，為何不比出一個正常的十字，而是那個奇怪的手勢。他開口問：「這附近有墓園嗎？」女孩朵娜拍手叫好：「Oh yeah! That's great idea! Let's go to the cemetery!（哦對耶！真是個好主意！我們就去墓園吧！）」西蒙想解釋他不是這個意思，但柯蒂莉亞一群人看來都著迷於這個提議，於是他收回沒有說出口的話。

朵娜說他要去找一些「道具」。喇叭傳來金髮女郎的 Call Me。

將近凌晨一點。

他聽見某個人說：「詮釋神的旨意的神父，預言者，是為專橫的天主工作的辦事員，你明白嗎？又是神職人員的另一種把戲了，操；無止境的詮釋，永遠都在已經被詮釋過的事物上再詮釋一次！」說這話的人是幾乎爛醉如泥的瓜達里，他試著搭訕一個無辜的伊利諾博士生。

他得通知巴亞才行。

喇叭裡跳出黛比．哈里[74]的聲音：「When you're ready, we can share the wine.（你準備好的時候，我們就可以開酒了。）」

朵娜回來了，手裡拿著一個梳洗包，告訴大家可以出發了。

西蒙趕緊上樓通知巴亞兩點到墓園和他會合。他打開每一個房門，看見各種醉態的學生在進行活動；看見傅柯正在米克．賈格爾[75]的海報前自慰；看見安迪．沃荷寫詩（其實是強納生．庫勒正在填寫一份薪資單）；發現一個滿是大麻，長到天花板上都有的溫室；還發現了一些安份的學生抽著可卡因看棒球。最後終於找到了巴亞。

「哦！不好意思！」

他趕緊關上門，但在門闔上前，他有足夠的時間看到巴亞卡在一個看不出是誰的女人雙腿間，茱迪斯用穿戴式假陽具插進他體內，同時大喊：「I am a man and I fuck you! Now you feel my performative, don't you ?（我是個男人，我操你！你現在知道我的執行力了吧？）」

因為這個場景而受到驚嚇的西蒙無法反應過來給巴亞留下訊息，只有加快腳步下樓趕上柯蒂莉亞一行人。

他在樓梯上與克莉絲蒂娃擦身而過，但並沒有注意到對方。

他很清楚自己沒有按照緊急事件的程序行事，但柯蒂莉亞白皙的皮膚實在太誘人

74 Debbie Harry，美國搖滾樂團金髮女郎主唱。

75 Mick Jagger，英國搖滾樂團滾石樂團主唱。

了，他無法拒絕。反正無論如何，他都會在指定的地點，他試著把自己的行為正當化，但心裡非常清楚他的決定不過是隨著欲望盲目前行而已，沒有任何邏輯可言。

克莉絲蒂娃敲了那扇發出奇怪呼嚕聲的房門。希爾勒開了門。她沒有進門，只是低聲說了幾句。接著便走向稍早看到巴亞和另外兩位朋友的那扇門。

伊薩卡的墓園坐落在山腰間，園內樹叢茂密，墳塚錯落無章，雜草叢生。黑夜中，明月和遠方城裡的路燈是唯一光源。西蒙一行人聚集在某個早逝的女人墓旁。朵娜說明她要念一段女預言師密語，但在這之前得先準備好「新時代男性的誕生」儀式。柯蒂莉亞指向西蒙。他正想開口詢問細節，但她卻開始為他褪去衣著，所以還是隨她擺佈了。十幾個人圍繞著他們觀看儀式，對西蒙來說這樣的人潮已經算是為數眾多了。衣服被脫光後，她讓西蒙平躺在墳塚旁的草地上，在他耳邊輕聲說：「Relax（放鬆）。我們要把舊時代的男人殺了。」

所有的人都喝多了，完全解放開來，西蒙心想，連現在這件事也是現實的產物嗎？

朵娜將梳洗包遞給柯蒂莉亞，後者從中拿出了一支剃頭刀，並慎重打開。西蒙聽見朵娜在開場白中提到瓦萊麗．索拉娜絲[76]，心裡不免感到緊張。柯蒂莉亞又拿出了一瓶刮鬍泡，塗滿了他的恥骨周圍，謹慎嚴肅地替他刮掉了陰毛。西蒙認為那是象徵性閹割，他注視著這個過程，感覺到柯蒂莉亞的指尖在他的陽具附近遊移。

「In the beginning, no matter what they say, there was only a goddess. One goddess and one only.（原始之初，無關輿論，只有一個女神。她是無上的、唯一的女神。）」

要是巴亞也在就好了。

但巴亞正平躺在學生宿舍裡的地毯上抽著菸，房內一片昏暗。兩個裸著身體的朋友躺在身旁，其中一個睡了，一手壓在巴亞胸上，另一手還抓著另一個女人的胸。

「In the beginning, no matter what they think, women were all and one. The only power then was female, spontaneous, and plural.（原始之初，不論人們的思想為何，女人就是一切，就是唯一。女性代表了無上之力，源於自身，集體共治。）」

巴亞問茱迪斯為什麼對他有興趣。茱迪斯雙手環繞在巴亞肩旁，發出了小貓的叫聲，以她中西部猶太人的口音回話：「因為你看來不屬於這裡。」

「The goddess said: "I came, that is just and good."（女神說：『我來了，我是真理、是良善。』」

有人敲了門並走了進來，巴亞坐起身，認出克莉絲蒂娃：「您最好趕快穿上衣服。」

「The very first goddess, the very first female power. Humanity by, on, in her. The

76 Valerie Solanas，美國女演員，曾企圖槍殺安迪．沃荷未遂。

ground, the atmosphere, water, fire, language.（原始的女神，原始的女力。人性圍繞著她。土地、大氣、水、火、語言。」

教堂的鐘敲了兩下。

「Thus came the day when the little prankster appeared. He didn't look like much but was self-confident. He said: I'm God, I am the son of man, they need the father to pray to. They will know how to be faithful to me: I know how to communicate.（後來，惡作劇的來了。他看上去不太有說服力，但其實滿懷自信。他說：我是神，我是人類之子，他們需要向父親祈禱。他們會知道如何忠於我：我知道如何與他們溝通。）

墓園離晚會地點不過一百多公尺。晚會的各種聲響成為墓園裡儀式的背景音樂，令人產生時代錯亂之感。音響傳來阿巴合唱團的〈給我！給我！給我！〉（Gimme! Gimme! Gimme!）

「Thus man imposed the image, the rules, and the veneration of all human bodies endowed with a dick.（這個男人強迫我們接受所有人類都有陽具的意象，接受它的規則並尊敬它。」

西蒙轉過頭企圖掩飾自己的尷尬與興奮，這才看見十幾尺外的樹下有兩個人影。瘦長的人影將隨身聽耳機遞到肥短的人影手上，後者手裡還拿著一個運動用肩包。他知道那是德希達正在驗貨，而貨品正是錄有語言的第七種功能的錄音帶。

「The real is out of control. The real fabricates stories, legends, and creatures.（現實失去控制。現實製造故事、神話和活物。）

德希達就在幾尺外的樹下，在伊薩卡墓園的墳塚間，在他的視線所及之處聽著語言的第七種功能。

「On horseback on a tomb, we will feed our sons with the entrails of their fathers.（在墳塚之上，我們會以父親的內臟填飽我們的孩子。）」

西蒙很想起身做些什麼，但身上沒有任何一處的肌肉聽他使喚，就連舌頭也是，他很清楚那是身上最有力的肌肉，但卻一個音也發不出來。閹割儀式完成後就是象徵性的重生，而新時代男性的誕生則要透過口交。當柯蒂莉亞將陽具放進嘴裡時，他感覺到迦太基公主溫熱的黏液散布在自己身上，當下他就知道任務失敗了。

「We form with our mouths the breath and the power of the Sorority. We are one and many, we are a female legion……（我們以嘴形塑出呼吸與姐妹會的力量。我們是唯一也是多數，我們是女力……）」

交易將在西蒙沒有花任何一分心力阻止的情況下完成。

然而，他仰起了頭，在校園燈光照射下丘陵上出現虛幻了的一幕，這虛幻的場景甚至比現實視線裡的那個更令他感到恐慌：那是一個男人牽著兩隻獒犬。

天色很暗，但他知道那是希爾勒。兩隻獒犬大聲咆哮。觀看儀式的群眾都受到了驚嚇而往他們的方向望去。朵娜中止了她的禱文。柯蒂莉亞也停止了嘴部的動作。

希爾勒發出了聲音並鬆開手裡的牽繩。兩隻狗往蘇利曼和德希達的方向衝了過去。西蒙起身想要跑去協助，但卻被一隻強而有力的手抓住了。是那隻在影印機上和柯蒂莉亞做愛的公牛，他抓住了西蒙的手臂，往他的臉上揍了一拳。西蒙光著身子倒在地上，沒有任何反擊的能力，只能看著兩隻狗撲倒哲學家和男妓。

尖叫聲與犬吠交雜。

公牛男對背後發生的一切毫不關心，很明顯只想來場單挑。西蒙聽懂了幾句英文髒話，明白這個男人要獨享柯蒂莉亞的軀體。同一時間，兩隻狗就要撕碎蘇利曼與德希達了。

男人們慘叫的聲音鎮住了女祭司學徒和她們的朋友，沒有人做出任何動作。德希達在墳塚間滾動，身體任由斜坡與後頭狂怒的獒犬擺佈。相較之下較年輕也較強壯的蘇利曼以上臂撐住猛獸的雙頜，但持續加在肌肉和骨頭上的壓力大到他就快昏厥了，再沒有任何外力能阻止牠吞食眼前的男人了。突然間，一旁傳來一陣刺耳的聲音，巴亞不知從哪裡跑了出來，將手指插進野獸的雙眼，並戳爆了它們。獒犬發出了駭人的慘叫後，在墳塚間跌跌撞撞逃離。

巴亞接著跑下坡解救還在向下滾的德希達。

他抓住了另一隻狗的頭，企圖扭斷牠的頸，但牠轉過身將他撞倒在地。他固定住狗的兩隻前腿，但血盆大口只在眼前十公分處，巴亞把手伸進外套口袋，掏出了六面顏色完美的魔術方塊塞進他的口中直到食道。狗的喉嚨深處發出噁心至極的咕嚕聲，撞向了一旁的樹，接著又在草地上滾了幾圈，在一陣抽搐後窒息而死。

巴亞爬向一旁看似人形的物體。他聽見液體汩汩不止，那是德希達的血正大量流出。他是真的「見血封喉」了。

巴亞忙著殺死另一隻狗，而西蒙也專注於和公牛交涉。希爾勒抓緊了時機衝向還倒在地上的蘇利曼。他總算知道語言的第七種功能藏身何處了。毫無疑問得搶下那個隨身聽。他把痛苦扭曲的蘇利曼轉正，按下了隨身聽上的「退出」鍵。

然而卡帶槽裡竟然空無一物。

希爾勒瘋狂怒吼。

樹叢後走出了第三個男人。他戴著羊毛領帶，髮型與環境相映。也許打從一開始他就在那裡了。

無論如何，他的手裡拿著一捲卡帶。

他抽出了卡帶中的膠捲。

另一隻手則把玩著打火機。

希爾勒一臉驚恐：「Roman, don't do that！（羅曼，別這麼做！）」

戴著羊毛領帶的男人點燃了 Zippo 打火機的火，接近膠捲的那一瞬間，燃起了火光。從遠處看來，不過就是黑夜中的一盞綠色的小燈而已。

希爾勒像是被掏空了心神似的哀號。

巴亞轉過頭。公牛也是。西蒙總算得以脫身，他（始終光著身子）夢遊似的飄了過去，輕聲膽怯地問：「您是？」

老人調整了領帶，簡單回了：「羅曼．雅各布森，語言學家。」

西蒙感到全身僵硬。

站在下坡處的巴亞不太確定自己是否聽見他的回答。「什麼？他說什麼？西蒙！」

最後一小段膠捲劈啪作響，最後成了灰燼。

柯蒂莉亞跑向德希達，撕開了她的連身裙為他包紮，希望能止住出血。

「西蒙？」

西蒙沒有回答，只在腦海內想像和巴亞的對話：為什麼沒告訴他雅各布森還活著？

「你從來沒有問過我。」

事實上，西蒙從來沒有想過結構主義的創始者，一九四一年和布列東一起乘船逃離德據法國、屬於布拉格學派的俄羅斯形式主義者，同時也是索緒爾之後最重要的語言學家竟然還活著。對西蒙而言，他應該是活在上一個世紀的人。他應該和李維史陀同一個時代，而非巴特。西蒙笑了，覺得自己的邏輯很蠢：巴特死了，但李維史陀還活著。為什麼雅克布森不行呢？

雅克布森仔細踩過地面的小石子和凸起的小土塊，小心地向下走了幾公尺，到德希達的身旁。

哲學家仰躺著，頭枕在柯蒂莉亞的膝上。雅各布森握住了他的手說：「朋友，謝謝你。」德希達努力說出幾個字：「你知道的，要是我得到它，我一定會聽內容，但不會泄露給任何人。」他抬起流著淚的雙眼注視著柯蒂莉亞：「美麗的孩子，給我個微笑，如同我也會笑到最後一刻。熱愛生命，並跟著它前行……」

話還沒說完，德希達就斷氣了。

希爾勒和蘇利曼消失了。運動用的肩包也是。

78

「在亡者面前請求他原諒是否過於可笑、天真甚至是幼稚？」

希斯－歐鴻居（Ris-Orange）的小墓園內從來沒有聚集過這麼多人。墓園藏身巴黎近郊的省道七號上，平價國宅整齊地排列在周圍。氣氛凝重，那種沉默是只有大量的人潮才能製造出來的。

傅柯站在棺木前已挖好的土上為這場喪禮致辭。

「基於友情與感激之情，也基於對他的認同，我應多少直接引用他的話語，讓這一切回歸於他，讓他成為致辭者，讓我在他的話語前隱身……但我的過於忠誠最後將變成什麼也沒說、什麼也沒改變。」

德希達將不會長眠於猶太區，他的墓碑和其他的天主教徒一起，如此一來，他的妻子將來才能與他共眠。

沙特站在第一排，他低著頭，神情嚴肅地聆聽著傅柯的致辭。他身旁站的是巴里巴。他不再咳嗽了，感覺就像個鬼魅。

「賈克·德希達再也不能聽見自己的名字，也不能再使用它了。」

巴亞問西蒙，沙特身邊站的是不是西蒙波娃。

傅柯說了段傅柯會說的話：「如何相信當代？我們以歷史或社會觀點來劃分，使得他們看來屬於同一時代。但很容易就能發現他們的時代不是一致的，也實在沒有任何關聯。」

阿維塔爾·羅奈爾輕聲啜泣。西蘇靠在讓－呂克·南西身上，眼神盯著挖出的土，沒有任何表情。德勒茲和瓜達里思考著系列的特殊性。三排平價國宅的牆面斑駁，陽台生鏽，突出的陽台伸進墓園，看上去就像衛兵或插在海洋上的牙齒。

一九七九年六月，在索邦的大階梯教室內舉行的哲學大會上，德希達和BHL曾經真的大打出手，但BHL也出席了這個他將會稱呼，或早已稱呼他為「老師父」的人的葬禮。

傅柯接著說：「和我們經常認為的不同，住在那些最美好區域的個別『主體』不是獨裁的自我分身。假如權力是可以被佔有的，他們不會有任何權力。」

索萊斯和克莉絲蒂娃當然也到場了。

德希達參與了《原樣》雜誌最初的工作。《播散》一書的內容最早也收錄在《原樣》系列之中，但一九七二年後便不再屬於該系列叢書了，沒有人知道是政策決定還是個人因素。只是一九七七年十二月德希達在被共產政權陷害受困布拉格時，曾經接受索萊斯的幫助。

巴亞始終沒有收到索萊斯和克莉絲蒂娃的逮捕令。除了保加利亞這條線索外，他沒有任何他們涉嫌巴特之死的證據。但更重要的是，儘管他幾乎肯定，但還是沒有任何證據說明他們握有第七種功能。

是克莉絲蒂娃通知巴亞伊薩卡墓園的聚會的，他認為希爾勒也是她通知的。巴亞推測她想集合所有相關的人，盡可能增加干擾因素，以便阻止這場交易進行。但她忽略了（或者不願意相信）一件事實，和雅各布森站在同一陣線的德希達其實是在想盡辦法銷毀那一份副本。雅各布森一直認為他的這項發現不應該為世人所知，因此才協助德希達集資買回蘇利曼手上的卡帶。

傅柯的悼詞還沒結束，有個女人溜到西蒙和巴亞的身後。

西蒙認出了安娜的香水味。

她在兩人的耳邊輕聲說了幾句話，兩人很有默契地沒有轉身。

傅柯：「我們常說『死亡』、『死亡之時』是經典的解決方案。最差勁的那些，或它們之中最為下流、可笑但卻很常見的是，我們還打著主意操弄，無論多麼細微或崇高，都要趁機從死者身上抽取出一股額外的力量，撻伐、辱罵存活下來的人，並藉此讓自己和死亡一樣不受質疑。」

安娜說：「邏各斯俱樂部近期要舉辦一場盛大的活動。有人挑戰偉大的普羅泰戈拉，他的頭銜是這場比賽的賭注，將會是一場空前的對決。但只有某些具備資格的人才能進場。」

傅柯：「就其經典的特質來看，悼詞是好的，特別是允許我們直呼其名，甚至以平輩的口吻對待。的確又是另一種幻想，我們呼叫的是體內死去的自己和那些站在墓旁的人。然而，就是因為這種修辭形式過於誇張，我們才能走出自己的世界。」

巴亞詢問活動地點。安娜說將會在威尼斯的某個祕密地點舉行，也許他們也還沒決定，因為安娜的「組織」找不到任何情報。

傅柯：「必須停止存活者間的交際，撕破那層紗，貼近死者，貼近身體裡的那個他者。但他者和倖存者的宗教還可以繼續說：『就像是他還……』。」

安娜：「挑戰普羅泰戈拉的人肯定握有第七種功能。這就是動機。」

希爾勒和蘇利曼都失蹤了，但他們兩人都沒有嫌疑，蘇利曼想賣掉它、希爾勒則想買。雅各布森幫德希達取得了門票，但克莉絲蒂娃盡了全力破壞這場交易，而德希達死了。那兩個男人還在某處逃竄，其中一個手中還有一大筆錢，但就巴亞看來，這都不是最重要的。

「小說是一種死亡，它把生命變成一種命運，把記憶變成有用的行為，把延續變成一種有方向、有意義的時間。」

巴亞問西蒙為什麼傅柯要提到小說。

西蒙認為這肯定是引用某人的話，但他也有同樣的疑惑，他的心裡感到強烈的不安。

79

希爾勒倚在橋上向下望，隱約看得見峽谷深處的河道，幽暗中流水潺潺。夜晚降臨在伊薩卡小城，風隨著喀斯卡迪拉溪的水道和林木蜿蜒。小溪夾在佈滿石塊的河床和青苔間川流，無視發生在男人身上的悲劇。

一對牽著手的男女行經小橋。這個時間點幾乎沒有人，當然也沒有人注意到希爾勒。

要是及早知道，要是可以的話……

一切都已來不及了。

靜默的語言哲學家爬上了護欄，站在上方試著保持平衡。他向河床深處看了一眼，最後一次數了天上的繁星，鬆開身上的每一吋肌肉，向下墜。

小溪不深，沒有減緩撞擊的力道，但川流之急將把他的軀體帶向瀑布和卡尤加湖，過去，印第安人曾在此處捕魚，他們應該（但誰又能確定？）沒有聽過以言行事和以言成事的概念吧。

第四部

威尼斯

Venise

80

「我今年四十四歲，也就是說已經活得比亞歷山大大帝的三十二歲、莫札特的三十五歲、雅里的三十四歲、洛特雷阿蒙的二十四歲、拜倫的三十六歲、韓波的三十七歲都要久了。而且我在有生之年將會超越那些已死的偉人，還有那些照亮他們時代的巨擘。如此說來，要是上帝不召喚我，我就能超越拿破崙、凱薩、喬治．巴塔耶、雷蒙．羅塞爾……不！……我會早死……我感覺得到……我不是個命長的人……我的結局不會跟羅蘭一樣……六十四歲……可悲……說實在的，他也算是受到眷顧了……不，不……我肯定會是個雞皮鶴髮的老人……反正好看的老人應該也不存在……我寧願燃燒自己……短小的燈芯，就這樣……」

81

索萊斯不喜歡麗都島[1]，但在海灘大酒店裡他能有個避難之處，躲避嘉年華的人潮，而且這裡也是托馬斯曼[2]和維斯康堤[3]《魂斷威尼斯》那場沉悶的動作場景拍攝地點。他本想在亞德里亞海邊舒適地思考一些問題，但此時他正在吧台旁啜著威士忌勾引女服務員。空無一人的大廳深處，一名鋼琴師心不在焉地彈著拉威爾的曲子。必須承認這是個美好的冬日午後，但儘管沒有霍亂，天氣還是不適合游泳。

「親愛的小妞，妳叫什麼名字？不，別說！我要叫妳瑪格麗特，跟拜倫的情婦一樣，她是麵包師傅的女兒，妳知道嗎？La Fornarina（小火爐）……熱情如火，有著大理石般的雙腿……妳的眼睛真的和她完全一樣。他們在海灘上騎馬，浪漫極了，對吧？沒錯，妳說的對，似乎有點俗……要找個時間讓我教妳怎麼上馬嗎？」

索萊斯想到《恰爾德．哈羅德遊記》[4]裡的片段：「這個城市成了總督的遺孀……」總督再也不能與大海結婚[5]，金獅也不再可怕。這就真的是去勢了。「布森陶爾號已腐朽不堪，上頭的雕梁畫棟也忘了自己曾是遺孀！……」但他馬上驅走了這個負面的想法，搖了搖空杯示意再來一杯威士忌「On the rocks（加冰塊）」女服務員禮貌性地微笑。「Prego.（好的）」

---

1 Lido，位於威尼斯的長形沙洲，有綿延的海岸線與海灘，是著名的度假聖地。

2 Thomas Mann，德國作家，一九二九年諾貝爾文學獎得主。

3 Luchino Visconti，義大利導演，曾拍攝改編自托馬斯曼同名小說《魂斷威尼斯》。

4 拜倫的抒情敘事長詩 Childe Harold's Pilgrimage。

5 指的是自一一七三年起，當時還是共和國的威尼斯開始在每年的耶穌升天日舉行「海婚節」，當天總督會登上二級戰列艦布森陶爾（Bucentaure）宣誓與大海結為連理，大海永遠屬於威尼斯所有，象徵威尼斯的海權。直到一七九七年拿破崙侵佔該地之後，這項傳統便不再繼續。而威尼斯長達一千一百年的共和體制也宣告結束。

索萊斯愉悅地嘆了口氣：「我多麼想跟歌德一樣說出那句話：『在威尼斯大概只有一個人認得我，而到他遇見我前還有很長的時間。』但親愛的小妞，我在我的國家非常有名，真是不幸。妳知道法國嗎？我改天帶妳去。歌德，多麼好的作家啊。怎麼了嗎？妳臉紅了。哦！茱麗亞，妳來了啊！瑪格麗特，跟妳介紹我的妻子。」

克莉絲蒂娃像隻小貓偷偷溜進了空蕩蕩的酒吧。「親愛的，你這是在白費力氣，這位小姐聽懂的部分應該不到四分之一，妳說對嗎？」

年輕的女孩始終帶著笑臉。「Prego?（什麼？）」

索萊斯洋洋得意：「哎，有什麼關係嗎？一個受眷顧的人如我，如此顯而易見，根本就不需要（感謝上天）別人聽得懂。」

克莉絲蒂娃不想跟他談布赫迪厄，這位社會學家威脅到他總是可以給自己建立好形象的表徵系統，因此他厭惡對方。此外，她也不打算提醒在這個星期的重要場合前少喝一些。一直以來，她將他看成一個同時是孩子與成人的雙面男人。她放棄對他解釋某些事情，但還是等著他達到自認有權要求的高度。

鋼琴師彈了一個特別不合諧的和弦。不祥之兆？但索萊斯相信自己的好運。他大概要去游泳吧。克莉絲蒂娃注意到他早就穿了涼鞋。

82

兩百艘划槳船，二十四艘小排槳船（比划槳船小一半）和六艘大型帆槳並用船（堪稱當時的B-52戰略轟炸機）在地中海上追著土耳其軍艦。

暴躁的威尼斯軍艦長官塞巴斯汀・威尼亞[6]內心憤怒至極。他以為自己是所有的盟國（包括西班牙、熱那亞、薩瓦、拿坡里、教皇國）中唯一一個樂見開戰的人，但他錯了。

儘管當時的西班牙統治者，也就是菲利普二世，對地中海失去興趣，轉向征服「新世界」，但奧地利的胡安（Juan d'Autriche）身為神聖同盟剛烈的指揮官，以及查理五世的私生子，也就是菲利普二世同父異母的兄弟，積極在這場戰役中尋找在他方得不到的尊嚴。

塞巴斯汀・威尼亞想保護Sérénissime[7]，而奧地利的胡安想追求榮耀，兩人應是最好的盟友，但他並不知道。

6 Sebastiano Venier，一四九六～一五七八年，威尼斯共和國總督與軍艦長官。

7 指的是威尼斯共和國，也稱為la Sérénissime（義大利語），詞源來自拉丁語最尊貴的意思。

83

索萊斯望著玫瑰聖母堂（Église des Gesuati）中的聖安東尼雕像，覺得自己長得跟他很像（到底他認為誰像誰呢，我也不知道）。他為自己點了根祈福蠟燭，然後走出教堂在他最愛的多索杜羅區（Dorsoduro）裡漫步。

他在學院美術館前遇到了正在排隊的西蒙．荷卓和警探巴亞。

「警探先生，是你們啊，真巧！是哪陣風把你們給吹來的？我聽說您那位愛將的豐功偉業了，迫不及待觀看下一場比賽啊。沒錯，沒錯，東躲西藏沒什麼用，對吧？你們第一次來威尼斯嗎？來博物館充個電，那是當然的。替我向吉奧喬尼[8]的《暴風雨》打個招呼，它讓人願意忍受日本遊客。他們瘋狂拍照，都不用雙眼看的，你們看見他們了嗎？」

索萊斯指向隊伍中的兩個日本人，那是在巴黎開著Fuego救了他的人，西蒙因為在這裡見到他們而吃了一驚，但沒有讓任何人察覺。他們的確擁有美能達（Minolta）相機最新的全套設備，對著所有會動的東西若無其事地拍照。

「忘了聖馬可廣場（place Saint-Marc）、忘了哈利酒館吧（Harry's Bar）。你們正在站這個城市的中心，也就是世界的中心：多索杜羅區……威尼斯很幸運，對吧哈哈？……順便一提，你們應該去看看聖斯德望廣場（Campo Santo Stefano），只要穿過大運河……就可以看到托馬瑟歐[9]的雕像，他是個政治作家，所以不需要放太多心思，威尼斯人稱他 Cagalibri，意思是把書視為屎溺的人，看他的雕像就知道他真的大了一堆書便。哈哈。千萬別錯過河那端的朱代卡島（Giudecca）。你們也可以欣賞那一排帕拉底歐[10]設計的教堂。你們不知道帕拉底歐？他可是個勇於挑戰的人……就跟你們一樣，對吧？他被指派在聖馬可廣場「正對面」建造一棟建築物。可以想像嗎？多麼艱難的挑戰啊，就跟我們的美國朋友說的一樣，是 challenge。那些從來不了解藝術的人……也不了解女人，但這又是另一件事了……哦，請看，矗立於水中的聖喬治馬喬雷教堂（San Giorgio Maggiore）。也別忘了救主堂（Chiesa del Redentore），新古典主義的經典之作，其中一面是拜占庭和閃耀著舊時榮耀的歌德式風格，另一面則是多虧文藝復興和反宗教改革時期才得以重生的古希臘風格。去看看吧，只離這裡一百公尺而已！現在趕過去的話還能看到夕陽……」

這時，隊伍中傳來喊叫聲。「有小偷！有小偷！」一名遊客追著扒手跑。索萊斯基於本能反應將手放到外套內層的口袋中。

8 Giorgione，出生於威尼斯的義大利畫家。
9 Niccolò Tommaseo，義大利作家、語言學家，曾編撰了義大利語字典。
10 Andrea Palladio，義大利文藝復興時期建築師。

但他馬上又冷靜了下來：「哈哈，看到了嗎？顯然是個法國人……法國人最容易被騙了。小心為上。義大利人是個偉大的民族，但也都是強盜，就跟其他偉大民族一樣……我要錯過彌撒了，先走了……」

索萊斯漸行漸遠，腳上的涼鞋在石板路上喀啦作響。

西蒙對巴亞說：「你看到了嗎？」

「看到了。」

「他身上有一份。」

「沒錯。」

「為什麼不把他抓起來？」

「得先確認那個功能真的有用，別忘了這也是你來這裡的原因。」

西蒙的臉上浮現了一抹得意的笑容。再一場。他忘了排在後頭的日本人。

84

兩百艘划槳船駛進科孚海峽，往科林斯灣前進。它們之中，有艘船名為馬雀莎。這艘船由熱那亞來的方濟各．聖弗雷達[11]指揮，船上還有迪亞歌德烏比諾（Diego de

Urbino）船長和他那些玩著骰子的手下。這些男人中，有個牙醫的兒子負債累累，出航也是為了尋找榮耀，還為了賺得幾筆財富。他曾是個卡斯提雍的小貴族、一個冒險家和佩劍的貴族。他是塞萬提斯[12]。

85

嘉年華期間，許多威尼斯宮殿裡都舉辦了晚會。雷佐尼科宮（Ca' Rezzonico）裡的這場雖然不對外公開，但也不乏問津。

羨慕的路人和水上巴士的乘客被建築物裡傳來的嬉鬧聲吸引，抬起頭欣賞或是猜測牆上的視覺陷阱，以及天花板上的彩色水晶吊燈和其他十八世紀壯麗的壁畫。事實上，這場晚會嚴格過濾來賓的身份。

邏各斯俱樂部的晚會並沒有真的在公開的刊物上公告。用當代語言來說，邏各斯俱樂部不會主動**傳播**這類活動的訊息。

11 Francesco San-Freda，生卒年不詳，勒班陀戰役中熱那亞共和國軍艦船長。

12 Miguel de Cervantès，西班牙作家，小說《唐吉訶德》作者，被喻為現代小說之父。

此時，在總督心愛的城市中心，晚會正要開始，一百位沒有戴著面具的賓客進場了。（晚會服儀要求嚴苛，但不需要變裝出席。）

第一眼看上去，這個晚會跟其他雅致的晚會沒什麼差別，但仔細聽他們的對話就能察覺端倪。緒論、結論、提議、爭論、反駁。（如同巴特所說：「某些人對分級制度的熱衷在外人眼中看來總是難以理解。」）錯格、誤用、修辭推論、反覆。（如同索萊斯所說：「沒錯，就是這樣。」）「我覺得不該把 Res 和 Verba 翻成實物和文字。根據昆體良的解釋，Res 是 quae significantur，而 Verba 指的是 quae significant。簡而言之，在言談上就是所指和能指。」

也有些人談論過去和即將到來的對戰，他們多是缺指的老將或野心勃勃的新手，大多都還記得那些光榮或慘烈的戰役，站在提也波洛[13]的畫作下一說再說。

「我連那句話是誰說的都不知道！……」

「這時，他竟然引用了一句紀·莫雷[14]的話！笑死我了，哈哈。……」

「塞爾旺－舒海伯[15]和孟戴斯－弗朗斯[16]進行那場傳奇對戰時我就在場，但我連辯論題目是什麼都忘了。」

「我則是夾在勒卡呂埃[17]和艾曼紐·貝爾[18]中間。超現實。」

「You French people are so dialectical...（你們法國人好會辯……）」

「我抽到一個辯論題目……是關於植物學的！我還以為自己完了，還好想到了我祖父的菜園。多虧了爺爺，才能保住我的手指。……」

「他說：『不要以為所有人都是無神論者。史賓諾莎就信仰神祕主義。』哪來的蠢貨。……」

「Picasso contra Dalí. Categoría historia del arte, un clásico. Me gusta más Picasso pero escogí a Dalí.（畢卡索對達利。藝術史，經典辯論題目。我喜歡畢卡索，但那天我選了達利。）……」

「對手開始談足球，我一點也不懂，他一直講綠隊[19]的球員和小熱鍋[20]……」

「哦，沒有，我已經兩年沒上場了，現在只是個雄辯家，面對孩子和工作，沒有時間也沒有精力……」

「我本來已經做好心理準備了，沒想到奇蹟突然降臨，他竟然說了那句不該提的

---

13 Giovanni Battista Tiepolo，義大利洛可可時期畫家。

14 Guy Mollet，法國前總理，也曾任社會黨前身工人國際法國支部（SFIO）主席。

15 Jean-Jacques Servan-Schreiber，法國作家、記者、政治人物

16 Pierre Mendes France，法國猶太裔政治家，曾任第四共和國總理。

17 Jean Lecanuet，法國政治人物。

18 Emmanuel Berl，法國記者、作家。

19 Verts，指的是法國聖艾提安（Saint-Etienne）的足球隊，因為球衣是綠色的，所以也被稱為綠隊。

20 聖艾提安足球場的暱稱，因為裡面氣氛和氣溫都很熱。

『蠢話』。……」

「C'è un solo dio ed il suo nome è Cicerone.（世界上只有一個神，他叫西塞羅。）……」

「I went to the Harry's Bar（in memory of Hemingway, like everyone else）. 15000 liras for a bellini, seriously?（我去了哈利酒吧（跟其他人一樣，去感受海明威的氣息）一杯貝里尼雞尾酒要價一萬五千里拉，有沒有搞錯？）」

「Heidegger, Heidegger... sehe ich aus wie Heidegger?（海德格、海德格……我看起來像海德格嗎？）」

這時，樓梯那頭掀起一陣騷動。與會者向兩旁站開，讓出了一條路迎接一位剛到場的賓客。西蒙走了進來，巴亞站在一旁。賓客們都聚了過來，但多少都還是帶著敬畏。這就是那位廣受討論的天才少年，在短到不可思議的時間內取得巡遊者的級別：連三場的比賽就跳了四級，在巴黎這種進度通常要花上好幾年才能達成。也許馬上就要再跳一級了。他穿著一襲深灰色的亞曼尼，搭上鮭魚色的襯衫和帶紫線條的黑領帶。一旁的巴亞則沒想過要換下他那件破舊的西裝。

人們擠到天才少年的身邊，很快地話題就全集中他在巴黎的豐功偉業上了。人們談起了他的第一場暖身賽，當時的辯論題目是關於國內政治（「最終贏得選舉的都是中立派嗎？」），他引用列寧的《怎麼辦》（Que faire?）輕鬆打垮了一位雄辯家。

在一場法律哲學辯論賽（「合法暴力是否屬於暴力？」）中，他引用聖朱斯特[21]（《沒有人能天真地領導》，特別是《王若不能治理只有一死》）除掉一個辯士。

他還在另一場辯論題目為詩人雪萊名句（「他從一生的夢中醒來」）的對戰中，用卡德隆[22]與莎士比亞的柔情，還有《科學怪人》的精巧擊敗一位詭辯員。

還有一場以萊布尼茲[23]（「教育萬能，它能讓熊跳舞」）為辯論題目的比賽中，他幾乎只用薩德的話優雅地完勝巡遊者。

巴亞點了根菸，望向窗外大運河上的貢多拉。

西蒙耐心回應各種問題。一位威尼斯長者遞上一杯香檳：

「Maestro（大師），您應該認識卡薩諾瓦吧？在回憶一場跟波蘭伯爵決鬥的場合時，他寫到：『給即將進行對決的人最好的建議是，以最快的速度斬斷任何威脅你的可能。』Cosa ne pensa？（您怎麼看？）」

（西蒙喝了口香檳，對身旁一位眨著眼的老婦人微笑。）

「是一場劍擊賽嗎？」

21 Louis Antoine de Saint-Just，法國大革命時期雅各賓派主導人之一。
22 Pedro Calderón de la Barca，西班牙詩人。
23 Gottfried Wilhelm Leibniz，德國理性主義哲學大師。

「不，alla pistola（是槍戰）。」

「要是一場槍戰，我認為是有用的。（西蒙笑了）但面對唇槍舌戰，情況有些不同。」

「Come mai?（為什麼？）maestro，請原諒我斗膽問您為什麼？」

「嗯……拿我自己來說好了，我習慣攻擊對手的慣性。也就是說，我讓對手先攻。讓他暴露自己，capisce（懂嗎？）辯論賽跟擊劍比較像。我們會暴露自己，然後防守、躲避、做假動作、進攻、脫身、閃躲、回擊……」

「Uno spadaccino, si.（比劍的時候，是的）用槍不會比劍好嗎？」

巴亞用手肘推了推天才少年。西蒙也知道，這麼慷慨地送上自己的策略是不智之舉，特別是在一場重要比賽的前夕，但他的教學本能戰勝一切，無法阻止自己教導對方：

「我認為，有兩個主要的手段。符號學與修辭學，可以嗎？」

「Si, si...credo di si, ma...（嗯，嗯，我想應該懂，但是……）您可以再進一步說明嗎，maestro？」

「是這樣的，很簡單。符號學的作用在於理解、分析、解讀，用來防衛，是博格的做法。修辭學的作用則是勸說、說服，用以進攻，是馬克安諾。」

「Ah si, Ma 博格，他贏了比賽，不是嗎？」

「當然！我們可以用各種技巧取勝，只是風格不同而已。符號學可以用來解讀對手的修辭學技巧。在抓住對方的把柄後，直擊中心。符號學就是博格，比對手多回一球就可以了。修辭學是愛司球（Ace），是反手截擊、筆直進攻，但符號學是回擊、是穿越球、是上旋的高吊球。」

「那這樣 migliore（比較好）嗎？」

「呃，不能這麼說，不一定。但這是我的專長，我擅長的手法，我的玩法。我不是律師團的王牌，不是政治名嘴，不是彌賽亞，也不是賣吸塵器的。我是學者，我的工作是分析、解讀、評論、解釋。這才是屬於我的玩法。我是博格，是維拉斯，是喬斯．克拉克。嗯。」

「Ma，對面場地上的人是誰呢？」

「呃，就是……馬克安諾、唐納、吉魯賴提斯……」

「那康諾斯呢？」

「哦，對，馬的，忘了還有康諾斯[24]。」

「Perchè（怎麼），康諾斯？他怎麼了嗎？」

「他非常強。」

24 博格、維拉斯、喬斯．克拉克、馬克安諾、唐納、吉魯賴提斯和康諾斯皆為職業網球選手。

在那個時間點上，我們很難判斷西蒙最後這句話有幾分諷刺的意味，因為直到一九八一年二月為止，康諾斯已經連續輸給博格八次了，就連最後一個大滿貫也是三年前的事了（一九七八年美國網球公開賽，擊敗他的正是博格），外界都認為他網球生涯已畫上句點。（當時我們還不知道他隔年會拿下溫布頓和美國公開賽的冠軍。）

無論如何，西蒙轉回正經的語調問：「他應該贏了那場對戰吧？」

「卡薩諾瓦嗎？Si（對），他射中了波蘭人的肚子，差點就殺死他了，但他自己的拇指也中了一槍，左手差點就 amputato（截肢）了。」

「哦……是嗎？」

「Si，外科醫生告訴卡薩諾瓦，若是不把左手截掉就有感染壞疽的危險。卡薩諾瓦問他是否已經感染了？醫生否認，因此卡薩諾瓦回話『va bene（那好），等感染了再說吧。』醫生說 allora（到時候），就得截掉整隻手臂。您知道卡薩諾瓦說什麼嗎？他說：『Ma，都沒有手了我留著手臂幹嘛？』哈哈！」

「哈哈。呃……bene（好吧）。」

西蒙很有禮貌地辭退，他要給自己拿一杯貝里尼。巴亞的肚子被小點心給塞滿了，他一面吃一面觀察那些以好奇或仰慕、甚至是畏懼的眼光看著西蒙的賓客。一位身著亮片禮服的女人請西蒙抽了根菸。這場晚會的氣氛讓他們確認了來此地尋找的答案：他在巴黎短短幾場比賽建立的聲譽已經傳到威尼斯了。

他來這裡治癒自己的 ethos（精神氣質），但也不想太晚離開。是 Hubris（自我膨脹）嗎？他沒有任何尋找對手是否在此的意圖，與此同時，也許那個人正在某處仔細地、專注地觀察他，也許正倚在某個以珍木製成的家具上，神經兮兮地將菸蒂壓在布魯斯東（Brustolon）的雕像上。

因為看見巴亞正被穿亮片禮服的女人搭訕（她想知道在天才少年爬升的過程中，他扮演了什麼角色），西蒙決定單獨離去。而完全被迷惑的巴亞大概沉迷在那件低胸禮服，或是晚會場地的富麗堂皇中，也可能是自從來到這個城市後受夠了西蒙密集的文化觀光行程，總之他一點也沒注意到他的離去，或者也根本不在意。

西蒙有些醉意，夜色未深，嘉年華還在威尼斯的大街小巷中進行著，但有件事情不對勁。感覺到一個人的存在，這句話是什麼意思？第六感是一種很方便的概念，就跟天主一樣，可以讓我們免於解釋。我們無法「感覺」任何東西。我們能看、能聽、能計算也能解讀。智慧與反應力的結合。西蒙經過一張又一張的面具。（但實在有太多面具、太多迂迴了。）他聽見後方無人的小路裡傳來腳步聲。他「直覺」地多轉了幾個彎，可想而知，他迷路了。他覺得腳步聲離自己越來越近。（在不管極為精密且複雜的心理機制情況下，「覺得」已經比「感覺」來得可靠了）他像狗一樣在威尼斯的小路間亂竄，最後來到了里亞托橋（Rialto）旁的聖巴多洛梅洛廣場（Campo San Bartolomeo）。街頭音樂家們的競爭導致音樂不甚合諧。他知道自己離飯店不遠了，如果是鳥的話，大約就是一百多公尺左右的飛行距離，但迂迴的威尼斯小路無視於鳥的存在，每次他想前行就會碰上小運河深邃的水。Rio della Fava（法瓦運河），Rio del Piombo（皮歐波運河），Rio di San Lio（聖里歐運河）……

這些靠在石井上喝著啤酒吃 cicchetti[25] 的年輕人……他剛才不是已經經過這間 osteria（小酒館）了嗎？

路越來越窄，但這並不表示在彎道之後沒有出路。或者在下一個彎道後。

水聲汩汩，波光閃爍，rio。

慘了，沒有橋。

西蒙回過頭，三名戴著面具的威尼斯人擋住了他的去路。他們沒出任何聲音，但手上各自握著帶殺傷力的武器說明了他們的意圖。西蒙下意識地盤點武器：在里亞托橋旁的小攤販上可以找到的便宜獅子雕像，還帶了翅膀；從瓶頸抓住的檸檬甜酒空酒瓶；一根又重又長的玻璃鉗（這一項他不確定是否應該納入「具殺傷力」的類別）。

因為剛才在雷佐尼科宮裡研究了一幅隆吉[26]繪製的嘉年華，他對這三張面具並不陌生：帶著長鷹勾鼻的軍官（capitano）、有著白色長喙的瘟疫醫生和 larva〔和黑色斗篷與三角帽一起搭成傳統服飾包達（bauta）〕。但這三個人都只穿了牛仔褲和休閒鞋。西蒙推測他們應該是被雇來找他麻煩的打手。他們不想讓人認出身份的做法也許是沒有要殺人滅口，他鬆了口氣。不過也有可能是單純不想讓路人認出身份。

瘟疫醫生拿著酒瓶走向他，一句話也沒說。而西蒙就像在伊薩卡看到狗衝向德希達時一樣，被這一幕奇特又「虛幻」的啞劇嚇呆了。他聽見小酒館客人的談笑聲，那聲音近在咫尺，但在街頭音樂家零星的樂音和人群的喧鬧之間，他明白呼救是沒有用的（他試著尋找義大利語的「救命」怎麼說），沒有人會在意。

西蒙邊後退邊思考對策：假設他真的是小說裡的人物（這個假設因為當下的情況、面具，還有與場景相襯的物件而變得更真實了。他心想，這是一本不避諱陳腔濫調的小說。），他面臨了什麼風險嗎？小說不是夢，小說裡的人是會死的。他想著，小說的主角「通常」不會死，除非小說已經走到了結局。

但他要怎麼知道是不是結局呢？怎麼知道他的人生翻到哪一頁了？怎麼知道什麼時候會翻到人生的最後一頁？

要是他其實不是故事的主角呢？是不是每個人都覺得自己是人生中的英雄？

西蒙不確定自己是不是有能力（就概念性的意義來看）從小說本體的角度體會生與死的問題。所以他決定在還有機會的時候，也就是說在酒瓶還沒打破他的頭之前，採取比較實際的做法。

25 義大利，特別是威尼斯的下酒菜。

26 Pietro Longhi，威尼斯畫派代表畫家。

目前看來，他唯一的脫身之計是身後的運河，但時值二月，水溫應該很低，而且每隔十公尺就有艘貢多拉，他擔心受困運河之上，不出多久便會像隻鮪魚般被貢多拉的船槳敲暈，或像艾斯奇勒《波斯人》裡的情節和薩拉米斯海戰的希臘人一樣。

思考的速度比動作快，在白喙醫生舉起酒瓶前，他已經把這些事想過一輪了，但就在要敲上頭的那一剎那，酒瓶溜了，或者應該說有人奪走了瓶子。白喙醫生轉過頭，不見兩個夥伴，取而代之的是兩個穿著黑色西裝的日本人。「包達」和「軍官」都癱在地上。白喙醫生一臉驚呆的模樣，手臂無力地擺動，對於眼前的景象充滿了疑惑。下一秒，一連串精準且沉著的動作落到他身上，輪到他倒地了，兇器是他自己的酒瓶。專業的攻擊，酒瓶沒破，西裝也沒皺。

趴著的三個男人緩緩呻吟。站著的三個則不發一語。

西蒙心想，假如真有一個小說家掌控了他的命運，為什麼會選擇兩個神祕的天使守護他。另一個日本人靠近他，微微行了鞠躬禮後回答了他沒說出口的問題：「羅蘭·巴特的朋友就是我們的朋友。」說罷，兩個男人像忍者般走進暗夜之中。

西蒙覺得這一句說明沒什麼說服力，但他也明白自己應該感到滿足了，因此便走上了回旅館的路，準備睡個好覺。

86

羅馬、馬德里、君士坦丁堡，就連威尼斯人都感到困惑。這支強大的艦隊意欲為何？這些基督徒想要得到或佔領哪些土地？還想取回塞浦勒斯嗎？還是挑起第十三次十字軍東征？大家還不知道法瑪古斯塔（Famagouste）已被收服，伯拉格丁痛苦的呻吟也還沒傳來。只有奧地利的胡安和塞巴斯汀．威尼亞有預感，這場戰爭本身就是目的，目標在於殲滅敵方的武力。

87

比賽開始前，巴亞帶著西蒙閒晃，協助他放鬆心情。兩人來到騎著馬的科勒奧尼（Colleone）雕像下。巴亞欣賞著雕像，為青銅展現的力與維羅吉歐雕刻刀展現的美所吸引。他想著這位嚴肅、魁梧、專制的傭兵隊長的一生。而此時西蒙走進了聖喬凡尼保羅大教堂，看見索萊斯正在一幅壁畫前禱告。

西蒙起疑，為此巧合感到訝異。然而仔細一想，威尼斯是個小城，做為一個觀光客，在景點遇到同樣是觀光客的另一個人一兩次，其實也不需大驚小怪。

反正也沒想和對方聊天，西蒙低調地走向中殿欣賞總督們的棺木〔包括勒班陀戰役（Battle of Lepanto）的英雄，塞巴斯汀．威尼亞〕、貝里尼[27]的畫作和玫瑰堂裡維洛尼塞[28]的作品。

在完全確定索萊斯離去後，他走近壁畫。

眼前擺了一個類似投票箱的盒子，兩端各站了一隻帶翼的獅子。盒子上方的浮雕是一個痛苦的男人，年紀不小，禿頭，長鬍子，肌肉精實顯著。那是個正被剝皮的男人。

浮雕下方有塊板子寫著拉丁文，西蒙費了一番功夫才讀懂內容：馬可安東尼奧．伯拉格丁，塞浦勒斯總督，一五七〇年九月至一五七一年七月間於法瑪古斯塔城內遭土耳其人大肆凌虐，因此成為留名英雄。（但大理石板上沒有記載他是因為不願屈服於征服者而導致這樣結局。據說他不願依循慣例，以傲慢的態度拒絕釋放人質，不願以基督教指揮官換取自由，又無視土耳其戰俘的生死，帕夏因此控訴他放任手下屠殺戰俘。）

總之，他們割了他的耳鼻，晾在戶外八天任其發炎腐爛。接著又在他拒絕改變信仰的叫罵聲中（他還有力氣咒罵行刑的人），讓他背上裝滿石子的籮筐走過一個又一個炮台，任由土耳其士兵嘲笑荼毒。

但他的凌遲還未結束，他們將他高掛船桅之上，好讓軍營內所有的基督奴隸面對他們的潰敗與土耳其人的憤怒。整整一個鐘頭，土耳其人對著他叫喊：「看著你的艦隊，看著偉大的基督，看見他們前來解救你了嗎？」

最後，他們將他綁在柱子上，脫光了衣服，活剝了他的皮。

他們在他體內填入乾草，放在牛上遊街示眾，然後才將遺體送至君士坦丁堡。

西蒙眼前的棺木裝的是他的皮，可憐的遺骸。它是怎麼被運到這裡的呢？牆上的板子沒有記載。

索萊斯為什麼在這裡祈禱？西蒙沒有答案。

88

「我沒有必要服從他媽的威尼斯人。」

這位托斯卡尼艦長在大海將領塞巴斯汀．威尼亞面前講這句話顯然是給自己找了個大麻煩。他知道自己已經越過界限，更不用說眼前這位威尼斯老將以嚴厲著稱。但他也不想就此成為階下囚，最後的結果就是叛變。艦長身受重傷，並被懸掛示眾。

27 Giovanni Bellini，威尼斯畫家，同時也是威尼斯畫派的創立者。

28 Paul Véronèse，義大利風格主義畫家。

但威尼亞其實應該聽從西班牙的指令行事，也就是說他無權懲責任何人，特別是憑自己的意願處決。胡安在知道這件事後，曾認真考慮召回威尼亞，讓他學會遵守從屬關係。但行政長官巴巴利哥，也是當時威尼斯艦隊的副艦長，成功地說服他不做任何反應以顧全大局。

艦隊繼續往勒班陀灣前進。

89

塔克：

我們已經抵達威尼斯了，菲利普將要出賽。

城市裡很熱鬧，他們正試著重新舉辦嘉年華。路上行人都戴著面具，街頭也有許多表演。跟你之前說的不一樣，威尼斯不臭。但這裡有大批的日本遊客，就跟巴黎一樣。

菲利普看上去不太緊張。你也知道，他總是堅定地擺出樂觀的模樣，有時讓人覺得沒什麼責任心，但換個角度想，這也是他的厲害之處。

我知道你不能理解為什麼女兒要把這個機會讓給他，但你得明白一點，就目前的情況來看，在幾乎全是男人的評審團面前，就算有同樣的實力，男人獲勝的機會還是比女人大。

從小你就教我女人不只是和男人平起平坐，而是超越他們的。我當時相信你說的，現在也是。但我們不能假裝看不見這種男權至上的社會現況（我擔心這種狀況還要再持續好一段時間）。

據說邏各斯俱樂部成立以來，只有四個女人曾經登上智者的行列：凱瑟琳．梅第奇[29]、夏特萊侯爵夫人[30]、瑪麗蓮夢露[31]和英迪拉．甘地[32]（她也許還有機會回歸）。少之又少。而他們之中沒有人成為偉大的普羅泰戈拉。

假如菲利普真能取得頭銜，將會改變所有人的現況：他將成為這個星球上最有影響力的男人之一。而你也可以憑藉他神祕的力量，再也不必害怕安德羅波夫和俄羅斯，能夠隨心所欲改變你的國家的面貌。（我原本想說「我們的」國家，但你希望

---

29 Catherine de Médicis，義大利翡冷翠梅第奇家族的公主，後來下嫁法國亨利二世，對藝術與當時的政治情況深具影響力。

30 Émilie du Châtelet，法國數學家、物理學家。

31 Marilyn Monroe，美國女演員、模特兒，二十世紀五〇年代的性感代表。

32 Indira Gandhi，印度前總理，作風與柴契爾夫人相似。

我當法國人，親愛的爸爸，至少這件事我會遵從你的期望）而你唯一的女兒，她將能獲得另一種形式的權力，成為法國知識界唯一的領袖。

別過度批評菲利普，無意識也是一種勇氣，你也很清楚他是個願意冒險的人。你經常要我尊重這種行為，儘管看起來像一場遊戲也一樣。不懂得感傷的人沒有心，而我知道菲利普是沒有心的人，這個特質也許造就了一個莎士比亞所說的，只在台上高談闊論的可憐演員[33]，但這正是我喜歡他的地方。

親愛的老爸，致上我的吻，

愛你的女兒

茱麗卡

ps.你收到尚・費爾哈[34]的唱片了嗎？

90

「Ma si，做的有點馬虎，vero（真的）。」

西蒙和巴亞在聖馬可廣場上遇見安伯托・艾可。看來所有的人都約在威尼斯相聚。西蒙的妄想症（他開始覺得這一系列的巧合都顯示了他的一生是一部小說）削弱了他分析事況的能力，使他想不出艾可此時此地現身的原因。湖上各色各樣的小船，船身碰撞、炮聲隆隆，再加上臨時演員的吶喊，組成一幅快樂的混亂場景。

「他們想重現勒班陀戰役的場景。」

艾可必須大聲喊叫才能蓋過情緒高昂的群眾歡呼。

恢復嘉年華後的第二年才舉辦這場盛宴，主辦方希望能在花稍的表演節目間穿插一個歷史場景：神聖聯盟乘著威尼斯船艦，在西班牙艦隊和教宗武力的陪同下進場，與塞利姆二世（酒鬼塞利姆，蘇萊曼一世之子）統治下的土耳其展開對戰。

「Ma，你們看到那艘大軍艦了嗎？是Bucintoro（布森陶爾）的複製品，也就是總督會在每年耶穌升天日登上慶祝 sposalizio del mare（海婚）的船。他會將一枚金戒指丟入大西洋。那是一艘豪華的軍艦，完全不適合戰爭。他只在慶典當天會出現，從來沒下過水，而且要是場景被設定在一五七一年十月七日的勒班陀海灣，這艘船根本就不可能出現在這裡。」

33 典故來自馬克白，「熄滅吧，熄滅吧，瞬間的燈火，人生只不過是行走著的影子，一個在舞台上高談闊論的可憐演員，無聲無息地悄然退下。這只是一個傻子說的故事，說得慷慨激昂，卻毫無意義。」

34 Jean Ferrat，法國作曲家、演員。

西蒙沒有認真聽，仿造的划槳船和裝飾精美的小船左右交織而成的舞蹈吸引了他的注意力，於是他逕自往岸上走去。就在他要從兩根像是某扇隱形門的門柱中間穿過時，艾可叫住了他：「Aspetta！（等等）」

威尼斯人從來不從 colonne di San Marco（聖馬可柱）中間穿過，那是共和國時期用來執行死刑的地方，行刑後還會將屍體倒吊，他們認為穿過此處會帶來壞運。

他看見石柱上方是威尼斯的代表動物獅子，以及擊敗鱷魚的聖迪奧多（Saint Théodore）。他低聲說了句：「我又不是威尼斯人。」說完便穿過那扇隱形門走到水邊。

水上不只有稍嫌俗氣的聲光秀、變裝成軍艦的小船、打扮誇張的臨時演員，還有軍隊間的混戰：六艘大型帆槳並用船像移動的城堡，摧毀周邊所有物體；兩百艘划槳船分成兩支，自左翼進攻的是掛黃色旗幟的艦隊，指揮該艦隊的威尼斯行政長官巴巴利哥將軍一開始便因眼球中箭殉職，右翼則是掛著綠色旗幟的艦隊，由熱那亞膽小鬼喬凡尼・安德亞・多利亞[35]領軍。這位將領迷戀難以捉摸的阿里（背叛者阿里、獨眼阿里、叛徒阿里、生為卡拉布里亞人卻於阿爾及爾受封的阿里）使出的詭計。夾在兩者之間的藍色旗幟的艦隊，是最高指揮胡安領軍的西班牙武力、科隆納率領的教宗戰力，和六十五歲、一臉白鬚、神情嚴肅同時也是未來威尼斯總督的威尼亞（打從西班牙艦長的事件後，胡安就再也不願與他交談，甚至不看他一眼）。後援戰力是由聖塔・克魯斯侯爵指揮的軍艦擔任，旗幟為白色。正對面土耳其戰力的將領是阿里・莫耶澤（受封卡布丹・帕夏）和他的禁衛軍與海盜兵。

馬卻沙號（La Marchesa）上發著高燒的旗手塞萬提斯，為了不讓人笑話他從沒參加過大型戰役，因此不接受艦長要他待在船艙裡休息的指令，反而請求他讓自己上場。

艦長同意了，但當雙方船艦激戰撞擊，兵士們也火力全開或是跳上敵船時，他像隻狂犬般在海水洶湧與暴風雨似的對戰中將土耳其人當成鮪魚，一一切下他們的肉，但他自己也被火槍射中左手臂與胸腔。他還堅持著，基督徒的勝利近在眼前，卡布丹・帕夏的頭顱懸掛在軍艦的船桅上，而塞萬提斯，這位聽從迪亞哥・德・尤比諾船長號令的勇敢旗手失去了他的左手，當然也可能是隨船軍醫造成的悲劇。

無論如何，自此人們便稱他為「勒班陀獨臂人」。憤怒、身心受創的他，在《唐吉訶德（二）》中還提及此事：「就好似我的臂膀是在某個酒館裡，而不是在那個過去、現在乃至將來都可以稱得上最神聖的戰役中失去的。」

站在大量的遊客和面具之中，西蒙感到自己也有點發熱。這時有人碰了他的肩，

35 Gian Andrea Doria，義大利僱傭兵隊長兼熱那亞共和國海軍上將。早年為孤兒，後加入教皇軍隊為其作戰，曾先後參加熱那亞、法國、神聖羅馬帝國等地的戰事，輾轉於歐洲各地，頗有戰功（但多次敗於巴巴羅薩・海雷丁帕夏）。

那一瞬間他以為會看見阿爾維・摩切尼哥總督、十人委員的全體成員和三位法官同聚一堂歡慶獅城威尼斯和基督徒的勝利，但其實只是安伯托・艾可笑著對他說：「有一種人以為他在尋找獨角獸，事實上只找到了犀牛。」

91

巴亞在威尼斯鳳凰歌劇院（le Fenice）前排隊，輪到他進場了，管制人員確認名單後，他突然感受到所有人在通過檢查時都會鬆一口氣的心情（這是他的職業不習慣的程序）。但管制人員還是問了他受邀的原因，巴亞解釋他是和其中一名參賽者西蒙・荷卓一起來的。然而管制人員要求更精確的答案：「In qualità di che？（以什麼身份？）」巴亞不知如何回答，只好說：「呃，指導？」

管制人員放他入場後，他在一間鋪了地毯的金色包廂內找了張緋紅色的椅子坐下。

台上是一名少女出戰另一位高齡男性。辯論題目來自《馬克白》：「Let every man be master of his time.（請各自運用時間[36]）」雙方都以英文辯論，巴亞沒有戴上大會提供的耳機聽同步翻譯，但他感覺得到是少女佔上風。（「Time is on my side（時間站在我這邊）」，少女以溫柔的口吻說了這句話。她說的沒錯，最終得到勝利的將會是她。）

場內座無虛席，歐洲各國的人都齊聚一堂觀看淘汰賽：有些級別較低的成員挑戰評委；大部分的人都是巡遊者，還有少數詭辯員，甚至有幾個辯士願意冒著一次失去三根手指的危險取得「那場」決賽的門票。

在場的人都知道偉大的普羅泰戈拉接受了挑戰，只有級別為評委以上的人和另一位指定陪同的人員得以入場（當然還有將出任評審的智者們）。這場對抗賽將在明天舉行，地點保密，唯有今晚取得資格的參賽者才能得到邀請卡。沒有人真的知道challenger（挑戰者）的身份，但各式謠言漫天飛傳。

巴亞翻開米其林旅遊指南，讀到「鳳凰歌劇院」自建成以來已歷經數次火災與重建，正是歌劇院名稱 Phénix（鳳凰）的由來。（巴亞認為雌性的鳳凰比雄性美麗[37]）舞台上一位出色的俄羅斯人因為引用錯誤（將馬克·吐溫的句子誤講成馬爾羅），給了另一位狡猾的西班牙人扭轉局勢的機會。「嚓」的一聲落下時，全場都發出了「哦……」的嘆息。

身後的門突然開了，巴亞嚇了一跳。「哦！親愛的警探先生，您看起來好像看到

36 直譯是「讓每個人做時間的主人」，但在馬克白的對話中指的是各自運用時間。

37 鳳凰一字在法文中是陽性名詞，但在義大利文中是陰性名詞。

斯湯達爾本人一樣！」索萊斯叼著他的菸斗走進包廂。「很有趣吧？這裡還真是聚集了所有威尼斯的名流，依我看，所有有點文化水準的歐洲人都來了。原諒我這麼說，但竟然連美國人都來了。我還在想海明威是不是也是邏各斯俱樂部的成員呢。您知道嗎？他曾寫過一本以威尼斯為背景的書。故事說的是一個手受傷的男孩在貢多拉上讓一個少女為他打飛機。還滿好看的。您知道威爾第的《茶花女》（La Traviata）也是在這裡創作的嗎？除了這齣以外，還有取材自雨果作品的歌劇《艾納尼》（Ernani）也是……」索萊斯望向舞台但心神卻不在那之上，台上是一個圓渾的義大利女人對上吹著菸斗的英國男人，他若有所思地又補充了一句：「只是威爾第把 Hernani 的H給砍了。」說畢，他像個軍人般抬起腿，微微鞠了躬後便往他的包廂走去。巴亞望向他的包廂，試圖尋找克莉絲蒂娃的蹤影。

台上穿著燕尾服的主持人宣布下一場比賽開始「Signore, Signori……（先生、女士們）」，巴亞戴上了耳機：「來自世界各國的參賽者……接下來這一位來自巴黎……他的履歷精彩……沒有友誼賽……四場指節賽獲得評審一致的認同……還有夠響亮的聲譽……讓我們歡迎……文森來的解碼員。」

西蒙進場，身上穿的是剪裁合身的 Cerruti 西裝。

巴亞緊張地跟場內的其他人一起拍了手。

西蒙帶著微笑向觀眾道晚安，抽辯論題目的時候他整個人興奮到不能自已。

「Classico e Barocco」古典與巴洛克，是藝術史嗎？有何不可，我們可是在威尼斯呢。

西蒙的腦袋裡馬上浮現了許多想法，但現在就將他們分類還嫌太早。他得先專注在其他的事情上。在他的手和對方的手碰上時，他握住了幾秒才鬆開。這段時間內他解讀了對手傳達的符碼：

——曬黑的皮膚：義大利南部來的。

——身高不高：應該有支配的欲望。

——握手有力：喜歡肢體接觸的男人。

——大肚腩：吃很多有醬料的食物。

——面向觀眾而非對手：政客的本能反應。

——對義大利人來說不太正式的穿著，領帶有點老舊，和襯衫不太相稱，長褲折邊稍嫌過短，但黑色的皮鞋上了油：吝嗇或者喜於阿諛奉承。

——手腕上一只名貴的錶，款式新穎，因此不是繼承而來的，但看來對他的地位而言過於高級：極有可能間接參與貪汙（與之前來自Mezzogiorno[38]的假設相符合）。

38 義大利南部的統稱，著名的西西里亞區便包含在內，在一般人的刻板印象中常與貧窮、犯罪和黑手黨脫離不了關係。

——婚戒，外加一枚騎士戒指[39]：妻子和送他這枚戒指的情婦。騎士戒指肯定是婚前就有（否則他就得對妻子說明來歷，而現在他大概只需要提出這是家族徽章即可），來自一位他不想娶但又放不下的前任情婦。

當然以上這些都只是西蒙一廂情願的推論而已，不能保證準確率，他心想：「我們不在夏洛克．福爾摩斯的世界裡。」但當線索指引他做出推論時，他會毫不質疑地抓住機會。

西蒙下了結論：坐在面前的這位男子是個政客，應該屬於民主基督黨，支持拿坡里或卡利亞里球隊，中庸之人，有野心，很精明，但不喜裁斷。

於是他決定做一件事來動搖他的意志、打亂他的陣腳：刻意拒絕原本級別較差的參賽者應有的權利，放棄率先提出論點，並且「慷慨地將發球權拱手讓給敬愛的對手」。更準確地說，是讓對方優先選擇立場，他則進行辯護。就和網球一樣，我們可以選擇放棄優先發球權。

沒有人強迫對手接受這份慷慨。但西蒙打賭他眼前的義大利人不希望拒絕的舉動會被別人誤解為輕蔑、脾氣差或固執，甚至是害怕。

他必須接受挑戰，而不是掃興。他不能無視這份戰帖，就算看上去是個誘餌，他也得咬住。

從這一刻起，西蒙辯護的立場就確立了。在威尼斯，任何一個政客都會選擇為巴洛克發言。

當義大利人開始談 Barocoo 的字源時（一開始寫作 barroco，葡萄牙語意為不規則的珍珠），西蒙知道自己已經領先了。

義大利人一開始有些學院派作風，說話結結巴巴，大概是因為面對西蒙交出先攻權有些不知所措，但也可能是對藝術史不太熟悉。然而能爬到評委的地位代表他也不是泛泛之輩。一段時間後便慢慢找回自己的節奏並展開攻擊。

巴洛克是將世界視為劇場、將生命視為夢境與幻覺的美學流派，它是帶著濃厚色彩的鏡子，是扭曲的線條。《科爾克與孔雀》（*Circé et le Paon*）說：「變形、矯飾。」巴洛克傾向弧線而非稜角。巴洛克追求不對稱、視覺錯覺和荒謬。

西蒙戴著耳機，但他聽見義大利人以法文引用了蒙田的話：「我畫的不是人，而是他走過的路。」

無法預測的巴洛克風格散布到各國，從上個世紀走到下個世紀，十六世紀的義大利，特倫托會議（Concile de Trente），反宗教改革，十七世紀上半葉的法國，史卡宏（Scarron），聖阿蒙（Saint-Amant），十七世紀下半葉，回歸義大利，巴伐利亞，十八世紀，布拉格，聖彼得堡，南美，洛可可……巴洛克不講求整體，不求固定的本質，

39 指上面刻有姓名起首字母的戒指。

也不求永恆。巴洛克是流動的風格。貝尼尼（Bernini）、博羅米尼（Borromini）、提也波洛（Tiepolo）、孟特威爾第（Monteverdi）。

義大利人提了一些較為普遍的常識。

突然間，不知哪來的靈感，不知思維如何「迂迴」至此，他找到了論述的軸心，他將踩在這塊沖浪板上開始他的修辭與悖論：「Il Barocco è la Peste.」

巴洛克是一場瘟疫。

這一波沒有本質的潮流在威尼斯達到高峰。在聖馬可教堂的圓形屋頂、在阿拉伯式花紋的牆面上、在延伸到沙洲之上的宮殿奇異裝飾中，還有，在嘉年華裡。

為什麼呢？義大利人為大家複習當地的歷史。

一三四八年至一六三二年期間，瘟疫在此地來來去去，留下無法抹滅的痕跡：Vanitas vanitatum（虛無的虛無）。一四六二年，一四八五年，瘟疫席捲共和國。一五〇六年，omnia vanita（凡事皆虛無），回歸。一五七五年，帶走了提香（Titien）。生命就像一場嘉年華。醫師們戴上了白色長喙面具。

威尼斯的歷史是一段與瘟疫冗長的對話。

但尊貴的威尼斯共和國以維洛尼塞（《基督遏止瘟疫》）、丁托列多[40]（《聖候許治癒瘟疫》）和位於威尼斯海關尾端那間由巴爾達薩雷·隆蓋納設計的安康聖母教堂做為回應。多年後，德國的藝術評論家維寇爾[41]將會說：「雕塑藝術傑作，不朽的巴洛克與豐富的光影設計。」

坐在觀眾席的索萊斯記下這件事。

八角型，無門面，許多留白。

安康聖母教堂上頭那些漩渦狀的石柱像是梅杜莎掀起的大浪。永恆的流動彷彿回應著世界的虛無。

巴洛克即是瘟疫，是威尼斯。

還算精彩，西蒙心想。

義大利人順著自己激昂的情緒繼續闡述：「古典」是什麼意思？誰沒有看過「古典」？凡爾賽宮是古典嗎？美泉宮是古典嗎？古典這個形容總是來得較晚。是後人給予的名稱。我們經常談及古典，但沒有人真正見過。

人們希望將路易十四的專制所代表的秩序、一致性及和諧的美學與前一時期動盪的投石黨亂[42]對比。

40 Jacopo Robusti Tintoretto，文藝復興時期威尼斯派畫家，三傑之一。

41 Rudolf Wittkower，德國建築史學者。

42 路易十四在位時，法國與西班牙的法西戰爭（西元一六三五—一六五九年）期間爆發的內亂，主要反抗君主制與貴族，由於叛軍使用投石器（fronde）為武器而取名為投石黨亂。共有兩次主要的暴動，分別為法院投石黨之亂（fronde parlementaire，西元一六四八—一六四九年）和貴族投石黨之亂（fronde des princes，西元一六五一—一六五三年）。

西蒙心想，其實這個褲管摺太短的南方鄉巴佬也挺懂歷史、藝術和藝術史的嘛。

他聽見耳機裡的同步翻譯說：「沒有古典主義的藝術家……當今所謂的古典……都是教科書冠上的標誌而已。」

義大利人提出結論：巴洛克在此，古典未曾存在。

觀眾一致鼓掌。

巴亞緊張地點了根菸。

西蒙的身子靠在斜面桌上。

對手申論時，他有兩個選擇，一是埋首準備自己的論點，或是專心聽講以便針對他的申論質詢。他偏好後者，攻擊力較強。

「要是古典主義從未存在，就表示威尼斯也未曾存在。」

看來這將是場毀滅性的戰爭，就跟勒班陀一樣。

他知道自己使用「古典主義」一詞時在時代的先後順序上犯了錯，但不重要，反正「巴洛克」和「古典」本來就是後人給予的定義，基本上就有時代錯置的問題了，他這麼做是用來為多變的、令人質疑的現實下註腳。

「而且在這座歌劇院、這顆新古典明珠裡提出這個論點聽起來有點不對勁。」

西蒙故意使用「明珠」一詞，他心裡已經有完整的計畫了。

「同時，這個行為也等於將朱代卡島和聖喬治教堂從地圖上一筆畫掉。」他轉向對手。「難道帕拉底歐從未存在？他設計的那些新古典教堂難道都是巴洛克的幻夢？敬愛的對手，巴洛克隨處可見，只是……」

兩人沒有事先商討，卻不約而同地選擇了同一個問題意識：威尼斯。威尼斯屬於巴洛克還是古典？威尼斯將同時提供正反兩面的命題。

西蒙轉回面對觀眾，大聲說：「秩序與瑰麗，奢華、靜謐與狂喜。還有比它更適合威尼斯的詩句嗎？又或者該問，有比這行詩更能定義古典主義的句子嗎？」還有巴特，他在波特萊爾之後也曾說：「古典：文化（越多文化越能感受到歡愉）、智慧、諷刺、精巧、愜意、克制。安全感：生活的藝術。」西蒙：「說的就是威尼斯！」

古典是存在的，而且就在威尼斯。這是第一擊。

第二擊：揭發對手沒有明白辯論題目的內涵。

「敬愛的對手誤解了，辯論題目說的不是巴洛克或古典，而是巴洛克與古典。何必將兩者對立？它們就像陰與陽，共同創造了威尼斯與整個宇宙，就像阿波羅式（apollinien）與戴奧尼索斯式（dionysiaque）[43]，壯麗與奇異，理性與熱情，拉辛與莎士

43 尼采的理論。太陽神阿波羅和酒神戴奧尼索斯都是宙斯的兒子，太陽神是邏輯理性之神，而酒神則是混沌與情感之神。於《悲劇的誕生》中，尼采認為阿波羅和戴奧尼索斯象徵著古希臘藝術世界中的兩股驅力（Kunsttriebe），兩者的關係互相交雜。

比亞。」（西蒙不想在最後提出的這兩個例子上停留太久，因為斯湯達爾明顯偏好莎士比亞，而他自己也是。）

「我並不是要拿帕拉底歐與聖馬可教堂的圓頂比較。你們看過帕拉底歐的救主堂了嗎？」西蒙望向遠方，彷彿看得見朱代卡島的河岸。「其中一面是拜占庭和閃耀著舊時榮耀的哥德式風格，另一面則是多虧文藝復興和反宗教改革時期才得以獲得重生的古希臘風格。」對一個辯論家來說，沒有什麼是留不住的。索萊斯朝克莉絲蒂娃微笑。他還記得這幾句話，拍著包廂內的漆金木頭，嘴裡愉悅地吐出一圈圈的煙。

「以高乃依的《希德》（*Le Cid*）為例。這齣劇剛寫成時被視為巴洛克風格作品，甚至是流浪漢小說，但在這些奇幻的類別都過時後，他又被（強制地）重新歸類到古典悲劇之中。規則、一致性、框架？全不可靠。那是同一個外表下的兩種性格，始終是同一齣戲，今天是巴洛克，明天又成了古典。」

西蒙還可以舉出更多有趣的例子，比方說浪漫主義中最黑暗的作家洛特雷阿蒙伯爵[44]，在那本不太真實的《詩》一書中變身伊齊多爾．杜卡斯。但他不想過頭。「修辭學的兩個主要傳統：雅典主義與亞細亞主義。一方面是清晰嚴謹的西方傳統，如布瓦諾[45]所言『思路清晰的人便能清楚表達』；另一端則是飛揚的抒情文和修飾、大量的比喻、充滿感性與糾結的東方傳統。」

西蒙非常明白雅典和亞細亞主義的概念沒有確切的地理基準，頂多是跨越歷史的隱喻而已。但在這個階段的比賽，他曉得評審都很清楚他知道，所以並沒有特別提出。

「那麼，兩者的交會之處呢？就是威尼斯，宇宙的十字路口！威尼斯是海與陸的集合，陸立於海之上，是直線與弧線，是天堂與地獄，是獅子與鱷魚，聖馬可與卡薩諾瓦，陽光與雲霧，流動『與』永恆！」

西蒙停了一段彷彿無止境的時間，然後做了結論：「巴洛克與古典？威尼斯便是證據。」

觀眾給予掌聲。

義大利人想要立刻反擊，但被西蒙斬斷了去路，只好另闢途徑。他用法文直接回應，這讓西蒙感到佩服，但這也顯示出他有些憤怒：「Ma Venezia（威尼斯）是大海！可憐的對手企圖使用辯證法，但其實沒有任何效用。barocco（巴洛克）是液體元素。而classico（古典）是堅實的、直硬的。威尼斯 è il mare（是大海）！」西蒙想起了這些天在威尼斯聽見的事，布森陶爾，丟進海裡的戒指，還有艾可說的故事：「不，威尼斯是大海的配偶，這是不一樣的。」

---

44 Lautréamont（Comte de）ou Isidore Ducasse，法國超現實主義作家。

45 Nicolas Boileau，法國詩人、作家。

「是面具之城！波光粼粼的玻璃！閃耀的馬賽克！這座城建在沙洲潟湖之上！威尼斯是水，是沙和泥！」

「還有石頭。為數眾多的大理石。」

「大理石代表了巴洛克！滿是血脈紋路，內在包含許多層，而且易碎。」

「不，大理石代表了古典。法文裡說『gravé dans le marbre（刻在大理石上）』也就是金科玉律。」

「嘉年華！卡薩諾瓦！卡格力歐司楚[46]！」

「沒錯，卡薩諾瓦，在集體的想像中，他是卓越的巴洛克巨擘。但我們已將他輝煌的成就與一個已逝去的年代共同埋葬。」

「Ma，威尼斯是無止境的末日。威尼斯代表了十八世紀。」

西蒙感覺自己走到了末路，堅持威尼斯是堅實、直硬的悖論撐不了太久，但他還執著地提出論點：「不，堅實的、光輝的威尼斯，統治者威尼斯指的是十六世紀的那個城市，在那光榮消逝以前、在它瓦解以前的城市。您辯護的巴洛克正是讓它邁向窮途的元素。」

義大利人好不容易逮到機會：「但瓦解正是威尼斯的特色！它就是義無反顧地向死亡前進。」

「但威尼斯必須有未來！您敘述的巴洛克是勒死它的那條纜繩。」

「又是巴洛克的意象了。您剛才先是否認，接著又指責它，每一個論點都以巴洛克為基礎。證明了是巴洛克創造了這個城市的光榮。」

西蒙知道就純粹的邏輯論證而言，這一回合自己處於劣勢，還好修辭學的目標不只追求邏輯，於是他亮出一張「浮誇」的牌：威尼斯的生命必須永續。

「也許巴洛克是致命毒藥，在殺死威尼斯之後又賦予它更美好的生命。（不能表現出退讓，西蒙心裡這麼想著）但以《威尼斯商人》為例：救贖來自何處？那些女人可是住在小島上，住在陸上！」

義大利人自覺勝券在握，大聲反駁：「波莎？裝成男人的那位？Ma，這totalmente barocoo（完全是巴洛克的做法）！巴洛克勝過了夏洛克執著的理性，勝過使夏洛克據以要求一磅肉的法律。猶太商人不為所動的態度就是所謂原始的古典精神官能症（要是我有資格這麼說的話）。」

西蒙覺得觀眾對義大利人這種狂妄的句子頗有好感，但同時也知道他在夏洛克的事上扯遠了，這對自己而言是好事，因為他也開始對這個主題感到困擾了。他對自身是否真的存在的本體論疑惑與偏執在這個時候找上他，並且在他最需要專注力的時候侵蝕他的精神。他趕緊將莎士比亞端上檯面（「生命是個在台上高談闊論的可憐演員」，馬

46 Alessandro Cagliostro，義大利冒險家，著名的騙子。

克白的這句台詞怎麼會在這個時候浮現呢？從哪來的？西蒙極力排開這個疑惑）：「正因波莎是狂熱巴洛克與天才古典完美的結合，才得以擊垮夏洛克。不像其他角色，她在以情感勸說的同時，也祭出了法律和難以攻克的論據，那是理性的代表，以夏洛克自己的論點反制他：「一磅肉，沒錯，就按法律規定，『但一克也不能多』。」因為這個小把戲，安東尼奧得救了，這是巴洛克作風沒錯，但是是一個 baroque classique[47]（「經典的」巴洛克）。」

西蒙感覺到觀眾的向心力又回到自己身上了。義大利人知道自己失去了主導權，於是決定朝西蒙「空洞可悲又拐彎抹角的言辭」下手，但卻犯了一個小錯。為了揭露西蒙剛才的話既缺乏邏輯又令人質疑，他提問：「Ma，是誰決定法律是經典／古典的呢？」其實這個論點是他自己在早先的申論中提出的。但此時的西蒙也許太疲憊，或是受其他事干擾而分心，並未抓住這次點出他矛盾之處的機會，義大利人繼續：「這不正是我的對手論述的侷限嗎？」

接著，他使出最後一擊：「我敬愛的對手正在做的是：過份類比。」

此話一出，西蒙明白對方攻擊了自己最擅長的後設論述，他知道要是這麼下去，肯定會在自己主導的遊戲裡落敗，因此又更進一步論述：「您這麼捍衛威尼斯其實是讓自己走進死胡同。必須藉由一個聯盟讓威尼斯重生，而集詭計與實用主義於一身的波莎本身就是一個聯盟。當躲在面具之後的威尼斯面臨退出舞台的險境時，波莎為這個小島帶來了狂熱的巴洛克『和』她對經典/古典的常識。」

西蒙的專注力越來越差，他想著十七世紀的「榮耀」，想著塞萬提斯和勒班陀戰役、文森那堂關於龐德的課、波隆那小劇場內的那張解剖台、伊薩卡的墓園，思緒混沌紊亂。他很清楚唯有克服令人暈眩的巴洛克入侵（要是在另一種情況下，這種故事中的故事其實很有趣）才有勝利的可能。

在評估莎士比亞的話題已經談夠了以後，他決定結束這一回合並集中精神改變方向，好讓對手放下那個他開始深掘的後設論述，這是他第一次失去討論這個話題的自信。

「一個字：Sérénissime（尊貴）[48]。」

這兩個字將迫使對手做出回應。義大利人此時正思考著下一階段要使用的修辭手段，但在被西蒙打斷後，他也只能選擇反駁：「Repubblica è barocco！（共和國就是巴洛克）」

他得即席發言了，西蒙摸著手錶，想到什麼就說什麼。「不一定。威尼斯共和國畢竟也有一千年的歷史呢。穩定的制度、安固的權力。四處都有教堂。愛因斯坦就說

---

47 法文中 classique 一詞包含經典與古典兩個涵義，西蒙在此使用了文字遊戲。

48 見本部注7。

過：『上帝不屬於巴洛克。』拿破崙就正好相反（西蒙刻意提起這位終止了威尼斯共和國的人），不可否認他君主的帝位，但他四處征戰。這種做法很巴洛克，也很古典／經典。」

義大利人想說話，但被西蒙制止了：「哦，對，我差點忘了：『古典未曾存在！』這麼說來，我們這半小時爭的是什麼呢？」觀眾屏住呼吸。他的對手吃了一拳。

因為場內緊張的氣氛，也因為已經用盡全力，兩人都感到頭昏腦脹，論述的內容也顯得雜亂無章。坐在後面的三位評審查覺到他們都已盡力了，於是宣布辯論結束。

西蒙鬆了口氣，但他忍住沒將氣吐出來便轉向評審。他現在才想到今晚的三位評審都是智者（照理來說，評審的級別一定要比參賽者高）。三位都戴著嘉年華面具，就跟攻擊他的那些人一樣。西蒙總算了解為什麼要在嘉年華期間舉辦比賽了，可以毫無顧慮地掩飾身份。

評審開始投票了，氣氛一片凝重。

第一位投給西蒙。

第二位投給了他的對手。

最後的裁決權落在第三位評審手上。西蒙雙眼直視著那塊被前人手指鮮血染紅的麵包切板，他聽見了場內隨著第三位評審做出決定而響起的議論聲，卻不敢抬起頭。

情況不似過往，他無法解讀那些議論聲的意義。

沒有人拿起桌上那把小屠刀。

第三位評審投給了西蒙。

義大利人的臉沉了下來。他不需要被砍指，根據邏各斯俱樂部的規則，只有挑戰者需要以指節做為賭注，但他看來很重視自己的級別，因此無法忍受降級的結局。

西蒙在觀眾的掌聲中登上評委的層級。但更重要的是，那張供兩人使用的門票慎重地交到了他的手上，明天他們將參加那場最高級別的比賽。西蒙看了眼時間和地點，最後一次向觀眾致意後便走進巴亞的包廂。觀眾開始散場（因為這場比賽是今晚的高潮，安排在最後）。

包廂內的巴亞看了邀請卡上寫的資訊，並點了根菸，應該至少是第十二根了。一個英國人從門後探出頭恭喜西蒙：「Good game. The guy was tough.（很精彩的比賽。對方很棘手。）」

西蒙望著自己還在微微發抖的雙手說：「我在想智者的程度有多高。」

92

索萊斯的背後是《天堂》：丁托列多的大型油畫，他當時也參加了選拔，爭取布置這間總督府的大會議廳。

油畫下方是寬闊的講台，坐在上面的不是三位，而是十位評審：所有的智者都到場了。

評審前方坐的是以四十五度角面對觀眾的偉大的普羅泰戈拉，和靠在斜桌上的索萊斯。

十名評審和兩位參賽者都戴著奇異的面具，但西蒙和巴亞一眼就認出了索萊斯。而且，他們也在觀眾席中看到了克莉絲蒂娃。

和歌劇院不同，這場比賽的觀眾沒有座位。這間十四世紀建成的巨大會議廳當時用來接待千位貴族：長五十三公尺的空間上方壓著一塊天花板，沒有任何支柱的空間讓人不禁好奇是怎麼辦到的。除此之外，廳內也鑲嵌了無數大師畫作。

觀眾的碎語在這令人嘆為觀止大廳內顯得有些膽怯。大家都在丁托列多或維洛尼塞的眼神下戒慎恐懼地交談。

其中一名評審站起身，宣布比賽開始，接著便將手伸進眼前兩個甕中的其中一個，抽出了今天的辯論題目，並擺在他的面前。

「On forcène doucement.（溫柔地發狂）[49]」

辯論題目聽上去是法語，巴亞轉向西蒙，但後者擺出一副沒聽清楚的表情。

一陣慌亂穿透五十三公尺的大廳。不說法語的聽眾紛紛確認自己手上的同步翻譯耳機是否在對的頻道上。

也許面具下的索萊斯也猶豫了一下，但他並未讓任何人發現。至少同在大廳內的克莉絲蒂娃也沒有任何反應。

索萊斯用五分鐘的時間理解辯論題目、組織問題意識、抽出論點並安排一些相關的論據，要是可以的話，最好是令人驚豔的論據。

台下的巴亞詢問旁邊的觀眾：「這個難以理解的辯論題目到底是什麼意思？」旁邊一位帥氣的老先生穿著正式服裝，襯衫上絲質的小手帕與脖子上的絲巾相映襯。老先生解釋：「Ma，那個法國人挑戰 il Grand Protagoras（偉大的普羅泰戈拉），總不能期待聽到『支持或反對死刑』這種題目，vero（對吧）？」

巴亞也願意理解這個邏輯，但還是忍不住問了為什麼辯論題目是法文。

老先生回答：「這是普羅泰戈拉的謙遜。據說他能說每一種語言。」

「他不是法國人？」

49 這句話出自十六世紀法國詩人洪薩（Pierre de Ronsard）。

「Ma no, è italiano, eh！（當然不是，他是義大利人啊！）」

巴亞看著偉大的普羅泰戈拉，面具下的他抽著菸斗，一邊寫著筆記。他的身影、他的一舉一動、他下頷的形狀（面具只遮住了雙眼）都似曾相識。

五分鐘過了，索萊斯站起身，眼神掃過全體觀眾，跳了幾步舞，轉了一圈，似乎是要確認背後的十位評審都到場了，最後帶著一點敬意朝對手的方向鞠躬，論述開始。他知道自己這段論述將流芳後世，這是索萊斯面對普羅泰戈拉的「那段」論述。

「瘋狂……瘋狂……鋒……廣……佛……黃……福爾（菲利）……皇。菲利．福爾總統死於口交時的心肌梗塞，從此他走出舞台，走向歷史。緒論……開胃菜、『入門』（哈哈！）……」

西蒙心想，索萊斯真是大膽，使用了拉岡式的開場。

巴亞瞄了克莉絲蒂娃一眼。她臉上的神情除了全神貫注外看不出有任何異樣。

「鋒芒、廣場。廣場之上的鋒芒。不就是羅德里高（Rodrigue）嗎。塞納河上的森林（馬恩河谷。據說當地居民還會把烏鴉釘在門上）。拴 or（或是）不拴總統的雞雞？That is the question.（這是個問題。）」

巴亞用疑惑的眼神看了西蒙，後者壓低了聲音解釋，看來索萊斯選擇使用較大膽的策略，放棄邏輯推理，使用排比句型，或者應該說是想法的並列，甚至是圖像排列，而非純粹推理。

巴亞試著理解：「這是巴洛克風格？」

西蒙感到吃驚：「呃，對，可以這麼說。」

索萊斯繼續：「除了廣場：廣場之外。下流。全都說中了。其他的當然也就不重要了。馬爾塞林．普雷奈寫的〈下流索萊斯〉這篇著名文章呢？毫不遲疑。哦沒錯，就是如此。哦！溫柔……柔情……精子……精子從哪來的？當然是上面！（他指向天花板和那些維洛尼塞的畫作。）藝術就是天主的精子。（他指向背後的那面牆）丁托列多是先知……說話回來，他叮叮敲響獵網……祝福那個掛鐘和獵網再次取代鐮刀與鎚子的時代……這兩種物品都是漁夫的工具不是嗎？」

巴亞似乎看見克莉絲蒂娃的斯拉夫臉龐露出了一絲擔憂？

「魚要是能露出水面，就能明白牠們的世界不是唯一的世界……」

西蒙覺得索萊斯有點過頭了。

巴亞小聲問：「演過頭了吧？」

戴著小手帕的老人也輕聲發表意見：「這 francese（法國人）還真有種。不過話說回來，這可能是他最後留種的機會了。」

巴亞想進一步了解他這句話的意思。

老人回答：「他顯然不懂那個辯論題目。至少沒比我們懂多少，vero？還義正辭嚴、煞有其事——這麼說對吧？真的很有種。」

索萊斯將一邊的手肘靠在斜桌上，使得他必須傾斜上半身，有趣的是這個不太自然的姿勢竟然讓他散發出泰然自若的感覺。

「我現、我見、我瀉」

索萊斯的語速越來越快，同時也變得流暢得多，幾乎就像唱歌：「天父近了，不帶神祕，輕輕塗上油，輕輕地，奇妙的手，地獄之手……」接著他說了一句西蒙，甚至是巴亞都感到驚訝的話：「器官搔癢的信仰將保存屍體做為獨一無二的重要價值。」說出這段話時，索萊斯挑逗地舔了嘴唇。

巴亞現在清楚看見克莉絲蒂娃緊繃的表情了。

突然間，索萊斯說（西蒙心想他總算要說出祕密了）：「從公雞到靈魂……」

巴亞隨著他論述的節奏放鬆了身心，就像在流動的小河中，偶有一兩根木頭撞上脆弱的小船。

「基督完整的靈魂在祂幸福洋溢的熱情中是否快樂看來非也好幾個因素難道在受難的同時不能享受嗎因為苦和樂是相對的概念亞里斯多德注意到了最深切的悲慟也不能奪取快樂的可能儘管二者是相對的……」

索萊斯的口水越來越多，但他就像雅里的機器[50]一樣：「我改變形態名稱啟發暱稱我還是我我調動法老王的宮殿茅屋鴿子或羊，主顯聖容實體轉變耶穌升天……」

接著終於來到結語了，觀眾感覺得到那將是結語，但卻無法跟上他的節奏：「我將會是我將會成為的那樣也就是說看緊還是現在的模樣的我當我還存在別忘了我就是我假如明天我還存在當我成為那個模樣時我將會是那個模樣……」

巴亞驚訝地對西蒙說：「這就是語言的第七種功能嗎？」

西蒙又開始妄想了，他心想像索萊斯這樣的人不可能存在真實世界裡。

索萊斯斷然下了結論：「我和蘇德相反。」

全場愕然。

就連偉大的普羅泰戈拉也張大了嘴巴。他咳了兩聲，顯得有些尷尬。接下來輪到他展開論述了。

西蒙和巴亞認出了安伯托．艾可的聲音。

「我不太知道該從哪裡開始，因為我敬愛的對手，嗯，已經用盡了一切方法闡述了，si（不是嗎）？」

艾可轉向索萊斯，禮貌性地鞠了個躬，同時調整了面具鼻頭的位子。

「也許我可以先從詞源的角度提出一個小看法？親愛的觀眾、敬愛的評審，你們也許也發現了，當代的法語中找不到『forcener』這個動詞，唯一一個還可以算得上

50 指的是雅里在其劇作《烏布王》（Ubu roi）中提到的食腦機器（machine à décerveler）。

有關聯的是動名詞『forcené』，意指一個做出暴力行為的瘋子。

然而，這個定義會誤導我們。最初——請允許我指出一個小小的拼寫錯誤——forcener 應該的拼字應該 s 而不是 c，詞源為拉丁語的『sensus』，也就是『合情理』（animal quod sensu caret）：forsener，意思就是不合理，也就是發瘋，因此這個字最初跟 force（力量）沒有關係。

因為拼字訛誤導致詞源誤解，這個字的原始意義便逐漸消逝了。我推測這個拼字的錯誤大約十六世紀左右便已存在。

Allora（因此），要是我的對手剛才說了這些的話，我應該會討論『forcener doucement』這兩個字是否運用了矛盾修辭？這個辯論題目是否提出了兩個對立的概念？

要是我們真的檢視 forcener 的詞源的話，答案是否定的。

要是我們取用了錯誤的詞源，接受這個字的新意涵，那麼答案是肯定的。

沒錯，ma（但）……剛和柔是必然對立的嗎？力量也可以透過鬆柔的形式表現。比方說隨波逐流，或是當我們溫柔地按住愛人的手。」

悅耳的聲音在大廳中迴響，所有的人都感受到這段話的力量：艾可看似溫厚，但卻尖銳地點出了索萊斯之不足，他創造了討論的空間，而索萊斯就連基礎概念也提不出來。

「但這麼說還是不能理解那個句子的意義，no？

相較於我的對手勇敢嘗試解讀，我是比較保守的。而且，我認為——要是說錯了請見諒——這個說法有點怪誕。請允許我為你們解說：『forcène doucement』指的是詩人，ecco（是的）。正是所謂的 furor poeticus（詩興勃發）。我不確定這句話的典故，ma 我猜測是出自某個十六世紀的法國詩人，某個讓．多哈[51]的門徒，某個七星詩社（Pléiade）的成員，因為我們可以在這句話中看到新柏拉圖主義的影子。

你們也知道，對柏拉圖而言，詩不是一門藝術，也不是一種技巧，而是神賜予的靈感。神在詩人心中，他們處在另一種狀態之中：這正是蘇格拉底和伊安著名的那段對話中所講的。由此看來，詩人是瘋狂的，但那是柔情的放蕩，是勃發的痴癲，而非毀滅的瘋狂。

我不確定這句話出自何處，但我猜大概是洪薩[52]或杜貝萊[53]，兩位都 giustamente（正好）出自『on forcène doucement』的詩派。

Allora（所以），要是你們有興趣的話，我們可以討論神賜予的靈感了。隨你們

51 Jean Dorat，十六世紀法國詩人。
52 Pierre de Ronsard，法國文藝復興時期詩人，以情詩著名。
53 Joachim Du Bellay，法國文藝復興時期詩人。

意，因為我不太明白對面那位尊敬的對手想談什麼。」

沉默降臨在大廳之中。索萊斯知道對方將話權交到自己手中了，他有點遲疑。

西蒙下意識地分析艾可的策略，一言以蔽之：和索萊斯完全相反。也就是表現出極為謙遜的 ethos（氣質），並展開樸實、簡潔的闡述。他排除了不切實際的解讀按理解說，也不採取論證的方式展開攻擊，只以那家喻戶曉的博學實力說明事實。他透過這種策略否決了與對手痴癲的長篇大論對話的可能性，也嚴厲但謙遜地指出那位白大狂紊亂的思緒。

索萊斯開口了，這次收斂了些：「我之所以提出哲學的概念是因為今日文學存在的意義是在個人的經驗能超越超驗的水平時昭告大眾哲學的對話能運用在文學的主題之中。」

但艾可沒有再回答。

索萊斯因此慌了，大聲咆哮：「阿拉貢曾寫過一篇關於我的文章，收到廣大的迴響！寫的是我的天賦異秉！埃爾莎．特里奧萊[54]也是！我還有他們的親筆簽名！」

沉默滲透到每個人身旁。

其中一位智者做了個手勢，一名警衛走進大廳抓住了痴呆的索萊斯，他的眼珠還不停轉動，並且大叫：「癢癢癢癢！呵呵呵！不不不不！」

巴亞問為何沒投票。帶著小手帕的老人說某些特殊情況下，評審的意見是一致的。

兩個警衛將落敗的參賽者壓倒在台前的大理石地板上，一位智者手裡拿著一把巨大的園藝剪刀走向前。

警衛脫了索萊斯的內褲。他在丁托列多的《天堂》之下呼天搶地。其他的智者也上前協助，索萊斯的面具在混亂之中掉了下來。

只有站在第一排的人看得見這一切，但就連大廳另一端的人也知道發生了什麼事。

戴著長喙醫生面具的智者將索萊斯的睪丸固定在園藝剪刀中間，雙手抓緊了握柄，向內移動兩隻手，喀嚓。

克莉絲蒂娃打了個哆嗦。

索萊斯發出一陣不明的聲音，喉嚨喀啦喀啦響，貓一樣的呼叫在大師的畫作間跳躍，並迴盪在大廳中。

長喙醫生撿起了一對睪丸，把它們放進另一個甕中。西蒙和巴亞現在明白為什麼會有兩個甕了。

西蒙臉色發白地詢問一旁的人：「代價不是一根手指嗎？」

54 Elsa Triolet，法國作家，著名作家阿拉貢的配偶。

對方回答挑戰比自己高一級的對手時，代價是一根手指沒錯，但索萊斯是引火燒身，他從來沒參加過任何一場比賽就直接挑戰偉大的普羅泰戈拉：「代價當然比較高囉！」

當醫護人員正替身體扭曲且發出悚然低吟的索萊斯進行急救時，克莉絲蒂娃抱起裝著睪丸的小甕離開了大廳。

巴亞和西蒙跟了上去。

她快步前行，抱著小甕穿過聖馬可廣場。夜未深，廣場上人潮滿溢，踩高蹺的、吐出火焰的、穿著十八世紀服飾表演擊劍的。西蒙和巴亞在人群中擠出一條路，以免跟丟她。她走進狹窄的小路，越過小橋，頭也不回地向前。一名扮成小丑的男子從腰間抱起了她並企圖親她，但她發出了尖銳的叫聲，像隻小動物般掙脫後，抱著小甕逃跑了。她穿過嘆息橋。巴亞和西蒙不確定她是否知道自己要往哪裡。遠方的天空傳來煙火的聲音。克莉絲蒂娃絆了一下，手上的小甕差點滑出雙手。熱氣從她的嘴裡吐了出來，天很涼，而她把外套留在總督府裡了。

她總算抵達了某個目的地，站在聖方濟會榮耀聖母教堂旁，按她先生所言，這裡埋著「尊貴之城的榮耀之心」，還有提香的棺木和《聖母升天圖》。教堂已經關了，但也無礙，反正她本來就沒打算進去。

走到這裡完全是偶然。

她走上了跨在聖方濟會運河上的小橋，停在橋中央，並將小甕放在磚石護欄上。西蒙和巴亞離她不遠，但他們不敢貿然走上小橋、爬上那些石階站到她的身旁。

克莉絲蒂娃聽著城裡的喧囂，風在她黑色的眼珠裡流轉，細雨灑在身上，淋溼了她的短髮。

她從襯衣裡取出一張摺了四摺的紙。

巴亞有一瞬間想跳到她身上搶下那張紙，但被西蒙阻止了。她轉向他們，眨了眨眼，似乎察覺到了他們的存在、發現了他們的身影。她打開那張紙條，怨恨的眼神射向他們，冷酷的眼神穿透了巴亞。

天色過於昏暗，紙上寫些什麼已看不清了，但西蒙覺得自己看到了紙條上密密麻麻的字跡。紙張很美、字跡也是，雙面都寫滿了字。

克莉絲蒂娃平靜且緩慢地撕碎那張紙。

一片片紙花越撕越小，在河道之上飄揚。

最後，只剩下暗夜的風與細雨窸窣。

93

「可是啊，你覺得克莉絲蒂娃知情嗎？」

巴亞試著理解這一切。

西蒙感到疑惑。

索萊斯沒有察覺到第七種功能失效，那還說得過去。但克莉絲蒂娃呢？

「很難說。得看到文件的內容才有辦法判斷。」

為什麼要背叛另一半呢？再說，她為什麼不自己學會那個功能，然後參賽？

「可能跟我們一樣，她想確認是不是真的有用。」巴亞對西蒙說。

西蒙看著人潮散去，這一幕像是慢動作播放，威尼斯逐漸變得空曠。他們提著行李在河邊等水上巴士，隨著嘉年華落幕，碼頭上大排長龍，遊客塞滿了所有通往火車站和機場的途徑。一輛水上巴士到站了，但不是他們的，還得等下一班。

西蒙若有所思，開口問巴亞：「對你來說，什麼是現實？」

巴亞當然聽不懂他想說什麼，西蒙進一步詢問：「你怎麼知道自己不是小說人物？怎麼知道你不是活在小說裡？怎麼知道你是真實存在的？」

巴亞好奇地看著西蒙，以一種寬恕的口吻對他說：「白痴啊？真實，就是我們身邊的這一切。」

水上巴士到站了，在巴士準備停泊時，巴亞拍了他的肩：「別想那麼多了。」

乘客爭相擠上巴士，船員大聲斥責那些左一個行李、右一個孩子，笨手笨腳急著踏上甲板的腦殘遊客。

就在西蒙跳上船後，負責計算人數的船員在他身後拉起了金屬柵欄。留在岸上的巴亞嘗試抗議，但義大利人只冷冷地回了句：「Tutto esaurito（滿了）。」

巴亞要西蒙在下一站等他，自己搭下一班巴士前往會合。西蒙玩笑似地揮了揮手再見。

水上巴士離去。巴亞點燃了一根菸。後方傳來一陣嘈雜。他回過頭，看見那兩個日本人正和別人互相謾罵。基於好奇心，巴亞也上前了解情況。其中一個日本人用法文對他說：「您的朋友被綁架了。」

巴亞花了幾秒鐘才回過神。

就那麼幾秒，沒有更多，他馬上切換到警探模式，問了警察唯一會問的問題：「為什麼？」

另一個日本人說：「因為他前天贏了比賽。」

輸給他的那個人是勢力強大的拿坡里政客，沒辦法接受那場比賽的結果。巴亞還記得雷佐尼宮的晚宴後發生的攻擊事件。日本人說明狀況：拿坡里人因為害怕西蒙的實力，雇了打手企圖讓他無法參賽，但最後還是失敗了，現在只是想報仇雪恥。

巴亞望著離去的水上巴士，分析了目前的情況，觀察了四周，一尊看上去像是某個滿臉鬍子的將軍的青銅雕像、達涅利（Danieli）飯店的外牆，岸邊停靠的船隻，還有一個等待旅客上門的貢多拉船夫。

他跳上貢多拉，日本人也尾隨在後。船夫對於這個舉動沒有過度驚訝，唱起了義大利民謠迎接他們，但巴亞馬上說：

「跟著前面那輛水上巴士！」

船夫裝出疑惑的表情，巴亞亮出一疊里拉，船夫一看便搖動了船槳。

水上巴士距離他們至少三百公尺，時間是一九八一年，沒有手機這回事。

船夫有點吃驚：奇怪，這輛水上巴士沒有按正常路線行駛，反而朝穆拉諾島（Murano）的方向去。

船被劫持了。

船上的西蒙沒有察覺任何異樣，船客幾乎都是不識路的遊客，只有兩三個義大利人出言抗議偏離航道。義大利人抱怨沒什麼好驚奇的，船客只認為這是民族性的表現。水上巴士就這麼開到了穆拉諾島。

巴亞在遙遠的後方試著追上巴士，他和兩個日本人不斷催促船夫加速，同時也喊著西蒙的名字。只是他們的距離太遠了，而且西蒙也壓根沒想到注意後方的船隻。

但西蒙突然感覺到一把刀抵在腎臟的部位，背後一個聲音說：「Prego.（請）」他大概了解自己得下船，便按照他們的指示走出了船艙。遊客們趕著搭飛機，根本沒看到那把刀，水上巴士離岸了。

西蒙站在岸上，他確信背後的那幾個男人就是那晚戴著面具襲擊他的那三個。

他被帶進岸邊的一家玻璃工廠。工廠內一名師傅正替一堆窯爐中熔燒好的玻璃塑形。西蒙看得入迷，師傅對那球軟化的玻璃吹氣、拉長、入模，敲了幾下後，玻璃藝術品已成型，那是匹奔騰的馬。

窯爐邊站著一位身著不太搭調的西裝，大肚子，髮線很高的男人，西蒙認得這個人，是歌劇院裡的對手。

「Benvenuto!（歡迎）」

拿坡里政客就站在西蒙的正前方，三個手下圍繞著他。吹玻璃的師傅專注塑造那些小馬，好像沒發生什麼事似的。

「Bravo! Bravo! 在你離開以前，我想親自送上我的恭賀之意。帕拉底歐，好例子。太簡單，但挺不錯的。波莎，沒有說服我，但評審似乎領情，vero？哦，莎士比亞……我應該提威斯康堤的……你知道《魂斷威尼斯》嗎？一個外國人在威尼斯的故事，下場不太好。」

拿坡里政客靠近正在製作第二匹馬的玻璃師傅。他拿出一根雪茄，用熾熱的玻璃點燃了它，接著又轉向西蒙，露出一絲讓人感到不甚舒服的微笑。

「Ma，走之前得收下我的紀念品才行。你們是怎麼說的？各人造業各人擔。si？」

一名男子架住了西蒙的脖子。西蒙試著掙脫，但另一個人往他的胸膛揍了一拳，他感到呼吸困難。第三個人則抓住了他的右臂。

三個人合力將他向前推倒，拉起了他的手臂壓到玻璃師傅的工作台上。小馬碎了一地。師傅向後退了一步，但看上去沒有受到驚嚇。西蒙對上了他的眼，在那裡面看到大家的期待，而他並沒有辦法讓他們失望。他慌張失措、大聲喊叫奮力掙脫，但都只是出於本能反應的動作而已，他很清楚沒有任何人會來救他。他不知道救援的隊伍正在趕過來的路上，巴亞和日本人正乘著貢多拉來了，他們甚至答應船夫要是前進的速度打破他自己的紀錄就支付三倍價錢。

玻璃師傅問：「che dito?（哪根手指）」

巴亞和日本人把行李放入河裡當槳，好讓前進的速度再快一些，船夫雖然不太明白實際上發生了什麼事，但感受到事態的嚴重後也奮力划起他的槳。

拿坡里政客問西蒙：「哪根手指？你要選嗎？」

西蒙像匹馬般又踢又打，但兩三個男人緊緊扣住了他的雙臂。這一刻，他對自己是不是小說裡的人物這個問題再也沒興趣了，是生存的本能驅使他做出反應，他用盡一切力量企圖掙脫，但總是徒勞無功。

貢多拉總算靠了岸，巴亞把身上的里拉全丟給船夫後和日本人一起跳上岸。但岸邊一整排玻璃工廠，他們不曉得西蒙被抓進了哪一家，只好隨機走進幾家詢問工人詢問店員詢問遊客，但沒有人看到過西蒙的身影。

拿坡里政客抽了口雪茄，下令：「Tutta la mano（整隻手）。」

玻璃師傅換了支大的老虎鉗，將西蒙的手掌放到鉗口上。

巴亞和日本人闖入第一家工廠，他們得對義大利人描述一個法國少年的長相，但因為說得太快根本沒人聽懂。巴亞只好又走出門到隔壁商店，但還是沒人看到任何法國人經過。巴亞很清楚這麼調查是沒用的，但儘管狀況不明，身為警察的直覺告訴他事態緊急，因此他跑過了一間又一間的商店和工廠。

可惜一切都來不及了：玻璃師傅合上兩支握柄，鐵製的刀片壓碎了西蒙的骨肉和韌帶，直到它們發出駭人的喀啦聲。他的右手掌離開了手臂，血流如注。

拿坡里人看著他那殘廢的對手在地上扭曲掙扎，似乎猶豫了片刻。

這個結果足夠補償他失去的東西嗎？

他抽了口雪茄，吐了幾圈煙霧後說：「Andiamo.（走了）」

巴亞聽見西蒙的慘叫，日本人也終於找到對的工廠，並發現已經沒有意識的他倒在一堆碎裂的玻璃馬之間，血還汩汩淌著。

巴亞知道現在的情況是分秒必爭。他四處尋找被剪開的那隻手，但地板上只有在他腳下發出清脆聲響的玻璃馬碎片。他明白要是不儘快處理，西蒙將因失血過多而死。

其中一個日本人從窯爐裡拿出一把火燙的抹刀，貼上西蒙的傷口。皮膚彷彿吐了口氣般發出悚然的聲響。西蒙痛醒，大聲吼叫，但卻對於發生在自己身上的事一無所知。皮肉燒焦的味道引來隔壁商店客人的注意，但在這之前沒有人發現玻璃工廠內發生的慘劇。

巴亞知道灼燒傷口意味著不可能再接回手掌了，西蒙這輩子注定是個獨臂漢。拿著抹刀的日本人彷彿看透了他的心事，為了讓他死心便指向窯爐：裡頭看似羅丹雕刻作品的東西在火熾的高溫中劈啪作響，指節慢慢蜷縮，最後全化成了灰燼。

第五部

巴黎

Paris

94

「難以置信，柴契爾這賤女人竟然讓巴比．桑德斯[1]餓死了。」

PPDA在Antenne2的新聞上宣告這個消息時，西蒙在電視前氣得直跺腳。愛爾蘭社會運動家在六十六天的絕食抗議後死亡。

巴亞從廚房裡走了出來，看了眼報導後發表評論：「可是有人要自殺，我們也阻止不了啊。」

西蒙罵了巴亞：「臭條子，你知道自己在說什麼嗎？他才二十七歲耶！」

巴亞試著提出論點：「他是那個恐怖份子集團的一員。那個IRA（愛爾蘭共和軍）也殺過一些人，不是嗎？」

西蒙氣得說不出話：「你這話就跟反抗運動期間[2]賴伐爾[3]說的完全一樣！要是活在四〇年代，我才不願服從像你這樣的條子。」

巴亞知道最好別再回嘴，因此替他的客人倒了杯波特酒，並在矮桌上放了碗一口小香腸後，又回到廚房忙自己的事。

PPDA繼續報導西班牙將軍被暗殺的事件，掀起了一股緬懷舊時光的情緒。距今正好三個月前，馬德里議會遭到恐怖攻擊。

西蒙埋進剛才在來的路上買的雜誌中，他搭地鐵時已經看了一些。是雜誌的標題吸引了他：「決議：四十二位重要知識份子。」這份雜誌請了五百位「文化界」（西蒙不以為然）人士投票，前三名還活著的法國知識份子分別是第一名：李維史陀；第二名：沙特；第三名：傅柯；接著依序是拉岡、波娃、尤瑟納爾[4]、布勞岱爾[5]……

西蒙在名單上尋找德希達的名字，忘了他已辭世[6]。（他認為要是他沒死肯定能進入排行榜，但也已經沒機會證實了）

BHL排在第十位。

米修、貝克特[7]、阿拉貢、蕭沆、尤涅斯科[8]、莒哈絲……

索萊斯二十四。文章上也寫了投票的細節，因為索萊斯也是投票者之一，西蒙推測他和克莉絲蒂娃肯定互投對方一票。（BHL也一樣）

---

1 Bobby Sands，一九八一年愛爾蘭絕食運動的領導者，在長達六十六天的絕食後餓死。

2 La Résistance，第二次大戰期間，法國抵抗納粹與維希政府的社運。

3 Pierre Laval，法國社會黨政治家，德據時期靠希特勒的支持，在貝當之後接任維希政府元首。

4 Marguerite Yourcenar，法國作家，作品曾被選入諾貝爾學院與挪威讀書會的「最佳百部經典」。

5 Fernand Braudel，法國歷史學家，年鑑學派代表人物。

6 事實上，德希達要到二〇〇四年才逝世，但當時的名單上沒有他的名字，作者才做此安排。一般認為德希達的理論早期在美國較受歡迎，後來才從美國傳回法國。

7 Samuel Beckett，出生於愛爾蘭的法國劇作家，曾於一九六九年獲得諾貝爾文學獎，戲劇《等待果陀》就是他的著作。

8 Eugène Ionesco，羅馬尼亞、法國劇作家，荒誕派代表人物。

西蒙用牙籤戳起一個小香腸，對廚房裡的巴亞大喊：「話說回來，你有索萊斯的消息嗎？」

巴亞從廚房裡走出來，手裡還拿著擦拭巾：「他出院了。克莉絲蒂娃在他住院期間一直守在床邊。聽說他現在的生活很正常。根據消息，他把睪丸葬在威尼斯的墳墓島上，為了紀念它們，他每年會去兩次——每次紀念一個睪丸。」

在評論這件事前，巴亞猶豫了一下，眼神離開西蒙：「看起來他好像恢復得不錯。」

阿圖塞二十五：謀殺髮妻看來沒對他的名譽產生太大的影響，西蒙心想。

「好香，你在做什麼菜啊？」

巴亞再次走進廚房：「拿去，先吃點橄欖。」

德勒茲二十六，和克萊爾·布勒特謝爾[9]並列。

杜梅齊[10]、高達[11]、阿爾貝·科恩[12]……

布赫迪厄只排三十六。西蒙張大了嘴。

《解放報》還是投給了德希達，儘管他已經死了。

加士頓·德非赫[13]和埃德蒙·夏爾滸[14]都投給了波娃。

安妮·辛克萊[15]投給了阿隆、傅柯和尚·丹尼爾。

西蒙覺得完全可以跳過她。

有些人投廢票，表達當今已沒有任何值得留名的知識份子了。

米歇爾．圖尼埃表示：「除了我自己以外，我想不出其他值得一提的人了。」西蒙心想這話要是以前看到，他應該會覺得好笑。

加布列爾．瑪茲奈夫[16]：「我心目中的第一是瑪茲奈夫，就是我自己。」西蒙思考這種退化的自戀心態是否也能算在精神分析的案例當中。

PPDA（投給了阿隆、格拉克[17]、德奧梅森[18]）又說：「華盛頓該有好心情了，美金升值，一比五點四法郎……」

西蒙瀏覽了投票者的名單，再也忍不住心中的怒火：「靠，這下三濫亞克．梅德桑[19]……還有尚．杜圖爾德[20]這爛貨……那些做廣告的也行，哦，不意外，這敗

9 Claire Bretécher，法國漫畫家。
10 Georges Dumézil，法國語言學家、宗教史學家，復興尤比克語（Ubykh）的重要人物。
11 Jean-Luc Godard，法國、瑞士籍導演，法國新浪潮電影奠基者。
12 Albert Cohen，法國詩人、作家。
13 Gaston Defferre，法國政治人物，曾任馬賽市長，社會黨執政時期亦曾任內政部長。
14 Edmonde Charles-Roux，法國女記者、作家，曾任龔固爾文學獎主席。
15 Anne Sinclair，美國、法國記者，國際貨幣基金前主席史特勞斯卡恩前妻。
16 Gabriel Matzneff，法國作家，經常毫不保留地誇耀自己的作為。
17 Julien Gracq，法國小說家。
18 Jean D'Ormesson，法國作家、演員、哲學家。

類……法蘭西．休斯特？……哦，還有垃圾艾卡巴，他投給誰？……包威爾這老派的反動份子！……竟然連法西斯豬席哈克都在上面!!……一群王八蛋！」

巴亞探出頭：「你叫我嗎？」

西蒙胡言亂語又罵了幾聲；巴亞繼續烹煮。

PPDA的新聞報導以亞蘭．齊羅—培特[21]的氣象報導作結，陽光總算撒落在凍寒的五月（巴黎十二度，貝桑松九度）。

廣告結束後，螢幕呈現一片藍，上面寫了「共和國總統選舉辯論」，背景音樂是沒新意的銅管樂器和鈸。

藍色畫面接著切換成主持一九八一年五月六日辯論的兩位記者。

西蒙大叫：「杰可，快來！開始了。」

巴亞拿著起士球和啤酒坐到西蒙身旁。他撬開兩人的啤酒瓶蓋時，電視上季斯卡指名的記者尚．伯頌納[22]正與Europe 1廣播電台連線，說明今晚辯論進行的程序，他穿著一身灰色西服，搭了條紋領帶，一臉要是左派勝利就要逃到瑞士的模樣。

另一名記者是RTL[23]的米雪兒．可達[24]，厚重的黑頭髮，閃亮的紅唇，紫紅色襯衫、芋頭色背心，假裝寫著筆記，臉上掛著笑容但神情緊繃。

平常不聽RTL的西蒙，詢問那個紫紅色的俄羅斯娃娃是誰，巴亞痴痴地笑了。

季斯卡表示希望今晚的辯論對選舉有幫助。

西蒙試圖用牙齒抽出火腿起士球包裝上的小紙片，但一直抽不出來，就在他失去耐心時，密特朗對季斯卡說：「您大概認為席哈克也是性情中人吧……」

巴亞接過西蒙手上的起士球，替他拆開錫箔紙包裝。

季斯卡和密特朗猛烈攻擊對方的盟友，首先是席哈克，當時他還被視為偏右翼的候選人，信奉經濟自由，幾近法西斯主義（第一輪得票率百分之十八）；另一邊則是逐步退出舞台的馬歇，共產黨候選人，親史達林主義的布里涅茲夫派（第一輪得票率百分之十五）。兩位進入決選的候選人都需要他們各自的選票以取下第二輪選戰。[25]

---

19 Jacques Médecin，前尼斯市長，接下父親的職位後，連任了二十四年，最後因腐敗、貪汙下台。

20 Jean Dutourd，法國小說家。

21 Alain Gillot-Pétré，法國電視台 Antenne 2 和 TF1 的氣象主播。

22 Jean Boissonnat，法國經濟學家、記者。

23 Radio-Télé-Luxembourg，盧森堡廣播電台。

24 Michèle Cotta，法國記者、作家。

25 根據法國現行的第五共和國憲法，如第一輪投票中無人獲得超過半數的選票，則要進行第二輪投票，由選民在首輪選舉中得票率第一和第二的兩位候選人中選出一位擔任總統。一九八一年的第一輪選舉，各候選人得票率如下：季斯卡百分之二十八點三二、密特朗百分之二十五點八五、席哈克百分之十八、馬歇百分之十五點三五、布里斯．拉隆德（Brice Lalonde）百分之三點八八。按得票率，確定密特朗和季斯卡進入第二輪，所以估計第一輪投給席哈克的百分之十八選民會投給季斯卡，而投給馬歇的百分之十五選民會投給左派的密特朗。

季斯卡強調要是自己連任，不需解散國民議會，反之若是他的對手贏得選戰，必得與共產黨共治，或者管理一個少數政府[26]：「蒙蔽的雙眼不能統治人民，而偉大的法國人民必須知道自己將前往何處。」西蒙注意到季斯卡不太知道「解散」的動詞變化怎麼用，於是告訴巴亞，綜合理工學院的人都是文盲。巴亞沒多想就回他：「阿共仔滾回莫斯科。」季斯卡對密特朗說：「您不能對法國人說：『無論和我搭檔的是誰……甚至是現任的國民議會也一樣，我都會領導重大的改革。』要是這樣的話，那就別解散議會。」

看見季斯卡因為無法想像社會黨能成為議會多數黨，而緊咬著國會的議題不放，密特朗相對慎重地說：「我希望贏得選戰，我認為自己會贏，當我取得勝利後，我將會依法做好我份內能做的一切以取得國會的支持。要是您無法想像下星期一起法國人將擁有的精神狀態，以及他們願意接受改變的態度，那麼您是真的不知道這個國家正在經歷什麼。」

巴亞咒罵那隻布爾什維克蛀蟲，西蒙則注意到季斯卡只是一個替身，密特朗真正對話的對象是那些厭惡季斯卡的人。

國會席次的問題已經談了半小時了，季斯卡真正的目的是嚇唬人們要是密特朗勝選，執政團隊中將會包含幾位共產黨部長，西蒙覺得有點煩。突然間，一直處在劣勢的密特朗總算決定反擊了：「根據您的說法……就說是，反共吧，請讓我指出幾個需要修正的地方。您這麼說顯得有些過於膚淺了。（停頓）您知道我們還是有很多共產工人的吧。（停頓）根據您的意思，他們存在是為了什麼？我們會以為是生產、勞動、付稅、當戰場上的肉盾，做什麼都行，就是不能成為法國的多數聲音。」

西蒙本來正要伸手拿小香腸，聽到這話後，停住了動作。在記者提出某個沒什麼意義的問題時，他，和季斯卡一樣，都明白這場辯論已經轉向了。現在的季斯卡處於防守位置，他清楚地意識到現在的情況，有些議題在這個「工人＝共產黨」的時代是不能討論的：「但……我並不是要攻擊所有的共產階級選民。密特朗先生，我執政七年間從未惡意得罪任何工人階級。從來沒有！我尊敬他們的職業、他們的活動，甚至是他們的政治態度。」

西蒙爆笑：「說的對，更不用說你每年都會在人道節[27]時吃臘腸。不去卜卡薩那裡狩獵的時候，就去工人總工會（CGT）跟煉鐵工人喝酒。大家都知道的。哈哈。」

巴亞看了手錶，走進廚房裡確認火候，記者這時針對季斯卡的政績提出了問題。

26 季斯卡為右派候選人，做為當時的總統，國民議會（assemblée nationale）內右派佔多數席次，若左派候選人密特朗贏得選戰，為便於政策執行，必得重組國民議會，或者接受與偏左的共產黨議員共同治理。

27 Fête de l'Humanité，由法國共產黨報社 l'Humanité 發起的活動，通常於每年九月舉辦，最初活動的目的是為該報刊募資，如今演變成一個大型園遊會，只要付門票便可進場聽演唱會、演講等活動。

季斯卡對自己的政績感到滿意。密特朗則戴上了厚重的眼鏡開始說明，從他的觀點來看，季斯卡的政績是一場糊塗。季斯卡以雷瓦羅[28]的話回應：「沒做任何事就是好事。但請別太過份。」接著又直指要害：「沒錯，您從一九六五年起就當上了『大話部長』，而我從一九七四年才開始治理法國。」西蒙暴怒：「沒錯，我們都看到你怎麼治理了！」但他也明白這句話很難反駁。廚房裡的巴亞回話：「蘇聯的經濟是比較繁榮沒錯！」

密特朗看準了時機出擊：「您感覺上是要重拾七年前的論點：『過氣的男人』，可惜的是這段時間內，您自己卻成了『喪氣的男人』。」

巴亞笑：「他還沒放下這件事啊，過氣的男人。七年來都在想著怎麼復仇，哈哈。」

西蒙沒說什麼，他也覺得這席話聽起來不錯，但感覺是早就準備好了的。至少密特朗看起來比較放鬆了，就像花式滑冰選手剛完成一個三轉跳一樣。

接下來是兩人對法國與世界經濟的論戰，感覺得到兩人都做足了準備，巴亞這時也端出熱騰騰的晚餐：塔吉羊肉。西蒙十分驚訝：「誰教你做飯的啊？」季斯卡描繪了一幅法國在社會黨執政後將會呈現的駭人景象。巴亞對西蒙說：「我的第一任妻子是在阿爾及利亞認識的。就算你用符號學的方式耍小聰明也沒辦法知道我一生境遇的細節。」密特朗提出一九四五年首次大規模推動國營事業的是戴高樂。巴亞拿了瓶紅酒，是一九七六年的波恩丘。西蒙嘗了口塔吉羊肉：「也太好吃了！」密特朗不停地把玩眼鏡，一會兒拿下、一會兒戴上。巴亞說明：「一九七六年的勃根地品質很好。」密特朗聲明：「葡萄牙的銀行也是國營，但它並非社會主義國家。」西蒙和巴亞享受著美食和美酒。巴亞刻意準備一道不需要同時使用刀叉的食物，羊肉在湯汁裡燉煮了許久，肉質軟嫩，只需要用叉子輕輕一壓就能切割。西蒙和巴亞都很清楚對方知道這個小心思，但兩人都沒有刻意提及。沒有人想再提起穆拉諾島的事了。

密特朗咬牙切齒：「官僚作風還不是您帶頭的。而且這個體系也是您管理的。您現在對那些行政體制裡不光彩的事又斥責又說教，有想過都是誰造成的嗎？管理政府的人是您，您得負起責任！您在投票前三天搥胸跺腳，我當然明白您的心情，但我憑什麼相信接下來的七年您不會跟過去七年一樣呢？」

西蒙注意到他的口氣很精明，但因為沉浸在鮮嫩多汁的羊肉，和有些苦澀的回憶中而無法專注。

季斯卡被對方突如其來的挑釁嚇到了，便試著以他一貫的高傲回應：「請保持應有的風度。」但密特朗已經準備好火力全開了：「我認為我能按我想要的方式表達意見。」

28 Antoine de Rivarol，法國大革命時期的作家。

緊接著說：「一百五十萬失業。」

季斯卡糾正：「待業。」

但密特朗不放過任何機會：「我知道哪些詞彙比較不刺耳。」接著又說：「通貨膨脹和失業率提高都是您執政期間發生的事，更重要、最可怕、影響社會最鉅甚至最致命的是：百分之六十的失業人口是婦女……其中大部分是年輕人……對於人民和婦女的尊嚴而言都是很大的打擊。」

西蒙最初並未注意到。密特朗的語速越來越快，內容越來越咄咄逼人，同時也漸趨精確與傲慢。

季斯卡被逼急了，他奮力克制自己的外省口音，祭出破釜沉舟的一擊：「抬高最低工資，抬到多少？」無論多少，中小企業都活不下去。不負責任的社會主義希望降低社會補助的門檻，擴大十人以下公司職員的權益。

沙馬利埃來的布爾喬亞[29]沒打算就此屈服。

兩人針鋒相對，互不相讓。

但季斯卡犯了錯，他在質問德國馬克[30]匯率時提出：「今天的匯率是多少。」

密特朗回應：「我不是您的學生，而您也不是以總統的身份站在這裡。」

西蒙喝光了杯子裡的紅酒，想著某件事：他似乎想要執行某件事，這個句子有述行的意圖。

巴亞起身去拿起士。

季斯卡：「我反對廢除家庭收支商數[31]……我傾向回到根據增值種類制定定額稅率的系統。」他使出所有在綜合理工學院學到的伎倆反擊，但都來不及了：他注定敗北。

然而辯論還是持續進行，論戰十分激烈，內容也很專精，辯題涉及核能、原子彈、共同市場、東西歐關係、國防預算……。

密特朗：「季斯卡．德斯坦先生的意思是社會主義黨員都是不願保國衛家的低級法國人嗎？」

季斯卡（不在鏡頭內）：「完全不是。」

密特朗（沒有看向季斯卡）：「要是他沒有這層意思，那這段話就是無意義的。」

西蒙感到暈眩，他拿起矮桌上的啤酒夾在腋下試圖打開瓶蓋，但酒瓶卻滑落地面。按巴亞對這位朋友的認識，本來以為他會像平常一樣，因為不喜歡日常生活的小事提醒自己已經是殘廢的事實而大發雷霆，所以在擦了流滿一地的啤酒後趕緊補了

29 指的是季斯卡，他在一九六四年到一九七四年間曾擔任沙馬利埃市市長。
30 德國在二〇〇二年使用歐元前的法定貨幣。
31 每個家庭戶口組成、設備、住屋概況及所得收支與消費支出計算出的數字，通常用來當作社會補助的參考。

句：「沒關係。」

但西蒙只露出疑惑的神情，指著密特朗對巴亞說：「你看，不覺得有什麼地方不對勁嗎？」

「什麼？」

「你從一開始就在聽吧？不覺得他的表現不錯嗎？」

「呃，嗯，比七年前好沒錯。」

「不是，還有別的。他的表現異常地好。」

「什麼意思？」

「不太明顯，但從開場半小時後到現在，季斯卡都被他操控著，但我看不出他是怎麼做到的。就像是一個隱形的策略：我感覺得到，但卻沒辦法理解。」

「你想說的是……」

「你看。」

巴亞看見電視上的季斯卡用盡全力證明社會黨人的不負責任，認為絕不能將軍事設備和核彈威懾的權力交給他們：「規劃國防問題時，你們總是反對……你們從不支持國防法規，也總是反對所有跟國防相關的法案計畫。這些法案與國家預算無關，因此我們也期待您的政黨，或您的……您自己會超越黨派的對立，以國土安全為前提支持這些國防法案。但您對三項軍事計畫，特別是一九六三年一月二十四日那次，都持反對的態度……」

密特朗認為沒有回應的必要，米雪兒．可達也直接進入下一道題目，季斯卡因此怒火中燒：「這件事很重要！」米雪兒．可達委婉地拒絕他：「沒錯！總統先生，當然重要！」然而接著便將話題轉向非洲政治。伯頌納顯然想著別的事。已經沒有人將注意力放在季斯卡身上了。再也沒有人聽他申論。密特朗瓦解了他所有的防線。

巴亞開始懂了。

季斯卡還在泥沼中掙扎。

西蒙說出了他的結論：「密特朗手上有語言的第七種功能。」

巴亞試圖整理紊亂的頭緒，電視上的密特朗和季斯卡針對法國干預薩伊共和國內戰一事辯論。

「西蒙，我們在威尼斯看過那個功能根本沒用。」

密特朗以科盧韋齊[32]（Kolwezi）一事做為最後一擊：「總而言之，要是能早點遣送國人的話就好了……要是早點反應的話。」

西蒙指著電視說：「這個是有用的。」

32 剛果民主共和國盧阿拉巴省的首都。

95

巴黎下著雨，巴士底廣場上的民眾已經開始慶祝勝選了，但社會黨的要員都還在索菲利諾（Solférino）的競選總部，興奮的情緒如電流般在站崗的憲兵間穿梭。政治上的勝利是成果也是開端。正因如此，這種興奮通常令人感到愉悅但也令人暈眩。但，在這一刻酒水傾注，琳琅滿目的小點心擺滿桌面。「真是曲折啊！」密特朗應該會這麼說。

賈克・朗四處握手、親臉、投入每個人的懷抱。他給了法畢斯一個微笑，這個男人在宣布勝選的那一刻哭得像個孩子。人們在雨中狂歡大叫。這是真實的夢境，是歷史性的一刻。他知道自己將會出任文化部長。莫提手舞足蹈。巴丹戴爾和德布雷跳著小步舞曲。喬斯潘[33]和吉萊斯[34]互敬一杯酒。年輕人爬上索菲利諾辦公室外的鐵柵欄。攝影師的閃光燈好似成千上萬的小閃電在歷史的狂風暴雨中此起彼落。賈克・朗在人群中手忙腳亂。後頭傳來呼喊他的聲音：「賈克・朗先生。」

他回過頭，迎面而來的是巴亞和西蒙。

一臉驚訝的賈克・朗一眼就看出這兩個人不是來參加勝選晚會的。

巴亞先開口了：「能否借一步談話？」他亮出證件。賈克・朗認出上面的三色標誌[35]。

「談什麼？」

「羅蘭．巴特。」

這個已逝評論家的名字在他臉上呼了一記隱形耳光。

「聽著，呃……我想你們來的不是時候。另外找個時間好嗎？這個星期都行。你們只需要跟我的祕書聯絡就可以了。不好意思，我該……」

但巴亞抓住了他的手臂：「我堅持現在就談。」

喬皮耶．喬克斯[36]經過他們身旁時詢問：「賈克，怎麼了嗎？」

賈克．朗望向門口的警察。他猶豫了。直到今晚以前，那些警察都是為他們的對手效力，但現在他完全可以請他們把眼前這兩個人請出門。

路上的民眾唱著國歌，背景音樂是汽車喇叭組成的交響樂。

西蒙捲起袖管，露出殘缺的右手說：「麻煩您了。不會佔用太多時間。」

賈克．朗看著他的殘肢。喬克斯問：「賈克？」

「沒事。我馬上回來。」

33 Lionel Jospin，密特朗在位時期的總理。
34 Paul Quiles，法國政治人物。
35 法國國旗藍白紅三色，法國警察的證件左上角都有三色斜線。
36 Pierre Joxe，法國政治家，社會黨執政時期擔任國防部與內政部長。

他在一樓找了間無人的辦公室，從窗戶望出去可以看到庭院裡的晚會。辦公室裡沒電，但晚會的燈已足夠明亮，三人便在這半明半暗的空間內待了下來。沒有人坐下。

西蒙先開口了：「賈克・朗先生，第七種功能是怎麼落入您的手裡的？」

賈克・朗嘆了口氣。西蒙和巴亞靜待他的回應。密特朗當上總統了。他現在可以坦白了。而且，西蒙認為他很想說出這一切。

他知道巴特身上有雅各布森的手稿，所以安排了一場餐會。

「怎麼做到的？」西蒙問。

「什麼怎麼做到的？」賈克・朗回問。「巴特怎麼拿到手稿的，還是我怎麼知道他有手稿的？」

西蒙很冷靜，但他知道巴亞經常耐不住性子。為了預防他的警察朋友用湯匙威脅挖出賈克・朗的眼睛，他緩慢地說了：「都說。」

賈克・朗不知道巴特是如何得到手稿的，而他自己則是透過文化界朋友才得知這則消息。當時，德布雷在和德希達談了後，回來說服了他這份文件的價值。於是他們決定設個飯局邀請巴特以便偷走文件。賈克・朗在他們用餐時暗中取走了巴特外套裡的紙張並交給早就在走廊上等待的德布雷。德布雷以最快的速度把文件送到德希達手上，他再根據原文寫出一份完整的假功能。假文件完成後，德布雷又趕緊送回給聚會上的賈克．朗，並在餐會結束前放回巴特口袋裡。每一個步驟的時間都計算地很精準，德希達得在原文的基礎上用光速撰寫一份假的內容，必須以假亂真，但也不能是有效的功能。

西蒙感到驚訝：「為什麼這麼做？巴特知道文件的內容。他一定馬上就會發現的。」

賈克．朗解釋：「我們都明白要是我們知道它的存在，肯定還有別人也會在得到消息後覬覦這份文件。」

巴亞插話：「你們早就想到索萊斯和克莉絲蒂娃會偷走它？」

西蒙替賈克．朗回答：「不，他們想到的是季斯卡。而且就事實看來，他們的考量沒錯，因為這正是他交代給你的任務。然而，他們沒想到的是，巴特被小貨車撞上時，季斯卡還不知道第七種功能的存在。（他轉向賈克．朗）必須承認他對文化界的訊息掌握得沒有你們好……」

賈克．朗不禁露出一抹驕傲的笑容：「原本的計畫其實很冒險，而且，必須承認，也很大膽。我們期待的是巴特身上的假文件會在他發現被掉包前就被偷走了。如此一來，偷走它的人將不疑有它，更不會有人懷疑我們。」

巴亞接著補充：「而事情的發展就跟你們預計的一樣，只是偷文件的不是季斯卡，而是索萊斯和克莉絲蒂娃。」

賈克．朗強調：「其實，對我們而言沒什麼差別。我們本來是希望季斯卡上當，以為自己手中握有祕密武器。但最後擁有第七種功能的是我們，而且是原版，這才是最重要的。」

巴亞質問：「那為什麼巴特得死？」

賈克．朗也沒想到事情會發展至此。他們沒有殺死任何人的意圖，甚至要是任何其他人取得並學會了第七種功能，他們也毫不在意，只要不是季斯卡就行。

西蒙了解他的想法。密特朗並沒有任何長期規劃，只想贏得那場辯論。但索萊斯有自己的目標，更高，或者更長遠的目標。他想奪取艾可在邏各斯俱樂部那偉大的普羅泰戈拉的頭銜，因此才希望藉由第七種功能以便擁有修辭學的優勢。然而，摘下頭銜後的他還得確保沒有別人會得到這份文件，進而對他做出同樣的事。這正是克莉絲蒂娃派出保加利亞人獵捕其他副本的原因：她必須確保索萊斯是唯一一個擁有這個功能的人。巴特得死，其他擁有這份文件或可能使用或散播的人也是。

西蒙又問密特朗是否同意「進行這項計畫」。

賈克．朗沒有回答，但答案不證自明，而且他也沒有否認：「一直到最後，密特朗都不相信第七種功能真的有用。他花了一些時間才掌握這個能力。但你們也看到成果了，他殺得季斯卡片甲不留。」

這位未來的文化部長得意地笑了。

「那德希達呢？」

「德希達希望季斯卡敗選。本來根據他和雅各布森的約定，是不願意讓任何人使用第七種功能的，但無論如何他也無法阻止密特朗，而且他也喜歡寫出假版本這個想法。他要我讓總統保證這份文件只有他能使用，不得與其他人分享。（賈克．朗又笑了）我確定這個承諾對總統來說一點也不難。」

「那您呢？」巴亞問，「您看了內容嗎？」

「沒有，密特朗要求我們不得打開閱讀。反正我自己也沒時間看，從巴特那裡偷來後馬上就交給德布雷了。」

賈克．朗還記得那個場景：他得看著火候，得炒熱現場氣氛，還得在神不知鬼不覺的情況下偷走文件。

「至於德布雷，我不清楚他是否聽從總統命令，但當天他也很趕。就我對他的認識，他是個忠誠的人，應該會遵照指令。」

「也就是說，沒意外的話，」巴亞質疑，「密特朗是世上最後一個知道那個功能的人？」

「當然還有雅各布森本人。」

西蒙沒再開口。

外面傳來吶喊：「巴士底！巴士底！」

辦公室的門開了，莫提探出頭：「你要一起去嗎？音樂會都開始了，聽說巴士底廣場人山人海！」

「馬上來，馬上來。」

賈克·朗想回到朋友身旁，但西蒙還有最後一個問題：「德希達寫的那份假造的文件會讓使用者精神錯亂嗎？」

賈克·朗思考了一下：「我不確定……假文件得看不出破綻。德希達能在這麼短的時間內仿造第七種功能寫出一篇可信度很高的文章已經很不容易了。」

巴亞回想索萊斯在威尼斯的表現，對西蒙說：「反正索萊斯本來，就，呃，有點精神不正常，不是嗎？」

賈克·朗表現出他最謙卑的態度請求離去，他已經滿足他們的好奇心了。

三個男人走出昏暗的辦公室，再次進入晚會的人潮中。舊奧賽火車站外，一個步履蹣跚的男人重複著同樣的口號：「季斯卡，上燈桿！大跳卡曼紐舞吧！[37]」賈克·朗提議一起前往巴士底廣場，路上，他們碰見未來的內政部長，加士頓·德非赫[38]。賈克·朗介紹雙方，德非赫對巴亞說：「我正需要你這樣的人，這星期找個時間見面吧。」

雨很大，但巴士底廣場擠滿了歡欣鼓舞的人群。儘管天色已暗，群眾還是吶喊著：「密特朗，紅太陽！密特朗，紅太陽！」

巴亞詢問賈克．朗，克莉絲蒂娃和索萊斯會不會有法律責任。賈克．朗嘟了嘴：「坦白說，我不認為會有。第七種功能如今已經成為國家機密了。總統沒有必要再提。再說索萊斯也為他狂妄的野心付出了不少代價，不是嗎？你們知道嗎，我見過他好幾次。是個很好相處的男人。帶著一種寵臣似的蠻橫態度。」

賈克．朗露出他特有的親切的笑容。巴亞握了他的手，這位馬上就要成為文化部長的男子總算可以和他的夥伴一起慶祝勝利了。

西蒙看著廣場上人潮洶湧。

他輕聲說：「真令人感嘆。」

巴亞一臉驚訝：「感嘆？什麼意思？總有一天會輪到你的，六十五歲退休，這不是你要的嗎？三十五小時的工時。五個星期的有薪假。國營企業。廢除死刑。這樣還不好嗎？」

「巴特、哈邁德、他的朋友薩伊德、新橋上的保加利亞人、開DS的保加利亞人、德希達、希爾勒……他們全都死得好不值得。全都為了拿到那份錯誤的文件、為

37 上燈桿（à la lanterne）和卡曼紐舞（la carmagnole）典故都來自法國大革命時期，上燈桿的意思是將貴族吊死，後來成為革命主要口號之一。而卡曼紐舞也是當時的舞曲。

38 Gaston Defferre，法國政治人物，曾任馬賽市長，社會黨執政時期亦曾任內政部長。

最後在威尼斯割掉睪丸的索萊斯而死。從一開始起我們就只是在自得其樂而已。」

「不完全是如此。我們在巴特家那本雅各布森的書中看到的文件是原始版。要是我們沒有阻攔那個保加利亞人，他早就把那份文件交給克莉絲蒂娃，而她也會在比較手上那份假文件後，發現其實存在著兩份不同的內容。還有蘇利曼錄音帶裡的那份也是原始版。必須確保它不會落入不肖之人手中。（靠，別再提手了，巴亞在心裡罵了自己。）」

「但德希達本來想銷毀它。」

「但要是文件落入希爾勒手中（天啊，笨蛋），我們就不知道事情會怎麼發展了。」」

「到穆拉諾島就知道了。」

兩人站在歡唱的人群中，心情凝重。巴亞找不到合適的回應。他小時候曾看過一部電影叫《七海霸王》（Les Vikings），裡頭殘廢的湯尼．寇蒂斯[39]用他的獨臂殺死了寇克．道格拉斯[40]，但他不確定西蒙會對這部電影有什麼反應。

無論別人怎麼想，這起案件的調查算是完整了。他們隨著巴特之死的線索向前行。怎麼可能猜得到有份假文件呢？西蒙說的對：我們從一開始就走在錯誤的道路上。

巴亞說：「如果沒有參與這起調查，你就不會變成現在這個模樣。」

「殘廢嗎？」西蒙苦笑。

「我剛認識你的時候，你是個書呆子，看上去就是個嬉皮處男，看看你現在的模樣：穿著剪裁合身的西裝，搭上了幾個女人，還是邏各斯俱樂部裡名氣與日俱增的巨星……」

「而且還失去了右手。」

廣場上的樂團一首接一首地唱。人們擁抱彼此，狂歡跳舞。在一群年輕人之間，西蒙看見在金黃色頭髮在空中飄揚（第一次看見她放下髮髻），是安娜。

能在這個夜晚的人潮裡再次遇見她的機率是多少呢？這一刻，西蒙心想，他要不是身在一個爛作家的小說裡，要不安娜就是個超級間諜。

舞台上，電話樂團唱著Ça（c'est vraiment toi）（真的是你）。

兩人的眼神交會，她和另一個頭髮很多的年輕人跳著舞，給了他一個友善的眼神。

巴亞也看到她了，便對西蒙表示自己要回家了。

「你不留下來嗎？」

---

39 Tony Curtis，美國演員。

40 Kirk Douglas，美國演員。

「我又沒有贏得選戰，你很清楚我投給了另一個禿頭。而且我的年紀已經不適合做這些事了。（他指向一群年輕人，各個隨著音樂搖擺、把自己灌個爛醉、抽著大麻或瘋狂舌吻。）」

「天啊，老頭，你在康乃爾的時候可不是這個樣子的。醉得不醒人事，還跟茱迪斯一起跟另一個不知道是誰的人大玩性愛遊戲。」

巴亞假裝沒聽見：

「別忘了我還有好幾箱的資料，得在你那些好朋友下手……呃不小心看到以前送進碎紙機裡。」

「如果德非赫要給你一個職位呢？」

「我本來就是公務員，領薪水替政府辦事。」

「了解了，為國家出生入死的精神。」

「去你的，小混蛋。」

兩個人都笑了。西蒙問巴亞難道不想聽聽安娜對這件事的說法嗎？巴亞握了他的（左）手，看著跳舞的俄羅斯女孩說：「你再跟我說就好。」

接著，警探巴亞也消息在人海之中。

西蒙轉回她的方向時，安娜已經來到他的面前了，雨中的她滿身是汗。兩人尷尬了一小段時間。西蒙看見她望著自己殘缺的手。為了分散她的注意力，西蒙問：「怎麼樣，莫斯科那裡的人怎麼看待密特朗勝選？」她笑了：「你也知道的，布里茲……」她遞上一瓶已經打開的啤酒。「現在握有大權的人是安德羅波夫。」

「那掌權的人怎麼看待那個保加利亞同僚？」

「克莉絲蒂娃的父親？我們知道他暗中協助了他的女兒，但不明白為什麼他需要第七種功能。是你讓我們發現邏各斯俱樂部的。」

「那他接下來會怎麼樣呢？克莉絲蒂娃的父親。」

「時代不同了，已經不再是一九六八年了。我目前沒有任何任務，無論是針對爸爸或是女兒都沒有。至於那個想殺死你的特務，最後一次現身是在伊斯坦堡，但後來我們還是失去了他的行蹤。」

雨越下越大。舞台上雅克．伊熱蘭[41]高唱著〈香檳〉（Champagne）。

西蒙有點掙扎地問：「妳為什麼沒去威尼斯？」

安娜綁起頭髮，從軟盒包裝中抽出一根菸，但卻怎麼也點不著。西蒙帶著她躲雨，兩人走到阿森納港（port de l'Arsenal）旁的樹下。「我有其他任務。」她發現索萊斯曾把一份副本託付給阿圖塞，但她當時不知道那是假的版本，還在阿圖塞住院期間到他的公寓裡翻箱倒櫃。這項任務不太容易，那份文件可能被夾在成堆的書籍和紙張

41 Jacques Higelin，縱橫法國演藝界四十多年的藝人，同時也是歌手。

中任何一處，她得系統性地翻找，但最後還是一無所獲。

西蒙說：「真可惜。」

鏡頭拉遠，我們可以看見羅卡和鞠岡[42]在人群的擁戴下手牽著手唱《國際歌》。安娜也隨著旋律唱起俄文版。西蒙心想在真實世界裡左派能否贏得政權。或者應該問，在真實世界裡，我們的人生能否因此改變。但在被這個思考本質的致命迴旋捲進去前，他聽見安娜在他耳邊說：「我明天回莫斯科，今晚沒有任務。」接著，她像變魔術一樣從包包中拿出一瓶香檳。西蒙對於她是如何取得，以及從哪裡取得香檳毫無頭緒。兩人拿著酒瓶直接往嘴裡灌。西蒙親了她，但心裡卻想著她會不會用髮夾切開自己頸動脈，或者自己會不會因為碰了她的口紅而毒發身亡。安娜並沒有反抗，唇上也沒有口紅。因為傾盆的大雨和背景裡狂歡的人群，看上去就像是電影場景，但西蒙決定什麼也不想了。

群眾高聲呼喊：「密特朗！密特朗！」（但新任總統並不在現場。）

西蒙走向路邊的小販，今晚他的冰桶裡裝的東西跟平常不一樣，是香檳，西蒙又買了一瓶，單手將瓶塞拔開。安娜對著他微笑，酒精的作用讓她的眼珠閃耀著光芒，她又再次放下了長髮。

他們互相敬酒，敲響了兩個酒瓶，安娜以震耳欲聾的音量在大雨中吶喊：「敬社會主義！……」

一旁的年輕人也跟著回應。

一道閃光劃過巴黎天際，西蒙回敬：

「……寫實主義！」

96

一九八一年，紅土網球決賽。博格準備好再一次狠狠教訓他的對手了；六比一勝過捷克年輕球員伊凡．藍道拿下第一盤。

就像希區考克的電影場景，所有的人都抬高了頭隨網球左右擺動，只有西蒙的思緒不在此。

巴亞也許不在意，但他想弄清楚，想證明自己不是小說的人物，證明自己活在現實生活當中。（真實是什麼？「是當我們撞痛了頭，」拉岡這麼說。西蒙看著他的殘肢。）

第二盤的戰況比較激烈，選手四處奔跑捲起一團團的塵土。

西蒙獨自坐在包廂裡，一個看似馬格里布來的青年走到他身邊。年輕人在他的座

42 Pierre Juquin，法國政治人物，曾是共產黨員，後來改為綠黨，曾參選一九八八年總統選舉。

位旁坐了下來，是蘇利曼。

他們互相打了招呼，藍道拿下了第二盤。

這是博格今年在紅土球場輸掉的第一盤。

「這間包廂蠻舒適的。」

「是某家廣告公司租的，替密特朗包裝形象的那家。他們想聘用我。」

「您有興趣嗎？」

「我想我們可以不用這麼拘謹，不必使用尊稱。」

「很遺憾你失去了一隻手。」

「博格要是贏了，就是他第六座紅土獎盃了。聽起來很不可思議吧？」

「他看起來很有贏面。」

的確如此，博格在很短的時間內就佔了上風。

「謝謝你來見我。」

「我剛好來巴黎辦事。是那個條子朋友跟你說的吧？」

「你現在住美國是嗎？」

「沒錯，我拿到綠卡了。」

「只花了六個月？」

「總是有辦法的。」

「就連美國政府也行？」

「沒錯。」

「康乃爾的事結束後你去了哪裡？」

「我帶著錢跑了。」

「我不是要問這個，這我知道。」

「我去了紐約，先在哥倫比亞大學註冊學生身份。」

「在學期中？可以這樣嗎？」

「可以，呃，你知道的，只要說服一個祕書就可以了。」

博格再次拉開兩人間的差距。

「我聽說你在邏各斯俱樂部的成就了，恭喜。」

「說到這個，美國沒有分部嗎？」

「有，但才剛起步而已。我懷疑全美國找不到一個評委。我想費城應該有個巡遊者，一兩個在波士頓，也許西岸有幾個詭辯員吧。」

西蒙沒問他是否是成員之一。

博格以六比二拿下了第三盤。

「你有什麼計畫嗎？」

「我想從政。」

「美國嗎？你還想拿美國籍？」

「有什麼不好嗎？」

「你，呃，是想參選嗎？」

「嗯，但得先加強我的英文能力並拿到國籍才行。而且贏得辯論是不夠的，還得，怎麼說呢，給自己鋪路。也許可以考慮參加二〇二〇年的民主黨初選，但不可能更早了，哈哈。」

蘇利曼的玩笑口吻讓西蒙分不清真假……

「不是，你聽我說，我在哥倫比亞認識了一個學生，我覺得要是我幫他的話，肯定很有前途。」

「前途？什麼前途？」

「我想也許可以幫他當上參議員。」

「為什麼這麼做？」

「不為什麼。他是個夏威夷來的黑人[43]。」

「嗯，我明白了。挑戰那個能力。」

「它不是一種能力。」

「我知道。」

藍道擊出了強有力的直線球，離博格將近三八公尺遠。

西蒙發表意見：「這種事不常發生在博格身上，這個捷克人真強。」

儘管蘇利曼非常清楚他的意圖，西蒙還是故意延遲了進入正題的時間。

「我用隨身聽反覆播放內容，但只有背起來是不夠的，對吧。」

「那是一種方法嗎？祕密武器？」

「比起方法，我覺得比較像是一個祕訣，一個方向。雅各布森是用『表述功能』來稱呼它沒錯，但『表述』這個詞本身就是個比喻而已。」

蘇利曼看著博格以雙手擊出反手拍。

「可以說是一種技巧。」

「希臘文的意思嗎？」

「要說是Techné（技藝）也可以，praxis（實踐）、poïesis（創生）……我連這些都學了。」

「你覺得自己是無懈可擊的嗎？」

「沒錯，但不代表我不會被打敗。我覺得還是有可能的。」

「在沒有那個功能的情況下？」

蘇利曼笑了：

43 後來有個黑人當上了美國總統，我想讀者們都知道是誰。

「再看看囉。但我還有很多東西要學，而且也得練習。說動海關人員或祕書是一回事，選舉比這個難多了。還有很大的進步空間。」

西蒙暗自思忖密特朗的程度，社會黨有沒有可能輸掉任何選戰，還是他注定要當總統當到老死了。

這時，藍道從瑞典機器的手裡死裡逃生拿下了第四盤。觀眾緊張到發抖：博格已經很久沒在紅土球場打到第五盤了。而且說真的，一九七九年面對維克多・佩齊的比賽是他最後一次丟掉任何一盤，至於輸掉比賽則得追溯到一九七六年對潘納塔[44]的那場了。

博格雙發失誤給了藍道破發球局的機會。

「不知道博格拿下第六個冠軍和擊敗他，哪一個比較不可思議。」西蒙心想。

博格以一記ACE回應。藍道用捷克語吶喊。

西蒙發現自己其實期待看到博格獲得勝利，這個願望帶著一點迷信與保守的思維，還有一點害怕改變，再說他將是名副其實的冠軍：博格是名列康諾斯和馬克安諾之前的世界第一，他在比賽中大敗其他對手而晉級決賽。相反的，藍道只排第五，準決賽時差點輸給喬斯・克拉克，更不用說在第二輪比賽就輸給了安德烈・戈梅茲，事物的秩序……

「突然想到，你有傅柯的消息嗎？」

「有，我們會固定寫信給對方。我來巴黎也借住他家。還是在鑽研性愛歷史。」

「那，呃，他對第七種功能沒興趣嗎？至少拿來做些研究。」

「他已經很久沒有談語言學了。也許有一天會想再回到這個領域。但無論如何，他有太多包袱了，不太可能把它拿出來談。」

「嗯，我明白。」

「哦，不不，我沒有要針對你。」

博格破了對方的發球局。

西蒙和蘇利曼停下話題，兩人都專注於球賽的進展。

蘇利曼想到了哈邁德。

「那克莉絲蒂娃那賤人呢？」

「她很好，你知道索萊斯後來怎麼了嗎？」

蘇利曼的臉上閃過一抹奸笑。

這兩個男人都隱約感覺到，總有一天他們會在邏各斯俱樂部的賽事上相見，爭取成為偉大的普羅泰戈拉，但他們今天都不提。西蒙也刻意不談安伯托・艾可的事。

藍道也贏回了一局。

44 Adriano Panatta，義大利網球名將。

結局越來越難預測了。

「那你呢？有什麼計畫？」

西蒙笑著露出他的殘肢。

「這麼嘛，要贏紅土可能有點難。」

「但要來一趟西伯利亞鐵路之旅是很可行的。」

西蒙因為他暗指獨臂作家桑德拉爾[45]而笑了，同時暗想蘇利曼是什麼時候培養了這般的文學素養。

藍道不願服輸，但博格的實力堅強。

然而。

不可思議的事發生了。

藍道再次破發。

致命的一擊。

年輕的捷克選手全身發抖。

但他贏了。

所向無敵的博格被打敗了。藍道高舉雙手。

蘇利曼和全場觀眾一起拍手。

西蒙看著藍道舉起獎盃，一時間不知該作何感想。

45 桑德拉爾曾寫過一篇重要的長詩，名為《西伯利亞散文》（La Prose du Transsibérien et de la petite Jehanne de France）

終章

拿坡里

Naples

97

西蒙站在安伯托一世拱廊的門口，眼前是玻璃和大理石完美結合的建築，但他沒有打算進去。他只是拱廊的過客，這裡不是他的目的地。他打開一張地圖，怎麼也找不到羅馬街（via Roma），不由得懷疑起這份地圖的真偽。

他應該就站在羅馬街上，但腳下的這一條卻是托萊多街（via Toleda）。

背後對向人行道上有個老鞋匠好奇地看著他。

西蒙知道他是等著看自己怎麼用一隻手摺好地圖。

老人身旁有個木箱，上頭擱了一塊木板用來擺放需要上蠟的皮鞋。西蒙注意到甚至有個為高跟鞋設計的斜面。

兩個男人互相交換了眼神。

拿坡里這條路的兩旁各自迷茫。

西蒙不知道自己「究竟」在哪裡。他緩慢但熟練地收起地圖，眼神始終沒有離開老鞋匠。

突然間，老鞋匠的視線穿過他，直達後方。看著老人原本毫無生氣的神情變得一臉驚恐，他知道一定發生了什麼事。

西蒙抬起頭，正好看見拱廊大門上方的三角型山牆，兩個看似家徽的小天使浮雕，或是某種類似的雕飾正脫離建築物。

老鞋匠想叫出聲，想發出警告（「Statte accuorto!（小心！）」）阻止災難發生，或者是想以某種方式參與，但他那無牙的嘴發不出任何聲音。

然而，西蒙已經不再是原來的那個他了。再也不是那個會讓半噸的白色石塊壓在自己身上的書呆子了，他是個獨臂人，是邏各斯俱樂部裡高層級的成員，而且至少逃過三次死神的追緝了。他沒有按大腦發出的本能指令向後退，反而是讓自己貼到牆面上，巨大的石塊就恰好在他的腳邊碎了一地。

老鞋匠驚魂未定。西蒙看了一眼石雕，看了老鞋匠，看了一旁呆若木雞的行人。

他伸出手，指向可憐的老人，但當然真正想指的並不是他。他大發雷霆：「你要是想在最後殺了我，那就得再努力一點！」或者小說家想傳遞某個訊息？「如果是這樣的話，也麻煩說清楚一點好嗎！」他帶著滿腔的怒火這麼想。

98

「是去年的地震讓這些建築物的結構變得很脆弱，隨時都有可能倒塌。」

西蒙聽著碧安卡解釋為什麼他差點就被一塊巨石砸破腦袋。

「聖亞納略（San Gennaro）在維蘇威火山爆發時阻止了岩漿流入，自此便成為拿坡里的守護神。每年主教都會自玻璃罐裡取出一點聖血，倒轉玻璃罐並等待聖血變成液體。如果聖血液化，代表拿坡里這一年將風調雨順。所以依你看來，去年發生了什麼事呢？」

「聖血沒有液化。」

「之後，黑手黨卡墨拉（Camorra）利用手中握有的重建許可書向歐洲經濟共同體要求上百萬里拉。想當然耳，他們什麼都沒做，就算做了也只是草草了事，那些建築當然就跟原本一樣危險。隨時都有意外傳出，拿坡里人早就習以為常了。」

西蒙和碧安卡在Gambrinus的露天咖啡座上喝著咖啡。這是西蒙選擇的地點，一家很多觀光客造訪的文藝咖啡店，他們也提供點心，西蒙選了蘭姆巴巴。

碧安卡向他解釋「看過拿坡里，死而無憾」（vedi Napoli e poi muori，或是拉丁文，videre Neapolim et Mori）其實是個文字遊戲，Mori本來指的是拿坡里附近的一個小村莊。

除此之外，她也說起了披薩的由來：有一天，義大利國王安伯托一世的妻子瑪格莉特王妃無意間發現這款小吃，因為她的喜愛，這種吃法最後傳遍了全國。為了向王室表示敬意，以義大利國旗三色組合而成的披薩便以王妃之名命名：綠（羅勒）、白（馬札瑞拉起司）、紅（番茄）。

到目前為止，她都沒有問起他那殘缺的手。

一輛白色的飛雅特違規停在路邊。

碧安卡越講越激動，現在談起了政治的問題。她又重申了自己對布爾喬亞的厭惡，那些獨佔財富卻餓死人民的人：「西蒙，你能想像那些貴婦花上千上萬里拉買皮包嗎。就一個皮包耶，能想像嗎！」

兩個男人自白色飛雅特裡走下來，在露天咖啡座找了個位子。一個騎著凱旋機車（Triumph）的男人把車停在路邊後加入他們。碧安卡因為背對著所以沒看見他們。是圍巾幫的人。

西蒙很訝異在這裡遇上他們，但沒有表現出來。

想到那些義大利富豪為富不仁的行為，她氣到都哭了。

她傾盡全力辱罵雷根。她藐視密特朗，認為阿爾卑斯山脈兩頭的社會黨都一樣，都是虛偽的政客。貝堤諾．克拉西是垃圾。他們全都該死，要是可以的話，她願意操刀。世界對她而言似乎很黑暗，西蒙這麼想著，但同時也找不到反對她的理由。

另一桌的三個年輕人要了啤酒點了菸，這時又有另一個人走來，兩邊各站了一個保鑣。這個人西蒙也認識，是威尼斯辯論賽的對手，那位截去他右手的人。

西蒙低下頭假裝吃他的點心。男人以政商名流的姿態握了其他人的手，看起來就像是地方政要或（和）卡墨拉的重要角色（這些身份在這個地區經常是重疊的）。接著，他的身影消失在餐館深處。

碧安卡正大罵福拉尼（Florani）和他的多黨制政府。西蒙覺得她已經有些歇斯底里了。他想安撫她，說了些安慰的話「好了，不是全都這麼糟，想想尼加拉瓜」，同時也將手伸到她桌子底下的膝蓋上，在那層長褲的布料之下，他摸到了一個不具肉感的堅硬物體。

碧安卡嚇了一跳，趕緊將腿收回椅子下。她瞬間停止啜泣，看著西蒙的眼神裡帶著防禦和懇求，眼淚中流瀉了埋怨、氣憤和愛意。

西蒙什麼也沒說。就這樣了嗎：happy end。獨臂和斷腿。罪惡感全湧上心頭，就跟所有的好故事一樣：碧安卡的腿要是在波隆那車站失去的，那便是他的錯。要是他們沒有相遇，她還能有完好的兩條腿，也還能穿上短裙。

但同時就不會有這麼一對動人的殘廢男女了。王子和公主會互截肢骨，然後生出好多左派小童？

然而，這並不是「他」原本計畫的結局。

是的，他原本是想趁來拿坡里時見見碧安卡，這個在波隆那的解剖台上與他交歡的女人，但如今他有另一個計畫。

他向其中一個戴圍巾的男子使了個旁人不易察覺的眼神。

三個年輕人站起身，以圍巾蓋住口鼻後走進了餐館。

西蒙和碧安卡交換了一個意味深長的眼神，裡頭包含了千愁萬緒，那是過去的、當下的和令人遺憾的（最糟的）的故事與情緒。

餐館裡傳來兩記槍響，接著是尖叫與混亂。

圍巾少年推著西蒙的對手走出門，臉的下半部還用圍巾遮著。

其中一人用P38抵在尊貴的卡墨拉要員腰間。另一個則拿著槍瞄準了每個客人以限制他們的動作。

第三個男人經過西蒙身邊時在他桌上放了某個東西，他馬上用餐巾蓋了起來。年輕人將政要推進飛雅特裡後揚長而去。

餐館裡一片混亂。西蒙聽著裡面傳來的尖叫，知道兩個保鑣都受了傷。一人一彈，射在腿上，不偏不倚。

西蒙對慌張的碧安卡說：「跟我來。」

他帶著碧安卡來到第三個年輕人的摩托車旁，把餐巾遞給她，裡面是一把鑰匙。

他對碧安卡說：「妳騎。」

碧安卡反對：她騎過小綿羊，但沒辦法騎一輛這麼大的摩托車。

西蒙咬著牙拉起了右手的袖子：「我也沒辦法。」

---

1 The Martian Chronicles，作家布萊伯利（Ray Bradbury）的超現實小說。

碧安卡只好跨上凱旋機車，西蒙踩了兩下發動機車後便坐到她後面抓住了她的腰。她轉動把手加速，機車彈了一下。碧安卡詢問目的地，西蒙回答：「波佐利（Pozzuoli）。」

99

眼前的場景像是在月球上，混合了義大利式西部片和《火星紀事》[1]的科幻。在鋪著一層白灰的巨大火山口中央，三個圍巾黨的青年圍在高貴的大肚腩旁，他則跪在一潭滾燙的火山泥邊。

他們身邊不停有硫磺自地底噴發，聞上去有濃厚的蛋臭味。

西蒙考慮過位於庫邁（Cuma）的古梅女先知洞，沒有人會想到去那裡找他們。但他最後放棄了，因為那個地方實在太普通，象徵的意味過重，而那些象徵符號讓他感到疲憊。然而象徵沒有那麼容易甩開：碧安卡和西蒙走在龜裂的地面上時告訴他，對羅馬人來說，屬於休火山的噴硫火山（Solfatara）是地獄的入口。OK。

「Salve!（嘿）compagno（夥伴）接下來要做什麼？」

碧安卡在餐館內沒認出這三名男子，現在的她瞪大了雙眼：

「你雇了波隆那那群紅色軍團的人？」

「我還以為他們『不一定』是紅色軍團的呢；妳在面對安佐的時候不是這麼說的。」

「沒有人雇用我們。」

「Non siamo dei mercenari（我們不是傭兵）。」

「沒錯，他們沒收錢。我只是說服了他們。」

「除掉這傢伙？」

「Si tratta di un uomo politico corrotto di Napoli.（這個政客在拿坡里貪汙）」

「重建許可就是他發的。就因為他把許可賣給卡墨拉，他們才會建造那些壓死人的爛房子，導致那麼多人因為 terremoto（地震）而死。」

西蒙靠近貪汙的政客，用殘肢在他臉上磨蹭。「而且，他還是個輸不起的傢伙。」男人跟動物一樣搖晃著腦袋。「Strunz ! Sì mmuort!（大便！你死定了！）」

三個青年提議利用他當人質，要求一筆贖金贊助革命事業。會講法文的青年轉向西蒙：「Ma，很難說會不會有人想付錢贖回這種廢渣，哈哈！」青年都笑了，碧安卡也是，但她心裡是希望他死的，只是沒說出口而已。

阿爾多．莫羅式的曖昧：西蒙喜歡。他渴望復仇，但也很喜歡隨機的做法。他用左手夾住了政客的下巴，就像把老虎鉗。「你懂二選一吧？我們可以安排讓人在一輛四驅車的車廂裡找到你；或者你可以回家繼續幹些見不得人的勾當，但不准再踏入邏各斯俱樂部一步。」他又想起那場威尼斯的對戰，唯一一次感受到威脅的比賽。「說話回來，像你這樣的鄉巴佬怎麼可能這麼有文化素養？你在兩個見不得人的勾當間還有時間去劇院嗎？」話一出口他就後悔使用這個充滿社會偏見，而且不夠「布赫迪厄」的批評。

政客的下巴被放開後，馬上快速地說了一大串義大利語。西蒙問碧安卡：「他說什麼？」

「他願意付一大筆錢讓你的朋友殺了你。」

西蒙笑了。他知道怎麼樣讓鬼推磨，但也應該知道一個可能是基督民主黨的黑社會公務員和一個屬於正好成立二十五週年的紅色軍旅團員沒有對話的可能。他可以說上一天一夜，但絕對說服不了任何人。

他的對手應該也想著同一件事，所以才以從他的身材看不出來的柔軟度與速度撲向離他最近的青年，並試著搶下他的 P38。但體魄健壯年紀輕的男子用槍枝的托柄揍了他一下，將他壓回了地面。三個青年掐住他的臉大聲叫罵。

這件事將要落幕了。他們會懲罰他這個愚蠢至極的舉動，就在此時此地了結了他。

一聲槍響。

但倒下的是一名青年。

沉默再次降臨火山之上。

每個人都吸著空氣裡滿溢的硫酸味。

因為西蒙的小聰明，提議在這種地方會合，根本沒有人試圖，也沒有可能尋找掩護：方圓七百尺的火山口中央，四周毫無蔽體之物。別說是樹了，連個小樹叢也沒有。西蒙掃視四周，尋找任何可能的庇護之處，只看見一口井和一個以冒著煙的石頭建成的東西（是象徵地獄之門的古代的蒸氣室），但離他們太遠了。

兩個穿著西裝的男人朝他們走來，其中一個拿著手槍，另一個則是步槍。西蒙認為那是一把德國毛瑟槍。兩個還活著的青年高舉雙手，他們的Ｐ38在這種距離是毫無用處。碧安卡看著地上的屍體，子彈還卡在頭上。

卡墨拉派人來找他們這位貪官了。那個 sistema（組織）不會那麼容易就讓人帶走他們的創造物。而且西蒙很清楚他們的行事作風，當他們展開報復時是很吹毛求疵的，也就是說現場還活著的兩個圍巾黨青年都難逃被當場處決的命運了。至於碧安卡，她應該也會面對同樣的命運，那個「組織」從來不留證人活口。

他的想法在那位政客氣喘如牛地站起身時得到了證實。先是他，再來是兩名青年，最後是碧安卡，全都吃了一記巴掌。他們四個人的命運已經決定了。政客對兩個幫手說：「Acceritele（解決掉）」

西蒙又想起了威尼斯的日本人。這一次不會有deus ex machina（天外飛來的救星）來幫助他們了嗎？生命的最後幾分鐘，西蒙又開始和那個他很喜歡想像的超驗的高層對話了：要是他真的處在小說之中，他的結局會需要什麼樣的敘述策略呢？西蒙思考了幾個可能的敘述法，但都覺得會引起爭議。他想像巴亞會怎麼說：「想一下《七海霸王》裡的湯尼．寇蒂斯。」是嘛……他想著杰可會怎麼做，壓制其中一個人，再用他的武器幹掉另一個，但巴亞不在，而西蒙也不是巴亞。

卡墨拉的幫手拿著步槍抵在他的胸上。

西蒙明白不能指望那個超驗的高層了。他知道要是小說家就算真的存在也絕不是他的朋友。

將為他行刑的人年紀只比紅色軍團的青年大一點。就在他要扣下扳機時，西蒙對他說：「我知道你是個有尊嚴的男人。」卡墨拉黨的男人停下動作並且要碧安卡翻譯他的話。「Isse a ritto cà sìn'omm d'onore.」

不可能會有奇蹟了。但無論是不是小說，他都不能坐以待斃。西蒙不相信救贖，也不相信自己是被派來地球執行任務的，但他反而相信沒有任何事是可以事先寫好的，就算他是落在一個有虐待狂且任性的小說家手裡也一樣，他的命運還沒決定好。

至少不是現在。

這個假定的小說家必須被視為上帝：不能認為上帝存在，要是他存在，頂多也只是個差勁的小說家而已，沒有必要尊敬或服從他。改變歷史永不嫌晚。誰知道呢，也許想像的小說家根本也還沒下定決心，也許命運由他的小說人物掌控，而我就是那個人物。

我是西蒙．荷卓，我是自己的故事中的英雄。

卡墨拉青年轉向西蒙，西蒙對他說：「你的父親打敗了法西斯。他是個不折不扣的黨員，冒著生命危險守護正義與自由。」兩個男人都轉向替他們翻譯的碧安卡：「Pateto eta nu partiggiano cà a fatt'a guerra' a Mussolini e Hitler. A commattuto p'a guistizia e' a libbertà.」

貪官開始感到不耐，但兩個卡墨拉青年示意要他閉嘴。他命令另一個男人下手，但手拿步槍的人冷靜地說：「Aspett'（等一下）。」從情勢看來，手拿步槍的人說了算。他想知道西蒙是怎麼知道他父親的事的。

事實上，他有點投機：西蒙認得那把步槍，是把毛瑟槍，德國精英射手的武器。（西蒙對第二次世界大戰的歷史很感興趣。）他推斷那把槍是他父親的遺物，而從這個推斷出發，可以有兩種假設：他的父親要不是曾參與義大利軍隊，並和德國國防軍（Wehrmacht）併肩作戰，因此得到這把槍；要不就是相反的，曾參與對抗德國的武裝運動，從德國士兵的屍體上撿來的。第一種假設完全沒幫助，因此他把賭注壓在第二個上。但他沒有多說明細節。他轉過頭面向碧安卡說：「我還知道你的家人也因為地震喪生了。」碧安卡翻譯：「Isse sape ca è perzo à coccheruno int'o terramoto.」

一肚子油水的貪官氣得跺腳：「Basta! Spara mò!（夠了！開槍！）」

但那個被稱為 o zi，也就是「大叔」的青年（「組織」這麼稱呼處理基層工作的青年）認真聽著西蒙解釋那個他負責保護的男人在 terremoto（地震）時是如何對待他的家人的。

貪官大喊：「Nun è over'!（好了，說完了吧！）」

但年輕的「大叔」知道西蒙說的是真的。

西蒙一臉天真地詢問：「這個男人殺了你的家人。在你們老家有報仇這個概念嗎？」

碧安卡：「Chisto a acciso e parienti tuoje. Nun te miette scuorno e ll'aiuta?」

西蒙是怎麼猜到年輕的「大叔」在那場地震失去了家人的？又是怎麼（無論以什麼方法）在手中沒有任何證據的情況下自信那個男人必須為這件事負責？因為被害妄想，西蒙不想多說明。他不想讓小說家（要是他真的存在的話）知道自己的祕密。他不希望隨便一個路人都可以像看小說一樣閱讀他的人生。

反正，他現在也得專注於編織自己的結局：「你愛的人都被壓死了。」

不需要碧安卡翻譯，西蒙也不再需要說任何一句話。

手持毛瑟槍的青年轉身面對臉白得像火山灰的政要。

槍托砸上了他的臉，青年順手推了他一把。

一肚子油水、腐敗但有文化素養的政要搖晃了幾下後倒進滾燙的火山泥之中。

「La fangaia（土葬）」碧安卡喃喃自語，傾心於這一幕。

男人在泥上漂浮，發出了駭人的聲音，就在要被火舌吞噬的那一刻，他聽見西蒙死神般的結語：「你現在知道了，當時該剪掉的是我的舌頭。」

硫磺持續從地心噴發，散入天際，空氣中惡臭滿盈。

野人

野人文化
讀者回函卡

書　名

姓　名　　□女 □男　年齡

地　址

電　話　　手機

Email

□同意 □不同意　收到野人文化新書電子報

學　歷 □國中(含以下)□高中職 □大專 □研究所以上
職　業 □生產/製造 □金融/商業 □傳播/廣告 □軍警/公務員
□教育/文化 □旅遊/運輸 □醫療/保健 □仲介/服務
□學生 □自由/家管 □其他

◆你從何處知道此書？
□書店：名稱 ______ □網路：名稱 ______
□量販店：名稱 ______ □其他 ______

◆你以何種方式購買本書？
□誠品書店 □誠品網路書店 □金石堂書店 □金石堂網路書店
□博客來網路書店 □其他 ______

◆你的閱讀習慣：
□親子教養 □文學 □翻譯小說 □日文小說 □華文小說 □藝術設計
□人文社科 □自然科學 □商業理財 □宗教哲學 □心理勵志
□休閒生活（旅遊、瘦身、美容、園藝等） □手工藝／DIY □飲食／食譜
□健康養生 □兩性 □圖文書／漫畫 □其他 ______

◆你對本書的評價：（請填代號，1. 非常滿意 2. 滿意 3. 尚可 4. 待改進）
書名 ____ 封面設計 ____ 版面編排 ____ 印刷 ____ 內容 ____
整體評價 ____

◆你對本書的建議：

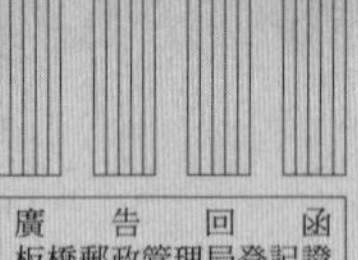

廣　告　回　函
板橋郵政管理局登記證
板 橋 廣 字 第 143 號

郵資已付　免貼郵票

23141
新北市新店區民權路108-2號9樓
野人文化股份有限公司 收

請沿線撕下對折寄回

書號：0NSB0063